KB114636

한백림 新무협 판타지 소설

천잠비룡포

Fantastic Oriental Heroes

天蠶飛龍袍

천잠비룡포 18

한백림 新무협 판타지 소설

초판 1쇄 찍은 날 § 2021년 9월 23일
초판 1쇄 펴낸 날 § 2021년 9월 30일

지은이 § 한백림
펴낸이 § 서경석

총괄팀장 § 노종아
편집책임 § 이민지
디자인 § 시선 스튜디오 이너스

펴낸곳 § 도서출판 청어람
등록번호 § 제387-1999-000006호
등록일자 § 1999. 5. 31
어람번호 § 제2-2888호

주소 § 경기도 부천시 부일로 483번길 40 서경B/D 3F (우) 14640
전화 § 032-656-4452 팩스 § 032-656-4453
http://www.chungeoram.com
E-mail § chungeorambook@daum.net

ISBN 979-11-04-92384-5 04810
ISBN 978-89-251-0108-8 (세트)

한백림 新무협 판타지 소설

Fantastic Oriental Heroes

천잠비룡포
天蠶飛龍袍

18 침공(侵攻)

목차

天蠶飛龍袍

제58장 대무후회전一
(大武侯會戰)

군산대혈전의 결과는 참담했다.

수많은 무림인들이 죽었고, 그것보다 훨씬 많은 관병들이 목숨을 잃었다.

…중략….

이 일은 개방뿐 아니라, 구파 및 육대세가로 대표되는 강호 질서의 붕괴를 의미하는 사건이기도 했다.

무림맹이라 함은 본디 긴 세월 동안 강호에 막대한 힘을 행사해 왔다.

무당파와 화산파 혈사를 기점으로 발동된 중원무림맹이 대표적인 일례였다. 악양에서 소집된 무림맹은 결국 혈전을 주도한 철혈맹의 패배를 이끌어냄으로써 명문 정파들의 진정한 전력을 고스란히 드러낸 바 있다.

시간이 얼마나 걸리든, 사람이 얼마나 죽든, 무림맹의 발동이란 어떤 사건이라도 해결할 수 있는 전가의 보도와도 같았다.

그때는 달랐다. 그때부터 달라졌다.

무림맹이 개맹식 과정에서부터 대대적인 공격을 받았고, 군산대혈사라 하여 혈겁이 일어난 사건으로 알려지게 되었다.

무림에 대혼란이 일어났다.

혈사를 획책한 주범이라 알려진 단심맹은 단심궤가 닿지 못할 만큼 더 깊이 숨어들었다. 인의대협 풍대해를 끌어내리면서 작은 승리를 거두었지만, 그들의 뿌리는 무림 전반에 걸쳐 아주 방대하게 뻗어 있었다.

신마맹은 단심맹처럼 숨지 않고 오히려 전면에 나섰다.

그들은 구파를 두려워하지 않았다.

적절하게 조합된 모략과 무력이 군산대혈전을 가능케 했다. 신마맹이 바로 무력에 해당했다. 그들은 염라마신, 위타천, 제천대성이라는 최종 전력을 투입하지 않고도, 혈사 발발의 역할을 완벽하게 해냈다. 그것이 또한 군산대혈사가 가지는 의의의 핵심이었다.

무림맹의 개맹식이 혈겁으로 변한 것은, 정파와 사파 간의 격돌보다 훨씬 더 큰 의미가 있었다. 무림맹이 지니고 있었던 무적의 상징성이 무너졌다는 점이다.

신마맹이 그 첨병에 있었다.

군산대혈전 이전에도 그들은 강호에서 많은 사건을 일으켜왔다. 개별적으로 은밀하게 감춰져 있던 많은 혈사들이 알려지면서 신마맹은 삽시간에 가히 하나의 현상이라 할 만큼의 악명을 떨치게 되었다.

민초들은 신마맹을 두려워했다.

그들은 아무 곳에서나 나타났다. 동네 무관의 문지기도, 저잣거리 포목점의 점주도, 지게를 지던 나무꾼마저도 가면을 쓰면 무인으로 돌변했다.

일찍이 어떤 단일문파도 그렇게 강력한 공포의 상징이 된 바가 없었다.

신마맹 대침공의 시대였다.

한백무림서 무림편
강호난세사 중에서

단운룡 일행은 항산 전투가 끝난 후, 적벽에 와 있었다. 그들은 오원으로 돌아가지 않았다.

오원까지 가서 재정비를 하기에는 중원 무림의 정황이 너무 급격하게 돌아갔다. 크고 작은 사건이 연이어 터졌다. 신마맹의 이름도 심심찮게 들려왔다. 그 전까지 사람들은 가면 쓴 무리들의 이름조차 몰랐다. 지금은 신마맹 세 글자가 수면 위로 떠오르는 것을 넘어, 하늘 위를 날아다녔다. 단운룡의 초감각이 아니더라도 난세라는 것을 누구나 피부로 느낄 수 있을 만큼 혼란스러웠다.

"어이! 요화아!!"

막야흔이 오원에서 왔다.

그는 문주보다 도요화를 먼저 찾았다. 여의각을 통해 미리 그녀의 귀환 소식을 접한 모양이었다.

"와! 괜찮아진 거야? 옥황 그 개새끼 목소리는 더 안 들리는 거지? 진짜 씨발 내가 얼마나 걱정했는데! 엄청 기다렸다고!"

"입에 걸레를 처물었나……."

도요화가 눈살을 찌푸리며 말했다. 허공노사를 만난 이래 한 번도 입에 담지 않았던 거친 언사가 대번에 입 밖으로 튀어나왔다.

그녀가 쌀쌀맞게 몸을 돌렸다.

막야흔은 뻔뻔했다.

"응! 나도 반갑다! 멀쩡한 거 보니까 내가 다 살겠다!"

'내가 저런 새끼를…….'

태극도해도 무극진기도 다 소용없었다. 그녀는 속이 부글부글 끓는 것을 느꼈다.

"여! 샌님! 다쳤다며!"

막야흔은 시끄러웠다. 이번엔 엽단평에게 달려들었다.

도요화는 아예 문을 쾅 닫고 처소로 들어가 버렸다.

"수련을 게을리했나 봐? 이젠 한 손으로도 이기겠네!"

"그 칼은 원래 한 손으로 잡지 않았던가?"

"와! 이런! 씨발!!"

저 새끼는 욕할 때마다 목소리에 내공이라도 담는지, 문을 닫아도 잘만 들렸다. 도요화가 아예 북채로 손을 뻗었다.

"너, 간만에 한판 붙자!"

막야혼이 소리쳤다.

조금만 더 떠들었으면 바로 북을 들고 나갔을 것이다. 다행히도 막야혼의 목소리가 금세 멎었다.

엽단평과 도검을 교환했기 때문이 아니었다. 양무의의 차분한 목소리가 들려왔다.

"참으로 여전하오. 반가움은 알겠으나, 비무 할 때가 아니오. 얼른 들어가십시다."

막야혼은 아무 말도 하지 못했다.

과연 양무의다.

막야혼을 이렇게 조용히 시킬 수 있는 이도 몇 없다.

도요화는 가부좌를 틀고 앉아 운기를 시작했다.

심동(心動)이 있었다. 항산에서 큰 요괴들을 물리칠 때도 잔잔했던 마음이 잘생기지도 않은 면상 한 번 보았다고 흔들려 버렸다.

태극도해의 심공에 무극진기를 얹었다.

마음이 금세 가라앉았다.

바깥에서 여러 소리가 들려왔다.

양무의가 지나가는 부드러운 바퀴 소리와 강철처럼 야무진 백가화의 발소리를 들었다. 크고 단단한 발소리도 있었다. 장익이었다.

표범처럼 사뿐하면서도 응축된 순발력이 느껴지는 발소리는 효마의 것이었다.

그렇게 다 와 있었다.

의협비룡회 무인들은 겨우내 싸울 준비를 끝냈다.

막야혼이 마지막이었다.

"세상에나, 세상에나."

"어디서 그랬다고?"

"여기 강하(江河) 분타라 하더만?"

"바로 앞이잖아!"

"몇 명 죽었다고?"

"이십 명이 넘는다대! 매듭 여섯 개인 거지들도 넷이나 있었다고 들었어."

"육결이 넷인데도 당했다고?"

"그렇다니까?"

"근데 말이여. 이상한 소문이 있던데 그건 정말이여? 그 방가네 둘째 아들 말이여!"

"그거 진짜인 거 같어."

"헛소문이 아니라?"

"개방도 그냥 당한 것은 아닌지라 습격자들 시체가 여럿 나왔다더라구. 허연 가면을 벗겨 보니 글쎄, 그 방가네 자식 놈이더라는 거여."

"신마맹은 맞는 게지?"

"가면이라니까 맞겠지."

"참으로 무섭고만. 아니, 그 순박한 놈이 어쩌다가 개방 무인들이랑 치고받다 죽어?"

삼삼오오, 소문은 발 없는 천리마가 되었다.

강호인들은 객잔이며 주점에서 민초들과 섞인 채로, 신마맹의 공포를 주고받았다. 작은 문파는 하루아침에 잿더미가 되었다. 조금 큰 문파들도 괴이한 가면 무인들이 나타나면 당해 내질 못했다. 군산에서의 혈전 이후, 신마맹은 구파일방까지 공격했다.

급기야 개방의 강하 분파가 몰살당했다.

상주하는 육결 제자가 넷이었던 분타였다. 제대로 싸울 줄 아는 개방 무공의 고수만 넷인 강하 분타에서, 육결이 지휘하는 개방 무인들이 이십 명 넘게 죽었다는 소식이었다. 진위가 확인되지 않은 소문들 중에는 칠결 매듭의 장로까지 함께 당했다는 이야기도 있었다.

호광 전체가 술렁이는 것이 이상하지 않았다.

"이번엔 황강검문이 당했다더군!"

"황강검문도 몰살이야?"

"아니지! 황강검문은 강서 남궁가 계열이라구? 몰살이라니!"

"개방 분타가 박살을 당했는데, 남궁가 방계 검문이라고 당하지 말란 법 있어?"

"그도 그렇긴 하다만."

"얼마나 죽었는데?"

"사십 명."

"어이코. 많이 죽었네. 남궁가가 가만있지 않겠고만."

"나설 여력도 만만찮을걸. 강서에서만도 비슷한 혈사만 세 건이라대."

무인들이 하루가 멀다 하고 죽어나갔다.

강호 문파들의 싸움에서 무인들이 살해당하는 것은, 일상을 살아가는 백성들에게 다른 나라 이야기와 같았다.

신마맹은 달랐다.

그들은 바로 곁에 있었다. 바로 곁에서 멀쩡했던 사람이, 또는 조금 이상하다 싶었던 사람이, 명문 무가의 혈사와 연루된 것으로 드러났다.

정체가 탄로 나서 야밤에 사라지는 사람들이 있었다. 방가네 아들처럼 죽어서 드러난 자들도 많았다.

사람들은 서로를 의심했다.

황강검문에서 행동거지가 남다른 남자 하나를 의심하고 백주에 끌고 가 문초를 가했다. 남자는 억울함을 호소하다 황강검문 무인의 내력 실린 주먹에 잘못 맞고 즉사하기에 이르렀다. 황강검문이 남자의 거처를 뒤집어 놓았지만 가면은 기어코 나오지 않았다.

민초들의 삶까지 파괴되고 있었다.

황강검문은 뒤늦게 잘못을 수습하려 했지만, 흔들리는 민심은 좀처럼 제자리를 찾지 못했다. 황강검문을 비난하는 자들도 나왔다. 아무리 문도가 죽었어도, 아무 죄 없는 사람을 잡아 죽여서야 그걸 정파 무인이라 할 수 있냐는 이야기였다. 아니, 애초에 정파라 자처하는 이들이 이리도 횡포를 부리니 신마맹 같은 자들이 나오는 거 아니냐며, 기존의 정문을 비방하는 자들이 많아졌다.

신마맹의 침공은 역병처럼 위험했다.

평화는 더 이상 없었다.

"중요한 것은 그들이 무엇을 원하는가입니다."

양무의가 말했다.

단운룡은 잠자코 그의 말을 들었다.

"그들에겐 충분한 무력이 있습니다. 무력은 아주 일찍부터 갖추었지요. 더불어 아주 광범위한 세력까지 얻었습니다. 호광 산하 문파만 아홉 개, 그중 세 개는 군산대혈전에서 회복 불가의 타격을 입고 현판을 내렸습니다. 나머지 여섯 문파들 중 네 개는 청성파와 아미파를 필두로 한 무림맹의 보복 공격에 멸문과 봉문의 길을 걸었고, 아직까지 남아 있는 문파는 현재 두 개입니다."

"구파의 공격에도 버티고 있는 건가?"

"버티고 있는 것은 풍수방 하나입니다."

"둘이라면서."

"다른 하나는 송자방이라고, 군산에서 문주와 간부 대부분이 죽었습니다. 남은 무인들이 얼마 없습니다. 지금은 힘 좀 쓰는 파락호들 무리에 가깝습니다. 무림맹에서 찾아가지 않더라도 저절로 현판이 떨어질 겁니다."

"그래서 놔뒀다?"

"서호맹을 무너뜨리는 데 힘을 많이 썼습니다. 심지어 그 서호맹을 치는 와중에는 아미파 본산 무인까지 죽었지요. 게다가 그들 본산이 있는 사천에서도 신마맹이 발호했고 종남이 있는 섬서도 안전치는 않습니다."

인접해 있어도 마냥 가까운 거리는 아니다.

주전력을 바깥으로 돌려서 여러 문파들을 한꺼번에 치는 것은 적지 않은 부담이 될 수 있었다. 가만 놔둬도 멸문의 길을 가능성이 높은 문파까지 정벌하기에 인력과 시간이 마냥 여유롭지는 않다는 이야기였다.

"풍수방은?"

"신마맹 전력이 집중되어 있습니다. 풍수방의 본진은 강을 앞에 둔 가운데 삼면이 험한 산으로 둘러싸여 있어 방어가 아주 용이한 지형에 위치하고 있습니다. 아미파는 서호맹 봉문 직후에 일단 본산으로 돌아갔고, 청성과 종남이 공격하고 있으나 방어가 튼튼하여 뚫지 못하고 있습니다."

"가면이 무엇이기에?"

"확실하진 않습니다만. 우마왕과 금각 가면이 있는 모양입니다."

"유명한 요괴들로 안다만."

"네, 그래서 말씀드린 겁니다. 무엇을 원하는지가 중요하다고요."

"풍수방에 특별한 것이 있는 건가."

"풍수방 자체는 강한 방파가 아니었습니다. 요새와 같은 지형이 방파의 고수들보다 두드러지는 방파였지요."

"어쩌면 이미 목적은 달성한 것일 수도 있겠군."

"네. 맞습니다. 주목받지 못하던 신마맹 산하 문파만으로 구파의 공격을 막아내고 있다는 것은 아주 강력한 무력시위가 됩니다."

"그러면 그 너머엔?"

"저도 그것이 궁금합니다."

"군산대혈전으로 이미 신마맹은 명문대파에 당적할 수 있는 힘을 입증했어. 개방과 황강검문을 치는 것으로도 그것을 보여줬지. 그럼 그들이 최종적으로 원하는 것은 무엇일까."

"앞으로 알아봐야지요."

"그래."

"그러기 위해서……."

"가자. 풍수방으로."

겨울이 다 가고 봄이 오는 그때, 단운룡이 신마맹과의 일전을 향한 의협비룡회의 무력 투입을 결정했다.

복룡담 대무후회전이 시작되는 순간이었다.

                    *   *   *

단운룡이 직접 나섰다.

막야흔과 엽단평을 필두로, 발도각과 청천각 무인 각각 삼십 명씩을 대동했다. 비룡각 창술무인은 오십 명에 지휘는 관승과 장익이 맡았다. 여의각에서는 지원 요원들과 함께 이전과 이복 형제가 따라붙었다.

"나도 가자."

"안 돼."

오기룡의 말을, 단운룡은 일언지하에 거절했다.

"왜?"

"정신 더 차려야 해, 아저씨는."

"내 정신이 어때서?"

"넋 놓고 있는 사람은 싸움터에 못 데리고 다녀."

"이제 아니다."

"놓쳤잖아."

"뭐? 불 쓰는 이상한 놈?"

"그래."

"야, 그 놈이 열왕(熱王)이라고, 중원 삼대 화술사(火術師)였다더만!"

"그래서, 아저씨가 잘했어?"

"아니, 당연히……."

"조금만 일찍 정신 차렸어도, 비룡각 애들 안 죽었어."

"그거야……."

"내가 스칸다란 놈과 싸우지만 않았어도, 엽단평이 천리안을 따라가지 않았어도, 우리가 일찍 뒤로 물러서서 방어를 했어도, 결과는 달라질 수 있었겠지. 죽지 않아도 될 애들이 안 죽을 수 있었을 거야. 하지만 나한테 다 넘겼다고 손 씻을 생각 말아. 마음을 확실히 정해. 아저씨도 같이 싸울 거면 문도들 목숨을 어깨에 져야지. 삼대화술사가 알고 보니 유명한 강자였다. 다행이다. 아저씨 역할은 그걸로 충분히 다했다는 거야? 불패신룡은 그런 사람 아니었잖아."

못마땅해하는 표정이 만면에 다 드러났다.

단운룡의 말이 뇌전처럼 오기륭의 가슴에 꽂혔다.

오기륭이 피식 웃으면서 대답했다.

"네 말이 다 맞다. 이 나이에 너에게마저 이렇게 혼쭐이 나는구나."

순순히 인정했다.

"금분세수를 원하면 성대하게 시켜줄 수 있어. 이도저도 아닐 거면 나도, 다른 이들도 헷갈려. 다녀올 때까지 마음 정해 놔."

"마음은 진즉에 정했다."

"그럼, 쉴 거야?"

"아니."

"그럼 다음엔 제대로 싸워. 아저씨는 날 협제의 제자로 만든 남자야. 그런 모습 용납 못 해."

오기륭이 단운룡의 눈을 보았다.

하나도 달라진 게 없었다.

"사람이 그럴 수도 있는 거다."

오기륭이 답했다.

변명 같은 말이었지만 그렇게 들리지 않았다. 자신만만했다.

단운룡의 표정이 다소 누그러졌다.

그게 오기륭이다. 오기륭은 뻔뻔해야 한다. 그의 힘은 땅을 기어 다니다가도 벌떡 일어나는 그의 성정에서 나왔다. 이제 조금은 믿을 수 있겠다. 오기륭이 다시 물었다.

"그럼, 나는……."

"안 돼. 몰래 따라올 생각은 꿈도 꾸지 마."

오기륭은 실망을 감추지 않았다.

나이가 들면 애가 된다더니, 참으로 일찍도 시작됐다.

단운룡은 단호하게 몸을 돌렸다.

"요화는?"

"안 간다더군."

"왜?"

"아마도 자네 때문이겠지."

"뭐라?"

막야혼과 엽단평은 여전히 티격태격했다. 두 각주의 신경전은 하루 이틀의 일이 아니었다. 때문에 발도각과 청천각에도 묘한 경쟁기류가 흘렀다.

"가자."

단운룡은 짧게 말하고 손을 들어 정문을 열었다.

중원에서 발도각, 청천각의 정식 동반 출정은 이번이 최초였다. 문주 휘하에서 이루어진 중원 출도이니만큼, 그 의미가 상당했다. 하지만 단운룡은 거한 출정식도, 출정 연설도 모두 생략했다. 발도각 무인의 태반은 이미 단운룡과 오원에서부터 함께 싸운 전사들이었고, 비룡각 무인들도 항산에서 격전을 치른 이들이 대부분이었다. 신마맹 세력은 드러난 것만으로도 방대했고, 일단 싸움이 시작되면 전투가 일상이 될 터였다. 그래서 그들은 백 명이 넘는 무인들이 나서면서도 아무 일도 아닌 것처럼 움직였다. 들끓는 군기(軍氣)는 가슴속에 담고, 훈련하듯 발길을 재촉했다.

'무력은 충분해.'

그들의 뒷모습을 보며 양무의는 생각했다.

단운룡이 선두에 있다.

기존의 풍수방이었다면 제아무리 요새지형에 틀어박혀 있

어도 현판을 부수는 데 한 시진이 채 걸리지 않을 전력이었다. 그럼에도 양무의는 충분하다 생각하면서 스스로를 설득해야 했다. 다시 말해, 그는 온전히 안심할 수 없었다.

'우마왕 가면, 우마군신은 아주 강력한 무공을 지녔다고 알려졌다. 개방 오결 제자들이 단 일초를 감당하지 못하고 치명상 내지는 즉사를 당했다는 보고가 있다. 완전히 확인된 바는 아니나, 개방 용두방주의 후계자인 후개조차도 전혀 상대가 되지 않았다고 했다. 하지만 그 하나로 청성과 종남의 공세를 막아낼 수 있나? 지형이 아무리 험해도 구파의 경공고수가 나서면 제약이 되지 않아. 풍수방 전각 내로 진입하여 당한 후엔 시체조차 찾을 수가 없었을 테니, 가면 무인이 얼마나 있는지도 정확하지 않다. 드러난 것만 우마군신과 금각, 그보다 더 있을 수도 있겠지.'

곱씹고 또 곱씹었다. 모든 일을 명쾌하게 분석하는 양무의로서는 이례적인 일이었다.

'청성 오선인 중 하나가 와 있다는 보고를 들었다. 종남에서는 안정진인이 내려왔다. 둘 다 사망 소식은 듣지 못했어. 특히 안정진인은 몹시 신중한 자로 알려져 있다. 무리해서 공격하진 않았을 거다. 하지만 교착상태라는 것은, 그 자체로 구파의 패배다. 그러니, 싸움을 시작했다면 속전속결로 끝내야해. 그렇다면 그것이 신마맹의 노림수였을까. 그 이면에 다른 목적은 무엇인가.'

항상 그랬다.

팔황이 일으킨 일들은 일관되지 않았다.

크게 보았을 때는 기존 체제의 전복을 목적으로 하는 듯 보이나, 항산의 요괴 사태를 보면 단순한 파괴 행위 자체에도 중요한 가치를 두고 있는 것 같았다.

신마맹에 국한해서 보아도 그러하다.

불산이나 태산, 도고악당에서 벌인 일은, 가면의 주인을 찾아 문파 산하의 고수를 확보하려는 의도가 뚜렷해 보였다. 그러다가 난데없이 의협문을 공격했다. 그것도, 염라마신이 직접 나섰다. 동시에 강씨금상도 습격을 당했다. 그곳에는 옥황과 위타천이 갔다.

무림 침공에 앞서 고수를 모으고, 이어 훗날 위협이 될 수 있는 사패의 후예 둘을 공격했다. 그리고 이 일은 비교적 강호에 널리 알려지지 않았다. 의협문은 본래 주목받지 않았던 문파였고, 강씨금상은 애초에 무림 문파가 아니었다. 금상혈사는 실제로 큰 사건이긴 했지만 일반 무림인들의 눈으로 보았을 때는 일개 상인 가문이 변고를 당한 정도에 불과할 수 있었다.

게다가 신마맹은 의협문과 강씨금상에 후속 공격을 가하지 않았다. 양무의는 오랫동안 경계했고, 지금도 경계를 늦추지 않고 있지만, 염라마신이나 다른 어떤 가면도 적벽에는 나타난 바 없었다. 강씨금상도 사정은 같았다. 천룡상회와의 협약은 결코 끈끈하거나 견고하지 않았지만, 신마맹 무인의 출현을 함구할 만큼 어설프지도 않았다. 금상 쪽에 파견한 여의각 요원들의 보고도 동일했다.

신마맹은 그렇게 협제와 천룡의 후예를 치는 것으로 사패의 무림 개입 가능성을 확인했다. 그들은 나름의 판단을 내렸고, 즉각 다음 단계로 넘어갔다.

그것이 바로 강호 출도다.

마침내 신마맹은 군산대혈전을 통하여 온 천하에 무력을 드러냈다. 군산에서 적지 않은 구파 무인들을 죽였고, 그것으로도 부족한지 개방에 선제공격을 가했다. 남궁가 산하의 검문을 쳤고, 군산혈사에 대한 구파의 보복 공격에도 후퇴 없이 맞서는 중이다. 사도 문파의 강호 출도라 하기엔 지나치게 대범하고 화려한 행보였다.

여기까지는 나름 정리가 된다. 이치에도 맞았다.

선뜻 이해가 되지 않는 부분도 있다.

다만, 염라는 양무의를 즉각 알아보았고, 신마맹의 권속에 들어오겠느냐 질문까지 했다. 옥황은 도요화에 가면을 씌우고자 기이한 능력으로 도요화의 상단전에 위해를 가했다. 가면의 주인을 찾는 일은 그처럼 동시다발적으로 언제나 진행되고 있는 부분이다. 수좌급까지 직접 언급하고 술수를 부릴 만큼 중차대한 일이라는 것도 알 수 있었다. 헌데 양무의 자신은 그 이후로 표적이 되지 않았다. 도요화도 마찬가지다. 마치 까맣게 잊기라도 한 것처럼 신마맹은 두 사람에게 아무런 행동을 취하지 않았다.

이런 점이 일관되지 않다.

그래서 예상이 어려워진다.

앞으로는 어떻게 될 것인가.

양무의는 신마맹의 미래를 볼 수 없었다. 신마맹이 지금 수행하고 있는 전투는 중원이라는 큰 무대에서 대국적인 전략으로 보았을 때, 결코 지혜롭지 못한 방식이었다. 전 무림과 대적할 수 있다는 자신이 있지 않고서야 이렇게 나설 수 없는 까닭이었다.

'즉, 다른 팔황이 나서겠지.'

신마맹 홀로 무림과 싸우는 것은 불가능한 일이다. 팔황이라는 여덟 집단과의 합의하에 이와 같은 일을 벌였을 거라 생각했다.

성혈교가 그랬고, 단심맹이 그랬다.

신마맹의 무림침식도 그들이 벌인 사건에 이어지는 일련의 과정으로 보았다.

신마맹이 이처럼 무력을 드러내면, 다른 팔황이 신마맹을 도와 다른 일을 획책할 것이다. 신마맹이라고 해도 결국은 팔황이 만들어낸 난세의 한 축에 불과하다. 그것이 양무의가 내렸던 결론이었다.

'헌데, 그게 아니라……'

양무의는 이제 산을 내려가 보이지 않는 단운룡 일행의 위치를 가늠하면서 기존에 갖고 있던 전제를 아예 뒤집어 보았다.

'신마맹이 전 무림과 싸울 준비가 된 것이라면?'

신마맹은 예측 불허다.

대신 양무의는 무림의 반응을 예상했다. 그쪽이 더 쉬웠다.

의협비룡회부터 시작했다. 의협비룡회 또한 무림의 일부였다.

의협비룡회는 신마맹과 원한이 깊었다.

태자후가 장렬히 전사했다. 선찬도, 도협도, 그날 죽은 이가 많다. 궁무예도, 관승도, 그날 한 번 죽은 것과 다름없다. 거기에 협제께서 이어주지 않으려 했지만, 염라마신의 급습으로 기어코 이어가게 된 구원까지 함께 있었다.

무림도 그러하다.

몇몇 오래된 대문파에는 사패팔황 시절의 신마맹을 기억하는 원로고수들이 있을 것이다. 그들 누군가에겐 여러 형태의 해묵은 원한도 있을 수 있다. 게다가 신마맹은 군산대혈전 같은 거대한 사건까지 일으켰다. 당장 복수에 불타는 구파 무인들을 수도 없이 만들어냈다.

피는 피로만 갚을 수 있다. 오래된 무림강호의 도리였다.

대격전이 벌어진다.

예정된 수순이었다.

신마맹처럼 오랫동안 숨죽이고 있었던 문파가 이 사태에 뒤따르는 결과를 예상하지 못했을 리 만무하다.

그럼에도 태연히 이런 일을 벌였다.

싸울 수 있다는 뜻이다.

팔황이 한 덩어리로 완벽하게 협력하지 못한다는 사실은 일찍이 알고 있었다. 그들은 개별적으로 추구하는 가치가 다르며, 유기적으로 움직이는 맹회가 아니다.

무림을 공격하고, 버틸 수 있다.

그러니까 나선 거다.

양무의는 염라마신을, 그 믿을 수 없이 강력한 힘을 두 눈으로 목도했다.

버티는 게 아니라 계속 공격할 수 있을지도 모른다.

하지만 그들이 중원에 있는 숱하게 많은 문파들을 모조리 짓밟고 복속시킬 수 있는가? 그건 아니다. 그것은 어떤 단일 문파로도 불가능한 일이었다.

양무의는 단운룡을 걱정하는 것이 아니다.

이들이 구파를 공격함으로써 얻고자 하는 바를 모른다는 것이 마음에 걸렸다.

양무의는 긴 고민에 빠져들었다.

그리고 그 고민은, 단운룡 일행이 풍수방에 다다를 때까지도 계속되었다.

풍수방은 수로와 육로 모두 다 접근이 가능했지만, 산길을 택하려 해도 결국은 물길을 건너야 했다. 단운룡 일행은 가장 빠른 길을 찾았다.

풍수방의 전면에는 강물이 흐르고 있었다.

그 강 건너 맞은편 나루터에 종남파와 청성파가 진을 쳤다. 물안개가 옅게 껴서 반대편 풍수방의 전경이 어스름하게 보였다.

단운룡과 의협비룡회 무인들은 관도에서 나와 강가로 향했다.

도사들이 길목을 지키고 있었다. 청성파 도사 복장이었다. 그들이 경계 태세를 취하며 물었다.

"어디서 오신 분들이오?"

도사들의 질문은 자못 고압적이었으되, 얼굴엔 긴장한 기색이 역력했다.

선두에 선 이들 중 누구 하나 만만해 보이는 이들이 없었다. 보초를 서는 도사들이 무위를 측량할 수 없는 진짜 고수들이었다. 따라오는 무인들에게서도 실전을 겪어본 무인들만 발할 수 있는 기세가 줄줄 새어 나오고 있었다.

"의협비룡회라 하오."

앞에 나서서 대답한 이는 이전이었다.

즉각적인 전투 상황도 아니요, 단운룡을 위시한 고수들 중엔 누구 하나 이런 대화를 좋다고 나서서 할 만한 이가 없었다. 이전이 적격이었다.

"의협비룡회?"

"그게 어디에 있는 문파요?"

도사들이 미간을 좁히며 되물었다. 이전은 이 산중 도사들의 언사에 난감함을 느꼈다.

이들은 속세와 떨어져 살아온 만큼, 상황에 대한 대처 능력이 현저하게 떨어졌다. 이전이 부드러운 어조로 말했다.

"어디에서 왔는지가 중한 일이겠소? 사해는 동도라, 신마맹의 횡행에 맞서 협심으로 싸우고자 왔으니, 청성의 도우(道友)들께선 나루터로 가는 길을 열어주시고 전황에 대해 알려주시면 참으로 고맙겠소."

이전의 말은 청산유수였다.

청성도사들이 산중 도인들의 표본이라면, 이전은 도박판에서 큰 속세 무인의 대표와 같았다. 이런 것은 무투파인 단운룡 일행이 할 수 없는 일이었다. 양무의가 이전을 딸려 보낸 것에는 다 이유가 있었다.

"신마맹과 싸우러 오셨다 했소? 우리 청성파에서는 어떠한 언질도 받은 바가 없소만."

그럼에도 도사들의 표정은 아주 딱딱했다

뒤쪽에 있는 도사들 중에서는 벌써부터 검자루에 손을 올린 이도 있었다. 이전은 그런 그들의 마음을 민감하게 읽었다.

"청성의 도우들께선 걱정하지 마시오. 우리는 도와주러 왔을 뿐이오."

"청성은 외인의 도움을 필요치 않소이다."

도사가 자존심이 상한 듯 말했다. 융통성이라고는 조금도 찾아볼 수 없었다.

"청성파의 위명은 무림인들 누구나 익히 아는 바요. 우리 또한 신마맹과 해결할 일이 있소. 외인과 손을 잡는 것이 꺼려지신다면 우리만으로라도 강을 건널 터이니 나루터로 가는 길이라도 터주시오."

"불가하오."

이전은 태연한 신색을 유지하기 위해 온 힘을 다 써야 했다.

이전은 이 청성도사들보다 뒤에 선 문주와 막야흔이 훨씬 더 무서웠다. 문주는 산서오강 문주에게 대뜸 평대부터 했던 분이다. 막야흔은 더하다. 당장에라도 육두문자가 나올 수 있었다.

"안 되는 이유라도 있소?"

"우리가 그걸 말해줘야 할 이유는 무엇이오?"

이전은 청성파 도사들의 눈빛에서 두려움을 읽었다.

문파는 문주를 따른다.

문파의 무인들은 문파의 기반인 고수들을 닮게 되어 있다. 백 명이 넘는 무인들이 무서운 기세를 뿜어내기 시작했다.

청성파 도사들은 이미 처음부터 압도되었다. 그들은 그 압도됨에 스스로 당황했고, 두려움을 감추기 위해 강경한 언행을 남발했다.

일촉즉발이다.

이전은 신마맹과 상대하기도 전에 구파와의 일전을 예상했
다.

*　　　　*　　　　*

막야흔의 목소리가 그의 예감을 증명이라도 하듯, 기어코
터져 나왔다.

"야, 이 씨……!"

차앙!

검명(劍鳴)이 막야흔의 목소리를 막았다. 엽단평이었다. 그
가 발검으로 막야흔의 목 앞에 검을 겨눴다.

이전은 엽단평의 순발력보다 단운룡의 손에 더 놀랐다.

단운룡의 손이 막야흔의 어깨에 얹어져 있었다. 막야흔의
시선도 엽단평의 검에 있지 않았다. 그도 단운룡의 손을 보았
다. 단운룡이 말했다.

"진정해."

이전은 가슴을 쓸어내리고픈 심정이 되었다.

청성도사들은 대경하여 뒤로 두세 발짝 물러난 상태였다.
그 사실에 스스로 자존심이 상한 듯, 뒤쪽에 있는 도사들 세
명이 검을 뽑아 들었다.

"문주, 참을 거요?"

막야혼이 단운룡을 보며 물었다.

"구파다. 벨 수 있다고 아무에게나 칼 뽑지 마라."

단운룡이 말했다.

단운룡이 막야혼의 어깨에서 손을 내리고 한 발 앞으로 나섰다. 막야혼을 만류해 놓고 뿜어내는 기파는 상대를 짓밟을 기세다.

역시 사람은 쉽게 변하지 않는다.

이전은 아연실색했다.

그때였다.

"어머, 등운, 등양아. 왜들 그래. 손님들이시잖니."

이전은 날듯이 달려온 여도사를 보았다.

하늘이 도왔다.

아니, 선녀가 따로 없었다. 다만 눈앞의 선녀는 화폭에서 보던 것과 달랐다. 풍성한 금색 머리칼에 두 눈이 파랗다. 색목인이었다.

'금벽낭랑……!'

이전은 정보요원이다. 대저 정보요원으로 무림 인물의 용모 파기에 밝다고 해도, 그리고 꽤 정교한 초상화까지 나돈다 해도, 실상 강호의 유명인을 초면에 누구라 특정하는 것은 쉬운 일이 아니었다.

금벽낭랑은 예외다.

색목인 여도사, 그것도 구파의 여도장이라면 금벽낭랑밖에 없다.

그녀가 생기 있는 목소리로 다가왔다.

"구면인 분들이 계시네요?"

그녀의 시선이 엽단평과 장익을 스쳤다. 그러고는 단운룡에게로 눈을 돌렸다.

"대명(大名)은요?"

그녀는 단운룡이 이들의 문주임을 한눈에 알아봤다. 단운룡이 답했다.

"단운룡이다."

짧은 대답에도 그녀는 전혀 흔들리지 않았다. 그리고 다시 물었다.

"문주신가요?"

"그렇다."

"그렇다면야."

그녀는 당당했다.

보초 서는 도사들은 무공 공부가 아직 깊지 못했다. 결국 그녀는 강력한 군기를 뿜어내는 무인들 앞에 단신으로 서 있는 것과 다름없었다. 그럼에도 태연하기 짝이 없다. 괜히 청성 오선인이라 불리는 게 아님을 모두가 알겠다.

단운룡은 그녀가 누구든 관심이 없었다. 그가 거두절미하고 본론을 말했다.

"길을 터라. 비켜주면 신마맹을 치겠다."

금벽낭랑이 '훗!' 하고 웃었다. 어깨를 들썩이자 상의가 출렁이며 몸매가 부각되었다. 그녀가 은근한 어투로 물었다.

"의협비룡회라 했나요?"

누구도 문파 이름을 밝힌 바가 없다. 그럼에도 금벽낭랑은 알고 있었다. 그녀는 대답을 기다리지 않고 말을 이었다.

"저 두 분은 우리가 청성파라는 것을 알고도 우리 앞길을 막아섰었죠. 어디의 뉘신지 알기 위해 우리 원명각(圓明閣) 도우들이 참으로 노고가 많았답니다. 본파 도릉회의에서 격론이 벌어졌지만, 덕분에 제자들이 목숨을 건진 것도 있으니 더 은원을 가리지 말자고 했어요. 헌데 그렇게 유야무야 넘어갔기 때문인가요? 아무래도 우리 청성이 좀 우습게 보였나 봐요."

"우습게 본 적 없다."

"저번엔 먼저 길을 막아 놓고, 이제는 대뜸 길을 트라니요. 청성은 역사와 명성이 없는 방회가 아니랍니다."

금벽낭랑은 역사와 명성을 말하며 의협비룡회를 비꼬았다.

확실한 도발이었다. 단운룡은 꿈쩍도 하지 않았다.

"청성이 아니었으면 길을 터달라고 하지도 않았어."

단운룡이 한 발 더 다가섰다.

금벽낭랑의 파란 눈동자가 처음으로 흔들렸다.

그는 강하다. 그녀가 이길 수 없는 강자였다.

청성파라서 손을 쓰지 않은 거다. 그건 진심이다. 이 남자는 그녀를 비롯한 청성파 도사들을 무력으로 누를 수 있다.

뒷감당도 가능하다. 말장난이나 도발로 상대할 수 없는 자라는 것을 분명하게 깨달았다.

"이것도 신마맹 때문일까요? 저 해괴한 자들이 발호하기 전에는 청성을 상대로 이렇게 말하는 자를 보기가 참 힘들었었는데요."

"그럼 이러고 있을 시간에 저곳부터 들어가면 되겠군."

"지나치게 자신만만하시군요. 또 한 가지. 예전엔 어떤 무파도 구파 앞에서 이렇게 나서지는 않았어요. 우리가 못 뚫는 것을 당신네들이 돌파해 봐요. 청성과 종남의 체면은 어떻게 될까요?"

그것도 틀린 말은 아니다.

신마맹은 공공연히 구파를 노렸다. 그 보복에 나선 청성과 종남이 풍수방을 일거에 제압하지 못하고 있다. 천하의 이목이 이곳에 쏠려 있었다. 백번 양보하여 의협비룡회가 이름 높은 정도문파거나 구파와 우호관계가 돈독한 문파라면 청성파가 조력을 받았다 해도 큰 문제가 되지는 않을 것이다. 헌데 이처럼 이름 없는 신생문파가 구파를 제치고 교착상태를 해결하면 그것은 그 자체로 보통 일이 아니었다. 안 그래도 성혈교와 철기맹, 단심맹과 신마맹 때문에 구파의 지배적 위상에는 뚜렷한 금이 간 상태였다. 금 간 찻잔이 깨지는 것은 어렵지 않다. 누군가 계속 찻잔을 건드리고 있는 바에야 말할 것도 없다.

게다가 찻잔을 내려치는 것은 구파의 적들뿐이 아니었다. 의협비룡회처럼 부상하는 새로운 정도문파들도 충분한 위협이 된다. 사리에 명철한 금벽낭랑 같은 인재조차 길을 터주지 않으려 하는 이유였다.

"당장의 체면이 문제가 아냐."

단운룡은 금벽낭랑의 말을 일축했다.

그는 금벽낭랑의 입장을 이해한다. 하지만 이해와 동의는 별개의 단어였다.

청성파와 의협비룡회는 애초에 서 있는 위치가 달랐다.

양무의의 의도가 곧 그녀의 말과 맞닿아 있었다.

양무의는 막, 엽, 관, 장이라는 아주 강력한 전력을 꾸려주었다.

단숨에 몰아쳐서 풍수방 현판을 깨뜨린다. 그게 핵심이다.

청성과 종남이 얽혀 있다. 의협비룡회의 명성은 수직으로 치솟을 것이다. 강호에서 빠르게 입지를 확보하려면 이보다 좋은 기회도 드물 터였다.

하지만 단운룡은 그런 것에 관심이 없었다.

지금 중요한 것은 구파의 체면도, 의협비룡회의 명성도 아니었다.

그는 풍수방을 보았다. 그리고 기(氣)를 읽었다.

"신마맹은 드러난 것보다 훨씬 더 강해. 안이하게 대응하다간 청성 본산이 무너진다."

"우린 방심한 적 없어요. 저들이 강한 것도 잘 알고요."

"우마왕이나 금각이나 고작 요괴가면일 뿐이다. 그 정도로 강함을 알겠다니."

"고작이라고요? 우마군신은 안정진인이 이끄는 종남 자오 검진을 홀로 깨뜨렸어요. 우린 충분히 저들의 위험성을 알고 있습니다."

금벽낭랑의 말투가 점점 딱딱해졌다.

평상심을 잃고 있는 것이다.

그녀는 민감하게 깨달았다. 단운룡은 그녀가 보지 못하는 곳을 보고 있었다. 무공 경지도 다르고 천하를 보는 시야도 달랐다.

젊은 도사들이 과도하게 반응했던 것과 같다. 그녀는 스스로 자각했다. 제자들도 이랬구나. 누군가에게 그런 방식으로 압도당한다는 것은 구파 제자로서는 쉬이 겪을 수 없는 경험이었다. 그녀는 갑작스레 강호에 나타난 이 젊은 문주에게 위축된 자신을 생경하게 관조하며, 강호의 드넓음을 다시 한번 배웠다. 그것은 찰나의 성장으로 이어졌다.

단운룡은 그녀의 변화에 아무런 관심이 없었지만, 눈빛에 갈무리되는 깨달음은 분명히 보았다. 구파의 저력은 역시나 무시할 수 없다. 그건 괜찮다. 구파에 고수가 많아진다는 것은 신마맹과의 싸움에 있어 득이지 실은 아니다.

그녀의 깨달음과 단운룡의 생각은 그처럼 접점 없이 교차했다.

단운룡이 상념을 접고, 그녀에게 물었다.

"헌데, 그 위험하다는 놈들이 지금도 저기에 있나?"

대화는 여기까지다.

아까부터 들었던 의문이다. 단운룡의 예감이 맞다면 지금 이 실랑이는 진즉에 아무런 의미가 없었다.

"네?"

그러니, 더 비키라 말하지 않았다.

이렇게 말을 나누는 것으로 면은 세워줄 만큼 세워줬다.

단운룡이 그녀의 눈앞에서 사라졌다.

금벽낭랑은 단운룡의 움직임을 완벽하게 놓쳤다. 이런 적은 그야말로 처음이었다. 소름이 돋았다.

그녀가 고개를 돌렸다.

단운룡의 신형이 사라졌다가 다시 나타났다. 처음 보는 신법 이었다. 움직임이 뚝뚝 끊어지는 것처럼 보였다. 금벽낭랑은 장 천사께서 만 리 길을 달릴 때 펼치셨다는 축지법을 떠올렸다.

단운룡이 나루터에 섰다.

많은 제자들이 경악했다.

나루터엔 배들이 많았다. 전투의 흔적이 있는 배들도 여러 척 있었다.

젊은 도사들이 대경하여 경계 태세를 취했다. 종남파 도사 복을 입은 이들도 보였다.

그들 입장에서 단운룡은 난데없이 나타난 침입자일 뿐이었다. 그를 위해 노를 저어줄 사람은 아무도 없었다.

단운룡은 그 또한 신경 쓰지 않았다. 그가 나루에서 물 위로 몸을 날렸다.

도사들은 또 한 번 경악했다.

찰랑.

단운룡이 단단한 땅 위에서 내려선 것처럼 물 위에 선 것이다.

장삼을 덮어 쓴 천잠보의에서 빛이 솟아올랐다. 안에서 올라오는 빛 무리를 따라 녹색 장삼 위에 연녹색 무늬가 생겨났다.

작은 파랑이 그의 발밑에서 일어나고 있었다. 타원과 동심원의 물결이 강물 위를 누볐다.

'등평도수……?!'

금벽낭랑의 큰 눈이 더 크게 뜨여졌다. 파란 눈동자가 끊임없이 흔들렸다.

'아니야. 등평도수도 수상비도 아냐. 저게 가능해?'

등평도수란 부평초를 밟고 물 위를 걷는 신법을 말한다. 대체로는 특별한 비기를 일컫는 것이 아니라 물 위도 뛸 수 있다는 놀라운 신법경지를 말할 때 쓰는 표현이었다.

내공을 최대한 끌어 올려 뛴다면, 그녀 역시 어지간한 물 위를 뛰어서 건널 수 있었다. 하지만 단운룡이 하는 것은 그것과 다르다.

물 위에 서서 유유히 걸었다. 그것도 깊은 강 물결치는 수면 위를 땅처럼 밟고 있다. 아니, 밟는지도 잘 모르겠다. 단운룡의 발은 수면 위에서 한 치 정도 떠 있는 것 같았다. 등평도수가 아니라 능공허도일 수도 있겠다. 능공허도든, 육지비행이든, 그녀가 일찍이 본 적 없는 공부였다.

단운룡은 무언가를 살피듯 강물의 삼분지 일쯤까지 걸어가더니, 그대로 거기에 멈춰 섰다. 청성과 종남 제자들은 소선에 올라타며 정체를 밝히라 소리치고 부산을 떨었다.

단운룡은 물 위에 서서 풍수방 전각들을 유심히 바라보았다.

이내 그가 몸을 돌렸다.

그가 다시 이쪽으로 돌아왔다. 돌아올 때는 강물을 걸을 때와 달랐다. 뚝뚝 끊기듯 수면을 몇 번 밟는 듯하더니, 다시 나루터 위에 섰다.

"이상하군."

숨 몇 번 쉴 사이에 눈앞이다.

단운룡의 목소리가 금벽낭랑의 당혹감 위에 내려앉았다.

나루터에 있던 제자들은 단운룡이 존재 자체를 놓친 채, 고개를 두리번거리며 우왕좌왕하고 있었다. 그녀의 심정도 크게 다르진 않았다.

"역시 없는 겁니까?"

금벽낭랑은 죽립을 눌러쓴 검객이 단운룡에게 묻는 것을 들었다. 적하가 수도 없이 말했던 자다. 그녀에게도 놀라운 검술로 기억되던 자였다.

"없다."

단운룡이 검객의 질문에 대답했다.

이들은 영문 모를 이야기를 너무 당연하게 주고받는다.

그녀는 어렵사리 정신을 추스르고 황급히 끼어들었다.

"뭐가 없다는 거죠?"

"신마맹."

"뭐라고요?"

"배를 띄워. 저긴 지금 풍수방 방도들밖에 없다. 공격해 들어가면 바로 무너질 거다."

중첩되었던 당혹감이 정점을 찍었다.

파란 눈에 그녀의 감정이 그대로 드러났다.

"그, 그게 무슨……?"

단운룡은 더 이상 그녀의 질문을 받아줄 생각이 없었다.

그가 몸을 돌려 의협비룡회 무인들에게 말했다.

"적벽으로 돌아가."

"문주! 그냥 허탕이라고?"

"그래."

"아니, 그래도 이렇게 돌아갈 수는 없는 거 아뇨!"

단운룡이 막야흔을 응시했다.

"아쉬워?"

"당연하지… 합니다."

막야혼은 대들 듯이 말하다가, 단운룡과 눈을 제대로 마주치자마자 바로 말투를 바꿨다.

금벽낭랑은 그 경황 중에도 둘의 대화를 들으며, 이들이 사실은 사도 문파인가라는 생각을 했다. 원명각에서는 의협비룡회를 조사한 후, 위치한 적벽 민초들에 대해 착취나 폭력이 전혀 없고, 문도들의 몸가짐이나 행동거지가 정대한 정도문파로 보인다는 보고를 올렸다. 헌데 문주와 그 수하의 언행은 그와 같지 않았다. 구파를 가볍게 무시하는 태도 역시 그러했다. 패도(覇道)를 추구하는 마도문파라는 인상마저 받았다.

"그럼, 나머지는 돌아가고 야혼만 따라와."

막야혼이 주먹을 불끈 쥐었다.

환호성이라도 지를 것 같은 표정이었다.

"어디로 가시는 겁니까?"

엽단평이 물었다.

금벽낭랑도 퍼뜩 고개를 돌리며 대답을 기다렸다.

"……."

단운룡은 바로 입을 열지 않았다.

잠시 고민하듯 하늘을 한 번 올려다보더니 행선지를 말했다.

"송자방……."

고개를 내린 그가 이번엔 엽단평이 아니라 이전을 바라보았다.

"그래, 송자방으로 간다."

마음을 확실히 굳힌 듯, 두 번이나 송자방의 이름을 말했다.

이전은 왜 단운룡이 본인을 보며 말했는지 알았다. 양무의에게 전하라는 뜻이다.

단운룡은 그러더니 정말 땅을 박차고 관도 쪽으로 몸을 날렸다. 막야흔이 즉각 그의 뒤를 따랐다. 금벽낭랑이 한 번 더 놀랐을 만큼 막야흔의 신법도 빨랐다.

"그… 풍수방을 치라는 게 정확히 무슨 말인가요?"

망연자실한 표정으로 단운룡과 막야흔이 사라지는 것을 바라보던 금벽낭랑이 다시 한번 물었다. 그의 눈은 엽단평에게 닿아 있었다.

"듣지 않았소? 저긴 신마맹 고수들이 없소."

"하지만 바로 어제까지……."

"어제는 어제고, 지금은 아니오."

"그걸 저기 강 위에서 감지했다고요?"

"여기서도 그래 보이오. 문주는 확실히 하기 위해 저기까지 다녀온 거요."

"아니, 이 거리에서 저기에 사람이 없는 게 느껴진다는 말인가요?"

"사람은 있소. 고수가 없을 뿐."

"그러니까 고수들일수록 내기(內氣)를 갈무리하는 공부가 깊을 터인데 그게 되냐는 말이에요."

"말했듯, 여기서는 어려우니 문주가 갔다 온 거라 하지 않았소."

"……"

"배를 띄우고, 공격에 나서시오."

엽단평이 말했다.

그가 포권을 취하며 덧붙였다.

"무운을."

의협비룡회가 돌아섰다.

*　　　*　　　*

금벽낭랑은 지체 없이 몸을 날려 물가 한쪽에 만들어진 임시 천막으로 향했다. 천막 앞에는 종남의 깃발이 올려져 있었다.

종남 제자들이 금벽낭랑을 보고 놀라 포권을 취했다. 종남 도사들은 아직도 그녀를 볼 때마다 신기해했고, 시선 둘 곳을 몰라 했다.

"안에 계시지요?"

"네. 들어가십시오."

종남 도사들이 공손하게 답했다.

처음부터 그랬던 것은 아니었다. 풍수방에 진입하려다 몰살당할 뻔했던 종남 도사 한 무리를 구해준 다음부터야 깍듯해졌다.

그 전까지는 엉망진창이었다.

그녀의 실력을 목도하지 못한 대다수 명문 정파의 제자들은 언제나 금벽낭랑을, 청성파가 무리하게 자행한 인재포섭전략의 산물 정도로 여겼다. 용모가 요망한 여자 색목인을 도가 일문의 대표고수로 뽑았다는 사실에 경멸이나 혐오를 표하는 자들까지 있었다.

금벽낭랑은 딱히 불쾌해하지 않았다. 사람은 어디서나 같았다. 그런 대접이야 넘치도록 익숙했고, 진면목을 보여준 뒤에 태도가 바뀌는 것 또한 한결 같았다.

"왔소이까?"

종남파 장로 안정진인이 침상에서 몸을 일으키며 그녀를 맞이했다. 늙고 청수한 얼굴은 백지장처럼 창백했다. 내상으로 인해 공력이 온전치 못해 보였다.

"진인께서는 좀 괜찮으신가요?"

"아직 힘들구먼. 내 침상에서 손님을 맞이하는 것을 이해해 주시게."

안정진인은 온화하고 조용한 도사였다.

무골보다는 선골 기질이 훨씬 더 뚜렷했다. 무공이 몹시 출중한 장로는 아니라는 이야기다. 그래서 이렇게 당한 것이다. 그녀가 내려왔듯, 종남에서도 더 강한 이를 보냈어야 했다.

물론, 종남의 선택도 이해 못 할 바는 아니었다.

군산대혈전에서 구파는 인력과 명성 모든 면에서 대타격을 입었다. 허나, 신마맹 산하 구개 문파들은 더 심했다. 구파의 손해가 막심하긴 해도, 실제로 발생한 사상자의 수는 신마맹 측이 압도적으로 많았다. 때문에 구파가 보복 공격을 감행했을 때, 대다수 문파들은 제대로 대항조차 할 수 없었다.

　주축고수가 대부분 죽거나 다친 중소 규모 사도문파들은 젊은 제자들 선에서도 충분히 정리가 가능했다. 원강방이나 남구문 같은 문파를 쳤을 때는 금벽낭랑 스스로도 굳이 호광까지 왜 따라왔나 의문을 가졌을 정도였다.

　신마맹 본진이 어딘지는 파악도 안 되었다만, 본진도 아니고 맹 산하의 사도문파 하나 잡는 데 대표고수를 하산시키기는 것은 대종남파 자존심으로 용납할 수 없었던 모양이었다.

　기실 청성도 크게 다를 바는 없었다. 금벽낭랑이라도 내려 보낸 것은 순전히 이전 구룡보 사건 때 얻었던 교훈 때문이었다. 기련산 백수문 무리의 흉악한 살수에 젊은 제자들이 여럿 목숨을 잃었다. 같은 실책을 반복할 수 없었다. 청성파는 그 이후로 어떠한 강호행에도 반드시 오선인급의 실력자를 함께 내려보냈다. 그게 지금 이곳에 있는 숱한 제자들의 목숨을 살렸다. 청성뿐 아니라 종남까지 그러하다. 그녀가 아니었으면 종남에서도 자오검진이 파훼되는 정도로 끝난 것이 아니라 안정진인이라는 구파 장로를 잃었을 것이었다.

　"진인께서는 괘념치 마세요. 내상은 좀 어떠신가요."

"많이 좋아졌소. 그보다, 밖에서 소란이 좀 있었던 모양이다만."

"네, 사실 그 때문에 뵈러 온 거예요."

"무슨 일이었소?"

"풍수방에서 신마맹이 철수한 것 같아요."

"그게 무슨 말이오?"

안정진인의 안색이 돌변했다. 그의 질문에 금벽낭랑이 저간의 일을 간략하게 이야기했다. 진인이 미간을 좁히며 말했다.

"그런 알 수 없는 방회 무리의 말을 믿는 거요?"

"그 알 수 없는 방회의 무인은 일전에 적하와 비등하게 싸웠어요. 그 수준 또는 그 이상으로 보이는 무인이 넷이 더 있었죠. 문주의 기량은 그중에서도 독보적이었고요."

"도고."

"말씀하세요."

"내 금벽도고는 종종 심성이 아이와 같아서 도리어 도인으로의 상선(上善)에 이른 것 같다는 생각을 했더이다. 하지만 어린 소동들처럼 장난을 치기에는 지금 상황이 결코 가볍지 않다 여기오만."

안정진인은 그리 말하며 자신의 중단전 부위를 지그시 눌렀다. 우마군신에게 당한 내상이 결코 가볍지 않음을 재차 말하고자 함이었다.

"혹시 진인께서는 제가 지금 농을 하고 있다 여기시는 건가요?"

"그게 농이 아니면 무엇이 농이겠소. 나는 제자들의 목숨을 살리겠단 핑계로 괴악한 가면의 악적과 승부를 결하지 못하고 치욕스럽게 도망까지 쳐야 했던 사람이오. 아무리 우리가 산에서 천도(天道) 너그러움을 배우고 가르치나, 도고의 이런 이야기는 내 편안케 듣기가 아무래도 어렵소. 의기소침해진 이 늙은 도사에게 웃음을 주기 위해서였다 한들, 내 감당키가 힘드오이다."

"진인께선 잘 들으세요. 저는 웃자고 이런 이야기를 하는 게 아니어요."

금벽낭랑이 자못 진지한 표정을 지으며 말을 이었다.

"저는 지금 바로 풍수방 공격에 들어갈 거예요. 종남도 함께하실 것인가 여쭙고자 왔을 뿐입니다."

"도고, 여기서 저 강 건너까지 거리가 얼마요? 여기서 무슨 수로 고수의 기척을 느낀다는 거요? 나는 여기 침상에 누워 있는 동안 한참을 생각했다오. 우리는 저들의 진짜 정체를 알지 못하오. 우리가 본 것이라고는 가면을 쓴 모습뿐 아니오? 그 가면 안에 어떤 얼굴이 있는지는 아무도 모른다오. 의협비룡회라 했소? 도고가 말한 그 의협비룡회의 무인들이 사실은 제각각 품속에 가면들을 숨기고 있을지 누가 알겠소?"

금벽낭랑이 눈썹을 치켜올렸다.

결과적으로는 그녀의 안목을 의심하는 말이다. 허나 즉각 반박하지는 않았다.

문파는 다르지만 넓게 봤을 때 도문(道門) 선배요, 배분도 안정진인이 더 높았다.

무엇보다, 안정진인의 말에 일리가 있었다.

의협비룡회를 자처한 그들이 사실은 신마맹의 간자라면, 그녀는 그들이 판 함정에 제 발로 기어들어가는 꼴이 될 터였다.

그녀는 길게 생각하지 않았다. 그녀가 더 공손하게 고개를 숙이며 대답했다.

"진인께서 후배를 걱정하시는 마음을 잘 알겠습니다. 그래도 시도해 볼 가치가 있다고 생각합니다. 낌새가 조금만 이상해도 배를 돌릴 터이니, 걱정 마셔요."

"도고, 꼭 해야겠소?"

"만일 저들이 은밀하게 철수한 거라면 언제든 은밀하게 돌아올 수도 있어요. 저희가 여기에 오랜 시간 묶여 있을 수 없잖아요? 묶여 있어서도 안 되구요. 이미 청성과 종남의 체면을 첫 공격 실패부터 땅에 떨어졌어요. 적의 고수들이 자리를 비웠다면 지금이야말로 절호의 기회입니다."

"나 역시 마음이 급하다오. 하지만 그렇다고 상황에 휘둘려서야 되겠소? 보시오. 도고, 그 문주의 이름이 뭐라 했소?"

"단운룡이라 했어요."

"단운룡이란 이름을 전에도 들어봤소?"

"아뇨."

"이름조차 못 들어본 자 아니오. 청성 오선인이나 되는 도고가 그런 무명소졸의 말을 믿고 허황된 모험을 하지 마오. 항상 실수는 조급함에서 나오는 법이라오."

금벽낭랑은 마음속 깊은 곳에서부터 격렬하게 차오르는 답답함을 배움으로 억눌렀다. 그녀가 다시 한번 고개를 숙였다.

"진인, 저는 이미 마음을 정했어요. 저희는 신중히 접근해볼게요. 마지막으로 여쭐게요. 종남도 함께하시겠어요?"

"…도고가 나에게 어려운 판단을 강요하는구려."

"진인께서 느끼시는 대로 행하세요. 청성은 얻은 정보를 분명히 공유드렸습니다."

"허허허. 도고, 이러지 마시오. 본산 무인들이 올 때까지 공격 보류는 어떻소?"

"말씀드렸잖아요. 신마맹 고수들이 정말로 저기 없다 해도 언제 돌아올지 몰라요. 저는 기회를 놓치고 싶지 않답니다."

안정진인은 청수한 얼굴을 다 망가뜨릴 만큼 미간을 잔뜩 찌푸린 채, 골몰했다. 금벽낭랑은 천사동에 틀어박혀 도(道)를 닦는 심정으로 기다렸다.

안정진인이 결국 입을 열었다.

"금벽도고, 종남은 여기에 있겠소. 젊은이의 용맹이란 강호의 미덕처럼 보이기 쉬우나, 우리는 도인이오. 부디 경동하지 마시고 공명심에 무리하지 마시오."

"네. 알겠어요. 진인께서는 조속히 쾌차하시길 바라겠어요."

대화가 끝남이 다행이다.

금벽도고는 무례를 범하지 않은 범위에서 단호히 말하고는, 날듯이 천막에서 돌아 나왔다.

그녀가 곧바로 청성제자들에게 명했다.

"배를 띄워라! 총공격에 들어간다!"

힘 있게 흔들리는 그녀의 몸매에 종남 제자들은 제대로 눈길조차 주지 못했다. 그녀에게 익숙한 청성제자들도 종종 얼굴을 붉힐 정도이니 말할 것도 없었다.

안정진인과의 대화로 도리어 결심을 굳힌 그녀였다. 그런 그녀에게서 뿜어져 나오는 기파는 산중의 여도사가 아니라 백전의 여장수와 같았다. 그녀는 항상 젊은 제자들을 곤란케 만들기 일쑤였지만, 싸울 때의 그녀는 누구보다 의지할 수 있는 존재였다. 청성제자들이 일사불란하게 움직였다. 소선 이십척의 뱃머리가 강 건너 풍수방 쪽으로 향했다.

'의협비룡회 문주는 마지막에 송자방을 이야기했다. 그쪽에도 뭔가가 있을 거야.'

그녀는 과감하기만 하지 않았다. 판단이 빠르면서도 일처리가 항상 주도면밀했다. 그녀가 원명각 제자들을 불렀다.

"누가 검을 가장 잘 쓰지?"

"저희 중에요?"

"일단 너. 네가 가장 영특하구나. 이름이?"

"등준을 호로 씁니다."

"마침 항렬도 같아서 좋다. 관도 쪽에서 등운을 찾으렴. 걔는 나름 혈전을 경험했고, 의협비룡회 무인들도 봤단다. 둘이 송자방으로 가."

"무엇을 살피면 되겠습니까?"

"뭐든."

"알겠습니다."

"백수문 일 알지?"

"압니다."

"등운이 걔가 그 이후로 날이 좀 서 있어. 뭔 일 있어도 함부로 검 뽑지 말라고 해."

"명심하겠습니다."

"가!"

등운이 관도 쪽으로 뛰어갔다.

"나머지는 날 따라와."

금벽낭랑은 곧바로 배 위에 올랐다. 아직 강바람이 찼다. 차디찬 기운을 제대로 느끼지 못했다. 뱃머리가 물살과 함께 물안개를 갈랐다. 어스름하게 풍수방 전각들이 보이기 시작했다.

"준비해."

금벽낭랑의 말에 제자들이 얼굴을 굳히고 공력을 일으켰다.

경험에 따른 반응이었다.

원래는 이쯤부터 물살이 달라졌다. 노란 기운이 서린 기이한 바람이 불면서 잔잔한 강물이 일으킬 수 없는 파랑을 만들었었다. 접근하는 와중에만 배들이 몇 척이나 뒤집혔다.

오늘은 아니었다.

바람은 불지 않았고, 물안개만 자욱했다.

화살도 날아오지 않았다. 이전에는 사나운 물살에 배가 침수되어 물에 빠진 제자들은 멀쩡한 배에 올라야 했다. 소선은 제자들로 빽빽해졌고, 그러면 그 위로 화살이 쏟아졌다. 갑주 없이 화살을 막으려면 무공을 펼쳐야 했다. 그리고 무공을 펼치기 위해서는 넉넉한 공간이 필요했다. 제자들은 다시 물에 빠지거나 화살에 맞아야 했다. 수로 공격은 그래서 만만치 않았다.

"긴장 풀지 마."

금벽낭랑이 다시 말했다.

풍수방에서는 아무 반응이 없었다. 제자들은 의아함을 감추지 못하면서도, 금벽낭랑의 말처럼 방심하지 않았다. 풍수방 앞마당에 해당하는 모래톱이 한껏 가까워졌다.

쐐액! 쐐애액!

"방패 들어!"

청성파 도사들은 평생 강호행에서 좀처럼 사용할 일 없을 것 같은 방패들을 재빨리 들어 올렸다.

뒤늦게 화살비가 내렸다. 헌데 화살이 전처럼 사납지 않다. 전에는 황색 바람이 화살을 도와주듯, 사거리도 길고 위력도 강력했다. 이 화살들은 힘이 없었다. 막기가 수월했다.

"경공 되는 애들은 내 뒤에 붙어!"

물가에 이르기 무섭게 금벽낭랑이 뱃머리를 박찼다.

용감한 제자들이 그녀 뒤로 따라붙어 몸을 날렸다.

촤악! 촤아악!

그녀가 물 위를 달렸다. 발밑에서 물살이 부서졌다. 오 장이 넘는 거리를 수상비(水上飛)로 주파했다. 다른 제자들에겐 그런 경공이 없었다. 수면을 두 번 이상 박차는 제자들이 드물었다. 그래도 그 거리에선 물에 빠져도 수면이 허리에도 오지 않았다. 제자들이 첨벙거리며 그녀의 뒤를 힘껏 따라 달렸다.

그녀는 선두에서 멈춤 없이 모래사장을 가로질렀다.

화살이 그녀에게 집중되었다.

파라라락!

넓은 도포자락 소매가 경쾌한 파공성을 냈다. 금발을 휘날리며 화살들을 쓸어 담듯 밀쳐냈다. 그녀는 빠르고 강했다. 그녀의 신형이 순식간에 풍수방 정문에 이르렀다.

"후욱."

가녀리고 하얀 손이 대문에 닿았다. 숨을 내쉬며 공력을 집중했다. 내공기류의 흐름을 따라 그녀의 도포자락이 유려한 몸매를 감싸고 흔들렸다.

쫘아앙! 우지끈!

그녀의 자태는 이국적이고 육감적이었지만, 구파일절 청성

장법의 위력은 흉맹한 강철망치처럼 강맹했다. 청성파 건복청 정장이 두터운 정문 빗장을 일격에 분질렀다.

쾅!

그녀가 발을 들어 앞차기로 대문을 열어젖혔다. 금발이 어깨 위에서 흩날렸다. 그녀의 위용에 뒤따르던 제자들이 용기백배하며 혀를 내둘렀다. 그녀는 단순한 얼굴 담당이 아니다. 그녀는 실력으로 칭호를 입증하는 본산 오선인이었다.

정문이 깨지고 풍수방 방도들이 몰려 나왔다. 그녀는 금발을 갈기처럼 휘날리며 사자처럼 싸웠다.

퍼엉!

황색 도포를 입은 방도가 일장에 가슴을 맞고 하늘을 날아 담벼락에 처박혔다. 방도들이 제각각 철필과 철장을 휘두르는 모습은 자못 살벌해 보였지만, 그녀는 서쪽 무림을 떨쳐 울리는 명성처럼 강력한 무위를 선보였다.

십여 명 방도들이 단숨에 사방으로 날아갔다.

모래사장을 달린 제자들이 그녀 뒤로 합류했다. 금벽낭랑은 격렬하게 싸우는 와중에도 공격해 오는 자들의 얼굴을 하나하나 놓치지 않고 살폈다.

단 한 명의 얼굴에도 가면이 씌워져 있지 않았다.

신마맹은 정말 없다. 여기엔 풍수방 방도들뿐이었다.

그녀 하나만으로 중앙대문이 깨진 풍수방이다.

불과 한 시진 후. 금벽낭랑의 일장에 풍수방 현판이 박살

났다.

"원명각 제자들은 이곳을 샅샅이 뒤져! 신마맹과 관련된 흔적을 모조리 찾아내!"

"네! 사고!"

금벽낭랑이 지시했다.

풍수방 전각 지붕 위로 청성의 깃발이 올라갔다. 승리의 호시(號矢)를 몇 발이나 쏴 올렸다. 강물 저편, 승전 꼬리를 달고 올라가는 화살과 청성 깃발을 보고받았을 안정진인의 침통한 표정이 눈에 선했다. 종남은 두려움에 좌시했고, 용감한 청성이 홀로 풍수방을 제압했다. 이런 일들이 조각조각 모인 결과가 구파의 서열이다. 고작 풍수방 하나 이긴 것이지만, 종남파를 이긴 것이기도 했다.

이 정도면 옛일은 묻어둬도 된다. 도룡회의의 원로들이 무슨 말을 하든, 금벽낭랑은 적아 판단을 섣불리 할 수 없었던 의협비룡회에 오늘부터 호감을 주기로 마음을 굳혔다.

'하지만……'

마음이 온전히 흡족하진 않았다.

신마맹이 없는 풍수방은 이리도 쉽게 제압했듯, 껍데기에 불과했다. 승리했지만 승리한 기분이 들지 않았다. 그녀의 푸른 눈이 물안개 걷혀가는 강물로 향했다. 이리저리 흔들리는 물결처럼, 그녀의 마음에도 파랑이 일었다.

물은 이제야 흐르기 시작했다.

그 물길이 어디서 끝나는지는 아직 알 수 없었다. 그녀는 분주하게 움직이는 제자들을 보며, 눈에 닿는 누구의 상실도 없이 그 끝에 이르길 장천사께 기원했다.

헛된 바람임을 그녀도 잘 알았다.

*　　　　*　　　　*

단운룡이 형주부에 도착했다.

막야혼은 질려 있었다. 오기와 집념으로 따라왔다. 혼잣말로 몇 번이나 욕지거리를 내뱉었다. 단운룡은 막야혼의 기준으로도 너무 빨랐다.

"야혼. 수련을 더 해야겠다."

단운룡이 말했다.

막야혼은 또 욕을 할 뻔했다. 하지만 입 밖으로 내진 못했다.

단운룡은 두렵고 고마운 문주였다. 그리고 그의 말은 항상 맞았다.

다른 이들이 중원을 누비는 동안, 막야혼은 남쪽 밀림에서 월국의 호 일족과 싸웠다. 그들이 지닌 무공은 막야혼에게 어떤 방식으로도 생명의 위협을 줄 수 없었다.

대신 막야혼은 생전 처음으로 그곳에서 지키는 싸움을 해야 했다.

그에겐 쉬운 상대라도, 문도들에겐 마냥 쉽지 않았다. 빽빽한 숲에서 전략적으로 기습을 해 오는 호 일족은 상당히 성가신 상대였다.

호 일족에는 걸출한 지휘관들이 있었다.

빈약한 무력으로 제법 귀찮은 공격을 가해 왔다. 막야흔은 올바른 판단력을 강요받았다. 그는 압도적인 무공을 지니고도 홀로 행동할 수 없었다. 적들은 항상 분산되어 있었다. 혼자 깊숙이 들어가서 헤집다 보면 다른 곳에서 나타난 적들의 기습에 발도각 무인들이 다쳤다.

막야흔은 본디 저잣거리형 협객이었다. 부하 삼은 자, 동생 삼은 자, 제 새끼에 해당하는 이들은 험하게 대하면서도 끔찍하게 아꼈다. 그래서 그는 억지로 함께 싸우며 답답해도 참는 법을 배워야 했다.

그처럼 호 일족과의 전쟁은 발도각이라는 일각의 각주로서 아주 중요한 소양을 닦도록 해주었다. 하지만 그것이 막야흔의 무공 공부를 비약적으로 성장시켜 준 것은 아니었다.

그보다 한발 먼저 중원에 나섰던 엽단평은 무공도 한발 앞서 있었다. 엽단평은 그가 늪과 숲에서 죽이던 자들보다 훨씬 강한 자들과 싸웠다.

막야흔은 그것을 한눈에 알아보았다.

항상 들끓던 호승심은 그 어느 때보다도 거세게 그를 괴롭혔다. 언사도 행동도 더 거칠어졌다. 막야흔은 스스로 그 사실을 잘 알았다.

"문주, 내 자신이 더 강해지고 싶습니다. 제대로 된 상대와 싸우게 좀 해주십쇼."

"꼭 싸워야만 늘 수 있는 건 아냐."

"아니, 그럼 이 내가 참선이라도 하라는 거요? 내공 수련에 매진하면서?"

"해."

"그게 될 일이요? 싸움꾼은 싸워야 세지는 겁니다!"

"그건 네 생각이고."

단운룡은 막야흔을 똑바로 바라보았다. 막야흔은 도전적으로 그 눈빛을 받았다. 단운룡이 대뜸 말을 돌려 물었다.

"청성파 여도장은 어떻더냐?"

"누구요? 그 눈 퍼런 금발?"

"그녀가 청성파 오선인 금벽낭랑이다. 구파일방 청성파가 문파의 상징으로 강호 일선에 내세운 인재지."

"그게요? 구파의 간판으로는 쪼금 부족한 거 아닙니까?"

"이길 수 있어?"

"물론!"

"몇 초?"

"아니, 내가 문주요? 그런 걸 몇 초 만에 눕히게?"

"쉽게 이길 순 없다?"

"문주가 말하지 않았소? 청성파 간판이라고!"

단운룡이 피식 웃었다.

그나마 다행이다. 막야흔은 바보지만 적어도 상대 실력을 가늠할 줄은 안다.

막야흔은 승리를 자신했다. 그렇다고 금벽낭랑을 경시한 것은 아니다. 그녀에게 오선인 칭호가 아깝지 않은 무공이 있음을 막야흔도 알기에 에둘러 말하는 것뿐이었다.

"그녀가 하는 수련의 절반이 참선이다. 구파가 다 그러하지. 너 정도면 사람 상대로 칼을 충분히 휘둘렀어. 마음으로 수련해라."

"문주… 나 그런 거 잘 못하는 거 잘 알잖요."

"강해지는 데에는 아주 단순하게 나눠서 두 가지 방법이 있다. 첫째는 잘하는 걸 더 잘하는 것이고, 둘째는 못하는 것을 보완하는 것이다. 넌 지금 두 번째가 필요해."

"으……."

단운룡이 막야흔을 붙들고 이런 말을 하는 것은 지극히 오랜만이자, 아주 이례적인 일이었다. 그럼에도 막야흔은 그걸 어색해하지도 않았다. 그는 원래 그런 쪽으로는 아무 생각이 없었다.

하지만 막야흔은 본능적으로 단운룡의 말이 중요하다는 사실을 알았다. 욕 대신 끙끙댄 것은, 하기 싫은 일을 해야 하는 것에 대한 난감함이었지, 안 하겠다는 뜻이 아니었다.

"참선수양은 단평에게 배워. 일단 지금은 하고 싶은 걸 하게 해주마."

"아니, 그 샌님에게 부탁이라도 하란 말입니까?"

"송자방으로 가."

"문주, 그러니까 나는 샌님한테……."

"가서 튀어나오는 놈들을 모조리 쓰러뜨려. 손속은 너무 과하지 않게. 확실히 악독해 보이는 놈들 아니면 팔다리 자르지 말고, 가능한 죽이지도 마."

"문주. 아니, 제발."

"내가 뭐라고 했지?"

단운룡이 막야혼의 말을 연이어 잘라냈다. 눈빛에서 뇌전이 튀는 듯했다. 막야혼은 그의 시선을 더 이상 도전적으로 받아내지 못했다. 엽단평에 대한 이야길 해봐야 아무 소용이 없음을 알았다. 아쉬운 소리는 죽어도 하기 싫었지만, 도리가 없었다.

단운룡이 눈빛으로 그의 대답을 재촉하고 있었다. 그가 더듬더듬 읊었다.

"송자방을… 쓸어내라. 악독해 보이면 팔다리를 잘라라. 맘에 안 들면 죽여라?"

비슷하긴 했다.

단운룡은 굳이 정정해 주지 않았다.

"의협비룡회가 왔다고 말하지 마. 현판도 부수지 말고."

"그러니까, 그냥 누군지 밝히지 말고 보이는 족족 다짜고짜 박살 내면 되는 거요?"

"그래."

단운룡의 말은 곧, 승낙이었다.

막야흔이 훌쩍 담벼락 위로 뛰어 올랐다.

그의 신형이 도망치듯 쏜살처럼 멀어졌다. 울화가 생기면 날뛰면서 푸는 놈이다. 송자방이 어디 있는지는 알아서 잘 찾아갈 것이다. 싸움 찾아 가는 건 또 은근히 잘했다.

'그럼, 예상대로인지 보자.'

단운룡은 형주부 거리를 걸었다.

신마맹 산하 문파들에 대해서는 일찍이 상세한 보고를 받은 바 있었다.

신마맹이 무림 전면에 나선 이상, 그도 전처럼 외유와 수련을 고집할 수 없었다.

겨우내 직접 여의각을 오가면서 그간에 쌓인 정보들을 닥치는 대로 머리에 새겨 넣었다. 양무의를 거치지도 않았다. 여의각 요원들과 한 탁자에서 대화했다. 여의각 정보요원들은 어색해하고 황송해했지만, 문주가 말투와 달리 전혀 고압적이지 않고 유연한 사람이라는 사실을 금세 깨닫고 평상심을 찾아갔다. 융통성을 넘어 파격에 가까운 사고를 한다는 사실도 알았다. 정보요원들은 사실 보고에 더해 해석과 의견을 자유롭게 피력했다. 단운룡은 항상 유심히 들었으며 부족함에 대해 나무라지 않았다. 가르칠 게 있으면 웃으면서 가르쳤다. 단운룡은 강자를 강자로 보지 않았고, 약자에겐 너그러웠다.

그렇게 얻은 정보를 토대로 단운룡은 형주부에 왔다. 저잣거리 대로변의 다루로 들어가 차를 한 잔 주문했다.

지나가던 여인 둘이 눈을 동그랗게 뜨더니 단운룡에게 추파를 던졌다. 한 명은 옷차림이 아주 고급졌고, 하나는 적당히 수수했다. 권세 있는 가문의 여식과 시비 같았다. 비단 옷의 품질이 아주 좋아 보였다.

저절로 처와 시비, 강설영과 여은이 생각났다.

서로 신경전을 벌이면서 천잠보의를 찾겠다 강호를 주유했던 옛일을 떠올리자니 저절로 입가에 미소가 번졌다. 추파를 던지던 여인이 뭔가 착각을 한 듯, 서로 어깨를 감싸며 까르르 웃고 후닥닥 사라졌다.

"쯧쯔. 저 연씨 가문 딸래미는 어째 저리 지조가 없을꼬."

"저게 셋째 딸이지, 아마?"

"셋째 딸 맞아. 뭘 저래 쏘다니는지……."

뒤쪽에 앉은 다객들이 목소리를 한껏 낮추며 혀를 찼다. 물론 아무리 속삭이듯 이야기를 해도 단운룡이 못 들을 리 없었다.

피 튀기는 강호사가 아니어서인지, 또 듣는 느낌이 새로웠다.

때는 해가 중천에서 막 떨어지기 시작한 오후라 활발함과 나른함이 곳곳에 함께했다. 잘 파는 장사꾼은 정신이 없고,

못 파는 노점상은 꾸벅꾸벅 졸았다. 강과 호수를 하나씩만 건너면 체면 하나로도 철퇴와 육장이 난무하는 전장인데, 이런 저잣거리에서는 또 사람 사는 냄새가 물씬 났다. 차를 한 모금 더 했다. 딱히 고급 차가 아니었지만, 부드럽고 향긋했다.

'이런 곳도 수라장이 되는 것은 한순간이겠지.'

단운룡은 생각했다.

산과 물까지 갈 필요도 없다.

신마맹이 풍수방이 아니라 송자방에 가면들을 집중했다면, 여기가 이렇게 평화롭지는 않았을 게다. 유명한 가면 괴수라도 저잣거리에 뛰어들면, 그걸로 끝이다. 구파 무인들이 휙휙 날아다니며, 남녀노소 핏물과 비명이 난무하는 전쟁터가 눈에 선했다.

그러고 보면 이들은 참으로 위태로운 삶을 사는 거다.

강호무림이 존재하는 이상, 그런 위험성은 언제나 상존하는 것이겠지만, 신마맹의 출현은 백성들이 영위하는 일상의 붕괴 가능성을 비약적으로 올려놓았다. 그래서 신마맹이 악으로 규정되는 것이다. 그들의 도전적 침공은 강호인과 민초들 모두에게 몹시 위협적이었다.

'막아야 해. 우리의 원한을 풀기 위해서만이 아니다. 이 모습이 무너지지 않으려면, 싸워야 하고, 이겨야 한다.'

귀족 가문의 자제처럼 앉아서 조용히 찻잔을 기울였다.

그러면서 길을 오가는 누구와도 다른 생각을 했다.

그러면서 일다경이 흘렀다. 단운룡의 찻잔도 거의 다 비었다.

'지금쯤.'

송자방 쪽에서는 슬슬 난리가 났을 것이다.

단운룡은 감각을 촘촘하게 사방으로 퍼뜨렸다. 풍수방을 눈앞에 두고 발길을 돌려 형주부로 급히 왔지만, 송자방 방면에도 강력한 가면은 없었다. 예상대로였다. 여기에도 없을 줄 알았다. 형주부에 오자마자 진즉에 확인한 바였다.

그래서 막야흔을 혼자 보낼 수 있었다. 어지간히 강한 가면이 있더라도 막야흔이 당하지야 않겠지만, 유명한 가면들이 우글거리는 곳에 막야흔 혼자 보낼 수야 없는 일이었다.

송자방에 쳐들어간 막야흔은 잠시 신나게 좌충우돌하다가 금방 실망할 것이다. 괜찮다. 요란하기만 하면 된다. 단운룡은 여기에 신마맹 산하 문파를 토벌하러 온 것이 아니었다. 그는 신마맹에 대해 더 알기 위해서 왔다.

차를 한 잔 더 주문했다.

찻집 주인이 반색을 했다. 단운룡은 잠자코 기다렸다.

시간이 꽤 흘렀다. 한순간, 저잣거리의 공기가 출렁였다.

수군거리는 소리가 들려왔다. 한 남자가 휘청거리면서 사람들을 밀치고 이쪽을 향해 걸어오고 있었다.

'송자방이다!'

'요즘 잠잠하더만 왜 저래?'

"비켜!"

남자가 수레 끄는 노인에게 버럭 소리를 질렀다. 머리가 깨져서 피가 줄줄 흐르고 있었다. 안 그래도 사납게 생긴 얼굴에 피 칠갑을 했으니, 인상이 아주 험악했다. 사람들은 앞다투어 길을 터주기에 바빴다.

단운룡은 앉은 채로 그를 지켜보았다. 송자방 놈이 휘적휘적 길을 가로지르더니 한쪽에 있는 건물로 뛰어 들어갔다.

이내, 진씨 문중 현판이 달린 전방에서 젊은 남자 하나가 걸어 나왔다. 서두르는 기색 없이 태연해 보였지만, 걸음걸이가 제법 유연하고 빨랐다.

단운룡이 찻값을 치르고 자리에서 일어났다. 남자의 기(氣)를 각인하듯 기억했다. 단운룡은 여유롭게 그의 뒤를 쫓았다. 아예 보이지도 않는 거리에서 기를 따라 걸었다. 남자, 진검은 충분히 조심했지만 누군가가 그를 쫓아온다는 사실을 결코 알아챌 수 없었다.

송자방은 아수라장이었다.

현판만 뜯지 않았지, 그 외에 모든 것이 박살 났다.

정문부터가 반으로 갈라져 쓰러졌다. 밖에서도 외원 통로가 훤히 보였다.

예상한 것보다 핏자국이 많지도 않았다. 막야흔은 다른 사람은 몰라도, 단운룡 말이라면 확실히 잘 듣는 편이었다.

이미 쓰러질 자는 다 쓰러졌는지, 더 이상 싸우는 소리는 들리지 않았다. 담벼락 너머로 끙끙대는 신음 소리만 간간히 들려왔다.

진겸은 몹시 당황했지만 표정엔 드러나지 않았다. 가끔 그는 가면을 쓰지 않을 때도 가면을 쓰고 있는 느낌을 받곤 했다.

그가 멀찍이서 송자방을 보다가, 마치 호기심에 기웃거리는 청년마냥 거기 무슨 일이오? 하며 정문 쪽으로 다가갔다.

"아니, 여기가 어디라고 들어가려는 게요?"

송자방 정문 쪽에서 구경난 듯 서 있는 사람들이 진겸을 만류했다.

소란이 벌어진 것은 알았는데, 그렇다고 누구 하나 송자방 경내로 감히 들어갈 수 있는 이가 없었다. 궁금해할 일이 아니다. 간담이 큰 백성은 목도 빨리 날아가는 세상이었다.

"안에 지인이 있는지라……."

진겸이 자못 조심스레 말하며 문 안으로 들어갔다. 뒤에서 아이고 큰일이네 저걸 어째 하는 소리가 들렸다.

뒤를 돌아보고 주위를 살폈다.

아무도 없음을 두 번 세 번 확인했다. 문 쪽으로의 시야가 가려지자, 발걸음이 달라졌다. 그는 송자방 경내를 제 집처럼 걸었다.

송자방 방도들이 여기저기 쓰러져 있었다. 묘했다. 의식은 날아갔지만 숨은 다 붙어 있는 것 같았다.

안쪽으로 들어가면 들어갈수록 여기서 다시 나가 아무 일 없는 척, 진씨전방 일터로 돌아가야 한다는 생각이 들었다. 여기서부턴 전경이 또 달랐다. 기둥이 반쪽으로 쪼개진 것을 보았다. 방도 하나는 지붕 위 기왓장에 처박혀 있었다.

아무래도 안 될 거 같았다.

엄청난 고수였다. 그것도 한 명이 난입한 것 같았다.

마음을 정하고 돌아 나가려 했다.

"쉿."

한쪽 구석에서 들린 소리에 진검이 퍼뜩 고개를 돌렸다.

"이쪽으로."

목소리가 속삭였다.

진검은 그를 부른 쪽으로 걸어갔다. 부서진 문짝 옆으로 한 남자가 보였다. 건물 벽에 몸을 기대고 앉았는데 몰골이 썩 좋지 않았다. 싸우다 쓰러진 것 같았다.

"앉아."

남자처럼 비스듬히 앉았다.

목소리엔 아무 힘이 없었다. 그럼에도 이상하게 그대로 따라야 할 것 같은 기분이 들었다.

남자는 마른 체형 얼굴에도 살이 별로 없었다. 그냥 오늘도 저기 있구나, 얼굴 정도만 알던 송자방 방도였다.

"여태 기다렸다. 그 송자방주 앉던 태사의 옆에 금동촛대 알지? 그거 비틀고 고 옆에 있는 검은 궤짝을 옆으로 밀면 지하로 내려가는 비밀통로가 나온다. 안으로 들어가면 상제를 모신 제단이 하나 있다. 제단 위에 신화회 밀서(密書)가 있으니, 은밀히 안으로 들어가 그걸 불태워 없애거라."

진검은 동요하지 않았다. 남자의 목소리는 아주 작았지만 명령처럼 귀에 박혔다. 자신이 아닌 그 안에 다른 자신이 복종하듯 남자의 지시를 듣고 있었다.

"잡스런 일들은 지네가 좀 알아서 할 것이지. 정말 이럴 수 있는 거니? 그쪽 지령은 영 들어주기가 씨발스럽단 말야. 여하튼 그건 아직 세상에 알려지면 안 되니까 반드시 없애야 해."

진검은 숨죽인 채, 질문 하나 하지 않았다.

말투에서 이 남자가 누군지 알 것 같았다. 목소리도 기도도 달랐지만, 가면 유무에 따라서 그 정도 차이는 본래 흔했다.

다만 이해할 수 없는 것은 이 남자가 전혀 고수 같지 않다는 점이었다.

내공이 거의 느껴지지 않았다. 갈무리된 것이 아니라 정말 바닥이 난 듯, 기(氣)가 허해 보였다. 적의 눈을 속이기 위해서라면 정말 기가 막힐 정도로 완벽했다.

"아, 그놈 쎄더구만. 목숨 걸고 자금홍호로를 쓰면 살 수 있다 했으니 해봐야지."

그가 품속에서 호로병 하나를 꺼내 들었다. 금테가 둘러졌고 붉은색을 띠었다. 귀한 보물을 제법 많이 접해 봤던 진검의 눈에도 보통 물건이 아니어 보였다.

"후우, 이거 내가 완벽하게 쓰지도 못하는 물건을, 젠장."

툴툴거리던 남자의 표정이 진지해졌다.

남자가 입술을 달싹거리며 전혀 알아듣지 못할 소리를 중얼거렸다. 그것은 얼핏 다른 나라 말처럼 들렸지만, 중간중간 익숙한 음절이 있는 것이 원래 그들이 쓰는 말을 몇 배 빠르게 발음하는 것 같기도 했다.

우우웅.

호로병에서 기이한 울림이 생겨났다. 남자가 호로병 뚜껑을 열더니 술을 내리 붓듯 호로병을 한껏 기울여 입에 가져다 댔다.

호로병의 색깔처럼 금광과 적광이 뒤섞인 안개 같은 기운이 술 대신 남자의 입으로 쏟아져 내렸다. 남자는 한 줄기 기운도 흘리지 않겠다는 듯 입을 한껏 벌리고 기운을 삼켰다.

기사(奇事)가 벌어졌다.

남자의 얼굴에 화색이 돌았다. 삐쩍 말라 보였던 얼굴에도 살이 차오르듯 피부가 팽팽해졌다. 그가 벌떡 몸을 일으켰다. 공력이라곤 엔간한 파락호만도 못해 보였던 사람이 한순간에 내공고수가 되었다. 기운이 전신에 충만했다. 진검이 기억하는 기도와 흡사해졌다.

그의 고개가 한쪽으로 돌아갔다.

저기 전각 저편에서 뭔가 엄청난 것이 꿈틀 움직이는 것을 진검도 느낄 수가 있었다.

"아, 씨발. 못 이길 거 같은데."

그가 욕지거리를 내뱉었다.

거칠고 강력한 기운이 다가왔다.

"얼른 가!"

그가 호로병을 허리춤에 묶고, 품속에서는 또 다른 물건을 꺼냈다.

진검은 그 물건을 안다. 그것은 금색이었고, 뿔이 달려 있었다.

남자가 가면을 썼다. 그는 원래부터 금각이었고, 이제 와 다시 금각이 되었다.

진검이 한 손으로 손목을 잡아 예를 표했다. 그가 백면뢰처럼 아무 말 없이 전각을 돌아서 몸을 날렸다.

콰앙! 우지끈!

폭음이 들렸다. 금각 앞의 담벼락이 무너졌다.

"씨발, 이제야 칼 뽑을 만한 놈이 있네."

막야흔이었다.

단운룡은 진검을 쫓으며 몇 번이고 같은 생각을 했다.

'그냥 제압해서……'

진검은 신마맹 중추무인이 아니었다. 일반 백면뢰 수준은 넘어선 것 같았지만, 단운룡의 경지에서 볼 때는 큰 차이라 말할 수도 없었다.

언제든 잡아갈 수 있었다.

일초지적도 되지 않을 자를 뒤쫓는 경험이 실로 생소했다.

그가 손을 쓰지 않고 송자방까지 따라온 것은 오로지 광극진기가 발하는 예감 때문이었다.

그가 풍수방 앞에서 송자방 세 글자를 떠올린 것은 엄밀한 계산에서가 아니라, 광극진기가 그의 뇌를 헤집고서 도출한 직감적 인도였다. 그것이 이 자를 가리키고 있었다. 아직 그 의미조차 헤아리지 못할 만큼 흐릿한 예지가 그의 출수를 몇 번이나 막았다.

송자방에 와서, 인내의 보상을 받았다.

금각이라는 꽤 유명한 가면이 단운룡의 시야에서 벗어나 이제 모습을 드러낸 것도 의외라면 의외였다. 이래서 신마맹을 확실히 상대할 가치가 있다. 그의 눈을 피하고 실력을 숨길 수 있는 자가 있다. 이건 유념해 둬야 할 부분이다. 풍수방에서도 그가 틀렸다면 보통 문제가 아니다. 허나, 단운룡은 이런 능력을 가진 자가 흔하지 않을 거라 믿었다. 풍수방엔 이런 능력을 갖춘 적이 없다. 금벽낭랑 한 명으로도 감당이 충분하다. 그때도 지금도 광극진기는 그렇게 말하고 있었다.

애초에 이곳에 그 홀로 오지 않고 막야흔을 데려오기로 결정한 것도, 어쩌면 그도 모르는 사이에 금각의 존재를 예견한 것일 수도 있었다. 하지만, 단운룡은 광극진기의 예지력을 스스로 확신하는 것보다 확대해석 하지 않으려 했다.

예감은 어디까지나 예감이었다.

스스로 완벽하게 통제하고 헤아릴 수 없는 능력을 과신해서는 안 되는 일이다. 단운룡은 금각의 출현을 통해, 그 사실을 다시 한번 깨달았다.

감각 오류 가능성을 간과해선 안 된다. 언제나 한발 더 준비해야 했다. 그 스스로 준비가 어렵다면 양무의에게라도 맡겨야 했다.

단운룡은 생각을 정리하며 다시 진검의 뒤를 쫓았다.

*　　　　*　　　　*

단운룡은 이미 진검의 이름까지 알고 있었다. 여의각은 신마맹 산하 문파들을 짧은 시간에도 면밀히 조사했다. 그들이 어떻게 신마맹에게 복속되었고, 지배 방식은 어떠했는지 아는 것은 앞으로의 싸움에서 매우 중요한 부분이었다. 그 와중에 송자방 주변에서 진씨 가문이 튀어 나왔다. 진씨 가문의 여식이 송자방에 끌려갔고, 그날 밤에 돌아왔다. 어떻게 왜 그것이 가능했는지는 아무도 몰랐다.

송자방이 뜬금없이 군산대혈전에 참전하지만 않았어도 딱히 주목할 만한 사건은 아니었다. 다만, 송자방이 신마맹의 주구로 밝혀진 상황에서는 그조차도 가볍지 않은 사안이 되었다. 흔적은 생각보다 많았다.

원래 범인이란 잡히기 전까지는 신비로운 법이었다. 송자방이 신마맹의 산하 문파라는 것이 알려진 이상 단서들을 짜 맞추는 것은 여의각과 양무의, 더불어 단운룡의 두뇌로는 그리 어려운 일이 아니었다.

끼릭.

죽어 없어진 송자방주의 대전 안쪽에서 금속성이 들렸다. 단운룡은 상념을 깨고 건물 안으로 들어갔다. 벽에 붙은 궤짝 옆으로 까만 구멍이 뻥 뚫려 있었다. 단운룡은 서슴없이 지하 통로로 따라 들어갔다.

진검은 제단 위에 있는 종이 한 장을 홀린 듯 내려다보고 있었다. 그가 곧바로 종이를 들어 흔들리는 등불 위에 올렸다.

단운룡은 방심했다. 금각의 존재를 몰랐던 것은 그의 불찰이라 단정 지을 수 없는 일이었지만, 지금은 명백한 실수였다.

종이에 기어코 불이 붙었다.

단운룡의 몸이 섬전처럼 움직였다.

파지직.

진검은 무엇에 당하는지도 모른 채 땅바닥으로 허물어졌다. 죽이진 않았다. 뇌전력이 그의 의식을 순간에 끊어놓았다.

타고 남은 종이 일부가 나풀나풀 떨어져 내렸다.

재빨리 손으로 바람을 일으켜 불씨를 흩어내고 종이를 주워들었다.

단운룡은 담벼락과 건물 너머에서도 진검과 금각의 대화를 거의 다 들었다. 이 종이는 그들이 말한 밀서(密書)가 분명했다.

중차대한 비밀이 쓰여 있기에는 너무 작았다. 종이는 부적 쓰는 괴황지와 비슷한 재질이라 불이 쉽게 붙어 번졌다. 순식간에 다 타버려서 남은 게 거의 없었다.

글자 몇 개를 겨우 읽을 수 있었다. 백면(白面)과 건립(建立)이란 글자였다.

해석의 여지가 많았다.

종이를 접어 품속에 넣고 고개를 들었다.

상제상이 어둠 속 등불 음영을 따라 일렁이고 있었다. 금관 용포에 수염이 풍성했다. 크지 않은 목상은 꽤나 오래되어 보였다.

'왜지?'

모든 것이 기이하게 느껴졌다.

등불은 상시 켜져 있는 듯, 기름을 채운 잔이 꽤 컸다. 진검이 밝힌 불이 아니었다. 밝혀져 있는 등불이 열 개가 넘었다. 진검에겐 어둠 속 등잔들을 찾아다니며 불을 붙일 여유가 없었다.

이렇게 불을 밝혀 놓은 제단이란 것은 많은 사람들이 수시로 드나드는 곳이라는 뜻일 텐데, 지하의 관리가 썩 잘되어 있는 편이 아니었다. 먼지도 제법 쌓여 있는 데다가 여기저기 거

미줄도 보였다.

제단인데 향냄새가 전혀 나지 않는 것도 이상했다. 물론, 지하로부터 향 태우는 냄새가 계속 올라오는 것도 사람들의 이목을 끌긴 할 것이다. 하지만 여의각에서는, 여타 문파들처럼 송자방이 신마맹에 복속된 시점이 상당히 오래전이었던 것으로 추측했다. 신마맹이 송자방 지하에 비밀 제단을 만들었다한들, 송자방 방도들의 눈치를 볼 이유가 전무했다.

'이 놈은 이 제단의 존재 자체를 몰랐다. 원래부터 알고 있던 곳이라면 들어오는 방법에 대해 설명을 들을 필요가 없었겠지. 말단에게 공개되지 않았어. 많이 쓰는 장소가 아니라는 뜻이다. 그렇다면 이 제단의 용도는 무엇일까. 밀서는 왜 여기 놓여 있었지? 비밀 정보를 전달하기 위함이라면 암호화된 밀마를 주고받는 것만으로 충분할 텐데도. 굳이 이런 장소가 있어야 하나?'

단운룡은 옥황상제 목상의 크기가 제법 크다는 것도 놓치지 않았다. 이런 목상을 나르기엔 내려오는 계단이 많이 좁았다. 단운룡의 감각이 사위를 훑었다. 광극진기가 외기(外氣)가 들어오는 길을 찾았다.

'통로가 하나 더 있군.'

단운룡은 진검의 혈도를 한 번 더 짚고, 그의 몸을 어깨에 둘러멨다. 그가 제단이 있는 회랑 저편의 석벽으로 향했다. 벽 너머에 올라가는 통로가 있었다. 어딘가에 벽을 여는 기관

진식이 있겠지만, 애써 찾지 않았다. 반 접은 그의 손바닥이 벽에 닿았다.

쾅!

벽이 무너졌다. 통로 폭이 넓었다. 올라가는 계단이 보였다. 계단도 널찍했다.

단운룡은 거침없이 통로를 지나 계단을 올랐다. 함정 같은 기관진식은 없었다. 있었다면 통로 속 금기(金氣)로 감지했을 것이요, 행여 작동했다 한들 단운룡을 해하지는 못했을 것이다.

계단은 높지 않았다. 금방 머리 위로 문짝이 보였다. 손을 들어 문짝을 밀자 덜컥 걸리는 소리와 함께 묵직한 무게가 느껴졌다. 공력을 조금 운용하자 우지끈, 우당탕 소리와 함께 위쪽으로 문이 열렸다.

넘어진 궤짝 하나가 보였다. 빗장도 부러져 있었다. 빗장을 쳐놓고 그 위에 궤짝까지 올려서 감추었다. 잘 쓰지 않는 통로가 분명했다.

위로 올라오자 먼지가 일었다. 창고 건물이었다. 녹슨 병장기부터 낡은 책장까지 잡동사니가 여기저기에 가득했다.

문을 열고 나왔다.

쿵쾅거리는 충돌음과 함께 욕하는 소리가 들렸다. 욕지거리를 내뱉는 목소리는 두 개였다. 하나는 당연히 막야흔인데, 상대도 뒤지지 않고 욕을 했다. 심상치 않은 폭음에 이어 웬

일인지 뇌기(雷氣)가 느껴졌다.

단운룡은 동시에 다른 기운들을 감지했다.

무인들 여럿이 송자방으로 접근하고 있었다. 단운룡이 몸을 날려 건물 지붕 위로 올라갔다. 그의 시선이 막 송자방으로 들어오는 무인들에게 닿았다. 단운룡의 눈이 순간적으로 빛났다.

무인들은 백색 무복을 입고 있었다. 익숙한 복장이었다.

"개새끼."

막야혼은 언제나처럼 욕을 했다.

금빛 가면에 외뿔이 황금색으로 빛났다. 금각은 빨랐다. 경공이 실로 대단했다. 잡힐 듯 잡힐 듯 잡히지 않았다. 일격이면 반 토막을 낼 수 있을 놈이 도망은 놀랍도록 잘 쳤다.

막야혼은 칼을 휘두르며 놈의 뿔을 보았다.

확실하게 베었다 싶은 순간에는 뿔에서 기묘한 황금빛이 솟아올랐다. 그러면 놈의 신형이 순간적으로 빨라졌다.

처음엔 제대로 인지하지 못했다. 갑작스런 속도 변화에 반격까지 허용할 뻔했다. 해 저물어 가는 시간에 날이 어스름하게 어두워 오자, 확실하게 알았다. 뿔에서 나오는 빛 무리는 시간이 갈수록 선명해졌다.

까앙!

휘두른 칼이 또 빗나갔다. 막야혼이 눈살을 찌푸렸다.

손에는 금빛 수투를 꼈는데 그것이 또 성가셨다. 얇으면서도 쇠처럼 단단하여 손으로 막야흔의 마천용음도를 비껴 쳐냈다. 보법과 장법 공부가 상당했다. 부딪칠 땐 금속성이 났다.

콰아앙!

금수투엔 무공의 위력을 더해주는 공능까지 있어 보였다. 거세게 일장을 내치면 담벼락이 와르르 무너졌다. 몰아치고 있긴 하지만, 불시에 적중 당하면 큰 내상을 입을 것이다. 파괴력이 제법이었다.

후욱! 콰아아아!

막야흔이 거칠게 도를 휘둘렀다. 용음(龍吟)도 거칠어졌다.

콰직! 콰콰쾅!

막야흔의 칼끝이 금각의 머리 위를 스쳐 지나갔다. 옆에 있던 건물의 기둥과 처마가 쪼개지며 지붕 일부와 기왓장이 쏟아져 내렸다.

"이 미친놈이!"

금각이 뒤로 훌쩍 물러나며 소리쳤다. 금색 뿔이 웅웅거리며 빛나고 있었다.

"대가리가 날아갈 뻔했잖느냐!"

금각이 한 번 더 버럭 소리쳤다.

"싸움 중에 뭐라는 거야. 개새끼가."

막야흔이 칼을 비껴든 채 성큼성큼 걸어왔다.

"씨발. 안 되겠네!"

금각이 욕을 했다. 그가 뒤로 한 걸음 더 물러나며 중얼중얼 괴상하고 빠른 음절들을 내뱉기 시작했다.

"개수작 부리지 마라. 이 좆같은 새끼야."

막야혼이 욕을 하며 달려들었다.

막야혼은 정신 놓고 싸우는 것 같았지만, 상대가 비장의 술수를 쓰려 하는 것은 민감하게 알아챌 줄 알았다. 그가 빠르게 땅을 박찼다. 무슨 수를 쓰든 기다렸다 받아줄 생각 따위 전혀 없었다.

콰콰콰콰콰!

그의 칼에서 터지는 용음성이 더 강렬해졌다. 금각이 다급하게 몸을 날렸다. 그러면서도 입에서 나오는 주(呪)는 멈추지 않았다.

콰앙! 콰쾅!

건물 하나가 거의 무너질 지경에 이르러서야 금각의 주문이 멈추었다. 그 와중에 옷깃이 찢어지고 피가 흘렀다.

금각이 욕과 함께 소리쳤다.

"이 씨발놈이! 실로 보통 놈이 아니구나! 이름이 무엇이냐!"

"알 거 없다. 개잡놈의 새끼야."

막야혼은 계속 칼을 휘둘렀다.

"씨발."

금각은 낭패한 듯 욕을 내뱉으며 다시 도망치듯 몸을 날렸다. 막야혼의 칼이 무시무시한 용력을 일으켰다. 금각은 금각광술(金角光術)의 신법을 연달아 펼쳤다. 그가 아슬아슬하게 칼끝을 피했다. 그러면서 계속 주문을 외웠다.

"거슬린다! 개새끼야!"

막야혼은 금각의 주문이 싫었다. 그의 칼이 분노를 먹고 기세를 탔다. 막야혼의 몸이 바람처럼 빨라졌다. 용음도의 힘도 더 강력해졌다.

금각은 여유가 없어졌다. 뿔에서 순간순간 점멸되던 금색 빛이 꺼지지 않고 유지될 지경이었다. 금각은 그저 회피에만 전력을 다해야 했다.

콰콰콰콰! 쩌어어엉!

도저히 피할 수가 없게 되었다. 금각은 팔이 날아갈 각오로 막야혼의 도면을 비껴 쳤다. 마천용음도의 경파는 엄청나게 강했다. 금각의 몸이 한쪽으로 날아가 내원 담벼락에 쾅 하고 처박혔다.

"씨발⋯⋯."

마천용음도와 마주쳤던 오른손 금색 수투가 걸레처럼 찢어졌다. 손아귀도 피투성이가 되었다. 막야혼은 무자비했다. 그는 지체 없이 짓쳐들었다. 그가 넘어진 금각에게 다시 도를 내리쳤다.

"큭!"

뿔에만 머물렀던 금색 빛 무리가 얼굴 전면에 퍼졌다.

콰콰콰! 쩌저적!

담벼락이 수직으로 쪼개졌다.

금각은 다급하게 몸을 날리다가 다시 땅을 굴렀다. 사지 멀쩡한 게 용하다. 금각은 숨까지 몰아쉬었다.

"헉, 헉! 이런 씨발……! 이렇게 죽다니. 염라대왕께 나 죽인 놈이 누군지나 고해야겠다. 떠나는 길에 이름이나 알자!"

막야흔의 눈썹이 꿈틀 치켜올라 갔다.

염라대왕이란 말을 들어서다. 염라는 그를 한 번 죽였던 자였다.

막야흔은 칼을 옆으로 비껴든 채 빠르게 걸어왔다. 그가 칼을 치켜들었다.

"내 이름은 막야흔이다. 지옥에 가서 전하라. 저승 염라든 산 염라든 내가 찾아갈 것이다!"

"그래, 네 이름이 막야흔이로구나."

금각이 곱씹듯 그의 이름을 말했다.

그의 뿔과 얼굴이 한 번 더 빛났다.

번쩍! 콰앙!

막야흔의 칼이 땅을 갈랐다. 금각의 몸이 막야흔의 뒤쪽에 나타났다. 그는 숨을 몰아쉬지도 않았고, 낭패한 기색도 없었다.

금각의 손에는 붉은색 호리병이 들려 있었다. 그가 주문을 마무리했다.

"급급여율령!"

우우우우웅! 콰아아아아아아아아!

호리병에서 강력한 흡인력이 일어났다. 막야혼의 신형이 덜컥 흔들렸다.

"이 개새……!"

막야혼의 욕은 끝까지 이어지지 못했다. 그는 그가 지닌 진기가 무서운 속도로 소실되고 있음을 알았다.

전설 속 금각의 홍호로는 지극히 놀라운 법보였다. 그 조화가 실로 기묘해 당승전설 손오공의 몸을 통째로 빨아들여 그 안에 가두었을 정도라고 했다. 물론, 그가 들고 있는 자금홍호로엔 사람을 통째로 빨아들이는 힘이 없었다. 대신 자금홍호로는 일장 이내 표적자의 내공을 빨아들일 수 있었다.

막야혼이 칼을 휘두르려 했다. 헌데 공력이 가닥가닥 끊기면서 이어지지 않았다. 목소리도 제대로 안 나오는데, 마천용음도와 같이 강력한 도법을 펼치는 게 가능할 리 없었다.

그가 이를 악물고 금각을 노려보았다.

금각도 멀쩡해 보이지 않았다. 자금홍호로의 입구를 그에게 향하고 있는데 병을 잡은 양손과 두 팔이 부들부들 떨리고 있었다.

"크아악!"

한순간, 금각의 몸이 휘청거리더니, 소리를 왁 지르고 뒤로 넘어가 꿍 하고 주저앉았다. 법보의 힘을 감당하지 못하여 법력을 끝까지 유지하지 못한 채 먼저 쓰러진 것이다. 홍호로의 흡인력이 사라졌다. 자금홍호로 입구에서 진한 기운이 흘러나와 일부는 하늘로 날아가고 일부는 땅으로 스며들었다. 이내, 금각이 손으로 바닥을 짚고 몸을 일으켰다.

"쿨럭!"

금색 가면의 턱 밑으로 피가 줄줄 흘러나왔다. 금각이 피투성이가 된 오른손으로 홍호로의 입구를 닫았다. 홍호로에서 흘러나오던 기운은 옅어질 대로 옅어진 상태였다.

"크윽……!"

속절없이 흩어진 기운은 바로 막야흔의 내공이었다.

진기흡인력에서는 풀려났지만, 온몸의 공력이 제멋대로 날뛰고 있었다. 다리에서도 힘이 풀렸다. 그가 칼끝을 땅에 박고 몸을 지탱했다. 그걸로 버틸 수 없었다. 털썩, 하고 막야흔이 한쪽 무릎을 꺾었다. 남국에서 그을릴 대로 그을렸던 얼굴이 다른 사람처럼 창백해졌다. 입술을 씰룩이며 이를 있는 대로 드러내고 있는데, 그 잘하던 욕마저도 내뱉질 못했다. 기혈을 다스리는 것만으로도 벅찼기 때문이었다.

"감히 대왕님을 뵙겠다고."

금각이 완전하게 몸을 세우며 말했다.

그가 홍호로를 품에 넣고, 멀쩡한 왼쪽 수투를 다시 제대로 잡아 꼈다. 그가 막야흔에게로 다가갔다.

"씨발놈이 눈빛 봐라. 네 놈도 꼬락서니를 보니 상제 뵙기는 글렀다. 사바 세상의 염라께서는 모든 지옥을 다스리는 마신(魔神)이시나, 저승 대왕께서는 발설지옥(拔舌地獄)을 다스린다 하였지. 더러운 혀부터 뽑히고 영겁을 고통 받으라."

형세가 역전되었다.

금각이 손을 치켜들었다.

그때였다.

파지지직!

막야흔의 몸에서 전격과 같은 진기가 일어났다. 죽음을 느낀 금각의 뿔에서 금광이 일어났다.

콰아아!

막야흔의 칼이 허공을 갈랐다. 후두둑하고 피가 튀었다.

일장 뒤로 물러난 금각은 앞섶이 사선으로 길게 찢어져 있었다. 찢어진 옷으로 핏물이 쏟아졌다.

"이 미친놈이……!"

금각이 다급하게 가슴 주위 혈도를 찍었다. 흘러내리던 핏물이 줄어들었다.

출혈은 상당했지만 치명상은 아니었다. 완전히 깊이 베질 못했다. 마지막 순간의 금각은 그야말로 귀신처럼 빨랐다.

막야흔이 서서히 몸을 일으켰다. 간헐적으로 파직거리는 전격이 몸에서 새어 나왔다. 금각이 욕지거리를 내뱉었다.

"씨발, 이런 괴물이 있나."

금각은 막야흔에게 달려드는 대신, 도주를 택했다. 금각의 몸이 날듯이 담벼락을 넘었다. 막야흔은 금각을 쫓지 않았다. 아니, 쫓을 수 없었다. 휘청, 한 발 내딛는 것이 의식마저 흐릿해 보였다.

"내가 너를 너무 믿었군."

장내에 단운룡이 나타난 것은 금각이 사라지고 얼마 지나지 않아서였다. 단운룡은 진검을 들쳐 업고 있지 않았다.

멀리서 금각의 존재를 느꼈지만, 단운룡도 금각을 쫓지 않았다. 그도 똑같았다. 그는 금각을 쫓을 수가 없었다. 막야흔의 전신에서 얼마 남지 않은 공력들이 미친 듯 날뛰고 있었다. 진기량은 얼마 되지 않았지만, 주화입마로 기력이 깎여가는 스스로를 죽이기에는 충분하고도 남았다.

단운룡은 끝까지 비틀거리면서도 서 있는 막야흔을 땅바닥에 앉혀놓고 등에 손을 올렸다. 단운룡의 미간이 확 좁혀졌다.

'주화입마의 형태가 독특하다. 진기가 엉망진창으로 섞여 있어. 이건 장강수류공인가? 공야천성의 마천진기도 있다. 비룡진기와 여의심공까지 있군. 뭘 이렇게 다 주워 배운 거지?'

막야흔의 공력은 상궤를 벗어나 있었다. 그것도 재능이라면 재능이다. 이렇게 덕지덕지 있는 대로 단전에 쑤셔 박고 나름의 방식으로 조합해서 무공을 펼쳐온 모양이다. 보통은 사마외도의 무인들이 이런 짓을 한다. 산중문파에서 정통무공을 익혀 온 무인들이 보자면 미친 짓이라며 기함을 했을 내공 공부였다.

'게다가, 광극진기가 있어.'

아주 오래전, 단운룡이 심었던 광극진기까지 남아 있었다. 내력 고갈 상태에서도 막야흔을 움직일 수 있게 만들었던 원동력이자, 기어코 주화입마를 일으켜 그를 죽어가게 만든 원흉이기도 했다.

'전부 내 것은 아니다. 사부인가?'

막야흔에게서 종종 광극진기의 존재를 느낀 적이 있지만, 오래전에 단운룡이 넘겨주었던 파편이라고만 생각했었다.

단운룡은 막야흔이 염라마신의 사망안에 죽음을 당했고, 사부가 나서서 살렸다는 이야기를 기억했다.

광극진기는 언제나 오묘하고 신비했다. 이건 사부의 힘이다. 순정하고 강력한 광극진기가 막야흔의 삼단전에 숨어 있었다. 이렇게 막돼먹은 내공으로 상승 무공을 펼칠 수 있는 것은 통제와 지배의 상단전과 조화와 균형의 중단전에 심어져 있는 광극진기 덕분일 것이다. 그리고 막야흔은 그 힘으로 말미암아 구파 고수와도 일전을 벌일 수 있었다.

'광극진기가 구결 없이도 단전에 스며들어 있다. 광신마체를 전수했다가는 다른 진기를 잡아먹을 거야. 주가 되는 것은 마천진기다. 비룡진기는 하단전에 견고함을 줄 수 있지만, 마천진기와 상호증강 효과를 내려면 내공구결을 일부 수정해야겠지. 여의심공은 좋아. 광극진기의 잠재력을 안정적으로 끌어내는 데 효과적일 거다. 다만, 장강수류공이 애매하다. 이 진기 흐름을 보면 아직도 습관적으로 운용을 하고 있어. 효율이 너무 떨어진다.'

다른 상승요결이 있음에도 고집스럽게 붙들고 있다.

막야혼의 성정을 생각하면 이해 못 할 바는 아니다. 막야혼은 너무 오랫동안 벗 삼은 나머지, 신분이 달라져서 말 한마디 나누기 힘들어졌음에도 손을 끊을 수 없는 친구마냥, 장강수류공을 버리지 못했다.

'다 뜯어고쳐야 해.'

단운룡은 할 말이 많았다. 그러나 지금 당장은 들끓는 기운을 가라앉히는 것이 먼저였다.

광극진기를 불어넣어 막야혼의 내공을 정돈했다.

기시감이 들었다. 적벽에서 막야혼을 처음 봤을 때, 중독으로 기식이 엄엄했던 그를 치료하느라 밤을 지새웠던 날 때문이다.

세월이 많이 흘렀다.

단운룡도, 막야혼도 그때와는 다른 경지에 올라 있었다. 시간이 그때처럼 오래 걸리지 않았다. 단운룡은 막대한 힘으로 막야혼의 기운을 단숨에 휘어잡았다. 날뛰는 진기들을 적재적소에 분배하여 꼼짝 못 하게 제압했다.

엉망진창이었던 진기가 도도하게 흘러가기 시작했다. 막야혼의 의식이 뚜렷해졌다. 그가 단운룡이 이끄는 대로 순응하여 의념으로 진기를 도인했다.

이내, 막야혼이 주섬주섬 몸을 일으켰다.

단운룡이 말했다.

"이제부터는 온전히 마천진기를 써. 마천진기는 강맹한 지배력을 지녔다. 그 구결로 수류공 진기까지 도인하면 조만간 마천진기가 다 흡수할 거다."

"그건 알고 있었다만……."

"장강수류공에 대한 의리는 그 정도면 충분히 지켰다."

막야혼은 더 반항하지 않았다.

지지 않았는데 졌다.

그런 괴상한 물건이 튀어나올지 몰랐다는 것은 핑계에 불과했다. 제아무리 기오막측한 법보라도 단운룡에겐 전혀 통하지 않았을 것이다. 막야혼은 그걸 너무나도 잘 알았다. 그래서 스스로 강함의 부족에 지극히 분노했다.

*   *   *

"할 게 많아. 직접 가르치마."

"옙."

막야혼은 한 글자로 대답했지만, 더 이상 건방지게 들리지 않았다.

그는 이 일전으로 큰 깨달음을 얻었다. 그의 두 눈에서는 무료함으로 삐뚤어졌던 투지가 불꽃처럼 살아나 있었다.

단운룡이 돌아섰다.

그가 돌아선 쪽에는 지붕 위에서 보았던 무인들이 시립해 있었다.

"신마맹의 흔적이 다수 남아 있었습니다. 금각 외에도 특이한 가면이 개입되어 있는 정황을 포착했습니다."

"말해."

"토지공이라는 가면이 송자방 운영 전반에 걸쳐 영향력을 행사하고 있었던 것 같습니다. 토지신 가면은 익양방, 태평회, 원강방, 남구문에서도 존재가 드러난 바 있습니다. 무공 수위는 불명이나 요주의 가면으로 분류해 놨습니다."

그들의 태도와 말투는 지극히 공손했다.

그 무인들은 다름 아닌 여의각 요원들이었다. 단운룡이 부른 이들이 아니었다. 양무의가 적벽에서 보내 온 여의각 정예였다.

단운룡이 풍수방에서 송자방을 떠올렸을 때, 양무의도 송자방을 생각했다. 그는 즉각 여의각 정예들과 함께 한 사람을 파견했다. 금각과 같은 고수가 숨어 있을 가능성이 있으므로 여의각 무인들만 보낼 수가 없었던 것이다.

"놓쳤어요. 제가 조금만 빨리 알았으면 잡을 수 있었을 텐데요."

한 여인이 내원으로 들어오며 말했다.

금각 추격에 실패했다는 이야기였다.

여인의 목소리를 들은 막야흔이 움찔했다. 그리고 아무렇지 않은 척 표정을 가다듬었다.

도요화였다.

그녀가 여의각 무인들을 지나쳐 그들에게 다가왔다. 그녀가 막야흔을 위아래로 훑듯이 살피며 물었다.

"그냥 보내줄 성격은 애초에 아니고. 쫓을 상황이 아니었던 건데… 이 바보가 진 건가요?"

"응."

"아니!"

정반대의 대답이 교차되었다.

막야흔이 당황한 듯 단운룡을 돌아보았다. 막 입을 여는 막야흔을 단운룡이 끊었다.

"변명하지 마."

핑곗거리가 있음은 안다.

금각의 무공은 막야흔보다 못했다.

그러니까 더 문제다.

마지막 순간에 대답 대신 칼을 내리쳤으면 끝났을 싸움이었다. 뼈아픈 실책이다. 무공으로 눌렀으면서 기묘한 술법에 당하고 말았다.

그렇게나 욕을 잘하던 막야혼은 아무런 말도 하지 못했다.

술법 발동을 제지할 수 있는 능력이 있으면서도 전력을 다하지 않았다. 금각에게 졌다기보다는 그 자신에게 졌다.

그가 도요화의 고운 얼굴을 보았다. 새삼 새로웠다. 그녀는 더 강해졌다. 내적으로도 외적으로도 아주 단단한 무인이 되었다. 매력 있었다.

도요화는 이제 막야혼을 쳐다보지도 않았다. 막야혼이 이를 악물었다. 강해지리라 두 번 세 번 결심했다. 턱 선이 단단하게 경직되었다.

"잡은 놈은?"

단운룡이 여의각 무인에게 물었다.

"품속에서 가면이 나왔습니다. 백면뢰 가면처럼 보이는데, 일반 백면에는 없는 붉은 문양이 확인되었습니다."

"상위 개체인가."

"무늬 있는 백면은 군산 전투에서 여럿 포착된 바 있습니다. 구파 측에서 이미 가면들을 회수하여 연구하고 있다 하였습니다. 저희는 첫 확보라 아직 정보가 부족합니다."

"가면에는 주술적 힘이 깃들어 있어. 더 살피지 마. 일반 문도들은 가까이 못 하게 하고 여의각에서도 취급 허가 등급을 올려."

"알겠습니다!"

"백토진인은?"

"오시는 중이라고 압니다."

"좋군. 일단 기다려. 가면 분석은 상위 술사를 확보한 후에 해."

"넵! 진인께서 도착하는 대로 진행하겠습니다."

단운룡은 몇 가지 더 보고를 받고 추가적인 지시를 내렸다.

여의각 무인들은 깍듯하게 존경의 염을 담아 말하면서도 한편으로 대단히 편안해 보였다.

큰 변화였다.

전처럼 존재를 드러내지 않고 수련할 때와는 완전히 달랐다. 여의각 요원들과 대화를 주고받는 것이 아주 자연스러웠다.

"오래 있지 마. 이 송자방은 이미 남은 것이 없는 문파라 주요 전력이 들이닥치지는 않겠지만, 알다시피 놈들 움직임에는 일관성이 없어. 이런 곳에서 한 명이라도 잃으면 안 돼."

"챙길 것은 거의 다 챙겼습니다. 금방 이동하겠습니다."

"그래."

단운룡이 먼저 몸을 돌렸다.

막야흔은 주저 없이 단운룡의 뒤를 따랐다. 도요화의 눈치를 보지 않았다.

"전 여기 남아서 여의각과 함께 움직일게요. 혹시 모르니까요."

그녀가 말했다.

"그래."

단운룡이 답했다.

막야혼은 뒤돌아보지 않았다. 그는 기세가 많이 줄었지만, 기도는 날카로운 칼처럼 벼려져 있었다.

'그래도 철 좀 들었나 보네.'

도요화는 생각했다.

진검은 어둠 속에서 눈을 떴다.

두 팔과 두 다리가 묶여 있었다. 주위를 둘러보았다. 점혈술로 내공은 제약되어 있었지만, 기감을 가다듬고 힘을 다해 양신기를 일으키니 한 줄기 진기가 실낱처럼 살아나서 기경팔맥을 누비기 시작했다.

토지공이 말씀하시길, 양신기는 사람 안에 잠자고 있는 신마(神魔)를 깨우치지 못한 중생들은 감히 익히지도 못할 신공이라 하셨다. 우매한 사람의 내공심법과 다른 신기(神氣)를 다룬다 하였으니, 점혈술에 당하고도 운기가 가능한 모양이었다.

공력을 다룰 수 있게 되자 시력이 밝아지고 청각이 예민해졌다. 천장과 벽을 보았다. 허름한 초옥(草屋) 같았다.

'사람이 없다.'

기척을 느끼지 못했다. 물론 확신할 수는 없었다.

밧줄 결박은 두껍고 단단했지만, 공력을 일으키면 못 풀어

낼 것도 없었다. 하지만, 진검은 서두르지 않았다. 아직 공력이 충만하지 않았다.

양신기를 계속 불러 단전에 모았다. 서서히 점혈까지 풀렸다. 그러고도 계속 운기를 멈추지 않았다. 본신 실력을 다 발휘할 수 있을 때까지 기다렸다.

투툭.

소리를 안 내려 애썼지만, 힘으로 끊는 수밖에 없었다. 손이 자유로워지자 발목에 감긴 밧줄을 풀어보려 했다. 매듭이 아주 어려웠다. 감각을 총동원하여 아무도 오지 않음을 확인한 후, 힘을 줘서 밧줄을 끊어버렸다.

일단 결심했으면 빠르게 움직여야 했다. 누구에게 어떻게 당했는지도 모른 채, 눈을 떠보니 여기였다. 상대는 양신기의 공능을 알지 못한 채, 경계를 소홀히 한 것 같았다. 그래도 언제든 그를 다시 찾아올 수 있었다. 시간이 얼마 없었다.

바깥을 재빨리 살피고 조용히 문을 열고 나갔다.

산이다. 산속에 버려진 초옥이었다.

마당의 전경이 이상했다. 난장판이었다. 나무 담장이 무너졌는데 삭아서 망가진 것이 아니라 방금 부서진 것처럼 보였다. 싸움이라도 벌어진 듯, 족적이 많았다. 정신을 잃고 있는 사이에 많은 일이 벌어진 듯했다.

마당을 살피던 진검의 눈이 번쩍 뜨였다. 그가 대경하여 한쪽으로 달려가더니, 황급히 몸을 숙이고 손을 뻗었다.

손에 잡힌 그것은 바로 그의 가면이었다. 하얀 가면에 붉은 무늬, 틀림없었다.

그는 주위를 한 번 다시 둘러보고는 곧바로 가면을 썼다.

눈이 더 밝아졌다.

'가자.'

'조심해.'

마음속 목소리마저 반가웠다. 천우신조의 기회라 생각했다.

그가 산길로 몸을 날렸다. 여기가 어딘지는 모르겠지만, 어스름한 달빛 따라 보이기로는 높은 산이 아니라 야트막한 야산인 것 같았다. 산길 따라 내려가면 관도를 찾을 수 있을 것이다. 그는 있는 힘을 다해 달렸다.

타닥.

산기슭에 거의 당도했을 때였다.

관도가 보이는 언덕길에서 진검은 한 줄기 발소리를 들었다.

발소리가 난 곳을 돌아보았다.

무인 두 명이 보였다. 기세가 아주 강했다.

곧바로 방향을 꺾었다. 이런 곳에서 난데없이 나타났다는 것은 단언컨대, 그를 잡기 위함이었다. 진검은 정면으로 싸울 생각이 전혀 없었다. 발 빠르게 도주를 감행했다.

터벅.

오산이었다. 이들은 이쪽 방향에도 있었다. 진검의 시선이 빠르게 사방을 훑었다. 무인들은 어디에나 있었다. 그는 전혀 모르는 사이에 사방으로 포위된 상태였다.

'왜지?'

'조심하라 했잖아.'

목소리는 처음부터 알고 있었다. 진검은 무작정 달리는 것을 포기했다. 무인들은 신법도 빨랐다. 최소한 한 번은 부딪쳐야 했다. 그는 감각적으로 측면에 있는 무인을 선택했다. 아무 무기도 들고 있지 않았는데, 어딘지 빈틈이 있어 보였기 때문이었다.

쐐애액!

빠르게 목표로 쇄도했다. 상대는 탁, 탁 발을 두 번 떼더니, 허리를 비틀며 횡으로 발을 내쳐왔다. 기세가 아주 호쾌했다. 진검은 급하게 피하고 일장을 날렸다. 상대가 뒤쪽으로 물러나며 장권을 비껴냈다. 순식간에 다섯 합을 주고받았다.

"확실히 달라지는군."

"그러게요."

"창 안 쥐어줬다고 밀려서야 쓰나."

"죽이지 말라셨잖습니까. 아무래도 어렵겠죠."

"저런."

파앙!

기어코 진검이 무인의 어깨에 일격을 격중시켰다. 무인이 눈을 번쩍 떴다. 그는 큰 타격을 받지 않은 것 같았다. 그의 발끝이 더 빨라졌다.

진검은 손속이 어지러워짐을 느꼈다. 상대는 예상보다 훨씬 강했다. 뒤에서 두런두런 들려오는 목소리도 정신을 어지럽혔다.

무엇보다, 이제는 도주가 불가능했다. 십여 명의 무인들이 주위에 늘어서 있었다.

"그만. 충분히 봤다."

누군가가 말했다.

여태 들리던 목소리들과 달랐다.

섬뜩했다. 등줄기가 오싹했다. 본능적으로 한 괴물을 떠올렸다. 군산이다. 검 네 자루를 다루던 마신(魔神)을 봤을 때 느낀 것과 같았다.

획! 하고 창 한 자루가 날아왔다. 상대가 창을 받아 들었다.

창을 들자 상대는 다른 사람이 되었다.

빠악!

몇 합 버티지도 못했다. 뒤통수 어딘가에서 시원한 타격음을 들었다. 의식이 어두워졌다.

진검은 적벽이 아닌 비처(秘處)로 호송되었다.

심문은 여의각의 용부저가 맡았다.

진검은 완강했다. 어떤 질문을 해도 대답하지 않았다. 용부저는 진검에게 폭력을 가하거나 고문하지 않았다. 적대 문파의 무인을 포로로 삼더라도, 일반적인 사도 문파들처럼 날붙이로 쑤시거나 머리를 물속에 처박는 일은 하지 않도록 문규로 못 박았다. 그것이 의협비룡회의 방식이었다.

용부저는 서두를 생각이 없었다.

진검은 직위가 높은 가면이 아니었다. 단운룡은 금각이 진검에게 지시를 내리는 것을 들었다. 진검의 백면은 틀림없이 하위의 가면이었으며, 진검 본신이 지닌 공력도 수준이 높지 않았다.

대저 문도가 지닌 정보의 가치란, 대체로 그 문도가 문파에서 가지는 지위 고하와 비례하는 법이었다. 옥황의 비밀 제단과 밀서라는 특기 사항이 있긴 하나, 밀서의 내용이 무엇이든 그 상세 내막에 대하여 진검이 알고 있는 것은 결코 많지 않을 거라 보았다.

대신 용부저는 진검이 무엇도 말하지 않고 버틴다는 그 사실 자체를 주목했다.

용부저는 의협비룡회에 몸담기 전에도, 강호인으로서의 경험이 아주 풍부한 남자였다. 이전처럼 밑바닥 골목에서 성장한 그는, 관아의 정용과 말단 병사였고 군소 사파의 꾀주머니였다. 옥지기와 옥살이를 다 해봤다. 그는 사도문파들의 불건전하고 혼란스러운 일처리를 수도 없이 겪어 보았다. 그리고 끝내 붙잡힌 그들이 감옥에서 어떻게 행동하는지 너무나도 잘 알았다.

저잣거리의 사파 무리들을 심문하는 데는 많은 것이 필요 없었다.

밀실 감금과 침묵이면 충분했다. 깜깜한 곳에 가둬놓은 채 노려만 봐도 아는 것을 술술 불었다.

조금 강단 있는 놈들은 한나절 입을 닫았다. 그래도 밤이 지나기 전에 대부분 무너졌다.

강단보다는 의리였다. 의리는 종종 충성심보다 큰 힘을 발휘했다. 신념이 있는 자도 좀처럼 입을 열지 않았다. 수많은 문파들이 큰 노력을 들여 문도들에게 함양코자 하는 가치들이었다.

눈빛을 보면 알 수 있었다.

진검에겐 모든 것이 다 있었다.

신마맹은 신념과 충성으로 무장된 문도를 불과 몇 년 만에 키워냈다. 진검이 정확하게 언제 가면을 얻었는지는 파악하지 못했지만, 최대로 길어야 십 년 안쪽으로 추정했다. 십 대의 어린 나이에 그런 물건을 지니고서 완벽하게 숨긴다는 것은 몹시 어려운 일이었다. 여의각은 철저히 확인했다. 진씨 전방 아들의 십 대 시절은 사건사고가 전무했던 평범한 소년이었던 것으로 결론 내렸다.

용부저는 같은 질문을 여러 번 반복했다.

그리고 마침내 대답 없는 백면뢰로부터 대답을 찾아낼 수 있게 되었다.

"형주부를 샅샅이 조사했네. 상녕 농가 마을에도 백면뢰의 흔적이 있었지. 알고 있었나?"

"……."

"이름은 심용. 가족들이 같은 이갑의 농민들에게 괴롭힘을 많이 당했군. 부친은 매질을 당한 후유증으로 골병이 들어 죽었고, 어머니는 진즉에 병사(病死)라. 이것도 병사가 아닐 수 있겠어. 누이는 팔려가듯 첩실이 되었다가 도주 및 발각, 마찬가지로 맞아서 사망. 이어, 가족을 망가뜨린 농민들은 모조리 살해당했다……. 관아에서는 심용을 범인으로 의심했지만 유야무야 넘어갔지."

진검은 무표정했다.

용부저는 그 완벽한 무표정으로부터 가면의 힘을 느꼈다.

사람은 본디 입으로만 말하지 않는 법이었다. 얼굴은 가면을 쓴 것처럼 잘 감췄지만, 신체는 그렇지 않았다. 질문할 때마다 신체 반응에 미세한 차이가 생겼다.

용부저는 양무의에게 신뢰받는 남자였다. 그럴 이유도 충분했다. 용부저는 신마맹 문도의 특질을 빠르게 읽어낼 줄 알았다.

"아는 것으로 간주하고 묻겠네. 이것이 신마맹의 방식인가?"

"……."

"이름은 금로화. 송자방 방원. 송자방 방원으로 들어온 것은 진씨 가문 여식의 납치 시기와 비슷함. 달리 신마맹 금각가면을 지녔고, 특수한 법보 소유. 신마맹은 군산혈전을 꽤 일찍부터 준비했어."

"……"

"이건 몰랐군."

"지하의 옥황제단은? 거긴 뭐 하는 곳이지?"

"……"

"이것도 몰랐고. 자네가 송자방의 숨겨진 실세이자 암중의 방주였지만, 실제로는 토지공 가면이 송자방을 전반적으로 통제하고 있었던 것으로 보이던데."

"……"

"이건 이미 알고 있었나. 역시 토지공이 호광성 산하 문파들의 총괄책이었어. 그럼 토지공의 지시도 그 옥황 제단의 밀서와 같은 방식으로 받은 건가?"

"……"

"그건 아니고……"

진검은 여전히 무표정했다. 그러나 눈동자는 아주 미세하게 흔들리고 있었다.

"건립(建立)이란 어구는 무엇을 뜻하는 거지? 건물? 분타? 아니면 강호에 드러낼 총단?"

"……"

"이건 아는데 못 말한다라……. 차라리 입을 여는 게 어떻겠나."

"……."

용부저가 진검의 눈을 똑바로 쳐다보았다. 진검은 용부저의 시선을 피하지 않았다. 용부저는 그의 눈빛에서 굴하지 않는 자신감을 보았다. 보통 이런 상황에서 그런 자신감은 누군가 구해주러 올 것이라는 강력한 믿음으로부터 나오기 마련이었다.

"이제야 좀 대화가 되는군."

용부저는 그렇게 말하고 자리에서 일어났다.

*   *   *

"사천이 매우 어지럽습니다. 풍수방에서 사라졌던 우마군신이 사천 낙산문을 쳤습니다. 낙산문은 아미파 계열 속가문파입니다. 문주의 허리가 부러져 반신불수가 되었고, 현판도 반 토막 났습니다. 청성파 속가인 청백문에는 팔계저마와 오정수마가 나타났답니다. 청백문주는 중독으로 사경을 헤매고 있고, 마찬가지로 현판이 부서졌습니다."

"왜 사천이지? 소림이나 무당이 부담스러워서인가?"

"그것이 첫 번째 이유일 겁니다."

"두 번째 이유는… 구룡보?"

"아마도요."

양무의는 이미 모든 보고를 받았다. 추측하기에 충분한 정보가 있다는 뜻이다. 단운룡은 이제야 양무의에게 간추려진 이야기를 들었다. 그러고도 바로 핵심을 짚어냈다. 양무의는 문주와의 대화가 빨라서 좋았다.

"구룡보를 잠식한 것은 신마맹과 단심맹이었지. 사천에 공을 많이 들였어. 애초에 구룡보가 무너지지 않았다면 혈사는 군산이 아니라 사천에서 벌어졌을 수도 있었겠군."

"맞습니다. 구룡보를 칠 때, 엽각주와 익이는 기련산 백수문과 맞닥뜨렸습니다. 물론 신마맹 동천군도 있었지요. 구룡보주와 원천군을 죽이면서 참룡대회전이 발발했고, 구룡보 잔당들은 수뇌부 없이 열 달을 버텼습니다. 그때 구룡보 잔당들에 붙었던 사파세력들은 필경 송자방이나 서호맹, 풍수방 같은 문파들이었을 겁니다. 신마맹, 또는 단심맹에 장악된 문파들이었겠지요."

"아직 남아 있는 문파들이 많겠어."

"참룡대회전으로 이미 아미파와 청성파, 그리고 당문은 명성에 타격을 입었습니다. 새로이 복속시킬 수 있는 문파들도 많고, 굳이 지배하지 않아도 동맹을 맺을 수 있는 사도 문파들도 충분히 찾을 수 있었겠지요."

"호광은?"

"문파 단위의 움직임은 아직 포착되지 않고 있습니다. 다만, 가면 하나가 거슬립니다."

"백면뢰를 지켜봤다. 가면을 쓰자 무공이 뚜렷하게 상승하더군. 그것부터 해결해야 해."

"그럼 준비하겠습니다."

단운룡과 양무의가 대화를 마쳤다.

전란이 무르익는 봄이었다.

*　　　　*　　　　*

의협비룡회는 신마맹에 대해 익히 알았다.

하지만 무림은 달랐다. 그들은 이제야 신마맹에 대해서 알아가기 시작했다.

많은 무림인들이 말하길 처음엔 그저 스스로 만들어낸 신비에 취해 말도 안 되는 일을 벌이는 광인 집단인 줄 알았다고 하였다. 사특한 종교가 관여하고 있을 것이 틀림 없다는 견해도 많았다. 유랑하는 공연 극단이 무공을 익혀 멸시받던 한을 푸는 것이라는 추측도 돌았다. 명문 정파 출신들 중, 마도(魔道)에 빠진 이들이 얼굴을 감추고 파괴 행각을 벌이는 게 아니냐는 이야기도 나왔다.

모두들 괴이하게 생각했다.

정(正), 사(邪), 마(魔)의 기준이란 익힌 무공에 따라, 무인들 개개인이나 집단의 사상에 따라, 강호에서 지니는 위상에 따라, 지역이나 또는 문화에 따라서도 달라질 수 있었다. 신마맹은 적어도 정(正)은 아니었다.

사람들은 표리부동, 양두구육, 구밀복검, 면종복배를 말했다.

겉으로 그럴듯하고, 하는 말이 달콤해도, 뒤에서는 달라질 수 있는 것이 사람이었다.

신마맹은 겉까지 감추었다.

맨얼굴조차 보지 못하는데, 그 사람이 어떤 사람인지는 알 길이 없었다.

신뢰가 생길 리 만무했다. 그리고 신뢰할 수 없는 자라는 것은 곧, 위험한 사람을 뜻한다. 칼 밥 먹고 사는 강호인들에 겐 더더욱 그러했다.

대부분의 사람들이 그들을 마(魔)로 꼽았다.

사(邪)라 함은 보통 백성들의 곁에서 폭력적인 위압으로 부당한 이득을 취하는 자들을 일컬었다. 그들은 쉽게 말해 가까운 악이었다.

마(魔)는 그에 비해 거리가 먼 악이었다.

이들은 행동 방식을 예측할 수 없고 일처리에 더 극단적인 방식을 취했다. 백성들 입장에서 보자면, 사(邪)는 우리 동네 뒷골목에서 볼 수 있는 악당들이겠지만, 마(魔)는 대체로 하늘에서 뚝 떨어진 재해와 같았다.

신마맹은 마에 해당하면서도 일반적인 마도문파들과 달랐다.

그들은 과격하면서도, 정교했다. 멀리 있는 것이 아니라 바로 가까이에서 나타났다.

그리고 그들은 정의(正義)를 말했다.

귀신같은 하얀 가면들은 그저 시작일 뿐이었다.

신마맹의 가면들이 전설 속에 등장하는 신마요선을 상징한다는 사실이 알려졌다. 강맹한 힘의 우마군신이나 음험한 바람술법의 황풍괴, 요녀 백골정 같은 가면들은 요괴에 해당했다. 이들은 신마맹 무림침공의 선봉과도 같았다.

새로운 가면들도 속속 나타났다.

당승전설 속 팔계저마, 오정수마와 같은 강자들이 사천 무림을 엉망진창으로 헤집었다. 백미는 홍해아와 철선공주의 가면이었다. 술법무림에서는 삼대 화술사라는 칭호가 유명했다. 홍해아는 단 한 번의 강호 출도로 사대 화술사의 반열을 논했다.

천신과 신선의 가면들도 있었다.

거구의 탁탑천왕은 수하인 거령신 가면들과 함께 아미 정예 복호승 이십 명을 패퇴시켰다. 그 과정에서 복호승이 일곱 명이나 죽었다. 엄청난 손실이었다.

이랑진군도 있었다. 그는 당문과 싸웠다. 사천당가의 독술을 정면으로 맞으면서도 멀쩡히 삼첨양인도를 휘둘렀다. 당문에서는 죽은 자가 나오지 않았지만, 십여 명이 중상을 입었다. 게다가 그 중상자 중엔 추혼혈접 당역강이 있었다. 추혼혈접 당역강은 유명한 강자였다. 소위 장로급 중에서는 젊은 편에

속하나 실력만큼은 일절이라 했다. 이랑진군이 기어코 당문 무인들을 격살하지 못한 채 몸을 돌린 것도, 그의 반혈접이 세 개나 이랑진군의 몸에 꽂혔기 때문이라고 알려졌다. 그래도 당문 입장에서는 크나큰 치욕이었다.

탁탑천왕과 이랑진군은 유명한 천신(天神)이었다.

탁탑천왕은 구파의 오만함을 호통쳤다. 이랑진군은 독술과 암기를 쓰는 당문의 무공을 비웃었다. 하늘의 정의가 그들과 함께한다고 말했다

인간의 반열에서 신의 위치에 올라 숭배받는 존재도 가면으로 나타났다.

봉두난발에 수염이 덥수룩한 가면을 쓰고, 쇠지팡이와 표주박을 들었다. 다리를 저는 걸인의 행색으로 나타나 뭇 군웅들이 모여 있던 성도 저자에서 청성파 무인 열 명의 다리를 분질렀다.

명백히도 이철괴(李鐵拐), 또는 철괴리(鐵拐李)라 불리는 신선이 그와 같았다. 그러나 많은 강호인들은 그의 모습을 보고 개방을 먼저 떠올렸다.

개방의 천품신개는 인의대협으로 명성이 자자했으나, 군산 대혈전에서 단심맹의 주구이자 혈사의 주범으로 지목된 바 있었다. 개방의 위상은 청성, 아미, 당문의 촉성 이파 일가가 그러하듯 악화일로를 걷고 있었다. 이철괴 또한 신마맹 신선 가면이 아니라 개방 무인이라는 관점이 설득력을 얻었다. 마도

에 빠진 정파 무인들이 신마맹을 결성한 것이라는 주장이 공론화된 것도 이철괴의 출현부터라 하면 얼추 맞았다.

토지공, 토지야(土地爺)라 알려진 민간신앙의 지신(地神)가면을 본 자들이 많았다. 그는 주로 수십에서 기백에 이르는 백면뢰 무리들과 함께 있는 모습이 포착되었다. 토지공은 농가에서 계절마다 수시로 제사를 지내는 민간신이었다. 토지공을 모시는 것은 설화나 전설이 아니라 농민들의 생활 그 자체였다. 곁에 모시는 신이 살아 돌아다니며 신마맹 하얀 얼굴의 귀신 무리들을 이끌었다.

수신이빙(水神李氷)의 가면은 그보다 더했다. 그 가면은 이랑진군과 비슷하게 생겼으나, 수염이 그려져 더 나이 든 형태를 하고 있었다. 이빙은 일찍이 민강 물줄기를 쪼개 농토를 풍요롭게 만든 관리이자 치수의 신이라 불린 인물로, 도강언 주변엔 그를 기리는 큰 사당이 많았다. 땅에 이어서 물의 신까지 나타난 셈이었다. 거기에 이빙은 당문과의 일전으로 유명해진 이랑진군과 함께 서 있는 모습으로 처음 목격되었다. 백성들이 평소 모셨던 인신(人神)이 백성들 앞에 살아서 나타났다. 촉국땅 민심은 그 어느 때보다 크게 흔들렸다.

은밀하게 시작된 신마맹의 침공에는 신화와 전설이 함께했다. 이는 곧 신출귀몰한 파상공세로 이어졌다.

일찍이 촉성 삼대패왕이라 불렸던 이파일가는 고전에 고전을 거듭했다.

그들은 불과 한 계절이 가기도 전에 패왕이 아니라 그냥 사천 삼대세력이 되었다.

아무도 패왕이란 말을 하지 않았다.

강호인들이 말하는 이름이 곧 그들의 현재 상황을 극명하게 드러냈다. 그게 가감 없는 현실이었다.

전황은 갈수록 험악해졌다.

이제는 이름이 꽤 알려진 백면뢰 가면들은 이파 일가 삼대 문파의 젊은 제자들로도 능히 상대할 수 있었으나, 이름 있는 가면들의 전력은 삼대세력의 장로마저도 상회했다.

촉성 삼대패왕은 촉국대지를 지키는 울타리이면서 또한, 뭇 군웅들이 두려워하는 무력의 상징이었다. 지금은 더 무서운 것이 생겼다. 신마맹이었다.

강호인들은 팔계저마와 오정수마의 이름을 듣고 제천대성을 상상했으며, 탁탑천왕이나 이랑진군을 보고 옥황상제의 존재를 짐작했다. 이철괴가 강호에 나왔으니 도가팔선이 모두 다 있을 것이라 생각했다. 게다가 토지공과 이빙까지 백성들 사이를 활보했다. 제사 지내는 모든 사당의 신들이 하나둘 튀어나올 것이라 예상했다. 신마맹이 얼굴을 가렸기에 더 무서운 것처럼, 나타나지도 않은 모든 가면들이 온전하게 실재하는 공포가 되었다.

새싹이 돋고, 풍광이 선명해지는 봄날, 촉성의 강호민심은 아직도 차디찬 겨울이었다.

삼대 세력은 무림맹을 열고 여타 문파들의 도움을 받고자 했지만, 전 무림은 이미 본격적인 난세에 휘말려 있었다. 지난해 산서에서 발호한 숭무련은 일산오강을 모조리 물리치고 산서의 패자가 되었다. 그들은 이미 진주언가를 꺾었고, 하북 팽가까지 넘보는 중이었다. 산서 바로 서쪽이 섬서였다. 섬서에는 화산과 종남이 있었고, 숭무련이 팽가와 함께 종남마저 노린다는 소문이 돌고 있었다.

종남은 군산에서 제자들을 다수 잃었기에 신마맹에 대한 원한이 있는 데다가, 숭무련이라는 신생 강자까지 상대해야 하는 상황에 직면했다. 섬서가 사천과 인접해 있다고 한들, 사천 땅의 격전에 참전할 만한 여유가 없을 만도 했다.

중원도 마찬가지였다.

장강 줄기를 휘어잡은 비검맹에 수로맹이 반격을 가하면서 물길 전체가 전쟁터였다. 물과 더불어 산에서도 난리가 났다. 사람이 출입을 꺼리던 심산에서 귀물들이 나타나 주변 민가를 공격했다. 일찍이 겪어본 적 없었던 요괴 사태가 각지로 확산되었다. 구파일방 육대세가의 자존심도 자존심이지만, 도움을 청하려 해도 청할 곳이 마땅치 않았다.

일찍이 없었던 공포가 나타나면, 그 공포에 편승하려는 자들도 생겨나게 마련이었다.

그게 진짜 악(惡)이었다.

사천 도강언 동쪽 양도현에서, 제 딴에는 영리하다고 여긴 한 사도문파의 지낭(智囊)이 염소수염을 꼬며 기가 막힌 꾀를 냈다.

"문주, 마침내 천마문(天魔門) 현판을 올렸습니다."

"이미 올렸다니 어쩔 수 없다만, 나는 아무리 생각해도 너무 거창한 것 같구나."

"에이, 괜찮습니다! 저만 믿으십시오!"

"이게 진짜 되겠느냐."

"어떻게 되는지 보시라니깐요."

염소수염은 천마문주의 얼굴에 긴 수염을 붙였다. 붉은 색 가면을 만들어 얼굴에 씌우고 머리엔 녹색 뇌건(雷巾)을 올렸다.

군소 사파의 두목들이 대체로 그러하듯 그의 문주도 원래부터 체격이 좋았다. 그럴듯한 갑옷을 입히고 용머리 장식 언월도를 구해왔다. 문주가 본래 익혔던 무술도 창술이라, 더할 나위가 없었다.

"위용이 실로 대단하십니다! 핫하하하하! 대영웅 관운장이 따로 없습니다!"

"그렇습니다! 문주! 관제가 살아왔다 해도 믿겠습니다!"

"영웅호걸의 기상이 가슴을 뛰게 만듭니다!"

"아니, 이런 광대놀음에……."

"광대놀음이라니요! 이젠 문주께서 어딜 가도 모두가 머리를 조아리기 바쁠 것입니다."

"아니, 신마맹은 무림 공적이 되고 있지 않더냐."

"무림 공적도 누가 때려잡을 수 있을 때까지나 공적이지요! 청성이고 당문이고 다 잡아먹히게 생겼는데, 누가 신마맹을 공적이라 할 수 있겠습니까!"

"맞습니다, 문주! 신마맹이 우릴 보살펴 주면 우리는 공전절후의 대방파로 성장할 것입니다!"

아부의 향연 속에서 관운장의 껍데기를 쓴 천마문주는 정신을 차릴 수가 없었다. 염소수염과 부하들의 말을 듣고 있자면, 정말 모든 일이 술술 풀릴 것 같았다. 그러나 한편으로는 계속 제대로 될 일이 아니라는 걱정을 했다.

"이게 정말 대단합니다. 원래 문주는 표정에 모든 게 드러나는 편이어서, 이 속하가 항상 참으로 걱정이 많았답니다. 그런데 이렇게 관제님이 되시고 보니, 문주께서 도통 무슨 생각을 하고 계신지를 모르겠습니다. 게다가 이렇게 용맹한 기상이 살아나시니, 문주께서도 오선인 따위는 능히 물리칠 수 있으실 것 같습니다!"

'정신 나간 소리. 그건 너무 나갔지.'

천마문주는 본디 자기 분수를 잘 알고 살아온 자였다. 한 개 현을 장악하는 것만 해도 큰 꿈이요, 양도를 삼분한 문파만으로도 딱히 부족함이 없었다 생각했다. 사실 삼분도 엄밀히 말하자면 삼분이 아니었고, 청성파 속가인 청백문의 실질적 지배하에 정도명문 손대기 어려운 영역 안에서 나머지 두 사도 문파가 티격태격하는 정도에 불과했다.

청성파 속가문파였던 청백문이 신마맹에 박살을 당하기 전까지는 분명 그랬다.

"문주! 드디어 때가 왔습니다!"

"흑마파 놈들을 쓸어버립시다! 놈들은 문주님이 발 한 번만 굴러도 무서움에 벌벌 떨며 똥오줌을 지릴 것입니다!"

부하들은 서로에게 뒤질세라 천지분간 못 하고 침을 튀겼다.

중독에 사경을 헤매던 청백문주가 기어코 목숨을 잃었다. 무공깨나 쓴다며 청성 장법과 검법을 흉내 내던 무인들도 팔계저마의 괴력에 죽거나 불구가 되었다. 청백문은 많았던 식솔들을 흩어버리고 공식적인 봉문을 선언했다.

어쩔 도리가 없었다. 청성 본산의 지원이 없었기 때문이었다.

여기저기서 속가문파들의 현판이 아작 나는 판에 본산 방어에 전력을 집중하는 것만으로도 부담이 엄청난 상황이었다.

모든 것이 바뀌었다.

청백문이 사라진 양도는 그야말로 호랑이가 없어진 산과 같았다. 자웅을 겨루던 여우 둘은 갑작스러운 무주공산을 양분해야 하는 상황에 직면했다. 서로가 눈엣가시일 수밖에 없었다. 청백문은 민초들 앞에서의 칼부림이나 집단 살육전을 결코 좌시하지 않았기에 아무리 마음에 안 들어도 마음껏 싸워 보지조차 못했다.

'하기야 그 흑마파 개새끼들.'

이제 때가 된 것은 맞다.

언제든 싸우긴 해야 한다. 청성 아미 속가가 사방에서 무너지면서, 사천 땅은 마치 감옥에서 해방이라도 된 것처럼 사도 문파들의 낙원이 되어 가고 있었다.

사파 무리들이 엉망진창 제멋대로 산다지만, 그들에게도 질서는 필요했다. 기회가 오면 먼저 때려야 했다. 힘으로 확실히 조져놔야 다시는 기어오르지 못할 것이다.

천마문주는 이 꼴로 싸움터에 나가기 싫었지만, 막상 언월도까지 들고 보니, 정말 전설장수의 힘이 몸속에서 샘솟는 것 같았다.

"무적천마 관운장이 나가신다!"

이상한 조합이었다. 강할 것 같은 호칭은 덕지덕지 다 붙였다.

"흑마파를 작살내자!"

천마문주는 정말 무적의 천마 관왕성제가 된 것처럼 호쾌하게 선전포고를 명했다.

"신마맹으로부터 하사받은 가면이다."

혹마파 방주가 대경하여 당황하는 기색이 분명하게 느껴졌다.

기세만 제압한 것이 아니었다.

'나에겐 관운장의 힘이 깃들어 있다!!'

가짜 관우 가면은, 의외로 강력한 암시 효과를 냈다. 평소 쓰던 창보다 세 배는 무거운 언월도가 날붙이 없는 목봉처럼 가볍게 느껴졌다. 적토마만 없었지 그의 발은 천고의 명마처럼 빠르게 움직였다. 관제의 무력이 진짜로 그 안에 깃든 것 같았다.

혹마파 방주는 그와 호각이거나 오히려 한 수 위인 것으로 평가되던 자였다. 헌데, 천마문주는 고작 삼십 합 만에 그의 머리를 깨버렸다.

온몸에서 힘이 용솟음쳤다.

"일단 신마맹은 저희 같은 군소 사파들을 산하에 두려고 합니다. 문주께서 양도현을 완벽하게 장악하시면 신마맹의 영입 제의가 들어올 수밖에 없습니다! 이 제가 그렇게 만들겠습니다!"

염소수염이 자신만만하게 말했다.

무적천마 관운장은 평생 그 어느 때보다 강해진 것을 느끼면서도 온전히 기뻐할 수 없었다. 아무리 생각해도 잘될 법한 일이 아니었는데, 십 년 동안 속을 썩이던 혹마파를 꺾어버리기에 이르렀다. 그게 괜찮은 건지 알 수가 없었다.

"다 같이 잔을 채우거라!!"

속은 타들어갔지만 가면은 그렇지 않았다.

붉은 얼굴 관운장은 사람 몸통만 한 항아리로 술을 마셨다고 하였다. 그러니 호쾌한 목소리로 술을 권했다. 술판이 밤새도록 이어졌다.

천마문은 당적할 자 없는 양도 땅을 단숨에 휘어잡았다. 아무것도 거칠 것이 없었다. 청백문이 무너졌을 때, 양도 관아 또한 함께 힘을 잃었다. 온 사천 땅이 싸움으로 들끓고 있었다. 관군들이 통제할 범위는 옛날에 넘어섰다. 중앙에서 군사지원을 받기가 어려움을 깨달은 지방 관아들은 아문을 틀어 잠그고 제 살길 찾기에 급급했다. 관리들은 관저에 숨어 전란의 폭풍이 지나가기만을 기다렸다. 강호사는 항상 그렇게 흘러갔다. 대규모 민란에 가까운 사태가 벌어지고 있음에도, 평화롭다는 보고를 올리는 관리들이 수두룩했다.

사파 무리들은 신이 났다.

부잣집에서 재물을 약탈해도, 아녀자를 납치해서 범해도, 제지할 자들이 없었다. 그리고 천마문엔 염소수염을 포함하여 음험하고 흉포한 자들이 넘치도록 많았다.

양도는 하루아침에 지옥이 되었다. 곳곳에서 곡소리가 끊이질 않았다. 흑마파 잔당들도 그들대로 개판을 쳤다. 천마문은 딱 양도 땅 삼분지 일이나 겨우 관리할 수 있는 문파였다. 숨죽이고 있던 파락호가 기어 나오고, 소매치기가 살인을, 칼잡이가 강간을 저질렀다. 심지어 몰락하여 좌절한 청백문의 제자가 술에 취해 사람을 때려죽이는 흉사까지 일어났다.

천의가 뒤틀리고 법도가 무너지니 백성들만 고초를 겪었다. 천마(天魔)라는 이름이 불길한 것처럼 평화로웠던 땅에 악의만 가득 찼다.

화무십일홍이라 했지만, 천마문은 그보다 더 갔다. 천마문의 횡포에 양도 땅은 거의 달포를 신음했다.

그동안 사천 중심에서는 세 번의 큰 격돌이 있었다.

청성파는 태성단에서, 아미파는 와옥산에서, 당문은 당가타 근역의 금강현에서 신마맹과 싸웠다. 태성단, 와옥산, 금강현은 모두 삼대세력의 앞마당이나 다름없는 곳으로, 여기서 패퇴하여 뚫렸다면 위상이 하락하는 문제가 아니라 본산이 당했을 수도 있는 중지였다.

이때, 구파육가의 저력이 나왔다.

청성파에서는 오선인 중 셋인 삼도, 금벽, 적하가 나섰고, 아미파에서는 보광호승이 신기의 아미명명창을 선보이며 보광신승이라는 이름을 얻었다.

당문에서는 공중에 뜬 암기를 자유자재로 움직이는 신성 당효기가 나왔다. 절치부심한 당문의 젊은 핏줄들이 직계와 방계를 가리지 않고 목숨을 내던지며 금강현에 침입한 신마맹 고수들을 몰아냈다.

수많은 강호인들이 과연 이파일가라며 삼대세력을 칭송했지만, 삼파 수뇌부들은 그리 생각하지 않았다. 신마맹은 삼대 문파를 연이어 공격했다. 각 파로 쳐들어간 가면들의 면면도 거의 겹치지 않았다.

본산침공이야 이야기가 달라지겠지만, 안심할 수 없었다. 신마맹이 삼파에 흩어 보낸 전력을 한곳에 집중하면 본산 산문이 깨질 수도 있었다. 방어에 성공했어도 이긴 것이 아니요, 위기감만 심각해진 삼연전이었다. 푸르른 촉국 땅을 덮친 불길은 이제 바로 발밑까지 이르러 있었다.

그리고.

그 불길에 기름을 항아리로 끼얹는 사건이 천마문에서 터졌다.

그들은 모두가 지켜보는 대낮에 나타났다.

눈처럼 하얀 기마들이 양도현의 대로를 걸었다.

이십사 기 기마들이 이룬 행렬은 조용하고 품위가 있었다.

기마 위에는 하얀 문사복에 연녹색 비단장삼을 덧입은 문인들이 올라타 있었다. 그들은 머리 위에 윤건을 올렸고 하나같이 섭선을 들었으며 글을 읽듯 자세가 곧았다.

백성들은 그들의 얼굴을 보고 황급히 시선들 돌렸다.

이십 명 문인들의 얼굴엔 딱 달라붙는 하얀 가면이 씌워져 있었다. 하얀 가면은 백면뢰와 달리 뺨과 코를 가로질러 녹색

줄이 한 일(一) 자로 그려져 있었다.

행렬의 중심에는 작은 전차(戰車)가 있었다.

기마 네 기가 황금색 전차를 끌고 나갔다. 순백의 기마들은 전차를 끌면서도 움직임이 고고했다. 한 기도 예외 없이 명마였다.

"문을 열어라."

전차에 앉은 자가 천마문에 이르러 말했다.

목소리는 크지 않았다.

그럼에도 정적을 불러일으키는 힘이 있었다. 선두의 문인 두 명이 조용히 말에서 내렸다.

꽝!

천마문의 문이 부서졌다.

백면일문(白面一文), 연녹장삼의 문인들은 차분한 기도와 달리 몹시 강했다.

"일을 꾸미는 것은 사람이나, 그것을 이루는 것은 하늘이다. 천마문주는 신마의 이름을 사칭하고, 하늘의 뜻을 거슬렀다. 결코 같은 일을 용납하지 않으리라."

전차 안의 남자는 백색 학창의에 머리에는 와룡관을 썼고 한 손에는 태극백우선을 들고 있었다. 얼굴은 가면이지만 수려해 보였다.

이곳은 파촉의 땅이었다.

그렇기에 거기 사는 모두가 그의 얼굴을 알았다.

그의 모습은 촉국 대지에 무수히 세워진 무후사에서 얼마든지 볼 수 있었다.

그 가면은 제갈공명의 가면이었다.

*　　　　　*　　　　　*

"누가 감히 대천마문에서 행패를 부리느냐!"

천마문에서 문도들이 우르르 몰려나왔다.

행색들이 개판이었다.

사도 문파들에도 격이라는 것이 있었다. 한 지역을 주름잡는 문파들은 사파 무리라 하더라도 소속 무인들의 행동거지에 하나 된 법도가 존재했다.

이들은 통일된 것이 없었다.

대낮부터 술판이라도 벌이고 있었는지 얼굴이 시뻘겋고 옷 입은 것도 엉망이었다. 조악한 가면을 쓰고 있는 놈들도 있었다.

"엇? 그런데 다들 얼굴이?"

기고만장해서 살았던 놈들이었다. 천마문 문도들은 사태파악이 늦었다.

"시, 신마맹!"

"신마맹이 왔다!"

"군사님, 아, 아니, 문주님께 알려!"

놈들의 얼굴이 사색이 되었다.

제갈공명이 말했다.

"죽여라."

문을 부쉈던 문인들이 움직였다.

콰직! 퍼억!

가장 먼저 죽은 것은 가면을 쓰고 있는 놈들이었다. 가면이 깨지고 머리가 터졌다. 잔인한 손속이었다. 네 명이 순식간에 죽었다.

이어, 문사들 여섯 명이 더 말에서 내렸다. 그들이 무서운 속도로 쇄도했다.

퍼벅! 퍽!

"으악!"

"크어어어!"

뼈가 부러지고 살이 터졌다. 대부분이 즉사였다. 천마문 문도들은 순식간에 피투성이가 되어 땅을 굴렀다.

"이 무슨!!"

천마문주가 염소수염과 함께 뛰쳐나왔다.

염소수염은 그나마 머리가 빠르게 돌아갔다.

"미천한 종복이 신마맹 어르신들을 뵙습니다!!"

염소수염이 땅바닥에 바싹 엎드려 오체투지 머리를 땅에 박았다.

"신마맹 어르신들을 뵙습니다!"

"신마맹 어르신들께 충성을 다하겠나이다!"

염소수염이 하는 꼴을 본 천마문 문도들이 제각각 바닥에 몸을 던지며 부르짖듯 소리쳤다.

문사 가면들의 손이 멈추었다.

"네가 천마문주더냐?"

나직한 목소리가 장내에 내려앉았다.

천마문주는 여전히 관우 가면을 쓰고 있었다.

"내가 천마문주요."

그가 짐짓 당당한 목소리도 대답했다.

염소수염이 슬쩍 고개를 쳐들어 그를 보고는, 고개를 떨듯 좌우로 흔들며 몇 번이나 손을 아래로 내리 덮었다. 당장 엎드려 절부터 하라는 시늉이었다.

천마문주는 그런 염소수염부터 일장에 때려죽이고픈 심정이 되었다. 그래서 더더욱 엎드려 빌 수 없었다. 고개도 숙이지 않았다.

탁.

전차에서 제갈공명이 내려섰다.

그 작고 가벼운 발소리가 천마문주의 심장을 철렁 내려앉혔다.

제갈공명이 다가왔다.

하얀 학창의가 걸음걸이를 따라서 부드럽게 흔들렸다. 전해지는 모습 그대로였다. 그가 있는 주변만 시간이 예전으로 돌아간 것 같았다.

"너는 가면을 쓸 자격이 없다."

천마문주의 감이 맞았다. 처음부터 줄곧 옳았다.

손에 든 백우선이 흔들렸다.

백우선 깃털이 유려하게 움직인다 싶은 순간, 천마문주는 목덜미에 살랑거리는 바람 한 줄기를 느꼈다.

후두둑.

천마문주의 턱밑으로, 길게 붙인 관우 수염이 쏟아져 내렸다.

찌직, 쩍.

천마문주는 흐려져 가는 의식 속에서 뒷목의 살갗이 벌어지는 소리를 들었다.

투둑.

잘린 목 위에 잘 올려져 있던 머리가 결국 무게를 이기지 못하고 앞으로 떨어졌다. 잘린 목에서 푸확! 하고 피가 솟구쳤다. 피분수와 함께 천마문주의 몸이 기울어져 뒤쪽으로 넘어갔다. 피 뿜는 목의 단면은 완벽하게 평면이었다. 보검으로 잘라낸 것 같았다.

"히이익!"

염소수염이 몸서리를 쳤다.

바람이 그의 목을 스쳤다. 주제넘은 꾀를 부린 그의 목도 땅바닥에 떨어졌다.

제갈공명이 천마문주의 머리를 내려 보았다.

가면 속 두 눈에서 기광이 번뜩였다.

와작!

천마문주의 얼굴을 덮고 있던 가면이 부서져 내렸다. 제갈공명이 몸을 돌렸다.

천마문 정문 앞에서 벌어진 일이었다. 구경하는 사람들이 수도 없이 많았다.

모두가 천마문주의 목이 떨어지는 것을 봤다. 가면이 제 혼자서 박살 나는 것도 보았다.

"머리는 창대에 높이 올려 효시하라."

그의 목소리는 고저가 없이 부드러웠다.

그들 모두가 오싹함을 느꼈다. 그들이 아는 제갈공명은 신산귀모의 지략가이자 명재상일 뿐이었다. 죄인에게 허리를 자르는 형벌을 내리곤 했던 필벌의 엄격함은 좀처럼 기억하지 않았다.

그가 고아한 걸음걸이로 돌아가 전차에 몸을 묻었다. 그가 덧붙여 명했다.

"천마문 문도는 예외 없이 죽여라."

제갈공명은 아무렇지 않게 학살을 말했다.

구경꾼들의 얼굴이 창백해졌다. 겁에 질려 집으로 도망치는 사람들이 많았다. 삼국의 전쟁터에서 고대의 제갈공명은 명령 하나로 수천수만의 생사를 결정했다.

그는 본디 살인의 전문가였다.

그것도, 대규모 살인의 전설적인 일대종사였다.

*   *   *

노인은 고민했다.

공급이 손실을 따라가지 못했다.

백면뢰가 많이 죽었다. 여덟 명이 전 중원에서 적합한 인재들을 찾고 있지만, 완벽한 기회, 완전한 상황을 만들기가 쉽지 않았다. 이를테면 진씨 가문 아들 같은 녀석인데, 그런 경우는 몹시 드물었다.

그렇게 키우려면 짧지 않은 시간이 필요했다.

가면을 주기 전부터 관찰했고, 고민해서 훌륭한 적합자로 판단 내렸다. 그 결과 그 녀석은 수년에 걸쳐 스스로 성장했다. 가면에 적응할 시간도 충분했고 개언(開言)의 능력 개화까지 이뤄냈다. 이대로 크면 동자나 견면을 건너뛰고 신(神)의 가면까지도 넘볼 수 있었다.

거기서부터 또 시간이 문제가 된다.

천신면을 씌우려면 나례동에 집어넣어 각성 때까지 연공을 시켜야 했다. 헌데 지금은 전시(戰時)다. 법사들은 물론이요 사대 장단사까지 동원되어 백면을 만들고 신마 가면들의 소모된 신력(神力)을 수복하느라 정신이 없다.

당연히 나례동에도 나법사(儺法師)가 부족했다.

법사의 구마 인도 없이 각성연공을 하다간 가면 본체에 먹히거나 면주신령(面主神靈) 대신 잡역귀에 쓰일 수 있었다.

은각 가면도 이제 겨우 회복했다.

제천대성의 통제가 점점 어려워지는 만큼, 석가여래의 신면을 완성하는 것이 급선무인데, 고작 이제 막 백면뢰를 벗어난 애송이에 달라붙어줄 법사가 있을 리 만무했다.

그러니까 상녕 농촌의 신가 녀석 같은 경우가 점점 더 많아지는 것이다.

그 정도로도 분명 괜찮긴 하다. 지켜볼 여유 없이 즉흥적으로 던져줬고, 예상외로 잘 붙었다. 용력(用力)이 빠르게 성장하여 양신결 없이도 사람을 찢었다.

그 정도면 기반 전력으로 충분히 쓸 수 있다. 공들여 키우지 않아도 일반 무인 이상의 전투력을 낼 수 있으니, 아무 놈에게나 일단 쥐여주고 보는 동부 쪽 토야(土爺)들도 이해 못할 바는 아니었다.

'다시 키워야 해.'

토지에 씨를 뿌리면 작물이 자란다. 그렇게 얻은 곡식을 군산에 쏟아부었다.

한 번 수확하는 것으로 끝이 아니다. 다시 씨를 뿌려야 했다. 자라다 만 작물은 더 크게 키우되, 짧은 시간 최대한 많은 산물을 일궈야 했다. 강호무림이란 대지는 난세이기에 아직도 충분히 풍요로웠다.

그가 견고한 나무 상자에 탁자 위의 가면들을 쓸어 담았다. 백면뢰 가면 열한 개였다. 상자를 닫고 천을 둘러 봇짐으로 멨다. 그는 평범하게 늙은 노행상(老行商)처럼 보였다.

오늘부터는 강을 건너 호북으로 넘어가 볼 요량이었다.

일 년 안에 백 명 입면을 목표로 했다. 아주 어려운 숫자였다.

그가 숨겨진 지하 석실로부터 올라와, 거처였던 토지묘 문을 열고 나왔다. 움직임은 노인답지 않게 빨랐지만, 발걸음은 결코 가볍지 않았다.

마음처럼 무겁던 발이 멈추었다.

아무것도 느끼지 못했지만, 품속의 가면이 경고를 발하고 있었다.

파지지직!

몸이 굳어졌다. 굳어졌는데 손은 떨렸다.

꿍.

호광부 토지공의 몸이 땅으로 허물어졌다.

*　　　　　*　　　　　*

신마맹 제갈공명의 출현과 바람 같은 진격은 사천 일대에 큰 충격을 몰고 왔다.

면주, 남충, 광원이 차례로 신마맹에 떨어졌다.

"제갈공명이 이끄는 삼천 명의 가면병사들이 공성전차를 동원하여 면주 구채파를 친다!"

"제갈공명의 천문지략은 하늘을 움직인다. 벼락을 부르고 바람을 일으키며 불을 키우니, 무릇 병사들은 결코 한데 모여 있으면 안 된다."

"제갈공명은 열 명 홍안소년으로 만 명의 정병을 물리친다."

제갈공명은 사선 촉국 대지의 신(神)이었다.

그 주군인 유비보다 제갈공명을 모시는 사당이 훨씬 더 많았다.

허황된 이야기조차 그 주인공이 제갈공명이기에 무시될 수 없었다.

제갈공명의 목표가 되었다는 소문만으로도 구채파는 무섭게 흔들렸다. 제갈공명이 실제로 구채파 앞에 나타났을 때, 구채파 무인들 절반이 뒷문으로 달아나 버렸다.

구채파는 방주는 한 시진 만에 제갈공명 앞에 엎드려 목숨을 구걸해야 했다.

남충현 중진방은 복속을 거부하고 싸움을 택했다.

중진방주는 자기 무공을 과신하는 전형적 사파 두목이었다. 제갈공명에 대한 소문들 모두가 헛소리라며 비웃음으로 일축했다.

중진방 방주 거처에서 불이 났다. 불길은 정말 신통력을 일으킨 것처럼 거셌다. 이어 중진방 삼면의 담벼락에서 거센 화염이 치솟았다.

방주의 호언장담을 억지로 믿어보려 애썼던 중진방 무인들은 겁에 질려 도망칠 길을 찾기 바빴다. 제법 단단했던 중견 사파의 지휘 체계가 순식간에 무너졌다.

혼란 속에서 제갈공명이 나타났다.

타오르는 화광 아래, 유일하게 남은 남문으로 제갈공명의 이십 문사가 들이닥쳤다. 그들이 중진방 수뇌들을 가차 없이 몰살시켰다.

중진방 방주는 제갈공명의 손에 죽었다. 부드럽게 걸어와 단 일수에 목을 떨궜다.

느긋한 지성의 상징이던 제갈공명 백우선은 일격필살 공포의 신병이 되었다.

그다음부터는 거칠 것이 없었다.

사천 동북부 일곱 개 사도 문파가 문주를 잃거나, 문주가 무릎을 꿇고 신마맹에 충성을 맹세했다.

구파 속가도 예외는 없었다.

파중 광무산의 동북청문은 청성 계열 도문이자, 사천 동북부에 남은 마지막 청성파 보루였다. 달주 진불산 미선사는 아미 계열 산사로 동북청문처럼 아미의 자존심으로 남아 있었다.

그들은 사도 문파들처럼 굴복할 수 없었다.

그들이 할 수 있는 것은 오직 결사 항전뿐이었다.

동북쪽으로 진격하는 제갈공명의 동선은 명백했고, 파중과 달주에 이르리라는 것은 병법의 귀재가 아니더라도 충분히 예측할 수 있었다. 사기를 꺾는 소문 또한 여전했다. 동북청문 경내에서 사람 그림자가 사라질 것이라는 예언이 그 일대를 휩쓸었다.

"제가 가겠습니다!"

적하진인이 비장하게 출사표를 던졌다.

청성산 도릉회의에서는 그날도 격론이 벌어졌다.

결론은 이미 나 있었다. 청성산에서는 동북청문의 위기를 좌시할 수 없었다.

도와주러 가야 했다.

지금까지 신마맹 급습들마다 그러했듯, 청성산에서 다급히 지원을 가도 당도하면 항상 상황은 진즉에 끝난 뒤였다. 이번에는 다른 때와 달랐다. 어딜 공격하는지 미리 알았다.

다만, 청성산에서 파중까지는 거리가 문제였다. 전 중원으로 치자면 그조차도 바로 근처라 하겠지만, 산과 강이 많아 길 자체가 평탄치 못했다. 최대한 빨리 간다 해도, 시간에 못 맞출 가능성이 높은 위치였다.

도릉회의 원로들은 급하게 결단을 내렸다.

불혹 이하 가려 뽑은 제자들을 백 명이나 하산시켰다. 젊은 축에서는 적하를 필두로 가히 최정예에 가까운 전력이었다. 장로급 전력을 본산에 온존했다 하더라도, 이들 백 명이 빠지는 것은 전력 손실이 명백했다.

'모험이야.'

무조건 가야 하는 것이 맞았다.

동북청문은 사천 동북부의 요지이자 섬서와 호광 모두와 인접한 곳에 위치했다. 화산, 종남, 그리고 무당파와도 가깝다는 뜻이었다.

세 문파와 교류가 있을 때, 동북청문이 그 가교가 되곤 했다. 즉, 문파 무력의 고하를 떠나서 청성 속가 문파들 중 지닌 바 위상이 남달랐다.

그런 속가 문파가 공격을 받는다는데, 그냥 보고만 있었다가는 온 강호의 웃음거리가 될 것이다.

'도박이 이런 것이겠지.'

적하진인은 한 번도 도박을 해 본 적이 없었다.

도박의 즐거움은 헤아릴 수 없겠지만, 잃을 것이 많은 도박판에 임하는 것이 어떤 느낌인지는 알 수 있을 것 같았다.

청성무인 백 명의 목숨이 걸렸다. 청성파의 자존심이 걸렸다. 본산 현판과 그 자신의 명예가 걸려 있었다.

'이길 수 있는 도박일까.'

그럴 만하지 싶다가도, 이게 최선인가 싶었다.

도릉회의에서 내려진 결론 모두에 의구심이 들었다.

그래서 가겠다고 했다. 금벽사저는 결정적인 순간에 올바른 결정을 못 내릴 가능성이 있었다. 극단의 무투파인 삼도 사숙도 마찬가지였다. 제자들의 생명을 우선시하며 임무를 수행하기 위해서는 누구보다 차가운 판단력이 필요했다.

적하진인과 청성무인 정예 백 명은 빠르게 촉국 대지를 가로질렀다.

청성의 명예가 땅에 떨어지고 있다 해도, 푸른 도복 청성 깃발은 아직 충분히 유효했다. 역관에서는 지친 기마들을 아무것도 따지지 않고 바꿔주었다. 사공들은 어느 때보다 열심히 노를 저어 주었다.

면주 남단에 이르렀다. 절반쯤 왔다. 강을 건너기 위해 기마를 맡기고 경공으로 이동하고 있을 때였다.

적을 마주쳤다. 그것도 대적이다.

거지꼴을 한 가면은 강철 지팡이를 손에 들고 한쪽 다리를 절고 있었다. 단지 언제 어디냐가 문제였을 뿐, 도룡회의의 핵심 안건이 기어코 그들의 발을 세운 것이다.

"애송이가 어딜 가는겨?"

적하는 곧바로 검부터 뽑아 들었다. 그다음에 물었다.

"몰라서 묻는 것은 아닐 테고."

"고얀 놈. 도를 닦는다는 놈이 까마득한 조사(祖師) 선인에게 말버릇이 그게 뭐시여."

"나는 광인을 선배로 둔 적이 없다."

적하의 말에는 새파란 날이 서 있었다.

신마맹과 이토록 혈투를 벌이기 전에 보았다면, 존장 취급을 해줬을 것이다. 가면걸인의 행색이 너무나도 익숙했기 때문이다. 도가계열 문파는 어쩔 수가 없다. 사천지역에서는 장천사 장도릉을 위시한 파촉 팔선(八仙)을 따로 모셨지만, 가장 유명한 도가 팔선(八仙)은 온 천하가 함께 믿었다.

팔선 중 이철괴가 그와 같은 모습을 했다. 적하진인을 보자마자 조사 운운하는 것을 보면 스스로도 이철괴를 자청하는 것이 틀림없었다.

"이 버릇없는 애송이를 어떻게 혼내준다?"

이철괴가 철장으로 땅을 한 번 꿍, 찍었다.

그러자 그의 뒤에서 오십여 명의 동자가면이, 그리고 또 그 뒤에서 백여 명의 백면뢰가 나타났다.

적하진인은 더 말을 나눌 생각이 없었다.

적의 전력이 대단했다.

그가 몸을 날렸다. 검날에서는 은은한 적광이 흘러나왔다. 노을빛 진기를 가시영역까지 구현하는 검공이다.

쩌어어엉!

그의 도호와 같은 적하검법이 교룡처럼 꿈틀거리는 이철괴의 철장과 부딪쳤다. 강력한 충격파가 사위를 휩쓸었다.

강자들의 싸움이다.

이어, 청성제자들과 가면 무리들이 격돌하기 시작했다.

＊　　　　＊　　　　＊

"이십사 청허검진을 펼쳐라!!"

지시는 이철괴와 벌써 십여 합을 교환하고 있는 적하가 아니라, 다른 제자 수성진인으로부터 나왔다.

백인 정예라 했다.

적하 하나만 고수가 아니었다.

오선인 다섯 명만으로는 구파의 이름을 유지할 수 있을 리만무했다.

무공을 오래 익혀 강호출도가 십 년이 넘은 제자들이 여럿 있었다. 일찍이 무림을 누비며 명성을 쌓아온 후기지수들도 많았다.

제 몫을 할 줄 아는 제자들이란 이야기였다.

"개진!"

스물네 명 제자들이 일사불란하게 움직였다.

하나의 청허검진만으로도 관도가 꽉 찼다. 동자가면과 백면 뢰들이 물밀듯 쳐들어왔다.

스각! 콰직! 촤아악!

청성파 전투진식은 명칭 그대로 검진(劍陣)이었다. 스물네 자루 청강검이 날카롭게 번뜩였다. 사방으로 피가 튀었다.

"관도 좌측에 일진을 더 개진하라!"

또 다른 제자 수형진인이 소리쳤다.

적하 본인이 격전 중이거나 부상, 사망 등의 이유로 지휘를 못 하게 되면, 그다음 순서가 수성이었다. 다음은 수형, 그 다음은 수종으로 출진 전부터 여덟 명의 지휘 제자가 지명되어 있었다. 이들은 동시에 각기 명령을 내릴 수 있었지만 내용이 배치될 경우 상위 지휘자의 판단이 우선시되었다.

그 여덟 이후엔 없다. 여덟 명이 모두 지휘 불능에 이를 정도면 희망이 없다고 봐야 한다. 만에 하나 그런 상황에 이를 경우, 이립 이하의 제자들은 무조건 퇴각, 그 이상은 장렬히 후방을 막고 죽음을 맞이한다. 그것이 청성 문규였다.

'살려 가겠다.'

적하는 다짐했다.

문규를 떠올릴 사태 자체가 발생하지 말아야 했다.

여덟 명 모두 멀쩡하게 돌아간다. 여덟이 아니라 백 명 중 단 한 명도 잃고 싶지 않았다.

'하지만 강해.'

쩌엉!

붉은 검기를 두른 보검, 옥청이 튕겨 나왔다.

성도 거리에서 청성 무인 열 명의 다리를 분지른 자다. 무공의 고절함은 충분히 예상했던 바였다. 철장을 앞뒤로 흔들고 내치는 것이 그 변화가 실로 대단했다.

쩌저정!

적하가 홀쩍 뛰어 뒤로 물러났다. 손목이 뻐근했다.

뒤쪽을 슬쩍 돌아보았다. 검진은 아주 튼튼했다. 동자가면 들의 무위가 상당했지만, 검진을 와해시킬 만큼의 공부는 없어 보였다.

"한 눈 팔 여유가 있는 거여?"

이철괴가 비웃듯이 물으며 철장을 휘둘러왔다.

전설 속 이철괴는 거지처럼 구걸을 하다 사람들이 천하게 멸시하니, 철 지팡이를 하늘에 던져 용으로 변하게 만드는 신통력을 보였다고 했다. 길쭉하고 두터운 철장은 전설 속 교룡처럼 조화무쌍하여 투로를 읽기가 난해했다.

꽈아앙!

적하가 날렵하게 피하니 철장이 바닥을 찍고 땅거죽을 뒤엎었다. 내공 또한 강맹하기 짝이 없었다.

적하진인은 순간 벽력사모를 휘두르던 텁석부리 장한의 얼굴을 떠올렸다.

그때도 지금처럼 관도였다.

장한은 강했다. 같은 날 거기서 보았던 놀라운 검기의 검사는 그를 장 형이라는 호칭으로 불렀다.

단서는 충분했다. 원명각에서는 벽력사모 장익이란 이름을 가져왔다.

그의 사모에서 뿜어 나오던 용력(勇力)을 기억했다. 그때 느꼈던 당혹감은 미지의 괴력무공에 대한 해법갈구와 참오수련으로 이어졌다.

치리리링! 채앵!

그 결과 그는 더 강해졌다. 그는 더 이상 구파무공에 대한 자존심만으로 똘똘 뭉친 어린 기재(奇才)가 아니었다.

그의 검날이 부드럽게 흔들렸다. 철장과 부딪치는 소리가 경쾌해졌다.

"엇허?"

이철괴가 놀란 듯 철장을 뒤로 뺐다.

적하진인은 옥청에 적하검의 검기를 두른 채, 청운검법의 구결을 더불어 일으켰다. 노을처럼 구름처럼 그의 검에 자연의 힘이 담겼다.

"애송이가 묘한 수를 쓰는구나!"

그는 이철괴의 말처럼 아직 애송이일지 몰라도 청성파 무공은 아니었다.

청성파는 촉국팔선 장도릉께서 청성산에서 도문을 연 이래, 일천 삼백 년의 역사를 이야기했다. 신출정일맹위, 구정단법의 신공이 두 검법의 검결을 따라 도도하게 흘렀다.

치이잉! 채애앵!

이철괴가 두 발 뒤로 물러났다. 땅바닥에 족적이 뚜렷했다. 이철괴는 꽤나 놀란 듯했다. 그의 목소리에서 비웃음이 사라졌다.

"꼴에 구파라고!"

웃음기 대신 분노가 자리했다.

이철괴가 거칠게 철장을 내리쩍었다.

적하검과 청운검이 유연하게 전환되며 이철괴의 철장을 막았다. 검기의 흐름이 장중하고 유려했다. 본디 내력 소모가 극심한 적하검의 강검을 구사하면서도 지치지 않는다. 아직 완전한 합일이 아님에도 다시없이 위력적이다. 언젠가 천하에 이를 수 있는 검법이다 호언하는 청성파의 자부심은, 헛된 희망이 결코 아니었다.

쾅! 꽈광!

적하진인과 이철괴가 일진일퇴를 거듭하는 동안, 관도는 이미 검붉은 색으로 얼룩져 있었다. 이곳저곳에 피 웅덩이가 가득했다.

"막아! 틈을 주지 마!"

놀라운 것은 동자가면 십여 명과 백면뢰 이십여 명이 죽어가는 가운데에도, 청성파 제자들이 한 명도 죽지 않았다는 사실이었다.

"서명! 서청과 자리 바꿔! 수상은 일보 더 앞으로! 서일의 뒤가 빈다!"

오로지 방어뿐이다.

요새를 세운 듯, 검진을 내세우고 중첩시켜 청성산 노소정 암벽처럼 버텨 섰다.

적하는 생각했다. 이길 수도 있겠다고.

적하는 또한 알았다. 이런 생각이 들 때가 가장 위험하다는 사실을.

쿵! 쿠웅!

땅을 울리는 소리가 들렸다.

"천신의 앞길을 막지 말라!"

"천신의 앞길을 막지 말라!"

발소리부터 목소리까지 굉음으로 터져 나왔다.

적하는 흔들리는 마음을 애써 다스렸다. 이철괴의 철장이 이때다 하며 쳐들어오고 있었다.

꽈아앙! 꽈앙!

뒤에서는 폭음이 연이어서 들려왔다. 지휘 제자들의 다급한 경호성도 그 뒤를 따랐다.

새로이 나타난 거구의 무인들은 숫자가 넷이요, 하나같이 장군 가면들을 쓰고 있었다. 적하진인은 그들을 익히 알았다.

쿵! 쿵! 쿵!

이어 육중한 발소리가 들렸다.

마음을 다스리기가 더 어려워졌다.

"탁탑천왕!"

"탁탑천왕이 온다! 공력을 최대로 일으켜라!"

지휘 제자들이 대경하여 소리쳤다.

다시없는 거구가 그들 앞에 나타났다. 녹색과 흑색이 어우러진 갑주를 입었다. 머리 꼭대기에 쌓아올린 투구와 그 위의 공작 깃털까지 더하면 높이가 구척에 이르겠다.

"그렇다. 내가 탁탑천왕이다!"

목소리가 사위를 휩쓸었다.

앞서 있는 청허검진 제자들의 신형이 휘청였다. 충격을 받았기 때문이다. 뿜어져 나오는 목소리에 만근의 내력이 실려 있었다. 바다 밑 고래의 숨결처럼 웅장했다. 모두가 내공을 있는 대로 끌어 올렸음에도 완벽하게 막지 못했다.

바로 이것이다.

천왕후(天王吼)라 명명된 음공공부에 아미파 무승들 상당수가 싸움이 시작되기 전부터 내상을 입었다. 그때 밀린 기세를 회복하지 못한 것이 복호승 일곱의 사망이라는 충격적인 패전으로 이어졌다.

청성과 아미는 참패를 통해 배웠다. 그리고 배운 것을 공유했다. 그게 이 자리 수많은 청성제자들의 목숨을 살렸다.

또한 그 배움으로 적하는 아주 잠깐 찾아왔던 승기가 완전히 사라졌음을 알았다.

치이잉! 쩡!

적하검법을 전력으로 펼쳐 이철괴의 철장을 떨쳐 냈다.

"청성파 제자들은 들어라!"

이때를 위해 적하가 왔다. 적하가 탁탑천왕의 천왕후처럼 내공을 담아 소리쳤다.

"전원 퇴각한다! 수치라 생각하지 말라! 살아남는 것이 최우선이다!"

청성제자들의 표정이 급변했다.

원로들은 항상 이야기했다. 목숨이 항상 최우선이라며, 어떤 명예보다 생존을 우선시하라 가르쳤다. 동시에 그들은 불의에 맞서는 용기와 악에 굴하지 않는 정심을 배웠다.

도문 제자라 하더라도 그들 모두는 혈기왕성한 젊은이들이었다.

탁탑천왕의 출현에 도주부터 떠올린 이는 아무도 없었다.

"제자들은 오선인의 명을 들어라! 검진을 새로 짠다! 수자(字) 항렬은 앞으로 나서서 적들을 막아라! 서 자와 등 자 항렬은 본산에 당도할 때까지 뒤를 돌아보지 말라!"

지휘 제자들은 강호경험이 풍부했다. 심적으로는 적하진인의 명령에 동조할 수 없더라도, 상황이 그래야 함을 잘 알았다.

검진을 굳힌 스물네 명을 제외한 전원이 왔던 방향으로 몸을 날렸다.

"놀랍도다! 도망치는 겁쟁이들이 겁쟁이 같지 않구나!"

탁탑천왕의 목소리가 또다시 사위를 휩쓸었다.

그가 곧바로 거령신 가면들과 검진 한복판으로 돌진했다.

연장자들로 구성된 청허검진이 순식간에 찌그러졌다.

쾅! 쾅!

"수 형! 안 돼! 막지 마!"

콰직!

첫 사망자가 나왔다. 탁탑천왕의 무공은 놀라웠다. 한 손에는 보탑을 들고 자유로운 손으로 권장을 휘둘렀다. 팔 하나로 싸우는데, 두 팔 모두 쓰는 거령신과 비교할 수 없을 만큼 강했다.

"공격을 정면으로 받지 마라! 비껴 내서 검진으로 경력을 해소해!"

경고는 소용없었다.

콰드득!

또 한 명이 죽었다. 거령신도 괴력을 지녔다. 게다가 동자승과 백면뢰들은 아직도 셀 수 없이 많았다. 검진의 방어력이 급격하게 떨어졌다.

쩌정!

적하가 한 번 더 물러났다.

그는 옥청검으로 반격 자세를 취한 것이 아니라 품속에서 물건 하나를 꺼내 들었다. 주먹만 한 금속 구(求)였다. 칙칙한 묵철색을 띠고 있었다.

"명한다! 수 자 항렬도 퇴각이다!"

적하진인 소리쳤다.

그러고는 손에 든 흑색구를 힘껏 집어 던졌다.

쾅!

흑색구는 탁탑천왕과 거령신이 날뛰고 있는 바로 뒤쪽, 즉 동자가면과 백면뢰가 밀집된 바로 앞에 처박혔다.

"무슨 짓거리냐!"

되려 이철괴가 놀랐다.

적하진인은 아예 이철괴에게서 등을 돌려버렸다. 그러더니 땅을 박차고는 무서운 속도로 경공을 펼쳐 백면뢰와 동자가 면을 뛰어넘었다. 이철괴는 당황한 나머지 곧바로 적하진인을 쫓을 생각도 못 했다. 신마맹과 이철괴가 사천 땅을 헤집은 이래, 지금 적하진인처럼 행동하는 구파 무인은 한 번도 본 적이 없었기 때문이었다.

"별 거지 같은!"

이철괴는 거지꼴로 거지 같다며 욕을 했다.

적하진인은 그대로 청허검진의 난전에 뛰어들어 거령신 하나를 향해 적하검을 펼쳤다. 이철괴가 한발 늦게 몸을 날렸다. 그러면서 땅에 박힌 흑색구에 시선을 주었다. 낌새가 별로 좋지 않았다. 저런 물건에 대해 언젠가 들어본 적이 있는 것 같았다.

치이이익!

이철괴의 귓전에 기이한 소리가 들려왔다. 병장기의 충돌음과 탁탑천왕의 시끄러운 목소리가 교차하는 이 전장에서 들릴 법한 소리가 아니었다. 무언가가 타들어가는 소리다. 가면 속 이철괴의 눈이 크게 뜨였다.

"네가 청성파의 오선인인가?"

탁탑천왕의 목소리가 적하진인에게로 집중되고 있었다.

적하진인은 대답하지 않았다.

"전속력으로 달려!"

적하진인이 탁탑천왕 못지않게 쩌렁한 목소리로 명했다. 청성제자들은 적하진인을 마음 깊이 믿었다. 청허검진이 일시에 해제되었다. 그들 모두가 일제히 돌아서서 온 힘을 다해 땅을 박찼다.

"흩어져라!!"

적하진인처럼, 이철괴도 소리쳤다. 항마후(降魔吼)와 같은 고함 소리가 동자가면과 백면뢰를 강타했지만, 그들은 청성제자들처럼 빠르게 반응하지 못했다.

치이이이이. 치익.

그리고, 이철괴의 신경을 곤두세우던 소리가 멈췄다.

이철괴가 몸을 날렸다.

콰아아아아아아아앙!

흑색구가 폭발했다. 폭음이 사위를 휩쓸었다.

검은 연기가 치솟고 수많은 백면뢰와 동자가면이 사방으로 튕겨나갔다. 거령신 하나도 폭발에 휩쓸려 그 거구가 일장이나 날아갔다.

많이 죽이진 못했다.

하지만 적하진인이 지닌 기폭뢰(起爆雷)는 하나가 아니었다.

적하진인이 품속에서 기폭뢰 두 개를 더 꺼내 던졌다.

암기가 아니니 쳐낼 수도 없다. 언제 터지는지도 정확하지 않다. 신마맹 무리들은 뒤로 물러날 수밖에 없었다. 그 사이에 적하진인은 제자들을 이끌고 속도를 더 냈다. 시간을 벌어 봤자 잠깐이었다.

촌각의 여유만을 갖고 달리는데 앞쪽에서 역방향으로 달려오는 제자가 있었다. 서로 거꾸로 달리니 순식간에 면전이다. 제자가 다급하게 말했다.

"길목을 막고 있는 적이 더 있습니다!"

"뭐라고?"

"구채파, 중진방, 촉도파 깃발을 확인했습니다! 신마맹 제갈공명의 손에 떨어졌다던 사파 무리들입니다!"

"상황은?"

"적도의 무력은 형편없습니다. 다만 수가 몹시 많습니다! 세 문파가 다가 아닙니다! 계속 늘어나고 있습니다!"

제자 백 명은 지금 이 관도를 따라 아주 길게 늘어서 있다. 그 선두가 사파 무리에 막힌 것이다.

그 앞의 광경이 눈에 선했다.

구채파나 촉도파 같은 군소 사파들이라고 해봐야 제대로 된 내공무인도 얼마 없을 것이다. 젊은 제자들에겐 살인이란 것이 아주 쉬운 일만은 아니었고, 그것은 상대가 약하면 약할수록 오히려 더 어려워졌다.

청성은 검문이자 무파지만, 기본적으로는 살생법보다는 활검술을 가르치려는 문풍이 있었다. 격렬하게 싸우다가 어쩔 수 없이 상대를 죽이는 것은 충분히 받아들일 수 있으나, 제대로 반항도 못 하고 죽는 자를 베는 것은 잔혹한 살인일 수밖에 없었다.

무공이 높지 않은 적이라 해도 수십 수백이 모이면 얼마든지 구파 정예의 발목을 잡을 수 있다는 뜻이었다.

앞에도 뒤에도 적이 있다. 앞을 뚫을 것인가, 뒤를 막을 것인가 선택을 해야 했다.

적하진인은 이 또한 냉정하게 결정했다.

그가 뒤에 서도 이철괴와 탁탑천왕을 동시에 상대하진 못할 것이다. 그러다가 그가 오래 버티지 못하고 쓰러지기라도 하면 뒷일이 어떻게 될지는 불 보듯 뻔했다.

그래서 그는 앞으로 치고 나갔다.

후미에서는 상당한 희생자가 나올 것이다. 앞을 뚫고, 제자들이 충분히 퇴각하고 나면, 그가 다시 목숨을 걸 것이다. 옥죄어 오는 마음의 사슬을 검기(劍技)를 벼려서 끊어냈다. 단호하게 땅을 박찼다.

'당문……!'

폭발이 두 번 더 일어났다.

이철괴는 등 뒤로 폭발의 여파를 받으며 더 속력을 냈다.

이럴 줄은 몰랐다.

'청성파 오선인이나 되는 놈이……!'

흑색구는 화탄이었다.

어디서 얻었는지는 뻔했다. 바로 사천당문이다. 아미가 탁탑천왕의 음공을 알려줬고, 당문이 초소형 화탄을 제공했다. 삼파의 연계가 비로소 본격화된 것이다.

'눈에 걸리는 것들은 모조리 죽이리라.'

이철괴는 악독한 마음을 품었다.

동자가면이나 백면뢰 따위가 몇이나 죽었는지는 관심 없었다. 인간 육신에 갇힌 미개한 도사들 따위가 신선의 비위를 건드렸다. 살심이 절로 일었다.

벌컥!

그가 손에 든 표주박을 들어 그 안에 든 액체를 들이켰다. 이철괴의 신령이 집약된 영주(靈酒)였다. 그의 몸이 축지의 술을 쓰듯 빨라졌다.

관도를 따라 도주하는 청성도사들이 잔뜩 있었다. 순식간에 따라잡은 그의 눈앞에 퍼런색 도복, 청성파 제자의 등이 하나 가득 비쳐들었다.

휘잉! 우지끈!

다리로는 성에 안 찬다.

일격에 척추를 분질렀다. 허리가 꺾인 제자가 달려가던 기세 그대로 땅바닥을 거칠게 나뒹굴었다.

터엉! 콰직!

득달같이 달려들어 또 한 놈을 죽였다.

퍼억!

옆에서도 청성제자 하나가 일권에 꼬꾸라졌다. 거구에 햇빛
이 가릴 지경이다. 탁탑천왕이 그의 옆에서 청성파를 추격했
다. 왼손의 보탑은 황금색 비천마로 변해 있었다.

콱! 픽!

청성파 제자 둘이 더 쓰러졌다. 앞서거니 뒤서거니 경쟁이
라도 하는 것 같았다.

찰칵, 차라락.

뒤질세라 앞으로 나아가며 앞으로 튀어나가는데, 탁탑천왕
의 왼손에서 기이한 소리가 들리기 시작했다. 비천마가 날개
를 접었다. 몸이 접히고 그 안에서 눈동자처럼 생긴 보석이 나
타났다. 받침은 연꽃 형태로 변했다.

탁탑천왕의 움직임이 급격하게 느려졌다. 고개를 들어 하늘
을 올려보고는, 여전한 커다란 음성으로 말했다.

"철괴선인! 상제의 명이다! 철수하라!"

"그게 뭔 소리여?"

이철괴가 역정을 내며 되물었다.

"탑에서 천안(天眼)이 나왔다. 적이 온다! 나는 이토록 당황
한 상제의 성음(聖音)을 처음 들었다. 당장 돌아오라는 상제의
명이시다!"

이철괴는 듣지 않았다.

"혼자 가라."

그가 더 속도를 내서 탁탑천왕을 한참 앞질러 갔다. 그러더니 청성제자 하나를 또 죽였다. 탁탑천왕은 충성하는 자였다. 이철괴는 옥황 직속이 아닐뿐더러, 자유분방한 팔선의 전설처럼 강압적 명령에 얽매이지 않았다.

탁탑천왕은 곧바로 몸을 돌려 이철괴와 반대 방향으로 멀어졌다. 이철괴는 흥, 하고 코웃음을 치고는 다시 청성제자들의 등 뒤를 쫓았다.

이철괴가 섬뜩함을 느낀 것은 탁탑천왕이 까마득하게 사라지고 청성제자 두 명을 더 거꾸러뜨렸을 때였다.

이철괴는 저 앞쪽에서 번쩍이는 섬광을 보았다.

그것은 번갯불 같기도, 색 없는 태양빛 같기도 했다.

번쩍!

명멸하는 빛 무리가 시야를 어지럽혔다. 청성파 제자들마저 당황했는지 빛 무리로부터 몸을 피하고 있었다.

그리고.

이철괴는 빛과 함께, 단운룡을 보았다.

죽는다.

신선의 신통력으로 알았다.

단운룡이 빛을 두른 옷을 입고 이철괴의 앞에 섰다.

이철괴는 곧바로 도주를 생각했다. 죽음의 형태가 이토록 밝은 빛으로 가득할 줄은 몰랐다. 숭배받는 팔선의 자존심도 의미 없었다. 그는 등선(登仙)을 원치 않았다.

"너는 누구냐!"

그리 물었다.

그래 놓고 대답도 듣지 않은 채, 이철괴는 몸을 돌렸다.

우우우우웅!

땅을 박차며 달려가려는데, 덜컥 팔이 걸렸다. 손에 든 철장이 그를 잡아당겼다. 손을 놓고 싶었다. 하지만, 그것은 있을 수 없는 일이었다.

그가 지닌 강철 지팡이는 팔선 각각을 대표하는 법구와 같은 병장기로, 암팔선이라 하여 가면과 함께 팔선들의 신력을 드러내는 대체 불가의 법보였다. 도망이 급해도 철장을 놓고 갈 수는 없었다.

"카합!"

기합성을 내지르며 잡아당겨지는 철장과 함께 상대에게로 뛰어들었다.

위이이잉!

이철괴는 바로 그다음 순간, 그의 선택이 치명적 실수였음을 깨달았다. 상대의 주변엔 어마어마한 역장이 깔려 있었다. 기파나 기도와 다른 실질적 힘의 흐름이었다.

콰직!

꽉 쥔 손에서 철장이 거세게 비틀렸다. 철장과 함께 그의 팔꿈치도 돌아갔다. 힘줄과 근육이 파열되었다. 이철괴는 법보라 하여 철장을 놓지 않은 것을 황급히 후회했다. 그리고 그 후회는 까마득히 늦었다.

퍼억!

끌어당겨, 꿰뚫었다.

마신극광추가 이철괴의 가슴에 커다란 구멍을 만들었다.

"나는 의협비룡회 단운룡이다."

뒤늦게 상대의 이름을 들었다.

이철괴는 팔대신선의 힘을 연성한 이래, 이런 상대와 싸워본 적이 단 한 번도 없었다. 저 염라나 위타천이 손을 쓰면 이렇겠구나, 심장이 날아간 채 생각했다.

그의 몸이 풀썩 쓰러졌다.

경악만 관도 위에 남았다.

신선 이철괴는 그렇게 등선했다.

깨달아 하늘에 오르는 우화등선은 아니었다. 길에서 죽는 허무한 객사였다.

*　　　　　*　　　　　*

많이 죽었다.

청성파를 뒤에서 가로막았던 사천 동북부 사파 무리의 숫자는 거의 사백여 명에 달했다. 시체만 백오십 구가 넘게 나왔다. 중상자가 또 그만큼이요, 산 자들도 멀쩡한 이가 거의 없었다.

지옥도가 따로 없었다.

시체가 널찍한 관도 전체에 가득했다. 살아남은 자들이 곳곳에서 신음했다.

관도는 말 그대로 관아에서 개도(開道)와 관리를 하는 공공도로였다. 군마와 병사들뿐 아니라 일반 백성들도 당연하게 오가는 길이었다.

짙은 피비린내가 들판에 가득했다.

행상들이며 여행객들이 발길을 돌려 다른 길을 찾았다. 새외(塞外)의 적국이 침공해 온 것도 아니요, 백주의 관도에서 이러한 대규모 살육전은 전시(戰時)가 아닌 이상, 용납될 수 없는 일이었다.

그처럼 있을 수 없는 일조차 일상이 되었다.

관도에서 화탄까지 터졌으면, 관군이 달려들어 조사를 해야 마땅한 일이었다. 헌데, 주현(州縣) 남단의 길이라고 면주 관도다, 수주 관도다 구분하여 싸우기에 바빴다. 서로 자기 관아 담당이 아니라는 것이다. 조사를 맡아봐야 위험하기만 한 사건이었다. 관아마저도 신마맹을 꺼려했다. 신마맹뿐 아니라 화가 날 대로 나 있는 청성, 아미, 당문 삼대 세력 모두를 두려워했다.

"청성보다 신마맹이 더 무서웠더냐?"

적하진인은 공격을 주도한 사파 무리 지도자들을 색출하여 즉참했다.

무력화된 사파 무리들은 하나같이 신마맹의 명령에 따라 어쩔 수 없이 청성파를 막아섰다며 목숨을 구걸했다.

적하진인은 갈등했다.

생각 같아서는 모조리 죽여 본보기로 삼고 싶었다.

구채파며 중진방이며, 각 지역에서는 그야말로 악명이 높은 방파들이었다. 하나같이 악을 일삼는 악적 무리로, 도룡회의 때마다 토벌 대상에까지도 이름이 오르내렸다. 방금 적하진인이 목을 벤 축도파 방주는 예로부터 청성파의 공식적인 척살 대상이기도 했다.

일찍이 그들을 멸문시키지 않은 것은, 오로지 동북부 지역의 세력 균형에 관한 아미, 당문과의 암묵적 합의 때문이었다. 이 상황에서는 몰살을 시킨다 해도 명분상 문제 될 것이 없었다.

"각 방파의 사망자들을 수습하여 돌아가라. 일곱 방파 현판을 내리고 봉문치 아니하면, 훗날 청성이 찾아가리라."

적하진인은 이를 악물고 결단을 내렸다.

죽은 제자만 열한 명이었다.

이철괴와 탁탑천왕에게 아홉이 죽었고, 한 명이 불구가 되었다. 이들 사파 무리와의 싸움에서는 두 명이 목숨을 잃었다.

이들 사파 무인들의 시체가 백오십 명이 나뒹굴고 있는 것을 생각하면, 제자 두 명이란 숫자가 미미하게 보일 수도 있었다.

하지만 산술적 계산은 의미가 없었다.

백 명이 아니라 천 명을 죽여도 제자들은 살아 돌아올 수 없었고, 남은 악적들을 살려준다 한들 자비롭다 칭송받을 일이 아니었다.

명문 정파로의 마지막 선은 지켜야 했다. 항복하여 무저항인 사파 무리들을 닥치는 대로 도륙한다면 그들도 사파 무리와 다를 바가 없었기 때문이었다.

제갈공명의 침공에 이미 큰 피해를 입었던 데다가, 지금 이 싸움으로 저들 모두는 회복 불가의 타격을 입었다. 무력이 없는 사파 무리란 지은 죄만 많은 도적 떼일 뿐이었다. 행여 돌아가 여전히 횡포를 부린다 한들, 관병 수준에서도 제압이 가능할 것이 분명했다.

무엇보다, 이 대규모 참상을 수습할 인력이 필요했다.

이런 시체 밭을 만들고 본산에 돌아가면 제아무리 청성파라 해도 지방 관아 또는 황실에 해명이라는 것을 해야 했다. 화탄이라는 불법적 살상 병기까지 사용한 마당에 불필요한 살육을 더 벌여봐야 뒷수습만 까다로워질 터였다.

"맨손으로 그냥 도망치려는 자들은 다리를 자르겠다."

적하진인은 그렇게 경고했고 경고대로 손을 썼다.

살려줄 기미가 보이자마자, 놈들은 곧바로 간사해졌다. 죽은 동료나 부상자들을 버려둔 채 제 혼자만 살겠다며 도주하려는 자가 수두룩했다.

당장 달려들어 검을 쑤실 수 있는 청성제자가 구십 명에 이르는데도, 제 목숨만 생각했다. 다리 잘린 자가 네 명에 이르러서야, 상처가 깊지 않은 자들이 중상자를 부축하고, 비척비척 동료의 시체를 업어 들었다.

사도방파는 상명하복의 기강과 공생공사의 의리를 말했지만, 이럴 때는 아무 소용이 없었다. 적하진인은 저들의 저 모습이 오래가지 않을 것을 잘 알았다. 저들은 청성제자들의 시야에서 벗어나자마자, 들쳐 업은 이들을 산야에 버릴 것이다.

"피투성이가 된 채로 관도를 걷지 마라. 지나가는 자들의 마필을 약탈하지 마라. 시신을 도저히 들고 가지 못하겠으면 사람 눈에 띄는 곳에 버리지 말고 땅을 파서 묻어라. 이 말을 지키지 않은 자는 쫓아가 죽이겠다."

적하진인의 목소리는 준엄했다.

그렇게 그들을 관도 바깥 들길로 쫓아냈다. 머지않아 또 자기들끼리 싸우고 죽이는 소리가 들려왔다.

내버려 두었다. 시체에서 나온 재물이나 병장기를 두고서 다툼이라도 붙은 모양이었다. 저토록 근본 없이 무뢰한 자들에겐 더 이상 관심조차 아까웠다.

"광무산이 함락되었습니다."

신마맹은 더 추격해 오지 않았다.

대신 동북청문이 무너졌다.

제갈공명은 청성 속가 동북청문에 여타 사파 무리처럼 복속을 강요하지 않았다. 동북청문 도량에서는 살아나온 이가 아무도 없다고 했다.

"의협비룡회라는 곳에 대해 더 알아봐."

적하진인은 단운룡의 얼굴조차 보지 못했다.

처음 이철괴와 싸웠던 곳과 멀지 않은 산길에서 수십 구의 시체들을 발견했다는 보고만 받았다. 놈들의 얼굴엔 가면이 없었지만, 주위에 다수의 가면 파편들이 흩어져 있었다 하였다. 원명각 제자들이 추가로 조사한 결과, 누군가가 신마맹 무인들을 죽이고 가면만 회수해 간 것 같다는 결론에 이르렀다. 그리고 그 누군가는 지극히 높은 확률로, 이철괴를 단숨에 죽인 의협비룡회 문주일 것으로 추측했다.

적하진인은 본산에 돌아와 도룡회의에 참석했다. 그리고 그 도룡회의에서 그들은 또 다른 소식을 들었다.

"달주 미선사가 제갈공명의 손에 떨어졌답니다."

그것으로 제갈공명은 강호에 출현한 지 한 달여 만에 사천 동북 일대를 평정하는 신력을 선보였다.

*   *   *

사천 도강언은 단운룡에게 아주 큰 의미가 있는 곳이었다.

사부를 만나 사제의 연을 맺은 곳이 여기요, 협제의 제자임이 알려져 강설영과 다툼 끝에 이별했었던 곳 또한 여기였다.

이제 부부가 된 젊은 남녀에 의하여 반파되었던 수상화는, 예전보다 더 크고 화려한 모습으로 증축되어 신마맹이 일으킨 이 큰 환란 중에서도 여전히 성업 중이었다.

단운룡이 무공과 학문을 닦은 도강언 석실도 예전 그대로였다. 색이 선명한 촉국의 문물은 여름 물길 도강언에서 더 진한 빛을 발했다.

"도착했습니다. 문주를 뵙습니다."

의협비룡회는 매물로 나온 장원 하나를 구했다.

수백 명 무인을 수용할 수 있고, 전각도 십여 채에 이르는 제법 큰 장원이었다.

"문주를 뵙습니다."

양무의에 이어 백가화의 인사를 받았다.

단운룡이 새삼스레 그녀를 바라보았다.

철운거를 끌고 있는 백가화의 기도는 날이 갈수록 단단해지고 있었다. 철심무혼창의 경지가 원숙에 이르렀기 때문이었다.

그녀는 철심이라는 무공처럼 강철 같은 눈빛을 지니고 있었지만, 눈동자 깊은 곳에는 제 짝에 대한 애정과 걱정이 가득했다. 반려가 생긴 단운룡은 전에 미처 헤아리지 못했던 백가화의 마음을 온전히 읽을 수가 있었다.

"내가 아무 일도 없도록 하겠다."

단운룡은 이례적으로 백가화에게 먼저 말했다.

"이이가 믿으니 저 또한 믿어야죠."

백가화가 고개를 숙이며 대답했다.

어조에 미묘한 감정이 담겨 있었다.

이 또한 예전의 단운룡이었다면 눈치채지 못했다. 백가화는 진심으로 단운룡을 믿었다. 양무의가 자신의 재능을 마음껏 꽃피우도록 무대를 마련해 준 주군이었다. 신뢰했고, 고마웠다. 그러나 또한 백가화는 양무의를 걱정했다. 의협비룡회의 운영 전반을 총괄하면서, 신마맹과의 일전을 위한 전략 수립과 전술 실행까지 책임지고 있었다. 백 명의 범재가 한 명의 천재보다 낫다지만, 양무의는 백 명이 못 하는 것을 홀로 해내는 중이었다. 그녀는 걱정하기에 또한 단운룡을 원망했다.

"역시 옥황인가?"

단운룡이 이번엔 양무의를 바라보았다.

"그렇습니다. 이쪽을 거의 다 읽고 있습니다."

양무의의 눈동자는 여전히 별빛 같았고, 목소리는 언제나처럼 낭랑했다.

하지만 수척해진 얼굴은 감출 수가 없었다.

싸움은 이미 예전에 시작되어 있었다.

그 싸움에서, 양무의의 상대는 상제, 옥황이었다.

심력과 체력 모두가 빠르게 소진될 만했다.

"토지공에게서 얻은 정보는?"

"용부저도 토지공을 무너뜨릴 수 없었습니다. 옥황의 지배력이 아주 강력합니다. 신마맹 가면들은 대체로 급에 따른 계층 구분이 명확하지 않아 보였습니다. 다만, 토지공에 준하거나 그 이상의 격을 지닌 가면들은 마찬가지로 심문을 통해 무언가를 얻어내기엔 어려울 것으로 여겨집니다."

"지배력이라는 것 때문에?"

"네, 그렇습니다. 백토진인께서는 주술적 통로라는 이야기를 하셨습니다. 옥황의 상제력은 조화가 무궁하여 진인께서도 온전하게 파악이 어렵다 하십니다. 다만 짐작컨대 가면을 쓴 자와 정신적인 연결이 뚜렷하다면 천 리 밖에서도 의지를 전달할 수 있는 것처럼 보인다더군요. 모든 가면에 해당하는 이야기는 아닙니다. 백면뢰 가면에도 비슷한 술식(術式)이 쓰인 것 같다고는 하십니다만, 제약 조건들이 있는 모양입니다."

"끊을 수 있는 방법은?"

"토지공 같은 경우엔, 가면이 없어도 정신지배 상태가 유지되는 것으로 보입니다. 따라서 지금으로서는 방법이 마땅치가 않습니다."

"허면… 무당심법이라도 줘야 하나?"

단운룡이 혼잣말처럼 말했다.

양무의의 눈이 반짝 빛났다.

그가 모신 문주의 상상력은 항상 재미있었다. 허공노사의 태극도해와 무극진기라면 옥황의 정신지배에서도 벗어날 수

있을지 모른다. 다만, 그것이 불가능한 일임은 그도 단운룡도
잘 알았다. 무공구결을 토지공에게 줄 수도 없거니와 운용할
수 있는 자질도 문제다. 가능성을 타진해 보는 것 자체가 시
간 낭비였다.

"농담으로 듣겠습니다. 토지공은 지금 빈 술병과 같습니다.
부숴서 깨도 그 안에 아무것도 없을 겁니다."

"그럼 다시 백면뢰인가."

"네. 여의각에 추가 조사를 지시했는데 흥미로운 것이 나
왔습니다."

양무의가 문건을 내밀었다.

단운룡은 선 자리에서 받아 든 보고를 다 읽었다.

"엉망진창이군."

단운룡의 눈빛이 변했다.

양무의는 앉은 자리에서 주군의 마음을 다 읽었다.

"이쪽입니다. 가실까요?"

"그래, 내가 직접 묻겠다."

단운룡이 말했다.

"진검."

"……."

단운룡이 진검 앞에 섰다. 그가 진검의 이름을 불렀다. 진
검은 고개도 들지 않았다.

"줘."

단운룡이 말했다.

양무의가 그에게 하나의 물건을 넘겨주었다.

그러자 어떤 말에도 반응 없던 진검이 퍼뜩 고개를 들었다.

"......!"

단운룡의 손에 들린 것은 다름 아닌 진검의 가면이었다. 시장바닥에서 산 하얀 가면은 진검이 피워낸 능력만큼의 무늬가 붉은색으로 새겨져 있었다. 진검의 시선은 단운룡이 그 가면을 들고 보는 움직임을 고스란히 따라갔다. 그의 두 눈과 가면이 끈으로 연결되기라도 한 것 같았다.

"백면뢰. 무인의 귀신에게 씌운 가면이라 했다. 술사들의 표현은 알다가도 모르겠어."

백토진인이 말했던, 하나의 가설(假說)이었지만, 단운룡은 단정적인 표현을 썼다.

진검의 눈빛이 흔들렸다. 그는 광극진기를 지닌 단운룡 앞에 선 미숙한 무인이었고, 능력 개화를 했으나 신력에 이르지 못한 백면뢰였다.

"......"

그렇기에 진검은 여전히 아무 말도 할 수 없었다. 용부저 앞에서의 침묵은 그의 선택이었지만, 지금은 압도감에 의한 강제였다.

"달리 해석하자면 가면에 귀신을 봉했다는 말이겠지."

단운룡이 진검의 눈을 똑바로 바라보았다.

진검은 여전히 가면만을 보고 있었다.

"그게 맞나?"

단운룡이 말을 맺듯 물었다.

"……."

진검은 또 대답하지 못했다.

다만 진검은 혼란스러워했다.

무인의 귀신이란 말에, 가면에 귀신이 들었다는 말에, 그는 짧은 시간 많은 생각을 했다.

'무시해.'

마음이 말했다.

모든 것이 단순하게, 그리고 명쾌하게 설명되었다. 그래서 그쪽으로는 더 사고하지 않았다.

그의 가면은, 저 자의 손에 들린 그의 얼굴은, 귀신보다는 더 위대한 무엇이어야 했다. 그의 마음속에 도사린 목소리는, 잡귀가 아니라 신령스러운 그의 수호자가 틀림없었다.

"듣지 않는군."

단운룡이 나직하게 말했다.

"……."

진검은 가면만 보았다.

"나를 보고, 대답하라."

단운룡이 명했다.

진검은 또 가면만 보았다.

"……."

단운룡이 왼손에 든 가면을 가슴 앞에 들었다.

단운룡은 오른손도 들었다.

'대답해!'

진검은 순간 가슴을 옥죄는 공포를 느꼈다. 그 공포가 그에게서 나온 것인지, 아니면 그 마음속 목소리에서 나온 것인지 알 수 없었다.

"모, 모릅니다."

진검이 대답했다.

단운룡이 고개를 끄덕였다.

"그래. 할 수 있잖아."

진검은 온몸에서 찌릿찌릿한 기운을 느꼈다. 보이지 않는 울림 같은 것이 앞에서 뒤로 그의 몸을 통과하고 다시 뒤에서 앞으로 그를 훑었다.

울렁거리는 기분이 들었다. 그것이 착각인지, 아니면 진짜 감각인지 알 수 없었다.

"누이는?"

"누, 누이? 내 누이를 어찌했소? 누이도 잡혀 온 것이오?"

한 번 입이 열리자, 진검은 언제 그랬냐는 듯 빠르게 물었다.

단운룡이 천천히 다시 물었다.

"내가 묻겠다. 네 누이를 어떻게 할까?"

"누이를 건들지 마시오! 송자방과 똑같은 자들이었소? 무도한 자들이 어찌 그 어린아이를 두고 나를 협박한단 말이오?"

"송자방 방도 황견."

단운룡이 하나의 이름을 말했다.

"황견 그 놈을 왜 갑자기……?"

"방도였다가 심부름꾼이 된 장서."

"……!"

"네 누이. 그 어린아이가 죽인 이들이다."

"뭐, 뭐요?"

그가 놀라서 되물었다.

'놀랄 거 없어. 대답만 순순히 해.'

마음이 그를 진정시켰다.

"이젠 어리지도 않아. 다 큰 여식이지. 사람의 배를 갈랐더군. 내장을 널어 두고."

"그게 무슨 말이오?"

진검은 단운룡의 말을 믿을 수 없었다. 마음은 믿었다.

'그럴 줄 알고 있었잖아.'

"손목을 자르고, 눈을 뽑고."

"누가 누구 눈을 뽑았다는 말입니까?"

'송자방에 납치된 날 이후로, 걔는 항상 악몽을 꿨어.'

"가면을 쓴다고 다 이렇게 되지는 않는 것 같은데."

"지금 뭔가 착각한 겁니다. 그 애는 곧 시집을 가야 할 규

수입니다."

'조심히 대답해. 저 자는 무서워. 부서질 수 있어.'

"곧 시집가야 하는 아이에게 가면은 왜 준 거지?"

"……."

"말해."

단운룡의 용안에서 빛줄기가 새어 나왔다.

"그런 아이에게까지 가면을 줘서 너희가 이루려는 것이 무엇인지."

"누이를 어쩔 셈입니까? 내가 대답하지 않으면, 저 송자방처럼 누이를 납치하여 몹쓸 짓을 할 겁니까?"

진검은 가면을, 그 가면을 쥔 손을 보았다.

'안 돼! 이 병신 같은 놈!'

마음이 절규했다.

"나는 네 누이에게서 가면을 빼앗아 부술 것이다."

단운룡이 말했다.

"이렇게."

두 손이 움직였다.

퍼석!

그의 손 사이에서 하얀 가면이 산산조각 났다.

'아아아악!'

그 깊은 곳에서 그인 것처럼 말해왔던 가면의 목소리가 단말마처럼 비명을 질렀다.

＊　　　　＊　　　　＊

"으아아악!"

마음속 목소리처럼 진검의 입에서도 비명성이 터져 나왔다.

그의 얼굴이 울그락불그락해졌다. 이내, 코에서 핏물이 주르륵 흘러내렸다.

인중과 입술을 타고 내려온 피가 앞섬을 적셨다. 고개를 떨구고 숨을 몰아쉬는데, 핏방울이 날숨을 따라 튀었다. 몹시 고통스러워 보였다.

"……환성(喚醒)…… 룡(龍)……."

진검이 중얼거렸다.

단어가 띄엄띄엄 들렸다.

"신정(神政)…… 건립(建立)……."

단운룡과 양무의는 진검이 제대로 말을 할 때까지 기다렸다.

이내, 몰아쉬던 숨이 안정을 찾았다.

진검이 고개를 들었다. 코 밑과 입 주변이 온통 피범벅이었다. 밝지 않은 밀실은 마치 고문실 같았다. 피투성이 옷을 입은 진검의 몰골도 썩 보기 좋지 않았다.

"누이는… 내버려 두십시오."

그것이 첫마디였다.

진검의 목소리엔 힘이 없었다. 가지고 있었던 모든 기력을 소진한 것 같았다.

"네 누이는 살인자야."

"죽어 마땅한 놈들이었습니다."

진검은 곧바로 반박했지만, 말투는 더 공손해져 있었다.

마음속 목소리는 눈앞의 이 남자를 무서워했다. 그리고 상대는 아무렇지 않게 가면을 부숴버렸다.

맞설 수 없는 사람이었다. 반항은 무의미했다.

냉정함이 돌아왔다. 언제부터인가 무엇이든 할 수 있을 거 같다는 고양감에 도취되어 있었다. 기나긴 꿈에서 깬 것처럼 몇 년 만에 처음으로 정신이 맑았다.

"첫 살인부터 손속이 아주 잔인했지. 시체를 보면 당황하거나 망설인 기색조차 없었다고 했어. 그런 부류는 살인마가 돼. 벌써 두 놈째고."

"송자방은 이미 망했습니다. 누이는 멈출 겁니다."

"그래, 멈춰야지."

"누이에게 가면을 빼앗고… 어떻게 하실 겁니까?"

"나는 네 누이를 보고로만 접했어. 실제로 얼마나 가면의 귀기(鬼氣)에 홀려 있는지는 확인해 봐야 해."

"죽이지는 말아주십시오."

진검이 단운룡에게 부탁했다. 진심이 담겨 있었다.

단운룡이 웃었다.

"네가 가진 정보의 가치를 과대평가하지 마. 넌 일개 백면뢰다."

"일개 백면뢰를 이렇게 살려두셨습니다."

진검은 점점 더 눈앞이 밝아지는 것을 느꼈다.

그는 지금껏 고문 한 번 받아본 적이 없다.

내공금제의 점혈을 당한 채, 밀실에 감금된 것도 고문이라면 고문이겠지만, 강호가 아니라 관아에서도 하는 고문조차도 피부를 벗기는 박피형이나 끓은 물에 삶는 팽형처럼 지극한 고통을 수반하는 것들이 많았다.

여기는 그렇게 없다.

진검은 상대가 잔혹한 자들이 아님을 익히 알았다. 그 말인즉슨, 누이에게도 희망이 있다는 뜻이었다.

하지만 단운룡은 바로 다음 말로, 진검의 기대를 가볍게 부숴놓았다.

"내 분명히 말하지. 네가 가진 정보의 가치가 무엇이든 그것으로 나와 거래하려 들지 마라. 네가 그 어떤 중요한 사실을 말하더라도, 네 누이는 신마맹의 백면뢰야. 그녀가 충분한 악이 되어 있다면, 그에 합당한 조치를 취할 것이다."

"충분한 악이라고 했습니다. 신마맹이, 우리가 악이라 생각하십니까?"

"악이다."

"어째서 우리가 악입니까? 악의 기준이 무엇입니까?"

"네가 재미있는 말을 하는구나."

"누이는 송자방에 잡혀가 청정지신을 잃을 뻔했습니다. 나에겐 강호인들이 악이요, 신마맹이 선입니다. 제게 가면이 없었다면 누이는 그 도적 소굴에서 겁탈을 당하고 송자방주의 첩이 되어 온 인생을 망쳤을 겁니다."

"네 누이는 그 대신 잔인한 살인자가 되었지."

"뭐가 더 나은 겁니까?"

"너의 말에 일리가 있다. 하지만 신마맹이 너에게 가면을 주지 않았다면, 너와 네 누이는 이런 일을 겪지 않았을 것이다."

진검은 순간, 말문이 막혔다.

꾹꾹 눌러 담고 있었던 진실이다.

그와 같은 생각을 할 때面, 마음속 목소리가 '그렇지 않다, 송자방이 악이다.' 라며 그의 죄책감을 없애 주었다.

가면이 준 힘에 취해서 송자방의 악수를 죽였다.

그가 만든 일이다. 그가 누이를 송자방에 잡혀가게 했다.

가면이 없는 지금, 그의 머릿속엔 간섭이 없는 명료한 논리가 자리 잡고 있었다.

"신마맹은 악이 아닙니다. 가면은 우리 안에 있는 인신(人神)을 드러낼 뿐, 나는 그 힘을 악인을 죽이는 데 썼습니다. 제 누이도 마찬가지입니다. 누이는 살 가치가 없는 짐승들을 죽인 겁니다."

"군산에 모인 무인들을 죽인 것은?"

"구파일방 또한 사람을 죽여 권세를 얻었습니다. 그건 악이 아닙니까?"

단운룡이 흥미롭다는 눈빛으로 양무의를 돌아보았다.

바로 이것이다.

진검의 말에는 일리가 있다.

신마맹은 귀신과 괴이로 사람을 홀린 마도적 집단이지만, 그 안엔 분명한 사상적 합리가 흐른다.

단운룡은 이걸 알고 싶었다.

이런 것이 신마맹을, 팔황을 강하게 만드는 원천이었다. 그리고 그 근원을 아는 것은 대단히 중요했다.

"살업(殺業)은 악업이 맞다. 이 사천 땅에 신마맹이 나타난 이래, 강호에는 근 십 년 내로 가장 많은 피가 흘렀다. 죽지 않아도 될 자들이 수없이 죽어가게 만든 신마맹은 내 눈에 분명한 악이다."

"……"

진검은 더 말하지 못했다. 가면의 목소리가 있었다면, 어떤 궤변으로라도 항변할 수 있었겠지만, 군산 혈전과 사천의 전란을 일으킨 것은 분명 오롯한 선업(善業)이 아니었다. 큰 옳음을 위한 필요악이라 생각했다. 필요악도 악(惡)은 악이었다.

"이제 말하라. 네가 아는 것을."

진검이 한 번 고개를 숙였다.

그의 두 눈에서 연한 비취색 광망이 스쳤다. 아무도 그 빛은 보지 못했다.

단운룡의 미간이 순간 움찔했다. 보지 않아도 느끼지 못하는 것은 아니다. 진검이 고개를 들었다. 그의 입술이 열렸다.

"백면촉로(白面蜀路), 환성얼룡(喚醒孼龍), 신민일체(神民一體), 건립국가(建立國家)."

열여섯 글자다.

진검이 말을 이었다.

"그것이 밀서에서 본 글귀입니다. 자비를 알고 천도를 무시하지 않는 분들인 줄 압니다. 고작 백면뢰라 아는 바는 그것이 다입니다. 이리 다 실토한 이유는 익히 아시리라 믿겠습니다."

진검은 묶인 몸으로 고개까지 조아렸다.

단운룡은 그런 그를 잠시 보다가 양무의에게로 고개를 돌렸다.

"감지했나?"

"무엇을요?"

"아무래도 백토진인의 연구가 부족한 것 같다."

"가면에 관한 겁니까?"

"확실치 않아. 진인과는 내가 직접 말해보겠다."

"새롭게 알게 된 바가 생기면 바로 말씀해 주십시오."

"물론이다."

단운룡이 먼저 몸을 돌렸다. 백가화가 철운거를 밀고 그의 뒤를 따랐다.

문을 열고 나가는 그들 뒤로 진검이 말했다.

"누이는 착한 아이였습니다."

"알아."

단운룡이 답했다. 문이 닫혔다.

"일치해?"

"네. 교차검증이 필요했는데 역시 이곳이 맞는 것 같습니다."

"위치는?"

"복룡담입니다."

"흑상(黑商)이라 했나?"

"네. 흑림과 연관이 있는 비상(秘商)입니다. 이전, 이복 형제가 추적한 결과 술법 관련 물자들이 이쪽으로 넘어온 것을 확인했습니다."

"뭔가 일어나긴 한다는 거군."

"글자 그대로일까요?"

"그럴 수도."

"얼룡(孽龍)은 전설 속의 악룡(惡龍)입니다. 장강에서와 같은 규모라면 지금 이 전력으로는 안 될 텐데요."

"그런 괴물은 아닐 거야. 그 정도면 이미 내가 알았어."

"관, 장을 부르겠습니다."

"효마도 불러."

"당문이 가깝습니다만."

"괜찮아. 해결할 게 있으면 이번에 털고 가자."

"알겠습니다."

"오원은 어때?"

"려라는 자가 지닌 병법이 상당하여, 주살이 어렵습니다. 완전 분쇄를 노리기보다는 전선 유지를 굳히고 있습니다."

"뱀이 반대하지 않나?"

"아닙니다. 오히려 탈각계(脫殼計)를 중시하여 무구고원으로의 이주 준비에 한창입니다."

"남부전선이 안정화되었다는 말이로군."

"네."

"그럼, 우목을 올려."

"저는 괜찮습니다."

"능력 되는 거 알아. 하지만 지금 사천엔 변수가 너무 많으니까, 올려서 부담 덜어."

"그건 안 그래도 적벽으로 유도할 계획이었습니다. 우리 쪽이 변수 통제가 쉬우니까요."

"그럼 더더욱 우목이 필요하지. 게다가 딴생각도 하고 있잖아."

양무의가 철운거에서 단운룡을 올려다보았다.

이 말엔 조금 놀랐다.

단운룡은 앞만 보고 걸었지만, 그를 확실히 꿰뚫어 보고 있었다. 그것이 계산과 지략에 의한 것인지, 아니면 단운룡이 가진 광극진기에 의한 것인지는 알 수 없었다.

어차피 앞을 내다본다는 능력에 있어서는 마찬가지다. 둘이면서 또한 하나였다. 양무의가 고개를 끄덕였다.

"알겠습니다. 우목을 부르겠습니다."

양무의가 그리 말하자, 백가화가 그의 어깨에 손을 올렸다. 잘 생각했다는 뜻이었다. 양무의가 손을 들어 그녀의 손을 맞잡았다. 부디 홀로 다 하려 하지 말고 보중하라는 마음을 말한마디 없이도 충분히 전달받았다.

"뒤의 여덟 글자가 마음에 걸려."

"그거야말로 글자 그대로면 보통 일이 아닙니다만."

"말이 안 돼."

"불가능한 일이지요."

"그런데도 그게 진짜 하고 싶은 말 같았단 말이지……."

단운룡은 그답지 않게 말끝을 흐렸다. 말 자체도 혼잣말에 가까웠다.

양무의는 문주의 말을 흘려듣지 않고 기억했다.

이미 많은 일을 했고, 앞으로도 할 일이 많았다.

그가 등 뒤를 돌아보았다.

오래전 밀염(密鹽)을 거래하다가 몰락한 상회의 장원엔 지하

층이 제법 큰 규모로 건설되어 있었다.

개조한 밀실이 통로를 따라 즐비했다.

방금 저 끝 진검의 구금실에서 나왔다. 그 옆으로 밀실 세 개가 더 차 있었다.

토지공의 본명은 아직 파악하지 못했다.

그 옆 밀실엔 형주부에서 잡아 여기까지 이송해 온 심용이 묶여 있었다.

마지막 하나는, 모서리를 꺾어서 문을 지나고도, 한참 더 가야 했다. 밀실의 크기도 좀 더 넓었고, 사지를 결박하지도 않았다.

갇혀 있는 사람은 여인이었다.

이름은 진소소였다.

다름 아닌, 진검의 누이였다.

*   *   *

반려도 잠이 든 야심한 밤이었다.

그는 조용히 목갑 안에서 가면을 꺼냈다.

가면을 쓰고 가면의 눈을 통해 방 안을 보았다.

어둑한 방의 전경이 서서히 변했다.

마침내 연결이다. 처음이었다.

뚜벅, 뚜벅.

어둠 속에서 그는 걸었다. 꽃비가 내렸다.

"역시 너였구나."

그의 음성을 들었다.

맑고 청량하여 마음까지 편안해지는 목소리였다.

백옥장식 옥관에 황금색 용포를 입었다.

"내가 널 보았다."

그는, 옥황이었다.

옥황상제가 하얀 손을 뻗었다.

뒤로 물러나려 하였으나, 아무리 뒷걸음질을 쳐도 멀어지지 않았다. 딛고 선 땅이 통째로 끌려가듯 오히려 앞으로 움직였다.

손아귀가 목덜미에 이르렀다. 손은 목을 움켜쥐지 않았지만, 언제든 목 졸라 비틀 수 있을 것처럼 위협적이었다.

"이미 나의 말을 받았음을 알겠다."

그가 아름답게 웃었다.

알겠다. 연결이 된 이유를 짐작했다.

"그곳에서 기다리거라."

그의 손이 목덜미에 닿았다.

정말 사람 손이 닿는 것처럼 촉각이 뚜렷했다.

재빨리 가면을 벗었다. 눈을 감고, 호흡했다.

다시 눈을 떴다.

방 안이다. 다행이었다.

                    *   *   *

　사천의 전란은 절정으로 치닫고 있었다.

　신마맹은 사천 남부 화현을 쳤다.

　화현은 광산이 많은 강철산지로, 반강(攀鋼)이라는 장인 집
단이 위치한 곳이었다. 고명한 장인들이 오가는, 중원 서부의
대표적인 병장기 생산지로서, 잡스런 쇠붙이부터 정교한 군용
병기까지 못 만드는 물건이 없다고 알려진 곳이기도 했다.

　반강에는 당문 소속 장인들이 많았다.

　반강산 병기는 중원에까지 이름이 높았고, 당문의 장인이라
도 최소 삼 년 반강을 거쳐야 쇠를 좀 다룬다고 인정해 줄 만
큼 중요한, 당문철가의 중지(重地)라 했다.

　또한 화현은 바로 남쪽으로 운남과도 맞닿아 있기 때문에
운남의 수해(樹海)로부터 공수되는 사충독들이 운송되는 중요
한 길목이기도 했다.

　그 반강에 나타난 것은 우마군신과 철선녀, 그리고 홍해아
였다.

　반강은 화현 절반을 차지하고 있을 만큼 넓었지만, 삼분지
일이 불바다가 되고, 삼분지 일이 초토화가 되었다.

　당문 장인들도 여럿 죽었다.

　세 겹의 강철로 운남산 사충독이 보관되어 있던 당문비고

까지 파괴되었다.

당문의 분노가 하늘을 찔렀다.

　　　*　　　　　*　　　　　*

반강에서 죽은 장인들 절반 이상이 권각술 일초조차 익히지 않은 일반 백성들이었다.

육백 명이 넘는 사상자가 발생했다.

초토화 된 화기(火機) 생산 구역의 피해가 특히 컸다.

홍해아의 화술(火術)은 몹시 강력했다. 거세게 일어난 불길이 들불 번지듯 번져나갔다. 그 불꽃이 화탄 보관창에 닿았을 때, 상상 속에서나 우려했던 재앙은 곧바로 무시무시한 현실이 되었다.

연쇄폭발의 충격은 천지개벽과 같았다. 당문 장인들의 죽음도 죽음이지만, 죽지 말아야 할 사람들이 너무 많이 죽었다.

"모조리 죽여야 합니다."

당문에서는 모두가 같은 말을 했다.

사천당문 무복의 가슴에는 흑색의 화문(花紋)과 녹색의 비수가 새겨져 있었다.

독과 암기를 뜻함이다. 이 둘은 당당히 드러내는 당문의 절기이자, 중원 무림의 어디를 가도 통할 수 있는 위압의 상징이었다.

함부로 사용하지 않던 비기(秘技)들의 봉인을 전부 해제했다.

비고(秘庫) 깊은 곳에 숨겨 두었던 극악의 암기들이 일반 병기창으로 옮겨졌다. 대량살상 독물들이 만독원 독실에서 풀려나왔다.

당문 고수들 대부분이 복수를 말할 때, 가주는 싸움에 앞서 해야 할 일을 했다.

천수마안 당천표가 녹풍대주 당사호를 불렀다.

"가주를 뵙습니다."

"수습이 만만치 않다. 네가 직접 가야겠다."

"화현 말씀이시군요."

"반강에는 제국 병창이 있었다. 대폭발이 일어났으니, 도지휘사가 직접 병사를 보내 조사할 것이다."

"서둘러 움직이겠습니다."

"반강 내 본문 장인들의 기밀문서 습득이 첫째, 혹시라도 남아 있을지 모르는 신형 화기들의 수색과 수거가 둘째다. 상황이 좋지 않으면 파쇄와 파괴를 우선시하라."

"살인멸구는 어디까지 허용입니까?"

"지휘첨사 밑까지."

"그 위는요?"

"지휘동지 이상까지 정보가 올라가면 증거인멸로 안 돼. 황실과 직접 거래해야 한다. 그 아래에서 막아라. 은밀하게 진행해야 될 것이야."

"명심하겠습니다."

모든 화기는 대명의 율법에 따라 국가의 통제 안에 있어야만 했다. 다시 말해 화기란 곧 예외 없이 제국 군사 전용이어야 한다는 이야기였다.

하지만 반강에서 폭발한 화기들 중엔 군용병기가 아닌 것들도 있었다.

바로 당문의 화기들이다.

사천당문이 제국군 이상의 화기술을 지녔다는 것은 공공연한 비밀이었다.

한때 강호에서는 당문이 가문 내 비전 기술을 제국 병창에 제공하면서 화기 개발과 제한적 사용에 비공식적 허가를 받았다는 소문이 돌았으나, 당문과 관 양측에서 있을 수 없는 일이라 일축했다.

대명률대로라면 분명 그랬다.

반강의 폭발 잔해로부터 화기 제조 설계도 하나만 잘못 나와도 당문은 역모라는 두 글자에서 자유로울 수 없었다. 시국이 시국이니만큼 더 민감한 사안이었다.

당문은 반강으로 녹풍대 정예를 이백 명이나 보냈다. 당문 신성 당효기도 출정대에 포함되었다.

반강의 조병 설비는 이미 파괴되었고 신마맹 대적들은 진즉에 철수했다.

그럼에도 그 숫자를 보낸 것은 상존하는 전투 가능성 때문이었다.

반강 근역에서 당장 신마맹 고수들이 확인되지 않는다 해도, 어떤 복병이 숨어 있을지 알 수 없었다. 청성파는 젊은 정예 백 명으로도 신마맹과 사파 무리를 제압하지 못한 채, 후퇴를 감행해야 했던 것으로 알려졌다.

녹풍대는 청성파처럼 빈손으로 퇴각할 수 없었다. 반드시 반강까지 당도하여 임무를 수행해야만 했다. 당문 화기의 모든 흔적들이 폭발과 함께 사라졌다면 모르되, 그렇지 않을 경우 후폭풍이 상당할 것이다. 평시라면 제아무리 확실한 증거를 들고서 역모 혐의를 제기한다 해도 당문이 지닌 재력과 기술력으로 충분히 틀어막을 수 있었겠지만, 지금은 사천 땅 전체가 무림의 전란으로 뒤덮여 있었다. 관 입장에서도 준 전시(戰時)라 봐야 했다. 싸움을 건 것이 아니라 걸린 쪽이나, 분명 당문 역시도 사천 난세의 주축이란 것만큼은 부인 못 할 사실이었다.

여기서 황실의 압박까지 들어오는 것은 실로 부담이 될 터였다. 최악의 경우, 가문의 존폐 위기까지도 논할 수 있는 상황이 올 수 있었다.

당천표는 그렇게 판단하며 녹풍대를 보냈다.

하지만 존폐의 위기는 전혀 예상치 못한 곳에서부터 들이닥쳤다.

"가주! 가주!!"

천수마안, 만천신의 거처로 이런 다급한 소리가 들려온 것은, 당천표의 가주 직위 이후 처음 있는 일이었다.

"당가타 당혼문이 뚫렸습니다!"

그 믿을 수 없는 경악성으로부터 불과 일다경 후, 당천표는 평생 꿈꿔본 적 없는 악몽과 마주해야 했다.

"가주! 막을 수가 없습니다!"

당문 본가의 남천문이 세찬 바람과 함께 갈려나갔다.

마신(魔神)이 지옥을 연 것이다.

"수신당 녹수대(綠水隊)가 전멸했습니다. 신마맹의 수괴로 여겨집니다!"

천수마안 당천표는 당문의 최중지이자 가주의 거처인 만천각 오 층에 올라 남쪽에서 올라오는 전율을 목도했다.

그는 머리 위에 왕관 같은 금관을 쓰고 있었고, 황금색 용이 그려진 적포를 입고 있었다. 범접치 못할 기운이 전신을 휘감고, 순수한 공포를 사방에 퍼뜨렸다. 존재하는 것만으로도 살아 있는 모든 이들을 정신적 파탄 상태에 빠뜨렸다.

"염라마신……!"

그에게 다급히 보고를 올리는 아이들은 저 괴수의 이름을 알지 못한다.

역대 가주만 열람할 수 있는 화우서가에서도 밀봉되어 있는 기록에서나 볼 수 있는 이름이었다. 현재 살아 있는 모든 원로들 중, 저 존재를 직접 본 분이라고는 백수가 훌쩍 넘으신

문성 어르신 외엔 전무하며, 혹 저 자에 대한 기억을 갖고 있는 분들일지라도 저 마신의 이름을 단 한 번도 입에 올린 적이 없었다.

신마맹이 사천 땅을 어지럽힌 바로 이 시기에도 그러했다.

당문부터 올 줄 몰랐다.

신마맹이 다시 일어섰으니, 염라마신의 존재도 분명 염두에 둬야 했다. 하지만 그것은, 그저 막연한 우려로 덮어 뒀었다.

의협이라며 전대의 오래된 인연을 앞세워 날아온 경고 서신을 받았을 때도, 그는 무시했다. 그 자신이 좀처럼 강호사에 쉽게 나서지 않듯, 적의 수좌 역시 전면에 나서지 않을 거라 여겨졌기 때문이었다.

"가주! 대적이 서문 방향으로 가고 있습니다!"

예상을 못 한 것이 아니라 예상하지 않으려 했다.

당문의 가주인 그조차도 무의식적으로 기피한 존재였다.

염라마신의 마기가 방향을 꺾는 것을 보았다. 멀리서 수천 개의 칼날과 나무형상이 치솟는 것을 보았다. 우르릉 소리와 함께 만독원 건물이 반파되고 있었다.

만독원이 파괴되고, 그 안의 독물들이 쏟아져 나왔다.

독물들은 그 자체로 대량살상 병기나 다름없었지만, 염라마신의 기운은 아무 일 없는 듯 똑같은 속도로 움직였다.

만독원 후원, 염라마신의 보보(步步)를 따라 하얀 기운이 피어올랐다. 멀리서 보아도 혹한(酷寒)의 차가움을 느낄 수 있었다. 충사독물은 대부분 한기(寒氣)에 취약했다. 사천당문이 보유한 최고 최대의 자산이 새하얀 지옥 속에서 바스러지는 것을 속수무책으로 바라봐야 했다.

'저 방향은 설마?!'

염라마신은 당가타 남쪽에서 북쪽으로 직진해 올라왔다. 그리고 가주인 자신이 있는 곳으로 온 것이 아니라 서쪽으로 방향을 틀었다.

'탐신각!'

우연일 리 만무했다. 당천표는 서쪽의 중지(重地)를 떠올렸다.

아주아주 오래전, 출입이 엄금된 곳이다. 가문의 참혹한 비사(秘事)이자 치부이며, 혈족상잔의 비극이 일어났던 금지(禁地)였다.

당천표의 얼굴이 그가 거처에서 기르는 철갑사(鐵甲蛇)처럼 딱딱하게 굳어졌다.

철갑사의 혀는 두 갈래 갈라짐이 뚜렷했다.

그도 선택을 내려야 했다.

"가주께서 나서셔야 할 때요!"

"아니 될 말입니다. 어서 피신하셔야 하외다!"

어느새 몰려든 원로들이 상반된 말을 하며 그를 재촉하고 있었다.

결단을 내렸다.

그는 사천당가의 가주였다. 절대로 여기서 물러날 수 없었다. 염라마신이 탐신각으로 향하고 있다면 더더욱 그러했다.

"화창 장로께서는 황천룡을 꺼내 오시오."

"가주!"

"남문이 부서졌고, 만독원이 무너졌소이다. 서쪽까지 함락되더라도, 동북 병창과 중앙의 만천각은 내주지 않겠소."

당천표가 앞장섰다.

그가 내공을 담은 웅혼한 목소리로 명했다.

"사화신(死花神)과 모든 극독의 사용을 허하오. 화우(花雨) 전개가 가능한 모든 이들은 나를 따르시오. 오늘 우리는 신마맹의 수좌, 염라마신을 죽이고 사천 대란의 유일한 승자가 될 것이외다!"

당천표의 선언은 오랜 세월 지켜온 사천당문의 자존심처럼 강렬했다.

당문의 오래된 금지(禁地), 탐신각 땅 위로 삼백에 이르는 어린 원혼들이 염라마신의 지옥술에 응했다.

처절한 죽음의 술법이 당문 장원 서쪽 사분지 일을 휩쓸었다. 그것이 그 안에 있던 모든 산 자들을 죽였다.

당천표는 염라에 맞서 황천룡을 써야 했다.

황천룡은 마장(魔匠) 당철민조차도, 완성 직후 절대봉인을 지시한 사상 최악의 폭발병기였다. 어마어마한 화력을 지닌 폭탄임과 동시에 극독을 품은 독탄이기도 했다.

이미 산 자가 없었던 당문 서부 일대가 거대한 폭발로 뒤덮였다. 화현 반강에서 일어났던 폭발보다 더 큰 규모였다.

붉고 노란 불기둥이 하늘 끝에 이르렀다. 사천 성도 어디에서도 볼 수 있을 만큼, 폭발의 규모가 거대했다.

만천신 당천표는 자신의 말을 하나도 지키지 못했다.

염라마신은 혼자가 아니었다.

팔계저마와 오정수마가 동북 방향으로 치고 들어왔고, 우마왕을 비롯한 칠대성 중 네 마왕과 황포괴, 백골정의 요마들이 속속 당가타로 들어와 격전을 벌였다.

수세에 몰린 당가는 남아 있는 여덟 기 황천룡 중 일곱 개를 차례로 터뜨려야 했다.

그러면서 당문 권위의 상징인 만천각과 동북 병창까지 무너졌다.

황천룡의 대폭발 속에서 걸어 나오는 염라마신에 맞서, 사화신이 날았다. 만천화우 여섯 개가 중첩되었다.

염라마신은 무적이었다.

당가 가주 휘하 원로들과 장로들, 삼분지 이가 죽었다.

당가는 수없이 죽어나가면서도 격렬하게 싸웠다. 죽으면서 죽였다. 당가의 독수(毒手)는 아주 무서웠다.

팔계저마와 황포괴는 극독에 중독되어 전투불능 상태에 빠졌고, 우융왕과 교마왕이 죽었다. 백골정도 중상을 입었다.

그 수가 팔십에 이르렀던 칠대성 아래 황우, 사자, 성성, 교어가면의 대다수가 죽어 없어졌다. 백면뢰는 이백여 명이 죽었다.

그래도 당가는 졌다.

신마맹의 손실에도 참패라는 결과는 명백했다.

당문 본가가 괴멸에 가까운 피해를 입었다.

구파 육가의 시대가 열린 이래, 일찍이 유래가 없었던 대사건이었다.

당가 집성촌인 당가타의 인명 피해는 추산 불가였다. 민간인까지 사상자는 수천에 달했다.

자폭에 가까운 황천룡의 마지막 대폭발 뒤로, 염라마신은 검붉은 연기와 함께 요마의 가면들을 이끌고 유유히 사라졌다.

천수마안, 만천신 당천표는 만천각 잔해 속에서 빈사 상태로 발견되었다. 겨우 목숨을 건지긴 했으나, 천수(千手)라 불렸던 그의 손은 하나만 남아 있었다.

온 무림이 충격에 빠졌다.

당문은 신마맹의 전격적 침공으로, 진정 존폐의 기로에 섰다. 반강으로 보냈던 녹풍대만이 당문 존속을 위한 유일한 희망이 되었다.

*　　　　　*　　　　　*

"또냐."

단운룡은 염라마신의 출현을 감지했고, 늦었다.

그가 당가타에 당도했을 때에도 폭발의 열기는 아직 걷히지 않았다. 예전과 똑같았다. 염라는 갑자기 나타났고, 빠르게 사라졌다.

청성과 아미에서도 무인들이 내려왔다.

그들이 당가타의 위기를 보고 받았을 때는, 이미 천지개벽의 폭발이 일어난 뒤였고, 그들이 산을 내려와 당문에 도착한 것은 단운룡보다도 늦게였다.

"속수무책으로 당했군요. 염라를 필두로 한 신마맹 침공 전력을 보고받았습니다. 그 전력이 불시에 급습하면, 버텨낼 수 있는 문파가 온 천하에 거의 없습니다."

"당문이 잘한 거야. 가주라도 살렸으니."

양무의는 청성 무인들이 하나둘 보일 때쯤 도착했다. 양무의는 현장을 직접 확인하고 싶어 했다. 황천룡의 연이은 대폭발에 당가타 대지는 거대한 불구덩이가 되어 있었다. 황룡음(黃龍飮) 극독이 짙게 깔린 당가타는, 염라가 만드는 지옥보다 더 지옥 같았다.

"일부러 살려둔 것 같지는 않군요."

"그래. 이 지옥도를 보면 확실히 그렇지."

염라가 직접 나섰다.

당문의 완전 무력화를 원했다는 뜻이다.

운이 좋았든, 생존 능력이 뛰어났든, 가주가 살았다. 그 의미는 분명 작지 않았다.

"여의각을 투입하여 역행조사에 들어가겠습니다. 염라는 쌍왕을 기동하지 않았고, 대신 상당 규모의 무력을 동원했습니다. 그 정도 무인을 움직였으면 당가타 주위에서도 조짐이 있었을 겁니다."

"여의각 여력이 돼?"

"됩니다. 되지 않아도 해야지요. 이런 식이면 구파의 각개 격파도 어불성설이 아닙니다. 미리 알고 대비할 수 있는 책략이 필요합니다."

"좋아. 대책 수립하고, 각 파와 공유해."

단운룡이 말했다.

양무의의 생각도 같았다.

단운룡은 이제 단순히 의협비룡회의 방어만을 생각하지 않았다. 사천에서 실행한 모든 일들이 그러했다. 세부적인 사안은 양무의가 짰지만, 큰 틀은 단운룡의 의지에서 나왔다. 양무의는 단운룡의 명령 안에 그 방식대로의 협(俠)이 있음을 알았다. 의협비룡회는 분명, 감추어 드러나지 않지만 확실한 협의지도를 걷고 있었다.

"당가타 주위에서 근래 들어 이유 없이 사라진 자들이 많았답니다. 복룡담 주변과 같은 변화입니다."

보고는 빠르게 들어왔다.

양무의는 또 한 번의 격돌을 예상했다. 당문혈사는 예측하지 못했지만, 큰 실책이라 보지 않았다.

예측하지 못한 것 그 자체가 중요한 정보였다.

신마맹은 아예 다른 수를 둘 줄 안다. 맹이 가진 최대 전력을 주저 없이 활용하여, 무림에 엄청난 일격을 가했다.

그것이 누구 머리에서 나온 것인가.

양무의는 자신의 상대를 잘 알았다.

상대가 한 수 크게 앞섰으니, 이쪽에서도 반격의 수를 둬야 했다.

그렇게 생각했다.

상대는 옥황이었다.

인간의 지략으로 상제의 신력에 도전했다.

도강언에 돌아온 양무의는 파괴된 장원의 정문을 보며, 그 사실을 있는 그대로 담담하게 받아들여야 했다.

당문으로 향하여 자리를 비운 사이, 그들의 장원이 뚫린 것이다.

"풍술(風術)을 썼습니다. 황풍괴로 여겨집니다."

"금각, 그리고 은각입니다."

의협비룡회에서는 다행히도 희생자가 나오지 않았다. 재빨리 퇴각하며 적들을 확인한 문도들이 보고를 올렸다.

보고는 눈으로도 즉각 확인할 수 있었다.

지하 통로로 들어가는 전각은 아예 무너진 상태였다.

밀실 모두가 비었다.

진검, 진소소, 심용, 그리고 토지공까지 아무도 없었다.

상황은 명백했다.

신마맹 가면들이 땅 밑바닥에 있던 그들을 구출해 간 것이다.

＊　　　　＊　　　　＊

"그들을 믿어도 되겠습니까?"

아미파 계율원주 보성선승이 물었다.

가장 중요한 질문이었다.

아미파 수뇌부 이십여 명이 둘러앉은 연명각(延命閣) 산사에 무거운 침묵이 내려앉았다.

"보성 사제가 보기엔 어떠세요?"

아미파 장문인, 보현신니가 온화한 목소리로 되물었다.

"제자들이 죽고 있습니다. 저는 아무래도 의심을 거두지 못하겠나이다."

보성선승이 침통한 표정으로 대답했다.

그의 의심은, 상대에 대한 믿음의 문제가 아니라, 싸움의 의미 그 자체에 있었다.

과연 이 사바세계 악다구니 싸움에 제자들의 목숨을 바쳐야 할 가치가 있는가.

그는 처음부터 줄곧 무승들의 하산을 반대해 온 이였다. 보현신니는 그런 보성선승의 마음에 깊이 공감했다. 앞으로 아미파의 행보가 어찌 결정되든, 그처럼 제자들을 아끼는 선승의 일심은 대단히 소중했다.

"보국 사형께서는요?"

"난 믿소."

보국신승은 짧게 답했다. 그는 그녀의 사형이었지만, 보현신니는 장문인이었다. 게다가 공적인 회의였다. 하대할 수 없었다.

"사형께선 직접 그들을 보았다 하였지요?"

"칼을 겨뤘소. 건방진 칼이었으나 악의는 없었소."

"제자들의 생명이 걸려 있습니다. 그것보다는 확실한 근거가 있어야 해요."

"보광도 함께 보았소."

보국신승은 길게 설명하지 않았다. 보현신니가 이제 신승 소리를 듣고 있는, 젊은 사제를 돌아보았다.

"그럼, 보광 사제는 어떻게 생각하나요?"

보현신니는 연배 차이가 한참 나는 보광에게도 공대를 했다. 보광이 보국과 보성 두 사람을 한 번씩 돌아보고는 고개를 숙이며 대답했다.

"선택의 여지가 없습니다. 크게 의심하고, 크게 믿으니, 제자는 그저 분한 마음으로 창을 닦겠나이다."

보현신니는 그런 보광의 말에서 아미산의 미래를 보았다.

대의심, 대신심, 대분심은 간화선의 삼요라, 화두참선하여 증득하는 깨달음의 묘리를 의미했다. 보광은 무작정 신마맹 무리에게 창을 휘두르자는 말 대신 불법부터 말한 것이다.

그가 젊은 나이에 신승(神僧)이란 호칭을 얻은 것은 그처럼 무법(武法) 일체의 경지를 추구해서였다. 보현신니가 흉험한 현실 속에서 보석처럼 찾아낸, 얼마 안 되는 기꺼움이었다.

"보광 사제의 말처럼, 우리에겐 달리 택할 길이 없는 게 맞아요. 보성사제의 마음은 누구나 다 아실 거예요. 신마맹에 살계를 여는 것도 중생구제의 뜻이 있음을 잊어선 안 될 것입니다."

"아미타불."

"각심하겠습니다."

불호를 읊으며 모두가 고개를 끄덕였다.

보현신니가 이번에는 한쪽 뒤에 앉은 중년의 승려를 보며 말했다.

"일단, 그들에 대해서는 믿을 수 있는 것으로 간주하고 하산 인원을 결정하겠습니다. 행원사질께서는 진척 상황에 대해 말씀해 주세요."

"네, 장문인. 점창 쪽에서는 백리관을 위시하여 사일검대 삼십 명을 보내주겠다는 전언이 왔습니다."

"백리관!"

"점창무왕!"

"헌데 삼십이라니……."

"염라마신이란 마두는 저 당문마저 무너뜨리지 않았소?"

"그 정도로 맞설 수 있겠습니까?"

줄곧 조용히 침묵하던 승려들 사이에서 일대 소요가 일었다.

보현신니가 손을 들었다. 승려들이 삽시간에 조용해졌다.

"상구보리 하화중생, 우리 또한 고행을 두려워하고 악업을 피치 못하는 중생일지니, 그들이 아미를 돕기로 한 것은 대자대비 부처님의 무량심이라, 마음이 그저 고맙고 고마운 일이에요. 점창파가 우리 옆에 서면, 우리 또한 그들이 무사히 창산으로 돌아갈 수 있도록 그저 정심으로 힘을 보태야 할 줄 압니다."

보현신니의 차분한 목소리에 모두가 숙연해졌다.

신니가 행원에게 다시 물었다.

"개방은 어찌 되었습니까?"

"후개가 온다 하였습니다."

"그렇군요. 용두방주께서 큰 은혜를 주셨습니다."

신니가 담담하게 말했다.

웅성거림은 없었다.

개방후개 백결신룡 장현걸은 군산대혈전 당시, 단심맹의 정체를 드러내는 과정에서 큰 활약을 보였다고 전해졌지만, 개방 본문의 치부를 드러내고 명문 정파의 위상을 떨어뜨린 점에서 세간의 평가가 엇갈리는 신진이었다.

또한 그 이후로 개방은, 천하제일방이라는 찬사를 잃고 내홍에 휩싸여 있는 상태였다. 후개의 명성은 상당했지만, 점창파의 참전보다 기대되는 사안은 아니었다.

"다시 말씀드리지만, 원한과 분노에 눈이 멀어 불법을 멀리하는 일만은 경계해야 합니다. 적을 물리치는 것보다 백성을 살리는 것을 먼저 생각하세요. 스스로를 아끼는 자만이 중생 또한 아낄 수 있습니다. 각자의 목숨을 보중하여 파사현정, 구마구제의 뜻을 반드시 이루도록 합시다."

보현신니의 말이 끝났다.

승려들이 하나둘 연명각에서 나갔다. 보현신니와 여승 하나만 남았다. 여승의 눈은 성등같이 빛났고, 오똑한 코에 붉은 입술이 화사하여 승려 같지 않았다.

"금정아. 의현은 어찌하고 있느냐."

"의현사질의 항마력은 가면의 요력을 외부적으로 완전하게 통제할 수 없었습니다."

"그럼 소용이 없다는 이야기더냐?"

보현신니의 말투는 승려들 앞에서 법심을 말할 때와 또 달랐다. 사석에서 발해진 신니의 목소리는 강호를 질타하는 여협처럼 날카롭게 벼려져 있었다.

"전투 시에 유효할 정도의 위력은 없었습니다. 다만, 만년사 해성선승께서 말씀하시길, 가면과 가면엔 보이지 않는 연사(緣絲)가 이어져 있어, 법력 높은 가면이 하위의 가면에 여러 가지 영향력을 미칠 수 있다 하셨습니다."

"하여?"

"사질의 법력 또한 그것을 가능케 할 것으로 여겨집니다."

"그건 그거대로 위험한 이야기겠어."

"그렇습니다. 해성선승께서는 어제부로 만년사 제자들에게 육월의 묵언(黙言) 수행을 명했습니다."

"해성, 그 녀석도 참."

보현신니가 고개를 흔들었다. 과하다는 표현이었지만, 표정은 흡족해 보였다.

"어찌할까요?"

"의현은 아직 무공도 심성도 미숙하니, 당장은 쓸 방법이 없어. 밖으로 새어 나가지 못하도록 하여라."

"그리하겠습니다."

금정은 불호도 없이 사라졌다.

보현신니는 홀로 남아, 그녀가 실제로 강호를 누볐던 오래전을 떠올렸다. 그 시절 그녀는 보국신승 못지않은 무투파였고, 보광신승 못지않은 재능이었다.

계속 밀리기만 했다. 당문은 초토화가 되었고, 아미는 움츠린 호랑이가 되었다.

이제 그럴 수 없다.

복룡담에는 그녀가 직접 나갈 것이다.

대아미파 장문인으로 억눌렸던 투지가 새롭게 솟아오르고 있었다.

*　　　　　*　　　　　*

"제갈공명이 나타났다!!"

"제갈공명이 사천당가의 마지막 희망을 짓밟았다!"

신마맹은 폭풍처럼 몰아쳤다.

결코 멈춤이 없었다.

염라마신의 강력함은 사천무림을 얼어붙게 했다.

당문혈사의 충격이 채 가라앉기도 전에, 제갈공명이 다시 나타나 전운을 드리웠다.

사천당문 녹풍대는 화현 반강에서 당문의 대참사를 전해 듣고, 급히 당가타로 발길을 돌렸다. 그들은 당가타로 돌아오지 못했다. 그들의 흔적이 마지막으로 드러난 곳은 사천 남부의 량산 기슭이었다. 모두가 행방불명되었다. 녹풍대의 귀환만을 전전긍긍 기다리던 당가타의 생존자들은, 크나큰 절망을 안고서 가주와 함께 호광으로 피신할 수밖에 없었다.

처음엔 녹풍대가 왜 사라졌는지도 몰랐다.

헌데 녹풍대의 마지막 목격지 근처에서 제갈공명과 그의 문사 행렬을 보았다는 무림인들이 속출했다.

"제갈공명 짓이 맞다더군!"

"녹풍대를 당문이 자랑하는 독술로 상대했다나 봐."

"녹풍대 전원이 한 줌 핏물이 되었다던데!"

"녹풍대까지 전멸이라면, 사천당가는 정말 끝이 난 것 아닌가!"

소문은 경악에 이어 공포를 불렀다.

그것으로 끝이 아니었다.

제갈공명의 행렬은 태양조차 찬란한 백주에 성도 거리를 유유히 걸었다.

그야말로 난데없이 나타나 신기루처럼 사라졌다.

모습을 드러낸 일다경여의 시간 동안, 그들은 그 유명한 고대의 출사표와 같은 명문(名文)으로, 저잣거리에 한 장의 격문을 뿌렸다.

촉 승상 제갈공명의 문장을 변용하여 써내려간 격문은, 결국 청성과 아미를 하산시켜 사천을 평정하겠다는 어구로 마무리되었다.

"이게 무슨 말이여?"

"청성 아미는 겁쟁이처럼 숨어 있지 말고 나오라는데?"

공명의 격문은 그 자체로 대파란을 일으켰다.

격문엔 하산(下山)이란 단어가 여러 번 등장했다.

해석은 분분했고, 군웅들은 나름의 결론을 내렸다.

본디 산(山)이라 함은, 구파의 상징으로 높이 솟아 감히 범접할 수 없는 무위를 의미했다. 그래서 구파 제자들은 종종 자파의 이름조차 말하지 않은 채, 산에서 왔다, 라는 말을 썼고, 뭇 강호인들은 부가 설명 없이도 존중과 함께 그 말을 즉각 알아들었다.

하산은 그저 내려와 싸우자는 것만을 의미하지 않았다.

산에서 내려오라는 것은, 그들이 올라서 있는 곳에서 밑으로 떨구어 쓰러뜨리겠다는 것을 함께 뜻했다.

"제왕 없이도 능히 서측을 평정하리라."

제갈공명은 격문을 통해 그리 말했다.

염라마신의 참전을 미지수로 만드는 어구였다.

그렇기에 더욱더 큰 도발이었다. 치욕이었다.

격문은 복룡담이라는 지명까지 명시했다.

장소까지 정한 선전포고였다.

강호인이 기억하기로는, 구파는 지금껏 이런 일을 당해본 적이 없었다. 싸우러 나오지 않으면 그것만으로도 지는 것이다. 게다가 신마맹은 무려 청성, 아미라는 두 문파를 동시에 적시했다.

"복룡담에 전력을 집중한 사이, 본산이 공격당하면?"

"신마맹이 과연 구대문파 두 파와 정정당당하게 승부를 벌일까?"

누구나 가질 수 있는 의문이 또한 사천 무림인들의 머리 위를 떠다녔다.

군산대혈전에서, 신마맹과 단심맹은 개맹식에 참가하는 무인들을 기습적으로 공격했다. 당문이 무너질 때도 그러했고, 숱한 속가문파들이 쓰러져갈 때도 그러했다.

청성과 아미는 그것으로 최악의 상황에 직면했다.

어떻게 전력을 투입해도 위험했다.

염라마신의 위력이 들려온 소문 그대로라면, 복룡담도, 본산도 모두 사지가 될 수 있었다.

격문을 무시하고 관망할 수 없기에 구파는 결단을 내려야만 했다.

청성과 아미 제자들이 산을 내려오기 시작했다.

청성파 오선인 전원이 투입되었고, 아미파는 보현신니가 직접 내려왔다. 물론 신창 보광신승도 함께였다.

신출귀몰한 제갈공명이 그 중심에 있었다.

대무후회전의 발발이었다.

*   *   *

"어째서?"

"계획이 어긋나고 있다. 시일이 안 맞다. 서둘러야 해."

"저쪽은 둘로 나뉘어져 있어서인가? 왜 자꾸 흐트러지지?"

"알 수 없지."

"환성술법은?"

"거의 다 되었다. 근 백 년 내로 각성이 없었어. 아마 제 힘을 온전히 내지는 못할 것이다."

"법력 용량이 전마인 정도 나오나?"

"그 이상은 될걸?"

"들쑤시는 놈들이 많아지고 있어. 일단 박요어들부터 풀자."

"그게 좋겠군."

"전마인 이상 무조건 나와야 해. 힘이 부족하면 붕괴가 안 돼."

"그건 저쪽이 해결해 주기로 했다."

"믿을 수가 있어야지."

"어차피 신뢰해서 손잡은 게 아니니까."

그들은 사람처럼 말했다.

깜깜한 어둠 속에서, 복룡담의 전설을 깨운다.

흑림의 주술이 깊은 물속으로 흘러가고 있었다.

*   *   *

그것들은 물에서 기어 나왔다.

물고기처럼 생긴 그것은 눈이 하나였고 비늘 색은 칙칙한 푸른빛이었다.

두 다리가 달려 땅을 뛸 수 있었고, 지느러미가 칼처럼 날카로웠다.

괴어(怪魚), 요괴였다.

그것들은 사람이 고통에 겨워 토악질을 하는, 아주 듣기 싫은 소리를 냈다. 비린내가 고약하여, 그것만으로도 사람을 괴롭혔다.

수십 마리 괴어 요괴가 물가에 있는 집을 공격했다.

놈들은 사람을 물어 죽이고, 배를 갈라 내장을 파먹었다.

그것으로 싸움의 서막이 올랐다.

*　　　　*　　　　*

"신마맹은 실제 요괴들까지 부린다!"

"신마맹의 요괴들이 사람을 잡아먹는다!"

일리 있는 소문이 민강을 따라 격류처럼 쏟아졌다.

민강은 대 장강의 지류로 사천 중심을 북남으로 흘렀다. 중원 남서부 최대 평야지 성도평원에 풍요의 물을 적시는 중대한 수원이었다.

그 물길에 요괴대란이 일어났다.

요괴들은 야심한 밤이 되어야 물속에서 나왔다. 하룻밤 새 물가의 촌락 두 개가 생지옥으로 변했다. 그 다음 날 밤에 또 두 개의 촌락이 당했다. 죽은 자들만 수십 명에 이르렀다. 관아에서는 민심을 통제하기 위하여 괴질을 말했지만, 시체를 본 자들은 그것이 질병에 의한 죽음이 아니라는 것을 명백히 알았다.

"신마맹 짓일까요?"

"알 수 없다."

금벽낭랑의 질문에 삼도진인이 답했다. 삼도진인은 말투가 딱딱했다. 그는 평생 수련에만 미쳐 살았던 무공광이었다.

그들은 이미 복룡담 근역에 이르러 있었다.

청성산은 복룡담과 몹시 가까웠다. 경공을 펼치면 하루가 채 걸리지 않는 거리였다. 그러나, 막상 제갈공명이 뿌렸다는 격문에는 대전의 일시가 따로 적혀 있지 않았다.

그 상황에서 오선인 전원이 하산하자마자 요괴 괴사가 발생했다. 요괴들이 나타났다는 민강 하류는 그들이 지금 있는 곳과 남쪽으로 또 하루 정도 거리에 있었다.

'어떻게 할래?'

적들이 조롱하듯 묻는 것 같았다.

"신마맹이 악랄한 무리들이기는 하나, 그 위력행사는 무림인들에 국한되어 있었습니다. 민초들에 대한 직접적인 공격을 가한 것은 전례가 없었어요. 방식이 다릅니다."

청성 오선인의 하나, 관명진인이 말했다. 그는 불혹에 가까운 삼십 대로 아주 지적인 말투를 썼고, 실제로도 머리를 쓰는 데 능했다.

"새로운 세력인가?"

"원로 진인들께서 말씀하셨듯, 신마맹은 홀로 전란을 일으킨 게 아닐 겁니다. 지난겨울 저 서쪽 땅에서 있었던 괴이한 병란(兵亂)은, 흑림이라는 마도무리가 일으킨 귀병전(鬼兵戰)이라 했습니다. 아무래도 그쪽 계열 같아요. 중원 각지에서 비슷한 일이 발생하고 있다는 원명각 보고와도 상통하는 바가 있습니다."

관명은 사태를 냉정하게 분석했다.

경쟁 관계이면서도 끈끈한 우방이었던 당문의 재앙은 청성이기에 더 큰 충격이었다. 당문이 아니라 그들일 수도 있었다. 원한은 충분히 쌓였으니, 건곤일척의 생사결전만 남았다. 모두가 그렇게 생각했다.

관명은 분노에 눈멀지 않았다. 복룡담에서 무후와 싸워도 종막은 아직 멀다. 군산대혈전에서 드러난 단심맹이 있고, 요괴대란을 일으키는 흑림도 있다. 청성은 복룡담보다 더 깊이 생각하고, 성도평원보다 더 널리 봐야 했다.

"난데없이 이런 일이 일어난 것은 전력과 시선의 분산에 목적이 있을 겁니다. 어느 쪽이 주모자든 마찬가지입니다. 우리는 흩어지면 안 됩니다. 상대가 누구든 무력을 집중해서 온존해야 합니다."

"복룡담 일전이 중요하긴 해도, 백성들의 안위를 우선해야 하는 것 아닌가요?"

금벽낭랑의 말이었다. 관명이 고개를 끄덕였다.

"사매의 말이 맞아요. 우린 복룡담에 머물지 않습니다. 요 괴들을 먼저 해결해야 합니다."

삼청진인과 삼도진인은 항렬과 배분 모두 관명보다 높았지만, 전략적 행보에 있어서는 관명의 의견을 항상 우선시했다. 또한, 관명이 말하는 것은 싸움에 앞서는 대의(大義)였다. 정파가 지니는 힘의 근원은 항상 백성들의 민의에서 나왔다. 민본천도를 논함에 있어 전략을 논한다는 것이 또한 속세적 판단이라고는 해도, 옳음은 그저 옳음이었다. 그리하여 청성은 도 강언 복룡담 대신 민강 하류로 향했다. 격전의 향방이 달라지는 중대한 판단이었다.

"청성이 강하로 내려갔습니다."

"어쩔 수 없어. 맞춰서 대응한다."

"그리고, 황암사에서 술법진의 흔적이 발견되었습니다."

"아미 쪽이군."

"아미산에서는 장문인이 직접 나섰습니다. 보국신승과 보광신승에 더불어 만불정 만불신니까지 확인되었습니다. 복호승만 칠십 명이 넘는다 합니다."

"만불신니라. 역시 살아 있었군. 육로를 택했나?"

"네, 아직까진 육로로 이동 중입니다."

"속도는?"

"경공을 펼치고 있지는 않습니다."

"육로면 만하교쯤 왔겠군,"

"네, 요괴습격이 있었던 곳과 가깝습니다. 백토진인께선 그들 수마요괴(水魔妖怪)에 대한 보고를 들으시고 박요어 같다 하셨습니다."

"수해(水害)와 반역(反逆)을 부른다는 흉어인가."

"네, 맞습니다."

이전은 대답하며 속으로 혀를 내둘렀다.

양무의는 이제 요괴들에 대한 지식까지 완전해 보였다. 사람의 머리로 저런 것이 가능할까 싶었다.

"경고할 수 있나?"

"거리와 시간이 안 맞습니다. 제대로 들을지도 의문입니다."

"수로가 문제인데."

"황암사와는 거리가 있습니다만."

"아니야, 아니야. 이대로면 광문현 근역에서 일이 터질 거야. 위험해."

이전은 더 말을 덧붙이지 않았다.

양무의는 살짝 고개를 숙인 채, 생각하고 있었다. 별빛을 내는 눈동자가 이쪽저쪽으로 흔들리는 것을 보았다. 이전은 그런 그의 모습이 익숙했다. 양무의는 아무것도 없는 허공을 내려다보고 있었지만, 그의 눈앞엔 사천 전도가 펼쳐져 있을 것이었다.

전황을 계산한 양무의가 결론을 내렸다.

"문주는 여기서 못 움직여."

"임박한 겁니까?"

"그래. 문주는 기(氣)를 읽지. 압도적인 고수의 존재나 지기(地氣)에 관련된 술법이라면 벌써 감지했을 거야. 문주가 지닌 뇌기(雷氣)의 감응력은 수기(水氣)의 간섭을 받아. 즉, 흑림이 꾸미는 일은 십중팔구 물과 관련이 있단 이야기겠지."

"위치 특정이 어려운 이유군요."

"그래. 게다가 그들의 술책은 이미 준비가 끝났거나 막바지에 이르렀을 거야. 무언가가 지금 당장 급격히 진행되고 있다면, 자네를 비롯한 여의각이 벌써 흔적을 잡았을 테니까."

"완성한 상태로 기회를 보고 있는 걸까요?"

"그렇겠지. 그게 무엇이든, 문주는 즉각 대응할 수 있어야 해. 거리가 문제야. 문주는 두 곳에 동시에 있을 수 없어."

"문주께서 직접 가셔야 하는 겁니까?"

"당문과 같은 일이 또 벌어지지 말라는 법이 없으니까. 황암사 술진이 아무래도 마음에 걸려. 당문의 황천룡은 단순한 폭탄이 아니야. 마장(魔匠)께선 그걸 만들며 금기(禁技)에 손을 댔다고 했었다. 염라마신이라도 타격을 입었을 거야. 다만, 신마맹엔 염라마신 말고도 절대적 전력들이 있어. 청성, 아미 둘다 안심 못 해."

"위타천은 천룡 측에서 추적 보고가 왔고, 제천대성은 하남에서 목격된 지 닷새입니다. 여의각에서는 거리는 충분하다고 분석했습니다."

"속단하지 마."

이전은 양무의의 마지막 한마디에 움찔했다.

어투가 평소와 달랐기 때문이었다.

단호한 말투야 종종 보여주던 것이었지만, 질문을 불허하는 벽이 느껴졌다. 이전이 지금껏 보아왔던 양무의는 이렇지 않았다. 그는 모든 지식을 머릿속에 담고 있는 것처럼, 항상 백가지 문제에 만 가지 해답을 갖고 있었다. 아무리 급박한 상황에서도 해법을 찾아내는 여유가 있었다.

"더 있어. 분명히."

지금은 아니었다.

양무의는 지금 막 새로운 것을 알아낸 것처럼 말했다. 이전이 새삼스레 양무의의 얼굴을 보았다.

그는 확실히, 피로해 보였다.

"그럼, 다시 조사하겠습니다."

"아니. 낭비다. 이미 늦었어. 지금은 당장 움직일 때야."

양무의가 말했다.

이전은 이어지는 그의 지시를 받았다.

목소리에서 다급함이 느껴졌다. 그답지 않았다.

이전은 그 모습이 생소했다.

　　　　　*　　　　　*　　　　　*

"저기가 하촌입니다."

"수마(水魔)에게 습격당했다는 곳이 저곳인가요?"

"네. 그렇습니다."

"악취가 여기까지 나는군요."

아미파는 재해를 입은 마을을 그냥 지나치지 못했다. 관병들이 많이 보였다. 물에서 괴이한 것들이 올라와 사람을 해친 것은, 무림인들이 창검을 휘두르는 것과 또 다른 문제였다. 관병들의 기세가 자못 삼엄했다.

아미파는 복호승 다섯 명만 사정을 알아보라 마을로 보내고 멀찍이 거리를 두고서 관도를 지났다. 관병들은 멀리서도 긴장하는 기색이 역력했다. 장문인을 필두로, 아미파 행렬은 삼백 명이 넘었다. 복호승만 구십일 명에, 무공을 제대로 익힌 무승들이 이백사십 명이나 내려왔다. 실로 막강한 전력이었다.

그들은 하루 낮을 빠르게 걸었다. 그리고, 민강변 주하현에서 야숙을 했다.

"비명 소리입니다! 멀지 않습니다."

야심한 밤, 신창신승, 보광호승이 아미명명창을 들었다.

그뿐 아니었다. 보국신승과 만불신니도 몸을 일으켰다.

"서두릅시다."

장문인인 보현신니가 선두에서 달렸다. 보광호승은 그러한 보현신니의 뒷모습을 보며 호안을 크게 떴다. 그는 강호를 누비던 보현신니의 시대를 알지 못했다. 인자하기 그지없던 보현신니는, 성큼성큼 신법을 펼치는 것이 마치 젊은 복호승 같았다.

이내, 비명 소리 들려오는 강촌에 이르렀다.

크지 않은 마을엔 공포가 가득했다. 물안개 서린 강물로부터 수마(水魔)들이 기어오르고 있었다.

요괴들은 물고기같이 생겼고 크기가 남자 어른만 했다. 등줄기가 완만하게 꺾여 사람처럼 앞을 보았다. 작은 이빨들이 삐죽삐죽 보였다. 아주 기괴한 형태였다.

"인세에 나타나선 안 될 마귀들이로구나!"

보현신니가 번쩍 튀어나가 진각을 밟았다.

꾸웅.

반경 일장의 모래바닥이 출렁였다.

신니가 비늘색 번들거리는 요괴에게 일장을 날렸다.

퍼억! 하고, 화탄에 맞은 것처럼 어요괴(魚妖怪)의 머리가 터져나갔다.

엄청난 위력이었다.

신니가 다시 몸을 날렸다.

퍼어억!

두 요괴의 머리가 동시에 터져나갔다.

뒤늦게 따라온 복호승들은 보광호승처럼 개안하며 크게 놀랐다. 보현신니는 항상 조용하고 부드러운 것이 석가모니 곁에서 이(理)와 정(定)과 행(行)의 덕을 협시하는 연명보살의 화신과 같았다.

이제 와 살계를 연 보현신니는 거칠 것 없는 보국신승보다도, 진노한 만불신니보다도 더 무서웠다. 경지가 높아질수록 상대의 몸에 찍히는 수인(手印)이 작아진다던 항룡모니인이 요괴들의 몸을 통째로 터뜨렸다. 아미금정 봉우리에 올라 운해 성등을 바라보며 참고 참고 참았던 분노였다. 이십여 마리 요괴들이 순식간에 제 형체를 잃고서 땅바닥에 허물어졌다.

"장문인의 노화를 제자들이 참으로 감당키 힘드옵니다."

보다 못한 만불신니가 보현신니의 옆을 거들며 관자재보살 불호를 외웠다. 더불어 보국신승의 항마도와 보광호승의 아미명명창이 앞으로 나섰다. 물에서 뭍으로 나온 귀물들이 빠르게 죽어나갔다.

"아직입니다."

보현신니가 물안개 짙은 새까만 강물을 바라보았다.

출렁! 하고 까만색 파랑이 일었다.

촤아아아아!

물속에서 큰 괴물이 올라왔다.

온몸이 비늘로 덮여 있었고, 두터운 두 팔을 지녔다. 팔뚝 하나가 사람만큼 컸다. 얼굴은 넓적하여 메기처럼 생겼는데,

듬성듬성 날카로운 이빨이 아주 흉악했다. 다리 없이 뱀처럼 긴 몸통과 꼬리를 꿈틀거리며 빠른 속도로 육지에 올라 움직였다.

"마귀는 마귀가 있을 곳으로 돌아가거라!"

보현신니가 항마후 일갈과 함께 또다시 선두에서 땅을 박찼다.

복호승들은 보현신니가 호통 치는 소리를 처음 들었다.

쫘아앙!

괴물이 팔을 휘둘렀다. 주위의 물안개가 한순간에 흩어질 만큼 강력한 풍압이 일었다.

보현신니의 신형이 신묘하게 휘어들었다.

아미장문인의 항룡모니인이 괴물의 가슴에 박혀 들었다.

대형수마의 신체는 아주 괴이했다. 몸통이 일격에 터져나가지 않았다. 항룡모니인 수인 자국이 찍혔다. 그것은 압축될 만큼 압축되어 하나의 점처럼 보였다. 괴물의 몸이 꿀렁 하더니, 등줄기가 커다랗게 부풀어 올랐다.

"크르르르르륵!"

괴물이 입에서 괴이한 소리를 냈다. 터질 듯이 튀어나왔던 등줄기가 서서히 제 형태로 돌아왔다. 그 광경 보는 이들 중, 고수 아닌 이가 없는지라, 괴물이 항룡모니인의 경력을 체내에서 해소했음을 알아보았다.

출렁!

촤아아아악!

게다가 대형수마는 그것 한 놈만이 아니었다. 물가 저편에서 또 한 마리 거대한 괴물이 솟아올라 촌가를 덮쳤다. 수마는 체고가 사람보다 훨씬 컸고, 꼬리까지 길이는 이장이 넘었다. 괴물이 촌락을 헤집자, 순식간에 집채 두 개가 무너져 버렸다.

보현신니의 두 눈에서 강렬한 광채가 솟아났다.

신니는 짓쳐들어 휘두르는 괴물의 팔뚝을 피하지 않았다. 신니의 일권이 귀물의 팔뚝에 꽂혔다.

퍼억! 우지끈!

괴물의 팔뚝이 비틀려 터져나갔다.

그것은 장문인만의 특별한 비기가 아니었다. 무승들 모두가 익히는 아미복호권이었다. 일권으로 괴물을 팔을 부수고, 신니가 몸을 날렸다. 호랑이처럼 날아올라 어깨를 밟고, 그대로 목덜미에 아미진각을 박았다.

콰앙!

모래사장에 일장 충격파를 냈던 것처럼 괴물의 목에 강력한 경력이 박혀들었다.

꿀엉!

괴물의 가슴과 목이 불룩 솟아올랐다. 보현신니는 그것을 두고 보지 않았다. 항룡모니인이 괴물의 머리통에 작렬했다. 튀어나온 가슴팍이 가일층 더 부풀었다.

꽝! 퍼억! 촤아아아아악!

보현신니가 항룡모니인 수인에 복호권까지 중첩시켰다.

기어코 폭발시켜 터뜨렸다.

부풀어 오른 가슴과 배가 터져나갔다. 괴물의 몸이 그대로 쏟아진 내장 위에 꼬꾸라졌다.

구파 장문인의 무공은 그러했다.

인어대귀(人魚大鬼)는 사실 아주 강력한 요괴였다. 어지간한 내공경파로도 죽일 수 없는 특수한 신체를 지녔다.

보현신니는 그것을 홀로 죽였다.

지난바 능력이 어떻든 상관없었다. 괴물의 형태와 크기를 가리지 않았다.

다른 한 마리 인어대귀는 보국과 보광이 죽였다.

나머지 괴물들도 순식간에 정리되었다. 대군(大軍)이라 할 수 있는 아미파 무승들의 상대가 될 수 없었다.

이어 그들은 촌락의 생존자들을 급히 찾아 보호했다. 죽은 자가 많았다. 산 사람들은 수레에 실어 촌락에서 데리고 나왔다. 대무후회전 장문인 휘하 아미파의 첫 전투였다.

*　　　　*　　　　*

복룡담으로 북상하는 길은 꽤 멀었다. 이 속도면 이틀은 더 가야 했다.

마을 생존자들을 데리고 인근 마을로 향했다. 생존자들은 남녀노소 삼십여 명으로, 박요어에 물린 자들이 다섯 명이나 있었다. 물린 상처 부위와 그 주변이 시퍼렇게 변해 있었다. 그들은 시름시름 앓았다.

"허어… 죄송합니다만, 저희가 소문을 들었는지라……."

촌장에 해당하는 이갑주는 곤란한 한숨과 함께 난색을 표했다.

"어떤 소문 말씀이시오?"

"아랫마을 괴질에 대한 이야기 말입니다."

"괴질에 의한 것이 아니오만?"

"허어어… 저희가 어찌 감히 아미파 대성승들 말씀에 토를 달겠냐만은, 저간에 이미 소문이 파다합니다. 관군 병사들도 그리 말하구요. 어려움에 처한 사람들을 돕지 않은 것은 사람 도리가 아닌 줄 아오나, 마을이 썩 넉넉하지 못합니다. 게다가 행여 역병이라도 돌면 큰일이라서 말입니다."

마을에서는 다친 이들을 받아주지 않았다.

그나마 건장한 남자들이 아예 마을 길목을 막고 있는 것이 보였다. 아미산 불사 바닥 빗질하는 사미승 하나도 감당하지 못할 촌부들이었지만, 표정만큼은 꽤나 비장했다.

"이해합니다. 아미타불."

아미파는 촌민들을 핍박할 생각이 전혀 없었다. 대신 제값 주고 마필을 구했다. 제대로 된 기마는 당연히 없었고, 키 작은 말과 노새가 느릿느릿하게 끌려왔다. 마필에 수레를 묶어 달고 마을 어귀에서 나왔다. 마을 쪽에선 안도의 한숨을 쉬는 소리가 들려왔다.

"장문신니, 전염병이 아니라는 것도 확실치는 않습니다."

해언선승이 보현신니에게 다가와 작은 목소리, 조심스러운 어조로 말했다.

그는 아미파의 의술을 책임지고 있는 성수각주였다. 해언선승은 이런 상처와 병증이 처음이라 하며 고개를 설레설레 저었다. 아미파는 어쩔 수 없이 다친 자들과 마을 생존자들을 데리고서 움직일 수밖에 없었다.

"저, 스님들, 갈 길이 바쁘시면 차라리 아무 데나 사람 없는 곳에 두고 가세요."

수레에 실려 있던 마을 사람들 중, 한 소녀가 말했다.

소녀는 나이가 십오 세에서 이십 세 사이 정도로 보였다. 간밤의 난리 통에 얼굴과 옷가지가 지저분하여 정확한 나이가 가늠이 되질 않았다. 다친 사람들 돕는다고 수레 사이를 오가면서 옷소매와과 치맛자락에 피와 흙이 묻어도 전혀 아랑곳하지 않았다.

"스님들 표정도 안 좋으시고, 마음도 여유로워 보이시질 않는데, 어찌 저희 같은 사람들까지 돌보시겠어요. 저흰 괜찮아요. 어차피 물질하고 밭 갈며 살아온 식구들이라 어디서든 정착할 수 있답니다."

소녀의 목소리는 고왔고, 말투는 침착했다.

승려들의 눈에 띈 소녀의 품성이 장문인 보현신니에게까지 전해졌다. 보현신니가 직접 그녀를 보러 수레 쪽으로 왔다.

"아! 높으신 여스님을 뵙습니다!"

소녀가 합장을 하며 고개를 조아렸다.

보현신니는 그런 그녀를 보며 합장하는 자세나 입 밖으로 내는 단어들을 고려컨대 제대로 못 배운 티가 난다고 생각했다. 그러나 배우지 못함은 그저 기회의 부재일 뿐, 재능과 자질은 기회 이전에 타고나는 법이었다. 보현신니가 물었다.

"아이야, 너의 이름이 무엇이더냐."

"여단이라 합니다. 부모님은 오래전에 죽으셨고, 마을에선 저기 이모부, 이모랑 같이 살았어요."

보현신니가 여단이 가리키는 방향으로 고개를 돌렸다.

수레에 넋 놓고 실려 앉은 중년 부부가 보였다. 마을 사람 대부분이 그랬다. 바로 옆집 식구들이 난데없는 물귀신에 잡아먹혔고, 소박하지만 정겹던 터전마저 잃어버렸다. 이들은 무림인들이 아니었다. 망연자실하여 정신 못 차리는 것도 당연한 일이었다.

"그래, 마을 사람들을 놓고 가라 말하고 있다고?"

"네, 스님."

"어찌하여?"

"저희가 짐이 되니까요."

"보다시피 우린 사람이 많아 힘이 남는다. 그리고, 수레는 말이 끌어 준단다."

"여스님, 그건 저희도 마찬가지예요."

보현신니의 눈에 이채가 감돌았다. 왜 제자들이 이 아이 이야기를 했는지 알겠다. 그녀가 다시 물었다.

"또 다른 이유는 무엇이더냐?"

"저희가 계속 스님들의 신세를 질 수는 없잖아요."

"내가 묻는 것이 무엇인지 알지 않느냐?"

"……"

보현신니가 소녀를 빤히 쳐다보았다. 소녀는 보현신니의 시선을 피했다. 보현신니가 재촉했다.

"내 너의 대답을 기다리고 있단다."

"…높으신 여스님, 제가 세상에 대해 잘 모르지만요, 스님들이 그저 여행 중이 아니시라는 것을 압니다. 그리고 아미파 절에는 싸우는 스님들이 있다는 이야기도 들었습니다. 듣기로는 지금 세상에 큰 싸움이 일어나고 있다는데, 스님들도 그렇게 험한 일로 산에서 내려오신 거겠죠? 곧바로 저희를 다른 마을에 맡기려고 하셨듯이, 저희는 스님들께 부담일 뿐 아니라, 저희 또한 위험할 수 있는 것 아닌가요?"

소녀는 머뭇거리며 말을 시작했으나, 한 번 말을 시작하자 막힘이 없었다. 보현신니가 마주 고개를 끄덕이며 대답했다.

"여단아. 너의 말이 맞다. 너에겐 가꿔 쓰지 않으면 아까울,

참 총명이 있구나."

"그렇지 않아요. 저는 글도 못 읽는걸요."

"글자야 배우면 되는 것이지."

보현신니는 소녀 여단의 한마디로 오랜 감상에 젖어들었다. 보현신니에게도 여단과 같은 때가 있었다. 병 걸려 돌아가신 부모 없이 친척에 의탁했고, 민란으로 황폐해진 마을에 살아 못 배우고 궁핍했다. 이미 입적하신 혜원신니가 어린 보현을 발견하여 불세출의 아미제자로 키워냈다. 글도 못 읽는다. 그때, 보현이 했던 말도 똑같았다. 배우면 된단다. 혜원신니의 대답도 그러했다.

"나는 너에게서 범상치 않은 인연을 느낀다. 아미파의 가르침을 받아볼 생각은 없더냐."

"제가 아미산 절에서요? 비구니가 되는 건가요?"

"나 때는 그러했지만, 너는 꼭 그러할 필요가 없단다."

보현신니는 미소까지 지었다. 여단의 순수함이 신니의 예전 얼굴을 찾아줬다.

신마맹이 강호에 나타난 이래, 보현진인은 아미파 장문인으로, 일개 사람으로도 웃어본 적이 없었다. 항상 미소 지으며 불법을 설교했던 신니였으나, 근래에는 가르침은 고사하고 전란의 대책 회의만으로도 날이 다 갔다. 제자들이란 하나하나 부처님의 고아한 은덕이라, 이렇게 숨겨진 연꽃 뿌리를 찾는 것은 전란 중에 참으로 달가운 인연이었다. 창검을 겨누는 강호의 다툼이란 결국 제자들을 줄이기만 할 뿐, 이런 시기일수록 새 제자들이 아쉬운 법이다. 소녀의 나이가 이미 많이 차 상승 무공을 익히기엔 다소 늦었지만, 아미불법의 가르침과 깨달음엔 나이가 중요치 않았다.

"그런데, 절에 들어간다는 건 좀 갑작스러워서요. 정말 죄송한데, 제가 좀 생각을 해봐도 될까요?"

여단이 잘못을 빌듯 이상하게 합장하며 어쩔 줄 몰라 했다.

보현신니는 그런 그녀를 보자 묘하게 마음이 더 가는 것을 느꼈다. 자신이 오래전 혜원신니로부터 은혜를 입었듯, 여단을 직접 제자로 받고 싶어졌다. 하지만, 막상 설득을 하려고 보니 아미파의 사정이 썩 좋지 않다. 장문인이 직접 이렇게 하산할 정도요, 여단이 물었듯 이 여정 자체도 위험할 수 있었다. 그래서 보현신니는 아미파에 대한 말을 아끼고 아주 공손히 합장하며 말했다.

"여단이 사는 마을에 겁란이 닥쳤을 때 마침 우리가 그 근처에 있었듯, 부처님의 공덕은 분명 너에게도 닿아 있으시단다. 노여움이라는 심마에 빠져 살계를 한껏 열었으나, 너를 보니 내 잘못을 알겠다. 여단아, 너는 부처님께서 내게 보내 주신 관음보살 같다. 너를 통해 찾아온 불법은 네 안에서도 어디 먼 곳으로 가는 것이 아니니, 언제든 마음이 정해지면 말하거라. 내 직접 너를 아미파의 제자로 거두겠다."

"아고, 높은 스님, 저는 아무것도 아닌 아이여요."

여단은 더 깊이 몸을 숙였다.

보현신니가 여단의 얼굴을 보았다.

전혀 꾸미지 않고 지저분해 드러나지 않을 뿐, 용모도 예뻐 보였다. 그리 보려고 해서 더 그래 보이는 것일 수도 있겠지만, 근골도 나쁘지 않은 것 같았다.

침통한 여정 중에 유일한 휴식 같았다. 그리고 그 휴식은 오래가지 않았다.

"물! 물!"

"너무 갈증이 나오! 물을 좀 주시오!"

박요어에 물렸던 사람들이 광증에 가까운 증상을 보였다.

그들은 미친 듯이 물을 찾았다.

"헉, 헉! 물이 마시고 싶어요! 제발, 부탁이에요!"

열이 펄펄 끓는다 싶더니, 점점 몸이 차가워졌다. 피부색이 상처 부위뿐 아니라, 얼굴까지 푸르딩딩하게 변했다. 숨을 몰아쉬며 숨쉬기도 힘들어했다.

벌컥벌컥.

물을 주면 미친 듯이 받아 마셨다. 눈에는 핏발이 섰다.

해언선승은 버릇처럼 고개를 설레설레 흔들었다.

"처음 보는 증상입니다. 나무아미타불 관세음보살."

해원선승은 의술 지식이 불법 공부보다 훨씬 뛰어난 나머지, 불호조차 잘 읊지 않는다는 평가를 받던 이였다. 부처님의 은혜 없이도 아픈 사람을 잘 고친다는 이야기였다.

오늘은 불호만 계속 외웠다. 의술로 해결할 수 없는, 무지의 늪에 빠진 것이다.

"뜨거워지다가 차가워져 조열(潮熱)인 줄 알았건만, 냉기가 호전 없이 성하여 음양이 무너졌습니다. 물을 찾는 것도 허갈이라기엔 착란과 같은 증상을 보입니다. 원인을 정확히 모르겠습니다. 아미타불, 나무아미타불."

해질 무렵이 지나 사위가 어둑어둑해지는 저녁이었다.

쾅!

난데없는 소리에 승려들의 고개가 한쪽으로 돌아갔다.

광증이 도진 남자가 하나가 주먹으로 수레를 내려치고 있었다. 몸을 잘 가누지 못해 허우적거리면서도 쾅쾅, 바닥을 치는 소리가 제법 컸다.

촌민의 주먹은 단단하지 못했다. 나무 수레 단단한 바닥이 아니라 손이 망가졌다. 남자는 손마디가 피투성이가 된 상태로 계속 소리쳤다.

"물! 물!!"

아미파 승려들은 결국 몸부림치는 남자를 결박할 수밖에 없었다. 그 남자뿐이 아니었다. 박요어에 물린 남자 둘과 여자 하나, 그리고 소년 하나도 똑같이 폭력적인 성향을 보였다. 다리를 물렸던 늙은 노파 하나는 그럴 기력도 없는지 발작처럼 꿈틀거리다가 기식이 엄엄해졌다.

"엇! 선승!"

"환자가 도망칩니다!"

해언선승이 노파의 상태를 살피는 사이, 묶어놨던 남자 하나가 천 자락을 찢고 수레에서 뛰어내렸다. 바로 종전까지 비틀거리며 두 다리로 잘 서지도 못했던 자가 멀쩡하게 몸을 날려 빠르게 달렸다.

"거기! 또 풀었어요!"

다른 수레에 묶어놨던 여자 하나도 어떻게 빠져나왔는지 비척거리면서 땅바닥에 내려서더니, 한쪽으로 뛰기 시작했다.

무림인도 아니요, 아픈 사람이라고 가볍게 묶어 놓았던 것이 화근이었던 모양이었다. 수레에서 빠져나온 일남 일녀는 같은 방향 어둠을 향해 미친 듯이 달려갔다.

"잡아 올까요?"

옆에 있던 무승이 물었다. 힘껏 뛰어봐야 촌민이었다. 아미파 승려가 경공을 펼치면 다섯 손가락도 꼽기 전에 낚아챌 수 있었다.

"아니, 쫓아가 봅시다."

해언선승은 다른 성수각 제자에게 노파를 맡기고, 황급히 달리는 이들을 쫓아갔다. 쫓는 건 어렵지 않았다. 살살 뛰어도 바로 등 뒤다. 남자와 여자는 거칠게 달렸고 비척이면서도 멈추지 않았다.

어디로 가는지도 금방 알아챌 수 있었다. 남녀는 도망치듯 달렸지만, 기실 도망치는 게 아니라 목적지가 있는 거였다. 해언선승은 물 냄새를 맡았다. 바로 앞에 강이 있었다.

남자가 먼저 물가에 닿았다.

해언선승은 남자가 물을 떠서 마시겠거니 했다. 갈증 착란이 심해져 실혼을 일으키면 냉중에 시달리던 자조차도 괴력으로 달릴 수 있구나, 그렇다면 갈증이 해소되면 증상이 호전될까, 일련의 병증을 생각했다. 헌데, 남자는 물을 마시지 않고 몸을 날렸다.

첨벙! 풍덩!

남자가 강물에 몸을 던졌다. 뒤이어 여자도 똑같이 물속으로 뛰어들었다.

함께 쫓아온 무승들이 해언선승의 눈치를 봤다. 해언선승은 순간 당황했으나, 바로 나무아미타불 불호를 외우며 침착함을 되찾았다. 그가 물에 뛰어든 남녀를 보았다. 남녀는 편해 보였다. 물을 마시기도 하고 물속에 머리를 처박기도 했다. 마치 그들이 물고기라도 된 것 같았다.

'설마!'

해언선승은 등줄기에 찬물이 흐르는 것 같은 냉기를 느꼈다. 꺼림칙한 소름이 전신을 치달았다.

남녀의 푸른 피부가 비늘처럼 번들거린다 생각했다.

첨벙.

물방울을 튀기고는 남녀가 물속으로 들어갔다. 그러고는

다시 올라오지 않았다.

"들어가서 꺼내 올까요?"

옆에 선 복호승이 물었다.

아미복호승은 아미산 청음각 깊은 계곡에서 일다경 잠수수련을 기본공으로 연마했다. 산사의 불승이나 수전에도 능했다.

해언선승은 고개를 저었다.

"아니, 그러지 맙시다. 저 안에 뭐가 얼마나 더 있을지 모릅니다. 아미타불."

해언선승은 배분 아래의 복호승에게도 어지간하면 공대를 했다. 복호승이 다시 물었다.

"그럼 더더욱 구해야 하는 것 아닙니까?"

"아마도 저들은 이미 그들과 하나일 겁니다. 돌아갑시다."

아미복호승은 더 말하지 않고 해언선승의 지시를 따랐다.

해언선승은 온 길을 되돌아가며 스스로 한 말을 다시 곱씹었다.

물에 들어간 남녀는 다시는 사람 모습으로 뭍에 오르지 않을 것이다.

요괴가 멀쩡했던 사람을 요괴로 만드는 일화는 수도 없이 많았다. 그런 것을 실제로 보게 되리라고는 상상조차 하지 못했다.

'어떻게 이런 일이 생길 수 있사옵니까. 평생을 닦은 의술로도 그저 추측만 할 뿐이옵니다. 원래대로 돌리는 것은 가능한 일입니까? 부처님, 제게 너무나도 큰 시련을 주셨습니다.'

일행에게로 돌아온 해언선승은 또 한 번 당혹감과 마주해야 했다.

호흡이 겨우 붙어 있던 노파가 그사이에 숨져 있었다.

묶어 놨던 남자는 난동을 부리다가 팔이 부러졌다. 무승하나가 뼈를 맞추고 다시 묶으려는데, 갑자기 달려들어 무승의 팔을 물었다. 그나마도 목덜미를 물어뜯는 것을 밀치면서 팔뚝을 물린 거였다. 턱 힘이 어찌나 셌던지, 공력이 흐르는데도 살갗에도 상처를 냈다.

그렇게 한 번 발작적으로 난리를 친 남자는 그대로 꼬꾸라져 다시는 일어나지 못했다.

피부가 오래된 가죽처럼 말라붙더니 체격까지 쪼그라들었다. 꽤 건장했던 사내가 순식간에 노인처럼 변했다.

물을 먹여도 제대로 넘기지 못했다. 죽음의 기운이 온몸에 가득했다. 이미 돌아오지 못할 강을 건넜음을 의술 담당 성수각 제자가 아니라도 알 수 있었다.

"절대 이 상처를 가벼이 보지 말아야 합니다."

해언선승은 무승의 팔에 찍힌 이빨 자국에서 한참 동안 눈을 떼지 못했다.

아미불법 대원심법을 끊임없이 도인하여 상처를 보호하고 어떤 증상이 나오더라도 즉각 보고하도록 했다. 해언선승은 나쁜 예감에 시달렸다.

해언선승은 하나 남은 남자 아이에게 집중했다.

아이는 어른들처럼 몸부림쳤지만, 기운이 그들처럼 세지는 않았다.

해언선승은 물을 최대한 많이 길어 오라 말했고, 아미복호승 하나는 그 야밤에 어디선가 반쯤 부서진 항아리 하나를 구해 왔다.

항아리에 물이 채워지자, 해언선승은 아이를 그 안에 집어넣었다. 아이는 물속에 고개를 반쯤 처박고 입을 뻐끔뻐끔 열었다 닫았다. 그 모습이 아주 기괴했다. 아이는 입으로 물을 마시는 것이 아니라 피부로 물을 마시는 것 같았다. 체온은 돌아오지 않고, 돌처럼 차가웠다. 헌데 생기가 돌았다. 살갗이 더 푸르게 번들거렸다.

"요괴화입니다."

장문인 보현신께, 기어코 진단을 말했다.

"나무아미타불 관세음보살."

불호가 저절로 입 밖으로 나왔다.

해언선승이 할 수 있는 것은 그것뿐이었다.

그 밤은 그렇게 지날 줄 알았다.

아니었다.

아주 깊은 밤, 인시가 다 된 축시 말이었다.

멀리서 푸르륵거리는 투레질 소리를 들었다.

아미복호승들은 예민했다. 그 이상의 강자들은 말할 것도 없었다. 복호승 세 명이 몸을 날려 기마 소리가 들린 방향으로 어둠을 갈랐다.

그들의 호안에 저 멀리 기마 문인이 비쳐들었다.

'저것은!'

한 복호승은 빠르게 돌아왔고, 두 명은 기마를 쫓았다.

복호승이 보고했다.

"흰 얼굴에 녹색 일자문(一字紋), 연녹색 비단장삼 문사복을 입었습니다. 제갈공명 휘하의 문인가면입니다."

모두가 몸을 일으켰다.

어차피 대부분이 운공 중으로, 잠든 자는 거의 없었다.

"또 있습니다. 하나가 아닙니다. 녹삼문사 일자가면, 같은 방향입니다."

기마를 쫓던 두 복호승 중 하나가 돌아왔다.

"일단 쫓아갑시다."

보현신니는 과감했다. 장문인의 자격으로 명했다.

참으로 사건이 끊이질 않는다.

요괴 다음은 제갈공명이다. 추격이 시작되었다.

*   *   *

아미파는 문사가면들을 쫓아서 빠르게 움직였다.

"저들이 홀연 자취를 감췄습니다!"

"녹삼문사가 다시 나타났습니다!"

그들은 해가 뜨는 새벽이 올 때까지 나타나고 사라지길 반복했다. 복호승이 마음먹고 경공을 펼치면 백마를 전속력으로 내달려 거리를 벌렸다.

복호승은 아미파 대표 무승이요, 내공고수 아닌 이가 없었으니, 단거리 경공으로는 어지간한 기마 속도를 충분히 상회할 만큼 빨랐다. 하지만 녹삼문사의 백마는 직선 관도를 달리는 것이 아니었다. 사천 땅은 굴곡질 만큼 굴곡져 있었고, 때는 안력을 최대로 돋우어야 사위를 분간할 수 있는 깜깜한 밤이었다. 녹삼문사는 영민하게 빠른 백마를 몰고, 지형지물을 최대한 이용하여 방향을 틀고 꺾었다. 겨우 모습을 식별할수 있을 정도의 거리에서 자유자재 전속력 기마를 따라잡는 것은 몹시 지난한 일이었다.

"적어도 셋입니다. 잡을 수가 없습니다."

녹삼문사들은 거리를 두고 절대 가까워지지 않았다.

뒤를 쫓은 복호승 선발 추격대와 장문인을 비롯한 후방 주력대의 거리가 지나치게 벌어지기 시작했다. 보현신니는 결단을 내려야 했다.

"보국 사형이 직접 나서세요."

보국신승이 경공을 펼쳤지만 상황은 나아지지 않았다. 녹삼문사들은 보국신승이 나오자마자 거리를 더 뒀다. 움직임을 포착하는 것 자체가 더 어려워졌다.

"이렇게는 따라잡을 수 없습니다."

상대는 작정하고 귀신놀음을 했다.

보국신승이라 해도 어쩔 도리가 없었다. 노고수의 노화가 담긴 항마도가 애꿎은 바위를 동강냈다. 보현신니는 보국신승의 노기를 감지하고, 다시 그를 불러들였다. 이러다가 보국신승이 과하게 분노하여 외따로 깊이 쫓아갔다가는 도리어 당할 가능성도 있었다. 매복이 우려됐다.

"일단 대오를 정비합시다."

앞에서 추격하는 이들과 따라가는 그들이 종으로 길게 늘어졌다. 그 길이가 어느새 장 단위가 아닌 리 단위가 되었다. 복호승들에겐 적을 쫓지 말고 사위를 경계하라 이르고, 전체 진형을 한 덩어리로 합쳤다. 시간이 오래 걸렸다. 촌민들이 탄수레들이 문제였다. 박요어에 물린 아이가 실려 있는 항아리는 말할 것도 없었다.

"이들을 데리고 싸울 수는 없습니다."

옳은 이야기였다.

그렇다고 이런 들판에 버릴 수도 없었다. 이들은 그야말로 오갈 데 없는 신세였다. 피난민이라며 주변 촌락에 들어가려 해도 쉬이 받아줄 리가 만무했다. 아미파가 동행하고도 마을 진입을 거절당했다. 민심만 무서운 게 아니라 수해 역병을 통제한다는 관병들도 어떻게 나올지 몰랐다. 신분을 보장해 줄 사람도 없이 이들만으로 촌락을 기웃거렸다가는 어떤 고초를 치를지 알 수 없었다.

"벌써 해가 뜨는군요. 여기는 어디쯤인가요."

"꽤 북상해 왔습니다. 공혜사가 가깝습니다."

"공혜사면, 원래 경로에서 거의 벗어나지 않은 겁니다만."

상황이 묘했다.

정신없이 추격했다.

막상 위치를 가늠하고 보니, 그저 서둘러 복룡담 쪽으로 왔을 뿐이었다. 의아할 수밖에 없었다.

"유인책이었을까요?"

"복룡담으로 빨리 오라는?"

"저들의 저의를 알 수가 없습니다."

그들이 시간을 두고 대오를 뭉쳐 인원을 점검하는 와중에도, 신출귀몰이라는 제갈공명 문사들은 어떤 도발도 가해오지 않았다.

말발굽 소리도, 아무것도 없었다. 여기까지 달려오게 해놓고서 아예 사라져 버린 것 같았다.

"해가 뜨면 추격이 더 쉬워지겠지요."

"쫓다 보면 복룡담이 먼저겠습니다."

"복룡담에서 무슨 짓을 꾸미기에?"

누구도 명쾌한 해답을 내지 못했다. 추측도 쉽지 않았다.

결국은 결과를 두고 해석할 수밖에 없었다.

"문사 가면들은 길잡이에 불과했던 걸까요?"

제갈공명은 그들을 한껏 끌어당겼다. 시간을 끌지 말라는 의도로 보였다.

"복룡담에 우리를 묶어 두고서, 뒤로는 요괴 재난을 일으키려는 것인가?"

보국신승이 말했다. 그는 해언선승이 붙들고 있는 항아리를 노려보고 있었다. 항마도 자루에 손을 올린 채였다.

"그것도 가능성이 있겠습니다."

보광호승이 동의했다.

아미명명창에 꿰이던 요괴들의 육체 강도를 손으로 기억했다. 지방 관아의 병사들이 상대할 만한 괴물들이 아니었다. 특히 거대한 어인 요괴는 어지간한 내공고수도 감당키 어려울 것 같았다.

게다가 박요어에 물린 자들이 벌였던 간밤의 난리를 떠올리건대, 요괴들은 앞으로 계속 늘어날 가능성이 높았다. 민강을 따라 그런 사태가 속출한다면, 무림인을 기반으로 한 억제력이 반드시 필요했다. 하지만, 지금은 그 역할을 해 줄 강호 무인들이 절대적으로 부족한 상태였다. 지역 각지의 아미 청성의 속가 무파들 대부분이 신마맹에게 무력화된 상태였기 때문이었다.

"그렇다면 이 모든 것이 다 처음부터 계획된 일이었을까요?"

"그건 알 수 없지."

"만일 그렇다고 한다면, 복룡담으로 갈 것이 아니라 강을 지켜야 하는 것 아닙니까?"

"내 말이 그 말이다. 하지만, 무슨 수로 우리가 민강을 전부 돌볼 수 있겠느냐."

"복호승들을 최대한 넓게 포진시키고, 남은 속가 제자들을 총동원하면 어느 정도는 가능할 것입니다. 청성도 두고 보지는 않겠지요."

"허튼 소리! 속가 제자들이 얼마나 남았다고. 나와 복호승들이 왜 제갈공명의 졸개들조차 잡지 못했더냐. 복호승들을 광역으로 산개 배치하면 신마맹 마졸들에게 각개격파 당할 가능성이 있다. 때문에 복호승들의 개개인 전략 수행 범위가 극단적으로 좁아져. 반드시 열 명 이상 뭉쳐서 움직여야 한다. 당연히 그만큼 공백이 생기지. 숫자가 절대적으로 부족해."

"사파무인들도 있지 않습니까."

"뭐라?"

"그들도 백성들 없이는 아무것도 아닙니다. 이런 종류의 재해에는 팔 걷어붙이고 나설 수밖에 없을 겁니다."

"사도 문파들은 신마맹의 주구가 되지 않았더냐."

"모두는 아니지요. 지금 일차 저지선 역할을 해 줄 이들은 그들밖에 없습니다. 그들이 공백을 채워줄 수 있습니다. 잔존

해 있는 토착 사파무인들 말입니다."

"도적 무리에게 희망을 걸자니, 보광아. 부처님의 은덕은 실로 광대하나 결코 닿지 못하는 곳도 있는 법이다."

보현신니는 보국신승과 보광호승의 대화를 잠자코 들었다.

그러면서 한 가지 가설에 도달했다.

그것은 보광호승의 말처럼 이 일련의 사태가 다 한 줄기로 계획되어 있다는 전제하에 성립될 수 있었다.

'숫자. 범위. 공백.'

보현신니의 심유한 눈동자가 크게 흔들렸다.

"당문……!"

보현신니의 입에서 결국 침음성이 흘러나왔다.

"그래서 당문을 먼저 쳤던 것인가……!"

혼잣말이 목소리가 되어 나왔다.

보국신승에겐 오랜 강호경험으로 다져진 병법 지식이 있었다. 타고난 성정 때문에 그러한 병법 활용을 무시하는 경우가 허다했으나, 항마도를 뽑지 않았을 때는 군략가에 가까운 분석 능력을 보여줄 때가 있었다.

그 덕분에 알았다.

아미파와 청성파의 제자들은 정종의 무인들로서, 일대일 무공수련으로 쌓아 온 소범위 전투 수행 능력이 뛰어났다. 일대 다수의 전투 상황에서조차, 실제로는 높은 살상 능력과 빠른 이동속도로 개별전투를 중첩시키는 것일 뿐, 고정 위치에서

다수를 상대하는 것은 포위 공격을 당할 때처럼 피동적인 제한 조건이 필요했다.

일 대 다수의 전투를 능동적으로 수행할 수 있으려면 장문인 수준의 압도적 무력이 있거나, 다른 비기가 있어야 했다. 청성 아미 제자들의 경우엔 확실히 그러했다.

당문과의 차이점이 또한 그것이었다.

당문 고수들은 원거리 살상이 가능한 암기술을 자유자재로 구사한다. 게다가 그들에겐 강력한 독술이 있었다.

암기와 더불어 지역적 범위기인 독공까지 구사하니, 요괴대란 같은 광역 전투를 수행함에 있어 당문보다 유리한 문파는 전 무림을 통틀어도 찾기 힘들다고 봐야 했다.

요괴들에게 독이 얼마나 통할지는 알 수 없으나, 당문의 독술은 강호에 알려진 종류만 수십 가지가 넘었다. 지니고 있는 독으로 죽일 수 없으면 죽일 수 있는 독을 만들 것이다. 당문은 그런 곳이었다. 건재하기만 했다면 천군만마의 전력이 되었을 것이다.

속가문파들을 쳐서 지역 방어력을 깎았다. 사파들을 규합하여 소모 병력을 확보했다. 본산의 근접지를 타격하여 전력 분산을 어렵게 했다. 사천당문을 급습하여 광역 전투 수행 가능전력을 배제했다. 요괴대란을 일으켜 선택을 강요했다.

"어느 쪽으로 가도, 고난만 가득한 길이 되었군요."

보현신니는 결단을 내려야 했다.

복룡담으로 갈 것이냐, 아니면 민강에서 요괴 습격을 막을 것이냐.

복룡담에는 무엇이 기다리고 있을지 알 수 없고, 민강의 요괴습격은 보국과 보광의 대화처럼 어려움만 가득했다.

보현신니는 제갈공명를 쫓을 때처럼 과감할 수 없었다.

과감할 필요도 없었다.

"장문인, 적습입니다."

밤도 아닌 동틀 무렵, 그들이 달려온 후미 쪽에서 적들이 출현한 까닭이었다.

콰앙! 화르르륵!

휘이이잉! 콰르르륵!

불길과 바람이 솟았다.

폭발로 바위가 깨졌다.

"보고된 바 없는 가면들입니다!"

적들은 많았다.

적들은 백면뢰 가면처럼 무늬가 없으나 색깔이 푸른색인 가면을 쓰고 있었다. 그 수는 이백여 명에 이르렀다.

선두에는 일곱 명의 남자들이 있었다.

중년에서 노인까지의 얼굴을 하고 있었는데, 세 명은 깃발을 들고 있었고, 네 명의 병장기는 제각각이었다. 각양각색 도복을 입은 그들은, 예외 없이 고수들이었다. 병장기를 휘둘러 불과 바람을 일으켰다. 술법과 무공의 융합기였다. 후방에 있던 복호승들이 속수무책으로 밀려나고 있었다.

"가면이 없습니다만."

그들은 맨얼굴로 기합성을 지르고 복호승과 아미파를 비웃으며 무공을 펼쳤다. 뒤따르는 푸른 가면들은 대체로 일반 아미 무승들보다 기량이 못해 보였지만, 그래도 능히 합을 주고받을 만한 실력이 있었다. 복호승들의 무공에도 쉬이 죽지 않고 버텼다.

"가면이 맞다."

보현신니는 단숨에 적들의 정체를 간파했다.

"측면 후퇴! 열염을 펼치겠다!"

백색 도복을 입은 남자가 소리쳤다.

보현신니는 그 순간 남자의 얼굴이 적동(赤銅) 같은 붉은빛으로 변하는 것을 놓치지 않았다.

푸른 가면들 삼십여 명이 일제히 뒤로 물러나며 공간을 만들었다. 백색 도복의 남자가 그 앞으로 붉은 깃발을 휘둘렀다. 땅과 허공에서 불길이 일어났다. 복호승들의 대형이 단숨에 흐트러졌다.

"좌방 전진! 내가 앞으로 가겠다!"

"장천군이 선두다! 요천군! 측면으로!"

"절진을 준비해!"

그들은 이전까지 알려진 신마맹 마졸들과 완전히 달랐다.

서로 이름을 부르고 지시를 내리는데, 마치 황군 정예부대의 진격과 같았다.

아미 무승들은 이들이 어떤 전설로부터 튀어나왔는지 금세 알 수 있었다.

천군, 절진, 이들은 봉신방(封神傍)의 절교 요괴들이다.

절교 십천군의 일곱이 요괴 수하들을 이끌고 아미산 승려들을 습격했다. 그 자체로 옛날이야기처럼 들렸다. 그게 신마맹의 싸움이었다.

십천의 칠군은 강했다. 복호승 다섯 명이 순식간에 쓰러졌다. 무승들도 열 넘게 땅바닥을 나뒹굴었다.

보국신승과 보광호승이 동시에 튀어나갔다.

보현신니는 앞으로 전진하지 않았다.

"항마도와 명명창을 뽑고, 살계를 열어라!"

병기술을 쓰는 복호승들은 진즉에 칼과 창을 들고 있었다. 장문인의 장중한 명령은 그들의 손아귀에 확신을 주었다.

이것은 대규모 집단전이었다. 누군가는 지휘를 해야 했다. 이 정도 전력으로 실제 창칼을 휘두르며 살육전을 벌이는 것은 보현신니가 장문인이 된 이래, 그야말로 초유의 사태였다.

푸른 가면들의 몸에서 피가 튀었다. 쓰러지는 복호승만큼, 무승들만큼 푸른 가면들도 쓰러졌다. 보국신승과 보광호승이 전권에 뛰어들자, 푸른 가면들이 마구 꼬꾸라졌다. 고수는 보국과 보광만이 아니었다. 보 자 항렬 장로들 셋이 더 후방에 가세했다. 아미파 장로의 무공은 복호승들과 또 다른 수준에 올라 있었다. 무승들의 피해가 급격히 줄었다.

"측면에 또 옵니다! 보정 사형! 이쪽으로 와주세요! 금환, 금전은 보정 사형의 옆에서 무승들을 지키거라!"

오십여 명 동자가면들이 불쑥 나타나 측면을 공격해 왔다.

보현신니는 내심 크게 놀랐으나, 지체 없이 대응했다.

동자가면의 무공은 푸른 가면들과 큰 차이가 나지 않았다. 저 정도 무력에 저만큼의 숫자가 접근하는데도 감지하지 못한 것은, 무엇인가 괴이한 술수가 있다는 뜻이었다. 보현신니는 저들이 절진 운운한 것처럼 기환진식의 괴이한 공부를 생각했다.

장로 하나를 이쪽으로 빼고, 금 자 항렬 중에서도 무공이 높은 제자들을 불렀다. 지금 이 출정에 함께한 십이 명 금자 항렬 모두가 아미복호승 최고위 수준의 무공을 지니고 있었다. 이쪽에서 이렇게 나타났다면, 반대편 측면에서도 적습이 있을 수 있다. 이리저리 부화뇌동하면 한순간에 무너질 수 있다. 배치가 중요했다.

"꼭 저런 놈들이랑 손을 섞어야 하나? 쯧쯔."

"어쩌겠습니까? 철괴리처럼 경거망동 말라 신신당부를 들었는데요."

"언령강제에서 자유를 보장받았으면 말이라도 잘 들었어야지. 아무리 선도계파가 달라도 일단은 회주인데."

"일단 어울려 봅시다. 요괴선인이라고 무시할 수만도 없어요. 저 보십쇼. 백천군도 꽤 하네요. 진천군은 아예 저보다 나아 보이는데요?"

"쯧쯧. 저건 금오도 수좌잖아. 당연히 저 정도는 해야지. 계보가 엉망이야. 금광성모는 찾지도 못했어."

"그거야 우리 팔선도 마찬가지 아닙니까? 동빈 조사가 없잖아요."

보현신니는 이 격한 전장을 가로질러 들리는 두 남자의 목소리를 들었다.

잡담처럼 여유로운 대화는, 마치 들으라고 하는 것처럼 심후한 공력이 실려 있었다. 어스름한 언덕 위에서 새벽안개와 함께 두 선인이 나타났다.

보현신니가 그들을 보았다.

하나는 수염 난 관인의 가면에 관복을 정제하여 입었고 옥판을 들었다. 또 하나는 젊은 선인의 가면에 머리에는 푸른 소포파를 묶었고, 옥으로 만든 피리를 들었다.

아미산은 불법의 성지이나, 도교 도량이 없는 것은 아니었다. 보현신니는 아미불법의 대표자이자 구파와 교류하는 장문인으로서 도문에서 말하는 선인에 대해서도 잘 알았고, 알아야만 했다.

"조국구. 한상자."

팔선은 지극히 유명한 신선들이었다. 또한 그중 하나인 이철괴가 이미 나타났었다. 다른 팔선이 더 있을 것이라는 짐작은 너무나도 당연한 일이었고, 마침내 이렇게 현실이 되었다.

"저기 저것이 아미파 장문인이다."

"보현이라 했었지요."

"어차피 죽을 거 괜히 건들지 말고 우리 일이나 하자꾸나."

"그러시지요."

그들은 보현신니를 일별하고 무시함으로써 무서운 노화를 일으켰다. 조국구와 한상자 신마맹 가면들이 복호승 한가운데로 뛰어들었다. 옥판이 복호승의 어깨를 후려치고 피리가 무승들의 혈도를 점했다. 조국구는 일수 일격이 깔끔하여 절도가 있었고, 한상자의 옥소점혈은 빠르면서 정교했다. 둘 모두 오랜 세월 다듬어져야 할 정공으로 보였다.

'위험하다.'

그 둘의 무공이 보현신니의 분노를 차갑게 식혔다.

수많은 가면들에 각자가 지닌 독문무공이 있다. 깊이보다 넓이다. 무공의 박대함이 경악을 금치 못할 지경이다.

금오도 십천군은 이름처럼 열이요, 도교팔선은 여덟이다. 그들 모두에게 각자 전수되는 고유 무공이 있다면 그 숫자만도 열여덟에 이른다.

태산북두 소림사에선 칠십이절기를 말하는데, 구파의 최대 최강 문파가 보유한 무공이 그 도다. 신마맹도 절기의 숫자를 따지자면 그에 준할지 모른다. 충격처럼 와닿는 그 사실이 보현신니의 마음을 크게 흔들었다.

"어라? 이건 뭐죠? 그 와중에 촌민까지 보호하고 있는 걸까요?"

"아미불사의 인심이 참으로 훌륭하구나!"

조국구와 한상자는 놀랍도록 강했다.

동자가면들과 함께 중앙으로 파고드는 것이 두렵도록 기민했다. 그들은 불을 뿜지도 물보라를 일으키지도 않았다. 무승들의 팔다리를 자르면서 핏물을 뿌린 것도 아니었다. 손을 휘두르면 픽픽 쓰러졌다. 요란하지 않은데도 피해는 가장 컸다.

무엇보다 두 선인들은 한 몸처럼 손발이 잘 맞았다.

복호승들조차도 한순간 틈을 보이면 정타가 들어왔다. 조국구의 옥판에 타격을 받아 흔들거리면, 한상자의 점혈이 복호승의 몸을 굳혔다. 연수합격이 일품이었다.

조국구와 한상자는 아미파를 절반으로 쪼개 버리기라도 할 것처럼 일직선으로 돌파해 들어왔다. 더불어 후방 한쪽이 무너졌다. 보광호승은 장천군과 조천군 두 명에 맞서 아미명명창으로 붉은 모래 기운과 누런 흙 기운을 밀어내는 중이었다. 보국신승은 금오도 수장이라는 진천군 한 명에게 잡혀 있었다. 요천군이 장로 보영선승과 복호승 십여 명의 합공에 쓰러지고, 왕천군이 장로 보존선승을 죽였다. 바로 그쪽으로 백천군이 몰아쳐 왔다.

적들이 측면과 후방 두 방향에서 파고들었다.

그 앞에는 강촌 민초들의 수레와, 요괴에 물린 아이가 들어 있는 항아리가 있었다.

＊　　　　＊　　　　＊

"만불은 정면을 막아주세요! 금현! 금보! 나와 함께 갑니다!"

보현신니가 결국 몸을 날렸다.

적아를 가리지 않고 무수한 무인들이 쓰러져갔다. 삼백이 넘었던 아미파 승려들은 서 있는 이가 이백을 겨우 헤아렸다.

'기다리지 말았어야 했다.'

적들은 삼면에서 쳐들어왔으니, 경동하지 않고 균형을 맞추는 것이 옳았다. 헌데, 결과가 이러하다.

적 선봉을 먼저 꺾고, 각 방위의 방어는 제자들을 믿었어야 했다.

그게 전략적으로 옳은 판단이었다.

민초들이 없었다면 분명 그랬다.

요괴재난에서 살려낸 백성들을 보호하기 위해서 중앙에 남았다. 제자로 점찍은 여단의 안위를 책임지기 위해 앞으로 뛰쳐나가지 못했다.

그로 인해, 아미파 한가운데가 아수라장이 되었다.

보현신니는 뒤늦게 손을 썼지만, 주위에는 이미 동자가면과 푸른 가면들이 한가득이었다. 상대편 최고수를 상대해야 하는 전력이 졸개들한테 둘러싸였다. 보현신니의 머릿속엔 이제 의문만이 가득했다. 젊은 시절부터 아미산의 호랑이이자 역전의 맹수로 불려왔다. 어쩌다가 이렇게까지 되었는지 알 수가 없었다.

화르르르륵!

불길이 눈앞을 어지럽혔다.

하얀 도복 백천군이라는 자였다. 깃발을 휘두르는 번술은 상승의 경지에 못 미쳤지만, 불길의 열기가 상당하여 무승들이 쉬이 다가가질 못했다.

어떤 싸움도 이렇게 형편없이 밀려본 적이 없었다.

아미는 사천의 패자를 논하는 대문파였다. 아무리 상대의 전력이 강대해도 이건 아니었다.

뭔가 이상했다. 이유가 있을 터였다.

보현신니가 항룡모니인을 전개하며 복호승들과 무승들의 움직임을 보았다. 파탄의 원인을 바로 알 수 있었다.

복호승들은 누가 지시하지도 않았는데, 어촌 촌민들의 수레를 금성철벽처럼 지키고 있었다. 물론 그건 옳은 일이었다. 아미불문은 불공활법을 연마하며 중생들을 보시했다. 그것이야말로 아미가 추구하는 최고의 가치였다.

헌데 그로 인하여 전투대형이 깨져버린 것이 문제다. 적들이 직접적으로 촌민들을 노리는 것이 아님에도, 지나치게 많은 무승들이 그 주변에 묶여 있었다. 무공 없는 이들을 보호하기 위해 우왕좌왕하며 대오를 제대로 갖추지 못했다.

거기서부터 균열이 일어났다.

삼면의 적은 그저 물리치면 그만이다. 중앙에서 흔들렸다. 그것이 이 사태를 만든 것이다.

쾅! 우지끈!

동자가면 하나를 부수고, 푸른 가면 하나의 머리를 잡아 땅에 내리쩍었다. 살심을 일으킨 보현신니가 무인지경으로 적들을 돌파했다.

"금현! 복호승 셋에 무승 여섯으로 아미십방진을 펼쳐라!"

가운데서부터 차곡차곡 쌓아나가면 된다.

십방진이 전개되었다.

보현신니는 나아가며 장문비전 아미금정신공을 끌어 올렸다.

금정봉 운해(雲海)의 구름처럼 상서로운 기운이 그녀의 등 뒤에서 아지랑이처럼 피어올랐다. 그 기운은 아주 옅은 황색 같기도, 운무 같은 백색 같기도 했다.

화르르륵!

백천군이 펼치는 열염진번의 열기가 다시 눈앞을 채웠다.

보현신니가 그대로 불길 속으로 뛰어들었다. 화염은 뜨거웠으나 그녀의 몸에 서린 황백색 서기(瑞氣)를 침범하지 못했다.

화륵! 파라라락!

백천군이 대경하여 거세게 깃발을 휘둘렀다. 보현신니가 진각을 밟았다.

파앙!

진면목을 보인 아미장문인의 무위는 실로 엄청났다.

보현신니의 손에서 아미십이장 임제명명의 일장이 터져 나왔다. 백천군의 깃발이 장력풍압에 찢어질듯 나부꼈다.

쩡! 우지끈!

손목을 돌려 수인을 맺었다. 보현신니는 사십팔 아미무공을 융통무애하게 구사할 수 있는 대종사였다. 항룡모니인이 깃대를 꿰뚫고 백천군의 가슴에 박혀들었다.

"커억!"

백천군의 얼굴이 적동색으로 변했다. 인피면구 가면이었다.

백천군은 얇은 가면 너머로 보현신니의 손이 점점 더 커지는 것을 보았다. 복호대라수가 그의 시야를 가렸다. 아미장문인의 공력은 광대무변했다. 복호대라수 흡기(吸氣) 경력에 백천군은 저항하지 못했다. 보현신니의 손아귀가 백천군의 얼굴을 덮었다.

쩌억!

날카로운 파열음과 함께 가면이 깨졌다. 가면과 함께 안면과 머리뼈가 박살 났다. 백천군이 생애 마지막으로 들은 소리였다.

꿍!

손을 털듯, 백천군을 집어 던졌다. 백천군의 몸이 땅바닥에 처박혀 구겨졌다.

살계를 한껏 열었음에도 불문기공이라는 아미금정신공은 빛이 바래지 않았다. 도리어 강성해졌다.

그때였다.

'장문신니! 장문신니! 미망에서 벗어나세요!'

귀가 열리고 목소리가 들렸다.

아미금정신공의 경지가 정각의 깨달음에 가까워지면 상단전에 불법의 불길이 피어오른다고 하였다. 육신통에 다가가는 길이었다.

깊은 깨달음은 항상 강력한 심마와 함께한다. 아미장문인이 된 이래, 보현신니는 이 같은 번란에 놓여진 적이 없었다.

'장문신니! 안 돼요! 어서 미혹된 그곳에서 나오세요!'

어여쁜 제자의 음성과 함께 보현신니는 급하게 울리는 말발굽 소리를 들었다.

어린 제자는 숨까지 헐떡이며 말을 타고 있었다. 그 찌푸린 미간과 다급한 표정이 눈에 보이는 것 같았다. 실제로 보였다. 천안통이 열렸다는 것이 무엇인지 두 눈으로 체험했다.

'절 보실 때가 아니에요! ……를 ……보세요! 명징하게…… 거기에……!'

홍춘효우, 의현의 목소리가 멀어졌다.

보현신니의 눈앞이 다시 수라장 격렬한 싸움으로 채워졌다.

백천군을 죽였지만, 적들은 여전히 많았다.

만불신니가 조국구 가면에 맞서 싸우는 것이 보였다. 내상을 입고 회복한 지가 얼마 되지 않았다 해도, 만불신니는 아미파가 자랑하는 최고 무력 중 하나였다. 헌데 조국구 한 명을 제압하지 못했다. 조국구는 몹시 강했다. 거의 만불신니와 동수 같았다. 만불신니는 심지어 순간순간 밀리는 모습까지 보이고 있었다.

보현신니는 만불신니를 믿었다. 다른 상대를 찾으며 의현이 음성을 떠올렸다. 미망이라 했다. 미혹된 상태를 말했다.

왜일까. 왜 의현은 그리도 다급하게 말을 타고서 이쪽으로 오고 있을까.

이 위험한 시기에, 복호승과 함께 오고 있을까.

아니, 그것은 의현이 맞나. 아미산은 괜찮을까.

번뇌가 몰아쳤다.

이런 싸움 중에 있어서는 안 될 일이었다.

보현신니는 생각을 멈추고, 목표를 정했다. 한상자가 옥적으로 무승들을 쓰러뜨리고 있었다. 진각을 밟고 나서려는데, 아직도 아미파 한가운데에 있구나란 생각을 했다.

그때서야 깨달았다.

보현신니 자신은 한 곳에서 거의 움직이지 않았다. 바로 뒤에는 촌민들의 수레가 있었고, 한참 돌파해 나간 그곳은 중심부 주위를 한 바퀴 돌아온 것에 불과했다.

이상하다. 이상하다.

서 있는 곳도, 무승을 지휘하는 것도, 전투에 대처하는 것도 모두 미망 속에 있었다.

"금보! 아미항마진을! 복호승들은 항마독경을 암송하라!"

내공을 일으키며 소리쳤다. 그러면서 보현신니 또한 불경을 외우려 했다.

"늦었어요."

보현신니는 또 다른 목소리를 들었다.

그 음성은 몹시 순수하고, 몹시 깨끗했다. 마치 의현의 목소리를 처음 들었을 때 같았다.

보현신니가 몸을 돌렸다. 일순 상대를 보지 못했다.

상대는 옛날 미녀들처럼 체구가 작았다. 바로 가슴 앞에 그녀가 서 있었다.

퍼억!

보현신니의 몸이 덜컥 뒤로 밀려났다. 옆구리에서 무지막지한 통증이 밀려들었다. 아래를 보았다. 옆구리 중앙에 길쭉하고 굵은 황동송곳이 박혀 있었다.

치이이익!

송곳은 손잡이가 따로 없이 주조되어 있었다.

"아미타……."

불호로 신음 소리를 삼켰다.

황동추(黃銅錐) 박힌 상처에서 살갗이 타는 소리가 들려왔다. 피와 살이 타는 냄새가 연기와 함께 흘러나왔다.

"포락황동추(炮烙黃銅錐)여요. 포락지형(炮烙之刑)은 손이 많이 가거든요."

"너는… 네가 왜……?"

"경고받은 거 아니었어요? 간섭해 오는 애가 있던데요?"

수레에서 내려와 보현신니가 감지하지도 못하는 사이에 암습 위치를 점했다.

그녀는 다름 아닌 여단(女旦)이었다.

"그럼 너는 본다……."

"네."

"어떻게……?"

"어떻게 대아미파 장문인의 안목을 속였냐고요? 어머, 오만도 하셔라."

여단이 웃었다.

너무나도 천진난만해 보이는 웃음이었다. 머리를 조아리며 눈도 제대로 마주치지 못했던 수줍은 아이가, 고혹과 순결을 넘나드는 표정으로 눈웃음을 쳤다.

순수한 악(惡)이었다.

치이이익!

보현신니가 고통에 겨운 표정을 지으며 옆구리에 박힌 황동송곳을 빼려 했다. 손아귀가 타들어갔다. 아미금정신공으로도 화기(火氣)를 완전히 차단하지 못했다. 백천군의 열염진번과는 법력의 규격이 달랐다.

"크으으으……!"

"와. 그걸 뽑아요?"

보현신니의 송곳이 점점 앞으로 나왔다.

여단은 큰 눈망울을 휘둥그레 뜨면서 진정 감탄했다는 표정을 지었다.

"너는 무슨 가면이더냐?"

보현신니의 얼굴이 창백해졌다.

여단은 정확하게 빈틈을 찾아서 일격을 꽂았다. 놀랐다며 서 있는 자세에 허점이 보이지 않았다. 최상승의 고수였다.

"이쯤이면 아셔야죠. 요선(妖仙)의 정기가 진정으로 인신에 깃들 때에는 지난바 이름자도 중요한 법이여요. 그거 이름이 포락(炮烙)이라 했잖아요. 거기에 여(女)와 단(旦)이라면 뭐가 생각나세요?"

"달(妲)……. 너는 달기(妲己)로구나."

"얼마나 조마조마했다구요. 들킬까 봐 가면까지 두고 나왔어요. 금욕에 찌든 무승들이야 법력 없이도 미혹이 통했지만, 아미장문인에겐 교태까지 부려야 했지 뭐예요."

"무승들이 혼란에 빠진 것도 너의 짓이었더냐."

"그건 별거 아니죠. 장문인께서 흔들린 것으로 충분했어요. 어린 보현이 혜원신니를 만나 글도 못 읽는다고 답했던 사연은 사천 곳곳에서 무척 유명하죠. 너무나도 예쁘고 귀여운 일화잖아요. 똑같이 읊어주려니 어찌나 낯간지러웠는지 몰라요. 너무 노골적이어서 들킬까 봐 겁나기도 했었어요."

달기가 호호 입을 가리며 웃었다.

보현신니는 그녀의 말을 더 듣기가 힘들었다. 자책과 수치의 심마가 아미불법을 무너뜨리려고 기승을 부렸다. 중단전이 진탕되는 것을 느끼며 질끈 눈을 감았다.

"참으로 요악스럽도다."

쨍강!

보현신니가 이를 악물고 기어코 옆구리에서 포락황동추를 뽑아 던졌다. 엄지손가락 두 개가 넉넉히 들어갈 구멍이 생겼다. 관통한 부위가 까맣게 타들어가 피조차 흘러내리지 않았다.

보현신니가 허리를 펴고 여단, 즉 달기를 보았다.

달기의 얼굴은 아름다웠다.

지저분했던 얼룩만 닦아낸 것 같은데, 만면에서 환한 빛이 나는 것 같았다.

경국지색이라 했다.

주왕을 타락시켜 나라를 파멸에 이르게 한 희대의 미녀다.

달기에 대해서는 온갖 방식으로 변주된 전설들이 있지만, 그 모두는 결국 요(妖)라는 한 글자로 귀결되었다.

요(夭)는 어리고 젊어 교태를 부리는 모양을 상형하지만, 부정한 재앙과 일찍 죽음을 뜻하기도 한다. 요(妖)는 그러한 글자에 계집 여(女)가 합쳐진 글자다.

즉, 달기는 곧 요(妖)의 화신이자, 뜻과 모습 그 자체였다. 고대의 근원이며 그만큼 위험한 대악(大惡)이었다.

"내 지고한 부처님의 법력으로 마귀를 제압하겠다."

"부처님, 부처님 하지 마요. 난 석가모니보다도 오래된 존재거든요."

보현신니가 항룡모니인을 전개했다.

달기가 유연하게 손을 내저었다. 보현신니의 항룡모니인이 크게 빗나갔다. 공력이 제대로 이어지지 않았다. 등 뒤를 받쳐 흐르던 아미금정신공의 서기가 거의 보이지 않을 만큼 희미해졌다. 보현신니가 주먹을 쥐고 투로를 전환하여 아미복호권 일권을 내뻗었다. 장문인이 구사하는 복호권은 복호승의 기본 권법임에도 신공 같았다. 사위를 휩쓰는 경력이 대단했다.

하지만 그토록 강력한 아미산 권법도 달기의 몸을 건들 수는 없었다.

달기가 가슴을 요염하게 쓸어내리며 몸을 돌렸다. 그러자 후욱, 하고 아예 몸이 사라져 버렸다.

보현신니는 달기의 모습을 육안으로 포착할 수 없었다.

터엉!

귀신처럼 측면에서 나타난 달기의 섬섬옥수가 하늘하늘 나비처럼 날아들어 보현신니의 어깨를 쳤다. 보현신니가 꿍꿍 진각을 찍으며 뒤로 물러났다.

울컥, 보현신니가 입에서 피를 토했다.

"요술을 쓰다니!"

"요술이야 처음 뵈었을 때부터 썼죠."

달기가 두 팔을 머리 위로 올렸다가 허리를 부드럽게 돌렸다. 누추한 촌민의 옷자락인데도 굴곡 있는 몸매가 기이하게 두드러졌다.

그녀는 그렇게 춤을 췄다.

한쪽 어깨의 옷자락이 사라락 흘러내렸다. 완만히 뻗은 쇄골 끝에 둥근 어깨가 매끄러웠다. 보현신니는 그 춤에서 불가 제자의 부동심마저 파괴하는 강력한 마력을 느낄 수 있었다. 오늘 느낀 모든 심마가 이 달기에게서 비롯되었음을 깨달았다.

그녀는 옷을 입었는데도 마치 나신으로 춤추는 것 같았다. 불가 여승으로 오욕칠정에 초탈했다 했거늘, 달기는 마 중의 마라 할 만큼 매혹적이었다.

"파사(破邪)!"

보현신니는 할 수 있는 것이 많지 않았다.

항마후 일갈과 함께 몸을 날려 주먹을 내칠 뿐이었다.

깔깔깔깔! 하하하하!

보현신니는 환청을 들었다.

황홀하고 음탕한 노랫소리가 귓전을 울렸다.

주지육림으로 나라를 파탄케 한 악녀는 포락지형으로 사람을 태워 죽이며 북리지무(北里之舞)와 미미지악(靡靡之樂) 음란한 가무를 즐겼다.

무(武)와 무(舞)는 종종 하나 되어 같은 힘을 지닐 때가 있었다. 달기의 북리지무는 그 연원처럼 파국의 무공이 되었다. 유능제강 같은 무리로 설명할 수 없었다. 요기가 정기를 오염시켰다. 보현신니의 무공공부가 속절없이 무너졌다.

파앙!

섬섬옥수가 골반을 음탕하게 쓰다듬었다. 훌쩍 올라갔다 내려치는 달기의 손이 보현신니의 허벅지를 내리찍었다. 콰직, 하고 보현신니의 우측 무릎에서 끔찍한 소리가 터졌다.

보현신니는 더 이상 오른발로 진각을 밟을 수 없었다. 보현신니의 투로가 뚝뚝 끊기기 시작했다.

'졌다.'

보현신니의 눈빛이 암담해졌다.

애초에 첫 암습에서 승부는 났다.

포락이라 함은, 사람으로 하여금 불에 달궈 기름을 바른 구리기둥 위를 걷도록 하여, 미끄러지면 불구덩이로 떨어져 타죽게 만드는 형벌이라 했다.

포락황동추도 이름을 딴 형벌처럼 끔찍했다.

사람의 팔뚝 길이밖에 되지 않는 송곳이었지만, 포락주술이 발동한 송곳의 열기는 화술극의인 이즉의 겁화에 맞먹는다 했다. 보현신니는 그것을 내공으로 억누르고 뽑아냈을 뿐 아니라 아미권장 무공까지 펼쳤다.

구파장문인의 위용이었다. 하지만 그토록 강력한 무공에도 한계는 명백했다.

퍼억!

일장을 허용한 보현신니의 몸이 크게 흔들렸다.

그 일격이 아미 장문인을 삼도천 죽음의 강 위에 올렸다.

막대한 내상을 감안하면 오래 버틴 셈이었다. 달기의 요염한 몸이 보현신니의 검박한 가사 자락을 뱀처럼 휘감았다.

마치 연인을 껴안듯이 보현신니의 몸을 안았다. 그러더니 한순간 달기의 손이 보현신니의 복부를 파고들었다.

푸욱!

요괴의 손이 보현신니의 배를 갈랐다. 가느다란 손가락이 내장을 헤집었다. 보현신니의 몸이 축 늘어졌다.

달기가 배에서 뺀 두 손으로 보현신니의 얼굴을 감쌌다.

"관세음…… 보…… 살……."

보현신니는 아미승려답게 마지막 순간 불호를 읊었다.

두 눈이 급격히 흐려지고 있었다.

"아아, 아미산 아름답고 고결한 그대는 이렇게 스러지네요. 그 부드러운 혀로 진심을 담아 처음 본 저를 구하고 아껴줬을 땐, 이 달기의 마음마저도 참으로 기껍고 행복했답니다. 내세엔 정말로 내 사부가 되어 주세요."

달기가 보현신니의 얼굴을 끌어당겨 가슴에 안았다. 피와 기름으로 번들거리는 손가락이 파르라니 깎은 보현신니의 머리에 핏자국을 냈다.

우드득!

달기의 손이 잔인하게 움직였다.

아미장문인 보현신니의 목과 얼굴이 반대로 꺾였다. 십방보살은 뒤에 달린 얼굴로도 세상을 밝혔지만, 보현신니는 부처가 되지 못한 사람이었다.

보현신니는 그렇게 수행으로 해탈치 못한 채, 신마맹이 보유한 최악의 요녀에게 살해당하고 말았다.

보현신니의 죽음은, 아미파 전체에 엄청난 충격을 몰고 왔다.

당연한 일이었다.

장문인을 부르짖는 소리가 사방에서 들렸다. 달기는 그 앞에서 웃었다.

사기는 땅에 떨어졌고, 복호승은 하나둘씩 쓰러졌다.

홍춘효우 의현이 보현신니의 죽음을 감지하고 눈물을 뿌리며 말을 달려오던 그때, 찬연한 빛 무리를 일으키며, 그가 왔다.

*　　　*　　　*

비가 내렸다.

동트는 시간에도 밤을 몰아내지 못하는 것처럼 깜깜했다. 며칠 전부터 민강 수원(水原) 지역에 호우가 쏟아졌다 하였다.

물이 많이 불어났다. 도강언과 복룡담 수위도 계속 올라갔다.

동쪽 하늘에서 먹구름 가려진 태양이 어둡게 올라왔을 때쯤이었다.

복룡담 깊은 물에서 거대한 물보라가 치솟았다. 그 안에서 무언가가 튀어나와 포효하고는 다시 물속으로 잠겨 들었다.

그것은 호풍환우를 부르며 하늘로 승천하는 강대한 용(龍)과 비슷하면서도 달랐다. 크기가 크지 않았다. 머리부터 꼬리까지는 대략 오 장 정도로 보였다. 물보라와 함께 아주 잠시 모습을 드러냈을 뿐, 그 형체를 제대로 본 촌민들은 그리 많지 않았다.

대신 요기(妖氣)가 엄청났다.

그것을 본 백성들은 그것이 뿜어내는 불길함에 극심한 공포심을 느꼈다. 그런 성질의 마기(魔氣)는 무공이나 술법을 익히지 않은 보통 사람들에게 더 큰 영향을 미칠 수 있었다. 나루터에서 비를 맞으며 배를 끌어 올리고 급하게 물건을 옮기던 민초들이 땅바닥에 주저앉았다. 비명을 지르며 마을로 달려가는 자들도 여럿이었다.

천둥이 쳤다. 번개가 회색 하늘을 갈랐다. 쏟아지는 비와 함께 물가로 번들거리는 그림자들이 스멀스멀 기어 나왔다. 박요어들이었다. 이들 수요괴들은 지금껏 밤을 틈타 뭍으로 올라왔지만, 오늘은 달랐다. 복룡담 해저에서 깨어나 물속을 유영하는 존재 때문인 것 같았다. 높은 하늘에서 내려온 빗방울이 한 자루 청룡언월도 칼날에 떨어져 작은 물방울로 흩어졌다. 청룡언월도 비껴들고, 자갈밭을 저벅저벅 걸었다.

"가자."

장팔사모 등에 멘 장익이 그의 옆에서 무겁게 땅을 밟았다.

박요어들이 이빨을 드러내고 달려왔다.

둥. 둥. 둥.

북소리가 들렸다.

두 거구의 용장 뒤로 비룡각 창술무인 백 명이 비를 맞았다.

관승과 장익이 땅을 박찼다.

모두가 물과 요괴들을 향해 달리기 시작했다.

*   *   *

단운룡이 아미파를 보았다.

위태위태했다.

'늦었군.'

어쩔 수 없었다. 양무의는 할 수 있는 것을 다했다. 결국은 거리와 시간문제다. 이게 한계였다.

'시간이 없어.'

복룡담 쪽에서는 지금쯤 변고가 일어났을 것이다.

그게 양무의의 예상이었고, 단운룡은 항상 양무의를 믿었다.

거기서 여기, 그리고 다시 여기서 거기로 돌아가려면 최대한 빠르게 이곳을 정리해야 했다.

단운룡의 눈이 전장을 훑었다.

아미파는 과연 구파라, 고수들이 많았다. 눈에 띄는 것만도 열 명이 넘었다. 그중에서도 이미 보고받은 바 있었던 보국신승이나 보광호승은 그 실력이 발군이었다.

상대가 나빴다.

신마맹 무인들의 목표는 명백했다.

그들의 목표는 장로 이상의 고수가 아니었다. 전력 배치가 그랬다.

신마맹 인피면구 가면들은 좌충우돌 싸우는 듯했지만, 아주 교묘하게 아미파의 고수들을 잡아두고 있었다.

남은 전력은 철저하게 복호승들과 무승들을 노렸다.

아미파는 그걸 보지 못한 것 같다. 간파했다 하더라도 제대로 대응을 못 하고 있다. 술법무공을 사용하는 자들의 전략적 움직임이 아주 정밀했다.

하지만 진짜 문제는 따로 있었다.

'살기가 부족해.'

아미파의 무공 성질 자체가 그러하다.

상대는 한 명이라도 더 죽이려고 살수를 무한정 뿌리고 있는데, 아미파 무승들은 투로가 정직한 정통무공으로 싸우고 있다. 변칙과 살수를 능숙하게 구사하지 못했다.

복호승은 그것보다 낫다. 강호경험이 풍부한 이들은 일격일타로 사람을 죽일 수 있는 급소를 확실하게 노렸다. 그나마 보국신승과 보광호승이라도 있어서 다행이다. 그들은 살인의 전문가처럼 싸웠다. 특히 보국신승의 항마도가 기막혔다.

그래도 부족하다. 이들 모두는 살기를 끌어 올리는 데 준비시간이라도 필요한 것처럼, 늦게 발동이 걸렸다. 싸우는 것을 처음부터 보지 않았어도 알 수 있었다. 그렇게 살계를 열 때쯤에 충격이 온 아미파를 휩쓸었다. 그 충격은 이 전장의 중심에서부터 몹시 잔인하게 퍼져나갔다.

'무의가 말한 것이 저거군.'

그가 그녀를 보며 생각했다.

전황 분석이 끝났다. 생각은 길었지만 걸린 시간은 찰나에 불과했다.

그 충격의 진원지에서 그녀는 처음부터 단운룡을 보고 있었다.

이곳에 당도한 순간부터 시선을 느꼈다.

상단전을 파고들려는 기묘한 파장도 감지했다. 광극진기로 날려 버렸다.

단운룡이 그쪽으로 걸어갔다.

매료의 기운을 사방으로 퍼뜨리는 소녀도 동시에 발을 옮겼다. 그녀가 단운룡 쪽으로 다가왔다. 적아를 가리지 않고 길이 열렸다. 재미있는 비술을 구사하는 상대였다.

"당신은 뭐죠?"

"알 필요가 있나?"

단운룡은 반문했다.

요기가 넘쳐흘렀다. 저 얼굴도 나이도 진짜인지 모르겠다. 가면은 없었지만, 없이도 능력은 충분했다.

"문답무용인 남자는 보통 매력이 없죠."

달기가 몸을 요염하게 비틀며 말했다.

단운룡은 대꾸해 줄 생각이 없었다. 이 여자는 위험했다. 양무의가 말했던 몇 개의 이름이 머릿속을 스쳤다.

'요마련의 수좌는 신화 속 염라대왕이고, 그 휘하에는 당승전설에 등장하는 요괴가면들이 주류를 이룹니다. 다른 계파로는 봉신방의 요괴선인들이 있습니다. 구룡보를 잠식한 한빙요선 원천군이란 자와 엽각주가 베었던 동천군이란 자가 그 계열이었지요. 이야기로만 짐작하자면 금오도 절교선인들이라 하는 가면들 위에 또다시 신화회 인물로 분류될 수 있는 홍균도인이나 원시천존 같은 이들이 있을 수 있습니다. 이들은 실제로 신화적 계층관계로 보았을 때 옥황보다도 우위에 있을 수 있는 이름들일 겁니다. 그러나 이들은 신화회 전면에 나선 적이 없고, 전대에서도 강호에 출현한 기록이 전무합니다. 이

시대에도 존재치 않을 가능성이 높겠지요. 신마맹 측 봉신방 신선들이 얼마나 되는지는 모르겠지만, 원천군은 오 대협에게 죽었고, 동천군은 엽각주에게 죽었습니다. 지금의 문주에게 는 상대가 되지 않았을 자들입니다. 그러니 더더욱 수좌급 인 물들의 존재 가능성을 고려해야 합니다. 통천교주가 대표적인 자로, 그 외에는 여와나 달기도 있을 수 있습니다. 신마맹 가 면들의 힘이 전설적 명성과 어느 정도 비례한다고 본다면, 이 들은 다분히 위협적인 상대가 될 것입니다. 물론, 존재할 경우 에요.'

단운룡은 곧바로 두 주먹을 가슴 앞에 모았다.

광핵격발 마신발동이다.

단운룡의 발밑에서 타원과 동심원의 기운이 퍼져나갔다.

"무례하셔라. 제 이름은 달기라 해요. 사실 봉신전설의 모 든 이야기는 저로부터 비롯되었답니다."

역사 속의 인물이다. 역시 양무의가 언급했던 가능성을 벗 어나지 않았다.

그녀가 춤추듯 하늘거리며 단운룡에게 다가왔다.

아주 퇴폐적으로 보였지만, 손동작과 발걸음에 실린 묘리가 예사롭지 않았다.

단운룡은 그런 그녀의 움직임에서 스칸다의 신무(神舞)를 떠올렸다. 그녀는 아주 빠르게 가까워졌다. 그녀의 손이 단운 룡의 얼굴을 쓰다듬을 듯, 부드럽게 올라왔다.

섬섬옥수였지만, 손에 실린 경력이 엄청났다.

내공방벽이 강력한 고수가 아니라면 얼굴이 통째로 날아갈 것이다. 단운룡은 진각을 밟으며 간결하게 손을 내쳤다. 그녀의 손이 빠른 듯 느린 듯 안쪽으로 휘돌았다. 단운룡은 마광각을 전개했다. 마신의 파동역장이 주위를 지배했다.

"어머나."

달기는 파동역장 안에서도 자유로워 보였다. 그녀의 춤에는 국가파멸의 전설이 담겨 있었다. 손과 옷소매가 사람의 몸을 가르는 칼날이 되고, 허리와 발의 내침이 사람의 심장을 터뜨리는 철망치가 되었다.

단운룡은 발끝을 내차고 팔을 뻗으며 단순한 공격을 전개했다.

책장을 넘기듯 두 사람의 동작이 교차했다.

아주 자연스러웠다. 크리슈나와 합을 이루었던 그때의 무공이었다.

달기와 단운룡은 충격파와 폭음 없이 공방을 교환했다. 공격과 방어는 그 자체로 아름다웠다. 달기가 먼저 물러났다. 그녀는 누구라도 홀릴 것 같은 봉목을 어느 때보다 크게 뜨고 있었다. 붉고 매혹적인 입술에서는 경악성이 흘러나왔다.

"인신 각성 없이 나와 같은 신격무무(神格舞武)에 닿아 있다구요? 공허도약(空虛跳躍)도 진짜였군요!"

신격무무나 공허도약이나 단운룡에겐 익숙하지 않은 명칭

이다.

어떻게 부르나 결국 그 끝은 궁극의 깨달음인 것을.

"그만하고 끝내자."

단운룡이 앞으로 나아갔다.

"위타천의?"

그의 신형이 분절되듯 끊어지며 거리를 좁혔다. 그녀의 목소리엔 더 이상 조롱이나 여유가 없었다. 그녀는 감히 마주받지 못하고 계속 뒤로 물러났다. 춤추는 듯 뒷걸음치면서도 위타천 신법에서 벗어나는 것이 실로 놀라웠다. 무무(舞武)라는 지난바 무공이 지금껏 싸웠던 그 어떤 요마런 괴수들보다 뛰어났다.

퍼엉! 콰아아앙!

달기를 쫓아 전장의 중심부로 들어갔다. 십천군 중 손천군이 화혈진격이라며 붉은색 기운을 뿜어왔다. 단운룡은 독기를 느꼈다. 그의 몸이 일순간 사라졌다.

"피햇!"

달기가 소리쳤다.

단운룡은 이미 손천군의 등 뒤에서 그의 어깨를 잡고 있었다. 광신마체 마신을 최대 개방한 단운룡은 그야말로 막강했다. 어지간한 안력으로는 움직임을 잡을 수 없었고, 출수했을 때는 이미 방어 불가였다.

우직! 손천군의 어깨가 바스러졌다.

달기의 몸이 훅 꺼지더니 암습을 가하듯 단운룡의 사각으로 짓쳐들었다. 단운룡은 보지도 않고 내차는 마신마광각으로 달기의 접근을 막고 그대로 손천군의 몸을 뒤쪽을 향해 던져 버렸다.

쿠당탕, 손천군이 땅을 굴렀다. 명명창을 든 복호승들 한가운데였다. 단운룡이 소리쳤다.

"창으로 찍어 죽여!!"

단운룡의 목소리엔 광극진기가 담겼다. 그의 목소리가 복호승들의 머리를 파고들었다. 복호승들은 대오각성한 무인들처럼 빠르게 창을 들어 손천군을 내리찍었다.

콰직!

"크악!"

손천군의 가슴에 명명창이 박혀들었다.

복호승은 진실로 살심을 일으키고 있었다. 명명창 창대를 한 번 비틀며 손천군의 죽음을 확실히 했다.

"그거다! 모두 죽일 마음으로 싸워라!"

단운룡이 목소리는 사자후나 항마후처럼 웅혼하지 않았지만, 전격처럼 날카롭게 아미파 모두의 귓전을 파고들었다.

그의 말이 아미파 무승들의 충격을 살심으로 바꿨다.

푸른 가면과 동자 가면이 살수를 쓰는 만큼, 복호승과 무승들도 일격필살의 무공을 쏟아내기 시작했다.

넘어진 자에게 칼을 꽂고, 등 돌린 자의 등줄기를 부쉈다.

합공도 서슴지 않았다.

싸움의 양상이 달라졌다.

그 전에는 그러지 않았다는 말이다.

그게 구대문파의 고질적인 약점인지는 알 수 없었다.

단운룡은 그것부터 깨려 했다. 그가 지닌 막강한 무공보다 그의 목소리가 더 강했다.

비로소 살계가 한껏 열린 아미파는 전과 다른 문파가 되었다.

밀리고 있던 아미파는 당하기 전에 더 죽였다. 전세가 빠르게 기울어졌다.

"그대는 무서운 남자군요!"

달기는 속수무책으로 밀려났다.

단운룡은 말없이 전진했다.

앞으로 나아가던 단운룡이 한쪽으로 손을 쭉 뻗었다. 보존 선승 장로를 죽였던 왕천군은 강철로 만든 팔패경을 들고 있었다. 왕천군의 팔이 훅 잡아당겨졌다. 왕천군이 대경하여 주술을 외울 때, 단운룡은 이미 달기의 정면에서 사라진 뒤였다.

퍼억!

왕천군의 팔이 통째로 날아갔다.

달기를 몰아치며 십천군 가면을 죽였다.

달기의 얼굴이 창백해졌다.

전세가 급격히 기울기 시작했다. 달기가 간간이 반격을 시도했다. 마신의 파동역장을 뚫고 접근할 만큼 쇄도 능력이 좋았다. 단운룡의 공격을 춤사위로 피해낼 만큼의 무공도 있었다.

그래도 단운룡의 강함이 과했다.

넘치고 넘쳐 봉신방 최강급 가면의 위력을 크게 상회했다.

조국구와 한상자가 나섰다.

그들이 등 뒤에서 단운룡을 노리고 각자의 절기를 펼쳤다.

"이 놈이다!"

"네가 철괴리를 죽였구나!"

중원팔선 둘과 고대 악녀 달기, 삼 대 일의 싸움이다.

단운룡은 뒤를 돌아보지 않고도 상황을 알았다.

그리고 그 뒤, 머나먼 곳까지 보았다.

광극진기를 극성으로 끌어 올린 상태가 유지되자, 예지력이 발동되었다. 복룡담에서도 싸움이 시작되고 있다. 단운룡은 그쪽 또한 전황이 만만치 않을 것을 알았다.

시간이 없었다.

그는 아미파와 같은 실수를 할 생각이 전혀 없었다.

단운룡이 손을 들었다.

가슴 높이로 들어 올린 오른손의 손바닥은 땅을 향하고 있었다.

속전속결이란 말은 이 정도는 되어야 쓸 수 있다.

"나와라."

파지지지직!

아무것도 없는 손 아래에서 전광(電光)이 일었다.

비어 있던 공간이 쪼개지고 부서졌다. 한 자루 빛나는 빛 무리가 전광 안에서 모습을 드러냈다.

항산에서처럼은 아니었다.

빛 무리는 더 가늘고 길쭉해졌다.

광극진기 용량은 더 줄였다. 위력은 절반 이하다.

당연히 진기 소모는 적다.

단운룡의 손과 빛의 검이 하나가 되었다.

"죽는다."

단운룡이 말했다. 그것은 위협이 아닌 선언이었다.

*   *   *

달기전설은 애초에 천년의 여우요괴가 사람인 달기를 죽이고 그녀의 탈을 뒤집어쓴 것으로부터 시작되었다.

사람이 요괴 가면을 쓴 것이 아니라 요괴가 사람 가면을 쓴 셈이다.

가장 오래된 가면전설의 주인인 그녀는 단운룡의 선언에 크나큰 위기감을 느꼈다. 삼천사백팔십사 년의 설화적 생이 이 순간 끊길 수도 있겠다고 생각했다.

법력이란 생몰의 시간과 무조건 비례하는 것이 아니었다.

그녀는 오래전 지금보다 강했던 시대가 있었고, 가까운 과거에 지금보다 약했던 시절이 있었다. 죽음과 부활 같은 봉인과 각성을 거치며 이 시대까지 왔다.

오늘 그녀가 쓴 탈은 이 어린 인간을 이길 수 없었다.

그녀가 두고 온 가면으로 육체 강화와 신력각성을 거쳐도 죽일 수 있다는 확신이 없다. 미완성이나마 공허도약의 우주금기를 구사하는 데다가 신력구현의 광력비기까지 쓴다. 긴 세월 동안 더 강한 자를 많이 보았으나, 이런 것이 가능한 자는 몇 없었다. 섭리하에 있는 존재라면 신조차 무섭지 않으나, 섭리 바깥에 닿을 수 있는 능력은 온전히 개화하지 않은 미물이라도 두려워해야 마땅했다.

"날 지켜!"

그녀의 목소리가 파장처럼 사위로 퍼져나갔다.

남아 있는 천군들 전원이 무서운 기세로 날아들었다. 보국신승과 싸우던 진천군은 항마도에 등허리를 맞으면서도 땅을 박찼다. 장천군과 함께 보광호승을 이 대 일로 맞서던 조천군은 몸을 돌리는 와중에 보광의 명명창을 정통으로 맞았다. 즉사였다.

천금매소 미녀의 한 마디는 왕으로 하여금 충신을 심장을 도려내게 만들었다. 금오도 천군들의 공격이 단운룡에게로 집중되었다. 푸른 가면과 동자 자면들도 미친 듯이 달려들었다. 심지어 무승들까지도 움찔 그녀 쪽으로 몸을 돌리는 이들이 있었다.

'진즉부터 심었건만.'

아미본산에 귀찮은 계집이 버티고 있어 요력간섭을 완벽하게 각인하지 못했다. 와옥산에 주선미혹진을 펼쳐놓았던 것이 그나마 씨앗으로 남아서 이용할 수 있었지만, 귀찮기 짝이 없는 불문 법력의 힘으로 섭혼력이 너무 많이 희석되었다.

거기까진 괜찮았다.

목표 위치까지만 제대로 유도했으면 동트기 전에 끝났을 싸움이었다.

광문현에는 통천만선진이 있었다.

철저하게 준비했던 공격이었다. 단심맹이 전해 온 전력 평가도 완벽했고, 흑림이 협조해 준 어촌에서부터 꾸준히 홍분법술을 펼쳤다.

아미장문이 걸려들지 않았어도 관계없었다.

만선진만 제대로 쓸 수 있었어도 능히 아미파 주력을 몰살시킬 수 있었을 것이고, 미심쩍어했던 그 깜찍한 옥황에게도 보란 듯이 결과를 들이밀 수 있었을 것이다.

새벽에 이동속도가 흐트러지면서 계획이 틀어졌다.

그 결과가 이것이었다.

콰직!

빛과 함께 조국구의 법구인 팔선옥판이 산산조각으로 부서지고 있었다. 빛이 한 번 더 사위를 휩쓸자, 한상자의 목이 그대로 날아갔다.

떼를 지어 달려든 푸른 가면들이 한꺼번에 반 토막이 났다.

천군 중에 가장 먼저 달려온 장천군이 광검의 앞을 막았다.

일합도 버티지 못했다. 원천군이 구룡보를 장악했었듯, 감숙 남부의 강호 풍남방을 휘어잡고 있었던 그가 일격에 두 동강이 났다.

달기는 광검의 빛이 눈부시게 눈앞을 채우는 순간부터 이미 땅을 박차고 있었다.

방향은 당연히 그와 반대 방향이었다.

"진천군! 따라와!"

도주를 감행하지만, 쉽지 않을 거라 생각했다.

상대가 진실로 공허도약을 구사한다고 하면, 도주도 아무 소용이 없었다.

저만큼의 축기규격으로 제대로 된 공허도약을 사용할 수 있을 리 만무했지만, 천년 단위의 안목도 항상 옳은 것은 아니었다. 어긋나지 않을 만한 것이 어긋날 때 죽음을 맞이한다는 것은 길고도 긴 세월의 경험을 통해 누구보다 잘 알고 있었다.

그래서 진천군을 불렀다.

마지막 방패막이 하나 정도는 들고 뛰어야 했다.

달기는 전속력으로 달렸다.

퍼억!

등 뒤에서 짧고 굵은 파열음이 들렸다. 옥판이 먼저 날아간 조국구가 머리마저 잃고 허물어지는 소리였다.

번쩍이는 섬광이 시야 후방으로부터 번져 보였다.

비라도 쏟아질 듯 하늘이 흐릿했다. 그래도 주위는 밝았다.

달기는 빛과 멀어지며 생각했다.

이백 년 넘게 가면에서 나오지 못했다. 저런 광력비기를 마지막으로 본 것이 오래다. 거의 삼백 년을 헤아렸다.

지난 백 년간 그 이전의 수백 년과 비할 데 없이 많은 신력들이 쏟아져 나왔다고 들었다. 그 시대의 유산을 직접 본 것은 이번이 처음이었다.

저런 것을 만났으면 맞서 싸울 필요가 없다.

천 년 전만 해도, 목숨을 걸어봤을 것이다. 세월만큼 똑똑해져야 했다. 지금 쓴 탈을 잃으면 적합자를 찾을 때까지 또 일이백이다. 다음 생엔 아미파 같은 절간에 들어가 산사 전체를 타락시키는 것도 재미있겠다 싶었지만, 아직 그럴 준비가 안 되었다. 너무 조금밖에 못 웃었다.

세상이 뒤로 휙휙 밀려났다.

진천군은 그녀보다 느렸다. 한참 뒤처졌다. 거리는 점점 벌어졌다. 보국진인의 항마도에 베여 피를 흘리면서도 전력을 다해 경공을 펼쳤다. 금오도 수좌라 했지만 개처럼 따라오는 모습이 허망했다.

원래 그런 것이다.

살아남기 위하여 그녀가 천하 최강일 필요는 없었다. 그녀는 혼란의 조장자이자, 비극의 유희자면 족했다. 태생이 그러했다. 삶도 다를 바 없었다. 이미 생(生)이 진실하지 않은 허였지만, 원래 그러한 진실을 바꿀 이유도, 의지도 존재치 않았다.

충분히 멀리 왔다.

확신이 든 다음에야 뒤를 돌아보았다.

빛 무리가 잠잠해지고 있었다.

당연한 일이다. 저 정도 광력비기는 인간이 오래 들고 있을 게 못 된다. 대신 천군들 모두가 죽었다. 도선계 팔선 둘도 살아남지 못했다.

금오도 천군들 따위는 크게 아깝지 않았다.

원천군처럼 제몫을 잘했던 놈도 있고, 동천군처럼 기련산에서 백수문 따위와 어울리던 놈도 있었다. 이를 악물고 이 앞까지 따라온 진천군도 썩 만족스러운 수하는 아니었다. 차라리 저기 두고 온 포락황동추가 더 아까웠다.

어쨌든 살았다.

그렇게 생각했다.

그 순간 그녀는 시선을 느꼈다.

온몸이 오싹해졌다.

저기 아미파 한가운데서 광력비기를 쓰는 금기의 인간이 그를 보고 있었다.

공허도약은 시야가 닿는 곳까지의 거리를 가볍게 무시한다. 반대급부로 공허가 열리면 귀문까지 개방될 수 있으나, 아직 그 정도로 개화하진 못했다. 그럴 거다. 그래야 했다.

달기는 확신하면서 동시에 위기감을 느꼈다.

죽는다.

저 어린 것의 목소리가 다시 귓전에 울리는 것 같았다.

저것의 능력을 잘못 가늠했다.

이제야 이유를 알았다.

법구가 있다. 파동 증폭이 가능하고, 광력 운용을 극대화할 수 있는 신력법구를 지녔다. 그러한 신기(神器)를 입고 있었다.

그로 말미암아 불가능이 가능해진다.

빛이 피어올랐다.

광도(光道)가 열리려 했다.

'안 돼.'

그녀는 도주가 불가능함을 깨달았다.

세월의 힘으로 모든 신통력을 열어젖혔다. 망국의 신이었던 과거로부터 무림사 한구석에서 이제 막 꽃을 피운 현재까지 그녀가 가능한 모든 것을 한순간에 늘어놓았다.

'찾았다.'

세상에 그녀를 내린 섭리는 좀처럼 그녀를 포기하지 않았다. 이 순간 목숨을 건질 수 있는 유일한 악운(惡運)이 그녀에게 오고 있었다.

"진천군!"

달기가 마지막 남은 금오도 요선을 불렀다.

"서쪽, 들판!"

진천군은 충실한 신하처럼 명령에 복종했다. 그가 곧바로 땅을 박찼다. 금오도 수좌라 했던 만큼, 상처 입은 몸으로도 빨랐다.

죽음을 예고한 상대도 그녀가 감지한 것을 똑같이 감지했다.

서쪽 들판에서 말을 타고 달려오는 계집이 있었다.

진천군은 그쪽으로 달렸다. 거리가 멀지 않았다.

아주 발칙하고, 성가신 계집이었다.

눈엣가시 같았던 것이 이제 와 그녀의 목숨을 살렸다. 그녀는 차고 이지러짐 없기 위해 애쓰는 섭리를 아주 오래전부터 사랑해 왔다. 섭리 때문에 죽었지만, 여전히 세상엔 살육과 음란이 필요했다. 그것이 부족하다 느끼면, 언제나 섭리는 그녀를 다시 세상에 내놓았다.

웃음이 나왔다.

기마를 달리는 계집 곁에 하얀 옷을 입은 승려가 보였다. 계집의 무공은 형편없었고, 승려의 힘은 육신에 숨겨져 발현 형태가 기이했지만, 진천군이라면 둘 다 죽일 수 있었다. 그리고 그 사실은 금기의 힘을 쥔 저 어린것도 알 것이다.

우우웅.

피어오르는 빛이 변화했다.

그녀에게 향했던 광도가 닫혔다.

그녀는 그것을 감지하자마자 반대 방향으로 다시 몸을 날렸다.

이번에는 잡히지 않을 것이다.

생을 확신했다.

진천군이 기마 여승에게 다다르기까지는 촌각의 시간도 필요치 않았다. 누군가가 계획한 바도 아니요, 그저 그렇게 된 것이 지금의 운이었다.

"위험해!"

여인의 경호성이 들판을 울렸다.

그녀는 백의승려가 그녀 대신 싸우는 것이 싫었다.

백의승려는 용감하게 앞으로 나섰다. 그가 깃발을 휘두르는 자에 맞섰다.

퍼억!

진천군은 강했다.

깃발을 한 번 휘돌리고 깃대를 수직으로 내리쳤다. 백의승려는 적수공권이었다. 기마조차 타지 않고, 이 긴긴 거리를 달려온 승려는 몸 상태가 만전일 수 없었다.

터엉!

깃대에 두 번이나 얻어맞았다.

백의 승려가 땅바닥을 굴렀다.

"백웅!"

여승의 얼굴이 울상이 되었다.

진천군이 그녀에게로 몸을 돌렸다.

소녀 티도 아직 다 벗지 못한 그녀에겐 고수에 맞설 무공이 없었다. 그녀의 항마력은 유래 없이 훌륭한 이능(異能)이었지만, 상대는 신마맹 금오도 십천군의 수좌였다. 일초지적도 될 수 없었다.

"홍춘효우였군."

진천군이 말했다.

그는 달기가 왜 자신을 여기로 보냈는지 진짜 이유를 알지 못했다.

보는 순간, 나름대로 납득했다.

여승은 홍춘효우 의현이었다.

진천군은 이 어린 여승을 익히 알았다. 흑림에서 저 이름을 몇 번이나 말했는지 모른다. 아미파 궤멸 계획을 수립하는 데 있어서도 상당한 걸림돌이 되었던 존재였다. 무력 외 전력이면서도 무게감이 상당했다.

"죽어줘야겠다."

진천군이 깃발을 겨누었다.

등줄기에선 선혈이 줄줄 흘러내리고 있었다. 뻗기만 하면 된다. 그때였다.

"크르르르."

짐승 소리를 들었다.

땅을 뒹굴던 백의승려가 그의 등 뒤를 뛰어들었다. 확실히 급소를 가격했다 생각했는데, 기세가 자못 사나웠다. 진천군이 무시하지 못하고 몸을 돌렸다.

콰앙!

깃대가 백의승려의 어깨에 박혀들었다.

백의승려의 몸이 움찔 밑으로 흔들렸다. 그러면서도 쓰러지지 않았다. 어깨뼈와 쇄골이 박살 났어야 하는 일격이었다. 멀쩡히 땅을 밟고 손을 휘둘러왔다.

퍼벅!

진천군이 뒤로 한 발 물러나며 다시 연환격을 가했다.

몸통으로 버티고 또다시 다가왔다.

"정체가 무엇이냐"

진천군의 미간이 좁혀졌다. 인피면구라 표정이 진짜처럼 드러났다.

백의승려는 신마맹인 그가 봐도 기이했다.

팔과 허벅지가 굵어져 있는 것 같았다. 손도 커진 것 같다. 같은 것이 아니라 실제로도 커졌다. 체격이 방금 전과 달랐다.

"크르르르르르."

입에서 나오는 소리도 인간의 그것이 아니었다. 진천군의 눈동자에 이채가 돌았다.

"아미산에 이런 게 있었나?"

단심맹 쪽에서 준 밀지에도 이런 정보는 없었다. 이런 거라면 출처가 단심맹보다는 흑림이어야 했지만, 그쪽에서도 언급한 바는 없다. 나름 잘 숨겨온 모양이었다.

그래 봐야 큰 문제는 아니다. 이 정도 육체 내구도면 어지간한 고수들까지도 상대할 수 있겠다만 그는 금오도 요선들의 수장이다. 예상 못 한 것이 튀어나왔다 해도 죽여 버리면 그만이었다.

깃대를 하늘 높이 들었다.

등허리에 입은 도상에서 제법 날카로운 통증이 올라왔다. 오늘의 싸움이 이렇게 될 줄은 몰랐지만, 구대문과 장문인을 잡았다. 이 홍춘효우까지 죽일 수 있으면 결코 실패는 아니다. 마무리로도 나쁘지 않았다.

그렇게 생각했다.

*　　　　　*　　　　　*

번쩍!

막 일격을 내려치려는데 빛이 눈앞을 어지럽혔다. 돌아보지 않아도 알 수 있었다.

그 자다.

분명히 마지막으로 확인했을 때도 아미파 한복판에 있었다. 거리는 충분했다. 이 짧은 시간에 쫓아올 위치가 절대로 아니었다.

진천군이 몸을 돌렸다.

거리와 시간의 불가능을 넘어, 그 자가 눈앞에 있었다.

감당할 수 없다는 것을 본능으로 알았지만, 만에 하나 살수 있는 가능성을 찾기 위해 무인의 두 눈으로 상대를 훑었다.

겉에 걸친 장삼이 군데군데 찢어져 있었다.

안쪽에 겹쳐 입은 옷에서는 빛 무리가 잔잔하게 일렁였다. 옷이 찢어졌다면, 상처를 입은 것일 수도 있다. 일말의 기대를 했다. 헌데 다시 보니 찢어진 것이 아니라 군데군데 타들어간 모양새였다. 구멍 뚫린 경계부엔 검은 그을림이 있었고, 점점이 빛을 내던 불씨가 막 꺼져가고 있었다.

화술진을 쓰는 천군이 누가 남아 있었던가 상황을 복기했다. 그가 달기와 함께 도주를 감행했을 때, 여러 천군들은 이미 죽음에 이르고 있었다. 상대의 힘은 실로 막강했고, 천군들은 일격조차 제대로 받아내지 못했다.

하지만 그것이 반격 자체가 불가능함을 의미하진 않았다. 금오도 천군들의 술법기는 단순한 무공이 아니기 때문이었다. 그들의 무공술법 융합기는 법구 또는 신체에 소형으로 압축하여 짜 넣은 진법술식을 기반으로 했다. 죽는 순간이나 죽

은 뒤에도 발동만 되면 충분한 위력을 발휘할 수 있다는 뜻이
었다.

'싸울 수 있다.'

상대의 기파는 처음 보았을 때와 달랐다.

중압감이 확실하게 줄어들었다.

손에 든 빛줄기도 없었고, 방출하는 파동도 선명하지 않았
다.

진천군은 마음속으로 단언했다.

겉옷이 타들어간 것은 천군들의 술법기로만 설명할 수 있
었다. 그리고 대다수의 강호인들은 그러한 법술의 파괴력을
온전히 방어할 수 없었다. 천군들이 죽으면서 발동한 진식술
법이라면 더더욱 그러했다.

펄럭!

진천군이 천절진번을 휘둘렀다. 일격에 천기감응으로 감각
을 소실시키고, 이격에 지기감응으로 몸을 분해시키며, 삼격에
는 뇌격으로 상대를 태운다. 그게 그의 절기였다.

촤자자자작!

판단 착오였다.

첫 일격으로 깃발이 갈기갈기 찢어졌다.

기량 차이가 지나치게 컸다. 진천군은 눈앞이 하얗게 변하
는 것을 느꼈다.

비로소 깨달았다.

그는 헛된 기대로 상황을 철저하게 착각하여 해석했다.

달기라는 상위 존재가 즉각적 후퇴를 감행한 그 순간을 복기해야 했다.

우지끈!

두 번째 일격이 깃대를 부러뜨렸다.

깃대만 부러진 것이 아니라, 깃대를 쥐고 있던 양팔의 뼈가 분쇄되었다.

애초에 덤비면 안 됐다.

이런 오판이 가당키나 한가. 달기의 매혹이 진천군 자신에게도 미치고 있었던 것이 아닌가 싶었다.

천절진법의 일격 또한 단운룡에게 펼칠 것이 아니라, 홍춘효우 의현을 노리는 것이 옳았다. 단운룡이 그렇게 두지도 않았겠지만, 만에 하나라도 공격이 성공했다면 그 자신이 생각했던 것처럼 아미파 공격의 목적은 기대 이상으로 달성할 수 있었을 것이다.

파지지지직!

그래도 마지막 한 수는 펼쳐야 했다.

자존심이란 것도 있었다.

동귀어진 네 글자를 떠올리며 전신 공력으로 몸과 깃발에 새겨 넣은 천절진법 술식을 발동했다. 구룡보 결전에서 오기룡에게 죽었던 한빙요선 원천군은, 한빙진과 함께 얼어붙어 자멸했다. 진천군은 봉신전설 천절진 최종기인 뇌격발출을 썼다. 그는 천군들의 수장답게 부적이나 주문 없이도 최종절진을 발동할 수 있었다. 전신법력을 제물 삼아 하늘의 뇌전을 땅 위에 불러냈다. 당연한 이야기지만, 목숨을 대가로 최종진을 써본 적은 지금껏 없었다. 전격과 함께 그의 몸이 불탔다. 전신에 치닫는 힘을 느끼며 상대는 죽이지 못하더라도 홍춘효우만큼은 확실히 데려갈 수 있을 거라 확신했다.

우우우웅!

상대는 최악 중의 최악이었다.

금오도 천군들의 최후는 봉신전설이 신선들의 강제적 화해로 허무한 결말을 맞이했던 것처럼 무의미로 점철되었다.

단운룡이 뇌격의 중심으로 몸을 날렸다.

두 주먹을 가슴 앞에 마주하고 광극진기를 끌어 올렸다. 사방으로 퍼져 나가던 뇌격이 단운룡의 파동기에 휩쓸려 한가운데로 모여들었다.

파직! 파지지지지직!

천절진 뇌전이 단운룡의 두 주먹으로 빨려들었다. 제법 기세가 사나웠지만, 범위와 위력이 순식간에 축소되었다. 뇌격은 홍춘효우 근처에도 가지 못했다. 그 앞에 선 백의 승려 바로 앞까지 이르렀다가, 단숨에 지워졌다.

진천군은 그 사실조차 알지 못했다.

그의 심장은 절진을 발동하는 순간 멈추었다. 뇌전에 피류이 불타는 통증은 느끼지도 못했다. 그의 몸이 풀썩 쓰러졌다.

단운룡이 그를 한 번 내려다보았다. 이만큼 뇌기(雷氣)를 다루는 자가 또 있을 줄은 몰랐다. 제압과 흡수는 어려운 일이 아니었으나, 전뢰술 시전자가 계속 나타난다는 것은 분명 시사하는 바가 컸다. 무공 외 비술을 지닌 자의 출현이 몇 년 새 뚜렷하게 증가하고 있음을 실감했다.

단운룡이 고개를 들고 어린 여승과 백의승려를 보았다.

이들도 마찬가지다.

둘 다 기운이 범상치 않았다.

여승의 상단전에는 일찍이 느껴본 적 없었던 맑은 기운이 비정상적인 농도로 집중되어 있었다.

단운룡은 구룡보 타격 시점 각개전투에 대한 후속보고를 기억했다.

강력한 항마력을 보유한 아미파 이능여승에 대한 사안이다. 무공도 일천한 어린 여승이 불법독경만으로 성혈교 신장귀의 마기를 무력화시켰다는 이야기였다.

'과연.'

직접 보니 과연 그럴듯했다.

능력 개화에 따라 아주 강력한 힘이 될 수 있겠다.

'게다가.'

단운룡은 백의승려도 가벼이 보지 않았다.

단숨에 그 실체를 간파했다.

백의승려는 인간이 아니었다.

인간처럼 보이지만 인간 아닌 무언가다. 기의 성질이 지금 껏 보아왔던 요괴들과 달랐다. 단운룡은 술사와 술법에 대한 경험이 많았지만, 술법적 지식이 방대하지는 않았다. 그래서 그 존재를 무엇이라 표현해야 할지 몰랐다. 군이 설명하자면 사람과 짐승이 결합되어 있는 느낌이었다. 수인(獸人) 또는 아 인(亞人)이라 불러야 할 것 같은 그 승려는 이제 단운룡을 향 하여도 이빨을 드러내고 있었다.

아마도 항거할 수 없는 존재에 대한 두려움이 표출된 반응 이었을 것이다. 단운룡은 무지한 짐승이 용(龍)을 보고 일으 키는 방어태세를 개의치 않았다.

"아미파와 함께 복룡담으로 따라 와라."

거두절미하고 그렇게 말했다.

의현의 나이는 명확치 않았으나, 아직 소녀처럼 보였고 그 잠재력은 아미파의 미래를 기대케 했다.

그러나, 단운룡은 그 힘을 미래에 쓸 생각이 없었다.

아미파는 장문인을 잃었다.

그렇기에 제몫을 해줘야 했다.

순간의 기로에서 단운룡이 선택한 것은 그녀였다.

기다릴 시간 따위 없었다. 지금 당장 꽃을 피워야 할 때였 다.

단운룡이 몸을 돌렸다.

"나무아미타불……."

의현의 목소리가 슬픔을 담고서 은은하게 사위를 울렸다.

빛 무리와 함께 단운룡이 사라졌다.

*   *   *

단운룡은 빛과 함께 움직였다.

내력소모가 아주 컸다.

마지막 천군에게서 뇌기를 흡수하지 않았더라면, 이렇게 이동하는 것도 어려웠을 것이다.

적들은 양무의의 예상만큼 강했다.

아미파를 직접 쳤으니, 무력에 자신이 있을 만도 했다.

첫 일격부터 전력을 다했다. 필사의 대적이라 상정하고, 마신진기를 극한으로 운용했다.

그걸로 기선을 잡았다.

승부를 빨리 내기 위해 광검까지 꺼냈다. 진기가 뭉텅뭉텅 깎여나갔다. 그래도 그 덕분에 적들의 핵심전력을 모조리 죽일 수 있었다.

달기라는 요녀를 놓친 것은 아까웠다.

양무의가 이전부터 우려했던 파악 외 전력이다. 아미파 장문인을 죽일 수 있는 무공을 지녔으면서 본인의 생존을 우선시했다. 위험한 상대다. 아미파가 당했듯, 단운룡을 제하면 의협비룡회 측에도 그녀에 대한 억제력이 마땅치 않았다. 그들뿐 아니라, 중원 강호 모든 문파들이 비슷할 것이다. 강호에 파란을 일으킬 마녀였다.

의현의 가능성과 달기의 위험성을 저울에 올리자면, 당연히 달기 쪽으로 기울어진다. 지금은 백이면 백 그러하다.

그래도 단운룡은 의현을 택했다. 합리적인 계산에 의한 선택은 아니었다. 의현을 죽게 놔두면 안 된다는 예감이 강하게 발동했다.

다른 이유도 있었다.

달기는 그를 보고 공허도약이라는 말을 했다.

신법도 경공도 아닌 것을 기술로 명명하지는 않았다. 도약이라는 표현은 어울린다 생각했다. 전개 순간에 느끼는 실제 감각이 그러했다.

이 '도약'이란 것은, 섬영이나 음속으로 전개하는 통상적 신법 이동과 달랐다. 위타천의 극속 신법하고도 궤를 달리했다.

지금도 복룡담으로 향하며 도약을 거듭하고 있지만, 내력 소모가 균일하지 않고 매번 소진되는 진기량이 달랐다. 어쩔 때는 거의 줄지 않았지만, 또 어쩔 때는 진기가 엄청나게 빠져나갔다. 심한 경우엔 광극진기 자체가 흐트러져 천잠보의의 힘을 빌려야 할 때도 있었다.

달기를 잡으려 했을 때도 그게 문제였다.

확신이 없었다.

광검을 써서 금오도 천군들과 팔선 둘을 죽였다. 푸른 가면과 동자 가면들을 죽이는 것은 어려운 일이 아니지만, 마신 발동 자체에서 걸리는 부하도 만만치는 않았다.

아주 짧은 시간에 지나치게 많은 힘을 써버렸다.

모험이 두렵지는 않았다.

먼저 달기를 죽이고 의현을 구했다면, 그게 최상이었을 것이고, 가능성도 충분했다.

다만, 도약이 잘못되어 진기가 파탄 났다면, 결과는 최악이 되었을 것이다.

달기는 충분히 강했다. 만전상태에서나 제압이 가능한 경지에 올라 있었다. 죽이는 데 시간이 걸리면, 의현은 그대로 확실하게 죽을 거였다.

그게 운이다.

그의 운이고, 의현의 운이고, 달기의 운이었다.

단운룡은 더 이상 가정하지 않았다.

다시 만나면 반드시 죽인다. 그러면 되는 것이다.

신마맹과의 정면 승부는 이제 겨우 시작이었다.

단운룡이 복룡담 근처에 이르렀을 때는, 먹구름에 가려진 해가 중천에 올라 있을 때였다.

내리던 비는 그쳤지만, 여전히 사위는 어둑했다. 비는 언제라도 다시 쏟아질 준비를 하고 있었다.

민강 강가에는 요괴들의 시체가 많았다.

거대한 인간 형태의 어인 요괴도 있었다. 도사 몇 명이 쓰러져 있었다. 청성파 도복이었다.

강하로 내려갔던 청성파가 다시 북상했다. 계획했던 대로다. 아미파 때 그러했듯 양무의는 언제나처럼 맡은 일을 완벽하게 해냈다.

문제는 단운룡 본인이었다.

운기조식이 필요했다.

너무 먼 거리를 단축해서 왔다. 천잠보의가 기갈 직전에 이르렀다. 본신진기도 넉넉하지 못했다.

도약을 쓸 수 없다.

마신 발동의 한계선과 같은 의미였다.

이제부터는 평상 경공으로 가야 했다.

어떤 상황이 어떻게 펼쳐질지 몰랐다. 광극진기가 소모되며, 예지 능력도 희미해진 상태였다.

단운룡은 진기를 아끼며, 섬영보를 펼쳤다. 호와 흡의 주기가 엄청나게 길어졌다. 동공 운기다. 자연기를 최대한 많이 축적해야 했다.

"아악! 괴물이다!"

"살려주세요! 도와주세요!!"

비명 소리가 들렸다.

사천성 성도 외곽 끝자락, 민강에 기대어 사는 촌락이었다.

까만 그림자들이 물에서 올라오는 것이 보였다. 박요어 요괴들이었다.

단운룡은 또 선택의 기로에 섰다.

여기까지 이런 상황이면 중심인 복룡담은 지금 격전의 장이 되어 있을 터였다. 의협비룡회 비룡각 무인들은 지금 이 순간에서도 생사의 간극에서 창을 휘두르고 있을 것이다. 서둘러 가야 했다.

"꺄악!"

"으아아앙!"

여자의 비명 소리에 이어 아이의 울음소리가 들렸다.

단운룡은 주저치 않고 마을로 몸을 날렸다.

단운룡은 다시 생각했다.

의현과 달기를 저울질했다.

그럴 게 아니었다. 살리는 것과 죽이는 것은 선택의 대상이 될 수 없었다.

의현의 미래가 더 기대되기에 살리는 것이 아니고, 달기의 위협이 우려되기에 죽이는 것이 아니다. 살려야 하기에 살리는 것이고, 아미장문처럼 죽을 자를 살리기 위해 달기를 막아야 하는 것이다.

살리는 것만이 오롯한 가치다.

단운룡은 신이 아니다. 그가 가야 의협비룡회 문도들이 사는 것이 아니었다. 의협비룡회 한 명이 앞으로 강호에서 몇 명의 목숨을 구할지는 모르겠지만, 그렇게 구하기 위해서 비룡회는 또 창을 더 휘두를 것이다.

파지지지직!

단운룡의 몸에서 뇌전이 솟아올랐다.

대낮인데도 깜깜한 낮, 섬전을 몸에 두른 그가 마을을 가로질렀다.

사람처럼 걷는 물고기 요괴가 두려움에 질린 채, 서로를 부둥켜안고 있는 어미와 아이에게 달려들고 있었다.

퍼억!

그가 뇌신극광추를 내뻗었다. 진득한 액체와 살점이 땅바닥을 수놓았다. 물고기 요괴가 머리를 잃고 땅바닥을 굴렀다.

"뒤로!"

단운룡이 소리쳤다.

모자는 크게 놀라며 비척비척 단운룡의 등 뒤로 숨었다. 어미는 감사도 제대로 표하지 못했고, 아이는 계속 울었다.

의협이라고 여기지 않았다.

해야 할 일을 했을 뿐이다. 그가 다시 땅을 박찼다.

*　　　　　*　　　　　*

막 달려오던 요괴 하나를 죽였다.

어미와 아이를 돌아보았다.

구하긴 구했는데 그 다음이 문제다.

어미는 발목이라도 접질렸는지 절뚝이고 있었고, 어린 아들은 아직 열 살도 채 되지 않았다. 데리고 다니면서 보호할 수 없었다. 움직임이 둔할 뿐 아니라, 길거리를 걷는 것 자체만으로도 위험했다.

급히 주위를 둘러보았다. 하나같이 나무로 만든 집이라 미덥지가 않았다. 그나마 골조가 튼튼해 보이는 집으로 두 사람을 집어넣었다.

어미는 데려가 달라 말하지 않았다. 맨손으로 요괴를 죽이는 사람은 요괴만큼 무서웠다. 온몸에서 번쩍번쩍 빛이 난다. 말 한 번 붙이지 못했다.

큰 나무 기둥을 두 개 뽑아서 문짝에 덧댔다. 섣불리 나오지 말고 안쪽 깊이 숨어 있으라고 당부한 후, 몸을 날렸다.

집들이 등 뒤로 휙휙 멀어졌다.

마을은 작지 않았다. 어두운 하늘 아래 풍족하지 않은 강변 촌락은 몹시도 을씨년스러웠다. 물바람이 코끝을 스쳤다. 역겨운 비린내가 났다. 피 냄새가 그 사이로 섞여들었다.

담장과 지붕을 타 넘자, 발밑으로 요괴들이 보였다. 여긴 늦었다. 다섯 마리 요괴들이 죽은 시신들을 파먹고 있었다. 사람의 배를 찢고 내장 속에 머리를 파묻었다. 끔찍했다.

단운룡이 그 한가운데로 뛰어 내렸다.

퍼억! 퍼벅! 파지지지직!

전광이 사위를 누볐다.

물고기 요괴들의 몸체가 터졌다. 내장을 먹은 내장이 쏟아졌다. 요괴 다섯 마리가 순식간에 분해되었다.

"으아아악!"

멀리서 산 사람의 비명 소리가 들렸다. 다시 몸을 날렸다. 단운룡이 지붕 위를 달렸다.

타다닥! 치이익!

뇌신 상태 그의 발밑에서 나무지붕 타는 소리가 났다.

발산형 뇌신 진기는 그 자체로도 낭비였지만 어쩔 수 없었다. 음속은 소모가 더 컸다.

물고기 요괴들은 비늘이 단단하고 움직임이 날렵했다. 순속만으로는 기동력과 파괴력이 부족할 터였다.

텅!

그의 몸이 전격을 흩뿌리며 공중을 날았다.

십여 명의 사람들이 도망치고 있었다. 요괴들은 세 마리밖에 없었지만, 번들거리는 몸체로 물방울을 흩뿌리며 뛰어오는 모습은 충분히 기괴했다.

"으악!"

요괴 하나가 막 넘어진 사람을 덮치고 있었다. 단운룡이 그대로 하늘에서 내리꽂혔다.

파지직! 퍼억!

마광각 일격으로 요괴의 반신이 허물어졌다. 매캐한 연기가 뿌옇게 일어났다.

"으, 으헉……!"

촌민의 눈으로는 비늘로 뒤덮인 요괴나 번갯불을 두르고 내려온 인간이나 크나큰 경악일 수밖에 없었다.

"처, 처, 처, 천신이시여……!"

삶을 인지한 촌민이 엎드려 빌었다. 단운룡은 앞으로 나서서 달려오는 요괴 둘을 더 죽였다. 그가 촌민에게 말했다.

"천신 같은 게 아니다. 일어나."

단운룡의 말에도 촌민은 그저 벌벌 떨었다. 도망치던 사람들이 웅성웅성 멈춰 서서 단운룡을 보고 있었다.

"튼튼한 집을 찾아서 들어가라. 문을 걸어 잠그고 버텨. 마을에 들어온 요괴들은 내가 죽이겠다."

단운룡의 목소리가 촌민들 사이를 뚜렷하게 누볐다. 엎드려 빌던 촌민이 비척비척 일어나다가 다시 고개를 조아렸다. 단운룡의 전신에서는 아직도 파직거리는 전광이 일고 있었다. 그에 따라 안에 입은 보의에서도 빛이 명멸했다.

보이는 것부터가 보통 무림인과 달랐다. 말투는 단호했고, 음성에도 힘이 있었다. 하지만 촌민들은 그에 말에 따라 숨을 집을 찾지 않고 단운룡에게로 다가왔다. 개중에 한 늙은이가 용기 내어 말했다.

"가장 야무지게 지었던 아삼네 집 문짝도 대번에 부숴졌습니다. 집 안에 들어가 숨어도 쉽게 쳐들어옵니다. 저희는 저희를 지킬 힘이 없습니다! 보호해 주십시오!"

난감했다.

늙은이를 비롯한 촌민들의 눈에는 똑같은 기대와 열망이 담겨 있었다. 다들 몰골이 말이 아니었다. 짧은 시간에 큰 고초를 겪은 모습이었다.

버리고 갈 수 없다. 그러나 데리고 다니는 것도 만만치 않았다.

문을 쉽게 부쉈다는 말도 마음에 걸렸다. 집에 숨어 있으라 한 모자의 안위 때문이었다.

"요괴들은 마을 전체에 흩어져 있다."

여기에만 있을 수 없다는 뜻이다.

안전을 확보하기 위해서는 이 요괴들을 다 죽여야 했다. 그걸 할 수 있는 사람은 여기에 단운룡밖에 없었다. 하지만, 노인의 생각은 달랐다. 노인이 열변을 토했다.

"그러니까 부탁드리는 겁니다. 어디나 다 위험합니다. 여기서 저희를 지켜주십시오!"

단운룡은 노인의 목소리에서 강력한 이기심을 읽었다.

필사적인 표정만큼 삶에 대한 애착도 깊어 보였다. 마을 다른 곳에서 죽어갈 촌민은 안중에도 없었다.

진짜 악이 이거였다.

요괴재난이 민초들에게 끼칠 수 있는 해악을 눈으로 보고 실감했다. 요괴라는 악이 낳은 두려움은 인간마저 요괴처럼 만들었다.

이 일이 천재(天災)가 아니라 인재(人災)라면, 획책한 자는 징벌을 받아야 마땅했다.

"작살이 저기 있다. 곡괭이를 들고 무기가 될 날붙이를 찾아라. 나는 손이 열 개가 아니다. 자기 몸은 자기가 지켜라."

이들은 강에 기대어 사는 어민(漁民)들이다.

작살과 갈고리 낫이 사방에 널려 있었다. 저항할 생각도 못하고 무작정 도망치기만 했다. 몸집이 다부진 남자 하나가 가장 먼저 달려가 고기작살을 손에 쥐었다. 이어 다른 남자들도 무기가 될 만한 것을 들었다.

"있는 힘껏 따라와라. 뒤처지면 죽을 수 있다."

단운룡은 그리 말하고 곧바로 몸을 날렸다.

사람들은 대경하여 단운룡의 뒤를 따랐다.

단운룡은 촌민들이 오래 생각하도록 두지 않았다. 이럴 때는 스스로 움직이게 해야 했다. 그는 신이 아니었다. 그 사실을 너무나도 잘 알았다. 그가 모두를 구할 수는 없었다. 오원의 전장에서 갑옷을 줍던, 까마득한 어린 시절에 이미 체득했던 진실이었다.

사람들을 숨을 헐떡이며 단운룡을 쫓아왔다. 단운룡은 달리면서 괴이한 토악질 소리를 내는 물고기 요괴들을 계속 죽였다. 죽이면서 구한 사람들이 뒤따르는 촌민 무리에 더해졌다.

관아 앞, 마을 공터에 한 무리의 사람들이 더 있었다. 백부

장은커녕 이십 명도 채우지 못했던 관병들은 진즉에 거의 다 죽어 넘어진 상태였다. 용케 죽인 요괴들 시체가 둘이나 보였다. 요괴들은 십 수 마리에 이르렀고, 보이는 사람들의 절반은 이미 피투성이로 쓰러져 있었다. 살아 움직이는 절반은 절망에 빠져 뿔뿔이 흩어지는 중이었다.

"이쪽으로 달려와!"

단운룡의 일갈이 사위를 휩쓸었다.

공포에 질린 상태로 정처 없이 뛰던 사람들에게 목표가 생겼다. 가까이 있던 자들이 먼저 단운룡을 향해 달려왔다. 멀리 있는 자들은 어쩔 줄을 몰라 했다. 요괴 무리가 공터 중앙에 있었다.

단운룡은 곧바로 요괴들을 향해 몸을 던졌다.

파지지직! 콰아아앙!

폭음이 터졌다.

광뢰포 일격이 사람들을 한 번 더 일깨웠다. 흩어지던 사람들이 빙 둘러 한 곳으로 모였다. 뒤쪽으로 무기를 든 촌민들이 달려와 합류했다.

촌민 무리가 삼십 명을 넘겼다. 하지만 그래도 부족했다. 사방에서 죽어가는 소리가 들렸다.

'문도들이 있어야 해.'

그 혼자서는 마을 하나도 온전하게 구할 수가 없었다.

요괴들의 요기가 곳곳에서 느껴졌다.

마을 깊이 들어와 어느 곳도 안전하지 않았다.

요괴들 외에 다른 잡스런 기운들도 있었다. 내공을 익힌 무인들의 기였다.

도사들의 청정한 기도와 달랐다. 승려들의 순정한 공력도 아니었다. 신마맹이거나 사파 무리일 수 있었다. 요괴들을 부리는 흑림일 가능성도 배제할 수 없었다.

그 홀로 할 수 있는 일은 지극히 한정적이었다. 한계가 명백했다.

압도적인 무공이 아니라 다른 것이 필요했다.

북이나 깃발이라도 있으면, 촌민들을 인도하기 쉬울 것이다.

그가 다시 주위를 둘러보았다. 쓸 만한 게 보이지 않았다.

'이런!'

상념과 함께 정신이 분산되었다. 잠시 눈을 돌리는 사이에 두 방향에서 접근하는 요기를 느꼈다. 요력의 농도가 아주 짙었다.

콰직! 콰앙!

나무 담장을 부수고 거대한 형체가 튀어나왔다.

거대한 어인 형체의 괴물이었다. 비늘로 덮인 몸뚱이에 지느러미가 날카로웠다.

깃발도 북도, 문도들도 눈앞의 사람들을 살린 뒤에 생각해야 했다.

단운룡이 사람들 머리 위를 넘어 괴물을 가로막았다.

콰앙!

저쪽 뒤에서 거대 요괴가 하나 더 달려왔다.

먼저 하나를 죽이고, 그 다음에 저걸 잡는다. 광극진기를 끌어 올렸다. 몸에서 뿜어져 나오는 전격이 더 선명해졌다.

후웅!

괴물이 달려들었다.

파공음이 거셌다. 회피와 반격 자체는 문제가 아니었다. 머리 위로 괴물의 팔을 흘리고, 품속으로 파고들어 손바닥을 올려 꽂았다. 뇌신극광추가 요괴의 가슴팍에 틀어박혔다.

꽈앙!

"……?"

당연히 치명타일 줄 알았다.

침투경파에 요괴의 등 뒤가 터질 듯 솟아올랐다. 끝내 꿰뚫지 못했다. 불룩 튀어나왔던 등판이 꿀렁 하고 원래대로 되돌아왔다. 마음먹고 뿜어낸 뇌신진기가 비늘만을 태우고 흩어져 버렸다.

쾅!

인어대괴의 주먹이 어깨 옆을 스치고 땅을 쳤다. 바닥이 움푹 파이며 돌가루가 튀었다.

단운룡은 당황하지 않았다.

그럴 수 있다.

요괴는 괴이하기에 괴라 부르는 것이다. 뇌신타격도 버티는 개체가 얼마든지 존재할 수 있었다.

문제는 등 뒤에 촌민들이 있고, 그 뒤에 괴물이 하나 더 있다는 사실이었다.

"물러나!"

설상가상이다.

촌민들은 무인들이 아니었다. 그게 가장 큰 문제였다.

겁 없는 청년이 말을 듣지 않고 앞으로 튀어나갔다.

콰앙! 콰직!

기어코 희생자가 나왔다.

용감하게 작살을 치켜 올렸던 청년은 죽고, 머리를 감싸고 도망친 노인은 살았다. 단운룡의 용안(龍眼)에서 위험한 빛이 솟구쳤다. 누가 죽고 누가 살았냐보다, 죽은 자가 생긴 것 자체가 단운룡을 분노케 했다.

우우웅!

음속의 기성이 단운룡의 주위를 맴돌았다.

발동 직후에 땅을 박차려다가 몸을 세웠다. 이 위치에서 최고속도를 내면, 음속충격파에 촌민들이 휩쓸릴 것이다. 그의 무공은 파괴의 신공이다. 피아를 가리지 않고, 죽이지 않으며 싸우는 게 더 어렵다.

시공이 느려진 세상 안에서 단운룡은 크리슈나와 싸울 때를 떠올렸다.

일보에 세상을 딛고, 다음 일보에 세상을 밀어냈다.

칼처럼 날카로운 요괴의 지느러미가 천천히 어깨 옆으로 지나갔다. 단운룡의 몸이 큰 요괴의 등 뒤에 이르렀다.

퍼엉!

거기서부터 최고속도다. 음속 파동이 요괴의 큰 체구를 뒤흔들었다. 비늘과 근육이 진동하며 충격파를 흡수하는 것을 확인했다. 극광추 대신 광검결을 펼쳤다. 충파 소실의 특수신체를 지녔다면, 타격기를 고집할 이유가 없다. 날카롭게 베어버리면 그만이었다.

우우웅! 파가가가각!

험악한 소리와 함께 비늘이 갈려나갔다.

요괴의 등줄기가 쩍 벌어졌다. 고통에 겨워 활처럼 몸을 꺾는 인어대귀의 척추에 마광각이 작렬했다. 마광각에도 마왕익의 참격경파를 실었다.

콰직!

거대 수마의 두 다리가 버티는 힘을 잃었다. 인어대귀의 몸체가 기울어졌다.

텅! 퍼억!

음속진각으로 머리를 밟아 터뜨리며 몸을 날렸다. 이 자리에서만 사람 셋을 죽인 대귀가 육식동물의 포효 같은 괴성을 내지르며 팔을 휘둘러왔다.

우웅! 파가각!

공중에 뜬 상태로 광검결을 내리그었다. 수직으로 베어낸 일격에 대요괴의 굵은 팔이 그대로 잘려나갔다.

'제길.'

음속 상태로 몇 수 펼치지도 않았다. 그런데도 신체 부하가 확실하게 느껴졌다.

콰앙! 우지끈!

게다가 이 놈으로 끝이 아니다.

단운룡의 기(氣)에 이끌리기라도 한 것처럼 거대 괴물이 하나 더 빠른 속도로 접근하고 있었다. 출수를 서둘렀다. 광검결을 내쳐서 배를 갈랐다. 특성이 파악된 이상, 이런 요괴들은 단운룡의 적수가 되지 못했다. 그의 적은 큰 요괴가 아니라, 시간이었다. 광신마체였다.

인어대귀가 쓰러지고, 단운룡이 몸을 돌렸다.

벌써 또 하나가 온다.

큰 요괴뿐 아니라, 작은 박요어 요괴들이 골목 한쪽에서 우르르 몰려나왔다.

단운룡은 마신 발동을 생각했다.

콰직!

옆길에서 튀어나온 박요어를 죽이고, 큰 요괴의 경로 앞에 섰다.

홀로 싸우는 것이라면 이 숫자가 아무 의미 없었지만, 지금은 충분히 위협적이었다.

타다다닥!

최악이다.

아까 느꼈던 잡다한 기운들이 더불어 이곳으로 오고 있었다.

깃대 철봉을 들고 다닐 걸 그랬다. 번술이 있다 해도, 이렇게 몰려드는 것을 다 막으면서 싸우는 것은 무리다. 그래도 없는 것보다는 낫다.

인어대괴가 시야를 꽉 채웠다.

저걸 잡는 동안, 촌민 서넛은 족히 죽을 것이다. 반대편에서 박요어들이 꿈틀꿈틀 달려왔다.

퍼억!

땅을 박차려는데 등 뒤에서 생소한 소리가 들렸다. 가벼운 것으로 묵직하게 내려치는, 이중적인 소리였다.

"협객께선 잠시만 그 큰 걸 막아주시오!!"

경쾌하고 경박하게 들리는 목소리가 귓전을 파고들었다.

목소리의 주인은 빠르게 접근한 기운 중 하나였다.

단운룡이 고개를 돌려 그쪽을 보았다.

남자는 목봉을 들었고, 거지 옷을 입고 있었다.

*　　　　*　　　　*

'개방.'

단운룡은 일별로 남자의 실력을 가늠했다.

움직임이 기민하고 투로 전개가 기발했다. 공력이 심후하지는 않으나 효율이 좋았다. 판단력도 돋보였다. 풍부한 실전경험을 엿볼 수 있는 무공이었다.

타닥! 타다다닥!

이어, 민첩한 인영들이 속속 튀어나왔다.

적이라 생각했던 무인들이었다. 골목길을 뛰고 담벼락을 넘으며 땅을 박차는데, 예외 없이 거지 옷을 걸치고 있었다. 한 무리로 몰아 보니 동질감이 있긴 하지만, 사파 무인으로 오인했던 것처럼 공력 기질이 제각각이었다. 마치 그들이 입은 누더기 같았다.

퍽! 퍼버버버벅!

개방 무인들이 들개들처럼 달려 나와 타구봉 연타로 요괴들을 가로막았다. 일격에 죽일 힘은 없어도 길목을 차단하는 것은 충분했다.

덕분에 자유를 얻었다.

단운룡이 어인대귀를 향해 몸을 날렸다.

퍼엉!

음속충격파에 이어 그의 몸이 엄청난 속도로 뻗어나갔다. 어인대괴는 반응조차 하지 못했다. 그의 시야에서는 어인대괴의 몸이 확대되는 것도 느렸지만, 그가 진입한 세상 밖의 사람들은 그의 움직임을 제대로 분간조차 하지 못했다.

파가각!

음속광검결로 어인 괴물의 목을 단숨에 날렸다.

괴물의 머리가 공중을 날아 철벅, 하고 땅바닥에 곤두박질 쳤다.

단운룡이 몸을 돌렸다.

개방 무인들은 요괴들을 잘 막고 있었다. 그들은 효과적으로 잘 싸웠다.

숫자는 삼십여 명에 이르러 있었는데, 절정에 이르지 못한 공부로도 동료와 합심하여 무공 이상의 힘을 냈다. 그것도 기량이다. 두 명씩, 세 명씩 전개하는 연수합격이 아주 훌륭했다.

공력을 아끼면서 몇 마리 더 죽였다. 장내는 빠르게 정리되었다. 처음 보았던 젊은 거지가 다가와 혀를 내둘렀다.

"허어, 잠시 막아 달라 했더니, 아예 죽여 버리신 겝니까?"

질문이 아니라 감탄이었다.

단운룡도 대답하지 않았다. 대신 다른 걸 말했다.

"남쪽 민가들 중 파손된 초옥 두 개 사이로 사각 나무지붕 단층 목조건물. 맞은편 장원엔 이가(李家) 현판이 붙었고, 담장이 안쪽으로 무너진 상태다. 요괴에 쫓기던 모자가 있다. 건물 안에 있다."

"찾아서 보호하라?"

"그렇다."

"우리가 개방인 건 아시구?"

"그러니까 말하는 거다."

거지가 피식 웃었다.

"이거 이거 개방 꼴이 참으로 말이 아뇨. 아무리 얕보였다 해도, 말투가 무당 쪽 괴물보다 심하시구만."

"개방은 정도문파 아닌가?"

"뭐, 일단은 그렇소만?"

"말투 운운하기 전에 강호 배분부터 생각하라."

그가 대놓고 단운룡을 위아래로 훑어보았다. 거지가 눈썹을 한껏 치켜 올렸다. 그가 홱 고개를 돌려 소리쳤다.

"야! 너!"

"네입!"

"남쪽대로, 이가장원 맞은편, 나무지붕 단층건물에 아이 하나 어른 하나. 가서 구조해."

"제가요?"

"나 누구랑 말하고 있니?"

"우리 아직 그쪽 안 갔어요!"

"여기 회주께서 그쪽 훑고 오셨단다. 세 명만 데려가. 요괴 군집은 없을 거다."

"아니, 네 명으로 뭘 믿고 어딜 가요! 애새끼까지 있다면서요. 찾아놓고 요물들 만나면 잦되는 거잖슴까."

"나한테 먼저 뒈질래? 일 있음 호각 불면 되잖아! 그리고 칠살개가 북상 중이야. 빠르면 반 시진 내에 촌락 남로로 진입할 거다. 합류해."

"반 시진을 어떻게 버티……."

빡!

"악!"

"가! 가! 가라고!"

빠악!

젊은 거지가 몽둥이를 휘둘렀다. 더 젊은 거지는 몽둥이에 두 대나 얻어맞고서야 부리나케 몸을 날렸다.

"어떻습니까? 이게 자랑스런 우리 개방이외다. 명문대파지요. 내 이름은 고봉산입니다. 그래도 초면인데 너무 하대하지 마오. 회주가 누구 제자든, 대체로는 알 길도 없거니와, 우리가 그짝 문도도 아니지 않소이까? 서로 체면은 좀 지켜주십시다."

단운룡의 눈에 이채가 감돌았다.

두 번이다.

명확하게 회주란 명칭을 두 번이나 썼다. 단운룡이 말했다.

"날 아는군."

"암요. 우리가 이빨이 빠지고 꼬리가 뜯겼대도 코는 안 베었습니다. 개방은 개방입니다."

"복룡담은?"

"회주 말이 참으로 짧습니다. 내 영리하니까 알아듣는 줄 아십쇼. 물론 가야지요. 복룡담."

"후개도?"

이번엔 고봉산이 두 눈에 이채를 띠었다.

"정보력이 상당하십니다. 맞네, 그짝엔 운거모사가 있었지요? 운거모사는 괜찮으시답니까? 요즘 무리하시는 거 같더랍니다만."

"말이 과하다. 적당히 해."

"어휴, 그래 쳐다보지 마십쇼. 무서워서 말도 못 하겠습니다. 같은 편까지도 이리도 위압하시니 머지않아 제왕이나 천황의 별호라도 생기시겠습니다."

진심과 비꼼의 어디쯤이다.

단운룡은 분노 대신 흥미를 느꼈다.

이런 식으로 할 말 다 하는 인간은 싫지 않았다. 저런 여유는 본디, 무수한 경험에서 나오는 법이었다. 말에는 뼈가 있었다. 뼈도 여러 개다. 특히 한 가지에 주목했다.

"같은 편은 맞나?"

"그럼요. 고기 굽는데 같이 앉으셔야죠. 상석에 모시겠습니다."

"그건 개방 전체의 뜻이겠지?"

단운룡의 질문은 날카로웠다.

고봉산은 여전히 빙글거리고 있었지만, 눈빛은 그렇지 않았다. 그가 여전한 말투로 진심을 담아서 대답했다.

"저는 후개 옆에서만 고기를 굽습니다."

후개는 고립되었다. 개방이란 방파를 오롯이 대표할 수 없다.

단운룡은 그렇게 읽었다.

"그렇군. 참고하겠다."

고봉산도 단운룡을 읽었다.

단운룡이 이쪽 사정을 단숨에 간파했음을 깨달았다. 평가 수정을 거듭했다.

역시 사람은 직접 만나봐야 안다.

무공, 지모, 인품, 총평, 다 안 맞았다. 출신내력 빼고는 전부 다 틀렸다. 후구당 보고서를 둘째 줄부터 모조리 새로 써야 했다.

"그럼, 가실까요?"

"아미파 장문인이 죽었다. 대비하고 오라."

보고서 수정이 문제가 아니다.

마지막 말은 충격이다.

"뭐, 뭐라? 뭐라 하셨습니까?"

단운룡은 부언하지 않았다.

바로 몸을 돌려 북쪽을 향해 몸을 날렸다.

여일했던 고봉산의 말투와 표정이 처음으로 무너졌다.

마지막 한마디를 방주의 항룡장처럼 터뜨려놓고, 거짓말처럼 자리를 떴다. 저 앞에 인영이 까마득히 멀었다.

"미치겠군. 들었지? 보현신니께서 유명을 달리하신 모양이다."

"네? 언제, 어떻게요?"

"몰라! 씨… 욕 나오게 하네. 상황은 이제 알아봐야지!"

"아니, 아니, 그래도요. 이게 가당키나 합니까? 보현신니입니다. 그 아미산 암호랑이 보현신니요. 게다가, 구파 장문의 사망을 말하면서 '죽었다.' 하고 끝이에요? 뭐 어떻게 된 거다, 말은 해줘야죠!"

"그럼 쫓아가서 따지든가! 왜 나한테 지랄이야!"

빡!

고봉산은 아예 몽둥이를 휘둘렀다.

"아! 아파요! 왜 자꾸 때려! 원래 안 이랬잖아요!"

"좀 닥쳐라, 이 새끼야. 어쭈 피해?"

후웅! 이번 몽둥이는 바람만 갈랐다.

"근데 진짤까요?"

피한 놈이 물었다.

"당문도 당했잖나. 피해상황 보면 당문주가 죽어도 이상하지 않았어."

"그래도 아미파가……."

"알어, 알어, 그만해. 아미파 센 거 누가 몰라? 팔황 삼 세력 합작품이면 뭔 일 터져도 그러려니 해야지. 일단, 그쪽 누가 있어?"

"후구당 네 가닥 애새끼들 두 명이 답니다."

"아미파에 고작 사결을 둘 붙였어?"

"손 모자라잖아요. 그래도 똑똑한 놈들로 보냈습니다. 한 놈은 거기 있을 거고 소식 전할 놈은 지금 불알이 까져라 뛰고 있겠죠."

"화현 반강 화기고 수습상황도 심상치 않다던데. 돌겠네. 아미파 누구 누구 살았나라도 좀 말해주지. 대비는 개뿔."

"믿을 만은 한 거겠죠?"

"허언할 인간이 아냐. 모사는 꾼을 들였어도."

"저희는 어떻게 할까요."

"일단 복룡담으로 간다. 보니까 신마맹 놈들, 대가리를 먼저 따고 있어. 애초에 전면전이 목적이 아냐. 후개도 노출되면 위험해. 먼저 보현신니 사망 소식 알리고, 경동하지 마시라 경고 드려. 어지간한 걸로는 안 들어 처먹겠지만. 머리는 팽팽 돌아가니 정 안 되겠으면 알아서 몸 사리겠지."

고봉산은 지시를 마쳤다.

참으로 만만치가 않다. 적도 아군도 다 그렇다.

의협비룡회주, 협제 소연신의 제자 단운룡은 그에게 이름도 밝히지 않았다.

그럴 수 있다.

안하무인이라서가 아니라, 그가 지금 벌이는 일 자체가 그러했다.

그는 신마맹의 맹공에 맞서 싸운다. 필요한 전투만 수행해도 이미 여유가 없을 것이다. 이곳에서 민초들을 지키겠다며 요괴들에게 발이 묶인 것이 도리어 의외다. 명백하게 특기할 만한 부분이었다.

어려운 싸움이었다.

신마맹의 공격은 그저 위협적인 침공으로 요약할 수 없었다. 그들은 당문주와 아미장문을 노린 것이 아니라, 무림 질서에 도전한 것이다.

본질은 그것이다. 애초에 구파 육가 수좌의 몸뚱이에 생채기만 내도 이긴 싸움이었다. 신마맹은 거기서 한 발 더 나아가 연이어 큰 승리를 얻어냈을 뿐이다.

납득할 수 있다.

모든 강호인이 고개를 저어도 후개와 고봉산은 알았다.

개방이 당했기 때문이다. 그들의 개방은 예로부터 명실공히 천하제일방이었다.

지금은 아니다. 모든 거지가 허덕이고 있다. 단심궤대로 그렇게 되었다.

당문 참극, 아미 혈사도 마찬가지였다. 모두 단심궤로부터 예견된 바였다. 그 안에 있던 대로 흘러갔다면 이보다 더한 일도 벌어질 수 있었다.

그때처럼, 판도를 바꿔야 했다.

변수는 항상 있었다. 무당의 마검이 그러했고, 화산의 질풍검이 그러했다.

지금은 의협비룡회의 회주가 있다. 드넓은 사천땅을 누비며 벌이는 그들의 행보는 실로 흥미롭다. 후개가 특히 주목하고 있었다. 대면한바, 기량이 질풍검 이상인지는 모르겠지만, 보이는 것 이상의 무언가가 남아 있는 느낌이다. 그는 아직 진면목을 보지 못했다. 확신이 들었다.

'가자. 쫓아가야지!'

단운룡은 시야에서 사라져 보이지 않게 된 지 오래였다. 아까도 느꼈지만, 신법 하나는 기가 막혔다. 그도 신법에는 꽤나 자신이 있었다. 도망치고 침투하고 후퇴하고 기습하며 헤쳐 온 강호다. 살아남기 위해 신법 하나만 요상하게 늘었다.

그의 몸이 화살처럼 쏘아졌다. 의협비룡회라는 거대한 변수를 보았지만, 그래도 마음은 편치 않았다. 드넓은 벌판에 흐린 하늘이 불길하기만 했다.

단운룡이 복룡담에 당도했을 때, 복룡담은 주위는 이미 폐허가 되어 있었다. 어지간한 건물들은 다 무너졌고 호수 앞 자갈밭엔 피와 시체만이 가득했다.

복룡담에서 도강언 수로까지, 전선은 엄청나게 넓고 길었다.

그야말로 고대의 전쟁터가 된 것처럼 곳곳에서 대격전이 벌어지고 있었다.

주적은 물론 신마맹 가면들이었다.

각양각색 가면들 사이에 유명한 가면들이 많았다. 사천평정을 말한 제갈공명의 격문처럼, 신마맹은 전력은 규모면에서 총공세에 걸맞은 위용을 자랑했다. 가면의 숫자는 거의 일천에 육박했다. 동서남북 사방에서 스멀스멀 나타나 포위망을 형성하듯 좁혀왔다. 가면 쓴 그들의 모습은 그 자체로 기이와 공포였다.

적들은 그들만이 아니었다.

민강에 사는 물고기들이 전부 요괴화라도 된 듯, 뭍으로 기어 올라온 어귀(魚鬼)들이 수백을 헤아렸다. 반요어 외에도 머리가 넙적한 요괴, 다리 없이 뱀처럼 움직이는 요괴까지 종류도 여럿이었다. 괴물들 사이에는 요괴의 습격을 받지 않고 자유롭게 출수하는 흑의 도사들이 있었다. 도사복도 한 가지가 아니요, 어떤 자들은 승려복 같은 검은 가사를 입은 자도 보였다.

신마맹은 요괴들과 함께 싸우지 않았다. 요괴들의 피아식별이 가능한 것은 흑의인들 한정인 것 같았다. 요괴에 물어뜯긴 백면뢰 시체들이 곳곳에 보였다. 요괴들은 신마맹과 별개로 전권을 형성하여 군웅들을 공격했다.

단운룡은 자갈밭을 따라 몸을 날려 첫 싸움터에 뛰어들었다.

도사와 무인들이 요괴들과 싸우고 있었다.

'청성!'

그렇다.

공격받는 자들, 즉, 신마맹과 요괴들에 맞서 싸우는 강호 군웅들의 주력은, 다름 아닌 청성파였다.

다행이었다.

강하로 남하했던 그들을 제때 올렸다.

청성도사들은 용감하게 싸웠다. 그들은 몸을 사리지 않고 선두에 서서 요괴들을 막았다. 깊이 들어가 흑의 도사들을 노리는 이들도 청성도사들이었다.

도사복을 입지 않은 무인들도 많았다.

여러 형태의 무복을 입고 도검장창을 든 그들은 서로 다른 옷과 병장기마냥 각양각색의 무공공부를 펼치고 있었다.

청성과 아미 무공을 구사하는 무인들도 있었지만, 그 수는 얼마 되지 않았다.

대다수 무인들의 무공은 구파 무예가 아님에도, 투로가 정직하고 출수가 반듯했다. 명백히 정문의 무공이었다.

삼대 세력 사파 무리가 곳곳에서 득세했듯, 청성 아미의 속가 산하 외에도 여러 정도 문파들이 각 지역에서 나름의 명맥을 이어가고 있었다. 몇 대 위로 올라가면 결국 아미나 청성 계열인 경우가 허다하겠지만, 무공 본류에서는 벗어난 채 일가를 이뤄 완전 구파 속가로는 분류되지는 않은 문파들이었다.

그들은 말 그대로, 정파무림인들이었다.

이들이야말로 강호인이라는 호칭에 어울리는 이들이었다.

구파는 정파의 상징일 뿐, 그 자체는 아니었다.

신마맹이 아미 구파를 산 아래로 떨구기 전까지, 그들은 어디까지나 산중 신선, 산사 활불일 뿐이었다. 구파 누구를 직접 보았다는 것만으로도 자랑거리가 되었던 시절, 결국 강호를 이루는 것은 이들 같은 일반 무파의 무인들이었다.

그들이 청성파와 함께 싸웠다.

청성도사들처럼 목숨을 걸었고, 서로의 등을 받치며, 옆에 선 자를 도왔다.

'아미와 청성만이 아닙니다. 격문은 무림인들을 부를 겁니다.'

촉국의 드넓은 대지에서 신마맹의 침공으로 상처받은 것은 구파 육가만이 아니었다. 신마맹의 침공은 사파의 득세를 불렀고, 이는 짧은 시간 내에 민초들의 괴로움으로 이어졌다.

분연히 일어나 맞설 때였다.

신마맹은 언제나 불시에 습격하는 악적들이었기에, 군웅들은 싸우고 싶어도 싸우지 못했다. 이제 청성과 아미가 복룡담에 모인다. 신마맹은 자신 있게 선전포고했고, 사천 무림인들은 달려가 싸울 곳을 알게 되었다.

"성도에 들이지 마라!"

"뚫리면 안 돼! 여기서 막아야 한다!"

또한 그들은 그들만으로 해내지 못할 싸움을, 구파의 이름 하에 버틸 수 있었다.

청성파 도사들의 외침은 피 튀기는 혈전 속의 등불이었다.

시골 무파에서 검을 연마한 신출내기 무림인은 신마맹에 분노했을지언정, 요괴들과 싸울 준비는 되어 있지 않았다.

청성파가 그들을 이끌었다.

"이쪽이다!"

"부상자를 뒤로 옮겨! 다치면 뒤를 맡기고 물러나라!"

싸움은 격렬했다.

무림인들은 도강언과 복룡담의 민강 줄기를 따라 신마맹과 싸우고 요괴들을 죽였다.

수많은 군웅들의 피가 강가에 뿌려졌다. 그렇게 피를 흘리며 막았다.

요괴들은 뭍으로 올라와 성도의 민가에 들어오지 못하고 죽었다. 청성을 필두로 한 정파무림인들은 그렇게 필사적으로 싸우며 백성을 지켰다. 괴물들은 수도 없이 쏟아져 나왔으나 무림인의 방벽을 뚫지 못했다. 그 어떤 날카로운 이빨로도 힘없는 민초들을 물어뜯을 수 없었다.

*   *   *

단운룡은 복룡담 물가에 이르러 전체 전선을 확인했다.

기(氣)가 엄청나게 얽혀 있었다.

강을 따라 요기가 들끓었고, 생기와 사기가 무섭게 교차했다. 전체 숫자가 천 단위를 헤아리는 대전장이었다. 광극진기의 초감각으로도 모든 기를 한 번에 읽을 수가 없었다.

꿈틀거리는 강을 따라서, 전장 또한 꿈틀거렸다.

마치 한 마리의 용이 북쪽으로 승천하는 형세였다.

도강언 수위를 조절하는 어취의 수로시설과 수신(水神) 이빙 사당이 거룡의 머리 부분에 해당한다면, 지금 복룡담은 막 용이 뛰쳐나온 꼬리 부분이라 할 수 있었다. 싸우고 죽어가는 무인들의 기(氣)는, 용체에 무수히 박힌 화려한 비늘과도 같았다.

단운룡은 담호변을 따라 달렸다.

막 물에서 올라오는 요괴들이 그의 앞을 가로막았다.

익숙한 박요어를 죽이고 얼굴이 염어(鯰魚)처럼 퍼진 요괴를 넘어뜨렸다.

퍼억! 콰직!

처음 보는 괴물은 덩치가 박요어와 비슷했지만 그보다 몸이 단단하고 힘이 좋았다. 순속으로 머리에 극광추를 넣었는데도 일격에 죽이지 못했다. 머리가 움푹 패이고도 꿈틀 다시 일어났다. 괴물이 괴성을 지르며 사납게 달려들었다.

쉬익!

칼로 베듯 날카로운 지느러미를 피해내며 하단으로 광검결을 내리그었다. 요괴의 다리가 싹둑 잘려나갔다. 넘어진 요괴의 머리에 마광각을 내리찍었다. 움푹 들어간 머리가 아예 박살이 났다. 머리 잃은 요괴는 그때서야 잠잠해졌다.

역시 순속만으로는 안 된다. 이것들을 단숨에 죽이려면 파괴력을 확실하게 올려야 했다.

하지만, 그렇게 결론짓고도 뇌신발동은 보류했다.

이 전장엔 강력한 적들이 있었다.

위타천이나 제천대성 같은 규격 외 강자는 없는 것으로 여겨졌지만, 마신 발동 없이 죽이기엔 부담스러운 기파가 곳곳에서 느껴졌다.

장기전이 될 가능성이 농후했다. 그런만큼 광신마체 조절을 섬세하게 해야 했다. 이런 요괴들을 상대로 진기를 함부로 쓰다가는 필요할 때 최대 기량을 낼 수가 없을 것이기 때문이었다.

생각할 여유도 많지 않았다.

철벅! 하고 물을 튀기며 요괴 하나가 복룡담에서 기어 나왔다. 요괴는 단운룡을 보자마자 곧바로 달려들어 이빨을 들이밀었다.

빠악!

마광각을 올려찼다. 이빨이 깨지고 피가 튀었다.

쉬이익! 파각!

광검결 연환으로 목을 날렸다.

그때였다.

"거기! 무공이 제법 뛰어나 보이는데, 이리 좀 오시오! 저 앞쪽을 좀 도와주시오!"

단운룡은 열심히 싸우는 무인의 목소리를 들었다.

청성파 도사도 아니요, 이름 모를 문파의 공력이 일천한 무인이었다. 무인은 적아의 피로 피투성이였으나, 두 눈엔 투지가 가득했다. 정파 무인의 사명감이 그 안에 있었다.

"어서! 어서 좀 오시오! 무인이 부족하오!!"

그가 재촉했다.

이들은 서로서로 이름을 모르고, 출신지도 몰랐다. 그들 눈엔 단운룡 또한 그저 강호인 한 명일 뿐이었다.

"아! 검을 쓰는 게 아니었소?"

무인은 놀라면서 감탄하는 듯했지만, 더 말을 잇지 못했다. 그는 다리 없이 짓쳐든 머리 뾰족한 물고기 요괴와 드잡이질을 하며, 제 몸 건사하기에도 정신이 없었다.

죽을 것 같아 보이진 않았기에 아무 말 없이 몸을 날려 그가 도와주라 가리킨 방향으로 달렸다.

"후퇴! 후퇴하라!"

"으앗!"

"앞에 조심하시오!!"

난전이 눈앞에 펼쳐졌다. 상황은 과연 좋지 않았다.

요괴들의 수가 월등히 많았다. 단운룡에게 달려든 요괴처럼, 한 마리씩 계속 물에서 기어 나왔다. 싸우는 입장에서는 죽여도 죽여도 수가 줄지 않는 것처럼 느껴질 것이었다.

더구나, 적은 요괴만이 아니었다. 사람도 있었다.

밀려드는 요괴들 사이에서 흑의 도사들이 방울 달린 길쭉한 은빛 철장을 휘두르고 있었다. 은철장은 구조가 특이했다.

사람 키만 한 은색 장봉 끝에는 가운데가 뚫린 원형 고리가 붙어 있었고, 다섯 개의 금색 방울이 그 고리에 꿰어 소리를 냈다. 이른바 금령철장(金鈴鐵杖)이었다. 요괴 무리 가운데 금령철장을 든 자는 고작 세 명에 불과했지만 하나하나가 무공이 상당했다. 철장을 휘둘러 직접 타격에도 쓰였으며, 내치지 않고 방울을 흔들 때는 진한 요력이 발산되어 나왔다. 방울 소리가 간간히 깔리면, 요괴들은 뭇 야수처럼 사납게 날뛰었다. 크기와 생긴 것이 똑같은 박요어들도 마을에서 보았을 때보다 훨씬 더 빠르고 강해 보였다.

"물러나! 물러납시다!"

무인 삼십여 명이 정신없이 뒤로 밀리고 있었다.

그들의 선두에 청성파 도사들이 보였다. 다들 한두 군데씩 부상을 입어 몸놀림이 둔했다. 어떻게든 서로를 도우면서 버티고 있었지만, 무인들은 복장과 무기가 제각각이라 좀처럼 합이 맞지 않았다. 오히려 폐가 되거나 옆 사람의 발목을 잡는 이도 보였다. 투지와 의욕만으로 전황을 뒤집기엔 역부족이었다.

단운룡은 이 전장에서 자신의 위치를 생각했다. 거룡의 꼬리라는 공간적 위치뿐 아니라, 그가 맡아야 할 전략적 위치를 동시에 가늠했다.

답을 찾는 것은 어렵지 않았다.

그는 박요어들을 죽이는 무인이 아니었다.

그저 눈앞에 있는 적을 죽이는 일개 고수에 머물러서는 안 되었다.

　흐름을 바꿔야 했다.

　이런 대규모 전장에서의 흐름이란, 다른 고수들보다 요괴들을 열 배 더 잡는 것으로 바꿀 수 있는 것이 아니었다.

　강력한 무공은 이 순간 해답이 아니었다.

　단운룡은 음속도, 뇌신도 봉인하고, 그가 지닌 본능적 기질에 몸을 내맡겼다.

　쐐액!

　"어엇! 저기!!"

　"무슨 짓이오?"

　"적진으로 들어가지 마시오!"

　경호성이 연이어 터져 나왔다.

　순속 발동에 섬영을 펼쳤다.

　그는 음속을 발동하지 않고도 빨랐다.

　그는 뇌신을 발동하지 않고도 강했다.

　빠름과 강함이란, 결국 상대적으로 어떻게 쓰느냐다. 마신으로 해체하는 것만이 그를 증명하진 않는다.

　요괴의 손아귀와 이빨을 피하여 안으로 안으로 파고들었다.

　음속을 펼치지 않았음에도 적들의 움직임이 느려 보였다. 공기는 무겁지 않았지만, 헤엄치듯 앞으로 나아갔다.

　단운룡의 눈앞으로 금령철장을 든 흑의도사가 확대되었다.

흑의도사가 방울 소리와 함께 철장을 휘둘러 왔다.

째앵!

광검결과 금령철장이 부딪치며 날카로운 금속성을 냈다. 금령철장은 잘려나가지 않았지만, 보검에 부딪친 것처럼 흠집이 났다. 흑의도사가 대경하여 뒤로 물러났다. 그가 금령철장을 흔들었다. 방울 소리는 시끄럽지 않았다. 벌 떼가 날아가는 소리처럼 웅웅거렸다. 진동음에 가까웠다.

"꾸어억!"

"캬아아아!"

주위의 요괴들이 광분하며 단운룡에게로 달려들었다. 단운룡은 요괴들과 싸우지 않았다. 발끝에만 뇌신을 달고 속도를 높였다. 그의 몸이 흑의도사에게로 짓쳐들었다.

"으엇!"

퍼억!

사람의 육신은 요괴보다 약했다.

극광추가 일격에 흑의도사의 명치를 꿰뚫었다.

쨍그랑!

금령철장이 먼저 땅바닥에 떨어졌다. 흑의도사가 피를 쏟으며 꼬꾸라졌다. 단운룡은 덮쳐오는 요괴들 틈을 절묘하게 빠져나와 다음 흑의도사를 노렸다. 요괴의 지느러미 아래로 미끄러져 다음 요괴의 옆을 스쳤다. 흑의도사는 단운룡의 쇄도를 알아채고, 그 자리에서 방울을 흔들었다. 흑의도사 앞으로 요괴들이 몰려들었다. 측면으로 진각을 밟고, 정면에 있는 네 마리 요괴들의 움직임과 위치를 한눈에 담았다. 우방에서 좌측방으로 순속광혼고 최대진격에서 삼분지 이, 들어가면서 방향을 틀고 경파를 쓸어서 밀면 된다. 한 치의 오차도 없이 무공 예지를 그대로 구현했다.

꽈앙!

어깨와 등을 회전시키며 염어 요괴의 몸체에 때려 박았다. 요괴의 몸통이 회전경파를 담은 채 바로 뒤에 있는 요괴와 부딪쳤다. 경파의 연쇄가 그 뒤에, 또 그 뒤의 요괴를 휩쓸었다. 네 마리에 이어 두 마리 더, 여섯 마리의 요괴가 우르르 땅바닥을 굴렀다.

직격을 당한 염어 하나 외엔 한 놈도 죽지 않았다. 그것도 모두가 꿈틀거리며 다시 일어나려 했다. 그 잠깐이면 족하다. 열린 공간을 단운룡이 점하고, 발뒤축을 수직으로 올려 마광각을 내리찍었다.

쩌어엉! 콰직!

양손으로 붙잡은 금령철장을 다급하게 위로 올렸지만, 마광의 각력을 막을 수는 없었다. 금령철장이 휘어지고 어깨와 목 사이가 움푹 꺼졌다. 쇄골과 늑골까지 무너뜨린 일격은 그 자체로 치명타였다. 단운룡은 고통 대신 죽음을 선사했다. 연환각이 화려한 곡선을 그리며 흑의도사의 머리를 휩쓸었다.

빡! 우직!

머리와 목이 아래쪽 사선으로 꺾였다. 머리는 덜렁거려 다시 올라오지 않았다. 경추가 박살 나고 목덜미 피부까지 찢어졌다. 뇌신 이상이었으면 머리가 아예 날아가 버렸을 일격이었다. 결과는 어쨌든 즉사, 똑같았다.

단운룡이 다시 몸을 날렸다.

하나 남은 흑의도사는 자신의 죽음을 직감하고 등을 돌렸다. 요괴 사이를 가볍게 누비고 들어가 광검결로 도사의 뒷목을 베어버렸다.

"저, 저런!"

"어디서 저런 고수가!"

무림인들은 경악했다.

처음부터 끝까지 신기의 연속이었다.

어쩌면 그들에겐 속도가 극에 이른 음속이나 마신보다, 순속이기에 단운룡의 무위를 더 실감했을 수 있었다. 그 이상이 되면 상승의 고수들이 아닌 이상, 단운룡의 일보조차 분간하기 어렵기 때문이었다. 뚜렷하게 보이기에 더 화려했다. 단운룡은 사천 무림인들에게 순속만으로 속력의 미학(美學)을 각인시켰다.

콰직! 퍼억!

강력한 아군의 존재만큼 집단의 사기를 끌어 올리는 것이 달리 없었다. 무림인들의 병장기에 힘이 배로 실렸다. 밀려나던 무림인들이 그 자리에 버텨 섰다. 흑의도사들이 죽어 없어지자, 요괴들의 기세도 죽었다. 물속에서 솟구쳐 올라오는 요괴들의 숫자도 줄어들었다. 그러니 반격이다. 멈춰 섰던 무림인들이 급기야 앞으로 전진하기 시작했다.

"왼쪽! 합공해!"

"방심하지 마! 물리지 마라! 이빨 조심해!"

물고기 요괴의 아가미에 청성검이 박혔다. 계속 움직이는 다리에 창을 쑤셨다. 요괴가 팔을 휘둘러 날카로운 지느러미를 들이밀자 반대편 어깨에 칼이 떨어졌다.

두 개, 세 개의 병장기가 요괴의 몸체를 조각냈다. 승기를 탔다. 싸우는 인간의 숫자가 날뛰는 요괴들과 비슷해졌다. 전세 역전이 눈앞에 있었다.

단운룡은 난전의 한가운데서 달려드는 요괴들을 몇 마리 죽이고, 바로 다시 땅을 박찼다. 많이 죽이지 않고도 흐름은 바꿀 수 있다. 이길 수 있도록 도와주면 된 거다. 여기서 또 큰 요괴라도 나타나면 겨우 잡은 승기를 놓치게 되겠지만, 이곳의 요괴를 다 잡을 때까지 그가 있어줄 수는 없었다.

그는 그가 할 수 있고, 해야만 하는 일에 확실한 선을 그어야 했다.

'이제 겨우 꼬리에 불과하다.'

뒤에서 그를 부르는 소리가 들렸지만, 무시하고 달렸다.

지금은 그들의 궁금증을 채워주며 기쁨을 나눌 때가 아니었다. 용미(龍尾)에서 용신(龍身)의 전장으로 향하는 길이다. 진짜 싸움은 아직 시작도 안 했다.

단운룡은 강물을 따라 북상하며 죽여야 하는 요괴를 죽이고, 승기를 잡은 싸움은 지나쳤다. 싸움터는 사슬처럼 북쪽으로 북쪽으로 이어졌다.

흐린 하늘 아래 초록빛 빽빽한 갈대숲이 나타났다. 키 큰 갈대 사이로 머리만 언뜻언뜻 보이는 악랄한 지형이다. 뱀처럼 꿈틀대며 무릎 높이로 움직이는 요괴들이 특히 위험했다.

'비룡각 문도······!'

단운룡은 수풀 사이에서 처음으로 의협비룡회 무인의 시체를 보았다. 물에 젖어 축축한 시신에 옆구리부터 가슴까지가 쩍 벌어져 있었다. 강력한 참격에 당한 상처였다.

단운룡은 적들의 기를 감지하며 갈대밭을 꿰뚫었다.

문도의 죽음으로 솟구친 분노는 가슴 깊이 갈무리했다. 그가 없는 사이에 당했다. 일면식 없는 아미파 승려들과 의협비룡회 문도들을 목숨을 맞바꾸었다 생각하지 않으려 했다.

챙! 쩌정! 채채채챙!

병장기 소리가 가까워졌다.

또 한 명 비룡각 무인의 시체를 발견했다. 상처가 달랐다. 가슴팍 위아래로 파헤친 세 줄기 열상이 선명했다. 한 줄기는 얼굴까지 찢었다. 세 날 달린 무기에 당했다. 죽은 자세를 보았다. 반격은 시도조차 못 했다.

이제부터 적 고수들이 산재한 구간이다.

단운룡은 움직임을 더 빨리했다.

쏴아아아아아!

갈대를 따라 바람 소리가 밀려왔다. 여름 바람인데도 서늘했다.

한순간, 뇌리를 자극하는 감각에 속도를 줄였다. 특히 키가 커서 얼굴까지 스치는 갈대를 헤쳐 왔는데, 어떤 경계를 넘어온 느낌이었다. 단운룡이 고개를 돌려 뒤쪽을 바라보았다. 바로 저기다. 저기서부터 영역이 달라졌다. 눈에 보이지 않는 선이 그곳에 있었다.

"하압!"

웅혼한 기합성이 단운룡의 눈을 다시 돌렸다.

익숙한 목소리였다. 깃든 공력이 강력했지만, 그 안엔 다급함이 실려 있었다.

콰앙! 쩌엉!

강력한 충돌음이 들렸다.

이어진 경파에 쏴아! 하고 갈대가 이쪽까지 흔들릴 정도였다.

단운룡이 땅을 박찼다.

하얀 가면들이 먼저 보였다. 단운룡을 발견한 백면뢰가 몸을 던져왔다. 숫자가 많았다. 더불어 동자가면들이 목봉을 휘둘러왔다.

빠악! 퍼벅!

공중에 뜬 상태로 마광각을 휘둘러 차며 날아드는 가면들을 튕겨냈다.

시야가 열렸다.

저 앞에서 청룡언월도의 창왕기가 불길처럼 일렁이고 있었다.

관승이다.

비룡각 무인들 삼십여 명이 함께 창을 휘둘렀다.

쩌저정!

관우환생 미염의 언월도에 대적하여 내리찍는 무기는 금속의 윤기가 심상찮은 쇠스랑이었다. 몸체는 비대하여 관승의 체구에도 뒤지지 않았고, 신법은 날렵하여 묵직한 몸집과 어울리지 않았다.

얼굴을 가린 가면은 당승전설의 돼지괴물이다.

관승은 마침내 다시 만났다. 팔계저마였다.

*   *   *

"어이쿠! 더 무서워졌구나! 고기를 뜯다가도 한 번씩 가짜 관제 생각이 났지! 으깨버릴 생각만 했더니! 아무리 봐도 그 얼굴은 이쪽이란 말이다!"

팔계저마는 요란하게 소리쳤다. 요마가 상보손금과 쇠스랑을 휘둘렀다.

"변한 것이 없도다!"

관승이 일갈했다.

그가 청룡언월도를 마주 내질렀다.

쩌엉!

충돌음이 거셌다.

팔계저마가 펄쩍 뛰면서 뒤로 물러났다.

관승의 청룡언월도는 상보손금파와 몇 번이나 마주치면서도 날이 나가지 않았다. 강력한 공력이 언월도를 완벽하게 보호하고 있었다.

관승이 수염과 전포를 휘날리며 팔계저마를 공격했다.

팔계저마는 팔 년 전의 그가 아니었다. 요마의 움직임은 더 변화무쌍해졌고, 요병의 공격은 더 날카로워졌다.

팔 년은 충분한 시간이었다. 팔계저마는 몹시 강해져 있었다.

하지만.

관승은 그보다 더 강해졌다.

관승의 시간은 밀도가 지극히 높았다. 그는 청룡광화창이라는 새로운 절기을 얻은 이래, 구룡보와 싸우며 숱하게 많은 격전을 치렀고, 의협비룡회에 몸담은 이후에도 여러 전장을 전전해 왔다. 염마마신이라는 극악의 고수와 맞서보았을 뿐 아니라, 부활의 맹장으로 인외의 요괴들과 싸웠다. 늦게 배운 청룡광화창은 본신 무공과 완벽하게 융합되어 있었다. 다양한 실전이 그와 그의 무공을 원숙의 경지로 이끌었다. 팔 년의 투쟁이 그를 강하게 했다. 강해지지 않을 도리가 없었다.

꽝!

청룡광화창이 불을 뿜었다. 둔갑웅형의 괴력으로 맞선 팔계저마가 꿍꿍 족적을 남기며 뒤로 물러났다.

"흉내쟁이 가짜가 이리 강해도 되는 것이냐!"

"난 가짜가 아니라 그저 관승이라 말했거늘!"

"시끄럽다!"

팔계저마가 적반하장으로 호통치며 사납게 상보손금파를 휘둘렀다.

이번엔 관승의 언월도가 뒤로 밀려났다. 반탄력을 이용하여 몸을 돌리고 여유롭게 언월도를 앞에 세웠다.

"허송세월을 했군. 아니면 그 정도 강해진 것으로 만족했던가?"

이미 한 번 겨뤄본 팔계저마 앞에서 관승은 과묵하지 않았다. 팔계저마가 발끈했다. 목소리가 더 커졌다.

"시끄럽다고 했잖느냐!!"

꽝!

두 사람의 무기가 다시 불꽃을 튀었다.

청성 속가 청백문의 현판을 부수며 사천 출도를 화려하게 장식했던 팔계저마는, 기실 지난 팔 년 간 강호에 널리 알려진 바가 없었다.

물론, 알려지지 않음이 싸우지 않았음을 의미하는 것은 아니었다.

신마맹 요마들이란, 가면만 벗으면 다른 누구라도 될 수 있는 자들이었다. 비대한 체구의 무인들 중 유명한 누군가가, 저 팔계저마일 수도 있다는 이야기였다.

어느 쪽이 진면목인지는 모호하지만, 팔계저마가 아닌 다른 얼굴로 관승처럼 실전을 거듭해 왔을지는 모를 일이었다. 사실이 어떠하든 팔계저마가 화제가 된 사건은 일찍이 전해진 바가 없었다.

콰앙!

관승의 일격에 팔계저마의 몸이 덜컥 흔들렸다.

관승은 팔 년 전 팔계저마의 마지막 모습을 기억했다. 더 이상은 못 해먹겠다며 싸울 수 있으면서도 줄행랑을 치던 자였다. 가면이 없을 때의 성정은 알 도리가 없지만, 그런 기질을 가진 자가 관승처럼 생사결을 거듭해 왔을 리 만무했다.

관승은 그 경험을 자신했다.

대저 강함이란 자신에 대한 확신해서 나오는 법이었다.

관승이 청룡언월도를 짧게 잡고 굉화창 연환격을 펼쳤다. 팔계저마의 손속이 어지러워졌다. 뒤로 훌쩍 물러나서 몸을 뒤집었다. 기합성이 경망스럽게 변했다.

"끼욧!"

커다란 몸으로 이쪽저쪽 원숭이처럼 뛰었다.

관승의 눈빛엔 조금의 흔들림도 없었다. 변화에 변화를 거듭하는 그의 둔갑형은 경험으로 이미 익숙했다. 그것이 팔 년 전보다 더 빨라지고 오묘해졌음은 인정하지만, 그리고 어지간한 강호 고수들의 혼을 빼놓을 수 있다는 것도 알겠다만, 그가 괄목하여 놀라 줄 수준은 아니었다.

"흡!"

청룡언월도를 뒤로 한껏 제쳤다. 관승의 어깨와 팔뚝 전포가 터질 듯 부풀어 올랐다.

쩌엉! 쏴아아아!

청룡언월도를 던지듯 앞으로 쳐냈다. 팔계저마의 몸이 일 장이나 튕겨나갔다. 주위의 갈대는 이미 다 잘리고 누워 있었다.

"이 가짜 관제 놈! 내가 아무리 당가 놈들의 독에 당해 누워 있다 나왔다 해도, 지나치게 기고만장해 있구나! 혼자서는 안 되겠다! 나와서 도와라!"

팔계저마가 씩씩대며 고래고래 외쳤다.

뒤에서 음산한 대답이 이어졌다.

"그러려 했다."

푸르죽죽 회색빛 가면은 울퉁불퉁 괴이하게 생겼다. 목에는 주렁주렁 해골 목걸이를 매달았다.

요마가 관승을 바라보며 말했다.

"구면이다. 마귀의 해악을 아직도 두려워하지 않다니, 참으로 고집 센 자로다."

항요진보장 초승달 모양 칼날에 섬뜩한 은광이 머물렀다.

오정수마였다.

관승은 여전히 당당했다.

후웅!

삼국전설 청룡언월도가 하늘을 돌아 당승전설 요괴들에게 겨눠졌다.

"요괴들아, 잘들 모였다. 한꺼번에 덤벼 보아라!"

관승이 호기롭게 말했다.

고대 장수의 위엄이 현세에 드러났다.

장중한 기운이 그의 전신에서 퍼져 나왔다. 주위의 갈대가 한 번 더 출렁였다.

"너는 관승이 아니라, 관운장의 환생이 맞다! 관제 가면이 실제로 있었으면 진즉에 잡아다 씌웠을 것을."

"뭐야? 관제 가면이 없어?"

"없다."

"제갈량 가면도 있잖느냐?"

"멍청한 돼지 놈!"

오정수마가 버럭 소리를 지르더니, 홱 몸을 돌려 팔계저마에게 항요진보장을 휘둘렀다. 허초였지만 충분히 위협적이었다. 팔계저마가 호통을 쳤다.

"뭐 하는 짓이냐! 이 못생긴 요괴가!"

"같은 전설로 하나의 계층에 선 것이 수치스럽다!"

오정수마는 그리 말하고, 다시 관승에게로 몸을 돌렸다.

관승은 당승전설을 재현하듯, 엉망진창인 요괴의 언행을 가만히 두고 봐 주었다.

그리고 물었다.

"그렇게 여유롭나?"

"물론이다. 내가 너를 죽음까지 몰아갔음을 기억하라."

"나는 그때도 죽지 않았고, 앞으로도 아닐 것이다."

관승이 묵직한 어조로 말했다.

그가 먼저 땅을 박찼다.

위잉!

하늘 높이 올린 청룡언월도가 오정수마의 머리 위로 떨어졌다.

쩌엉! 파캉!

충격음이 연이어 터졌다.

오정수마가 항요진보장 보병의 장봉으로 굉화창의 괴력을 막아냈다. 일격으로 느꼈다. 지금의 오정수마는 팔계저마보다 위였다. 오정수마 역시 팔계저마처럼 알려진 무명이 없었지만, 이자의 팔 년은 팔계저마의 팔 년과 달랐다. 성정은 그래서 중요하다. 세월의 결과를 바꾸는 것은 언제나, 재능이 아니라 기질이었다.

관승과 오정수마가 빠르게 합을 주고받았다. 일격을 주고받을 때마다 주위의 갈대 잎이 터져서 흩날렸다.

"이욥!"

팔계저마가 한 번 재주를 넘더니, 관승의 측면을 비집고 들어왔다.

쩡! 쩌정!

요마는 달리 요마가 아니다.

그만큼 무공을 쌓았으면서 이 대 일로 급소를 노리는 데 아무런 거리낌이 없었다.

관승은 당황하지 않았다.

언월도 칼날과 강철 창봉을 빠르게 휘돌리며 두 개의 신병을 차근차근 걷어냈다.

"멍청한! 그쪽을 때리면 안 된다!"

"닥쳐! 내 걸 보고 따라와라! 못생긴 마귀야!"

두 요마의 공격은 합이 어지러워 완전하지 못했지만, 그런 가운데 괴이한 조화가 있었다. 관승의 후퇴가 잦아졌다. 반격이 점점 더 어려워졌다.

단운룡은 싸우며 그 모든 것을 보았다.

'혼자는 안 돼.'

단운룡은 관승과 팔계저마를 보자마자 몸을 날렸다. 헌데, 그 멀지도 않은 거리가 단숨에 좁혀지지 않았다.

백면뢰와 동자가면들 때문이 아니었다.

한 놈을 눕히고, 두 명을 베어내고 나니, 방위가 이상해졌다. 분명 정면에서 관승을 봐야 하는데, 미묘하게 위치가 틀어져 있었다.

'진법인가.'

십천군이 구사하던 진식무공과 달랐다. 그것은 엄밀히 말해 진법이라기보다는 그 구결을 활용한 술법 발현에 해당했지만, 이것은 아주 전통적인 개념의 광범위 진법으로 보였다. 감각 교란, 방위 상실, 시야 조작 등을 목적으로 쓰이는 종류였다.

퍼억!

마광각으로 청면귀를 눕히고, 몸을 돌렸다. 이번엔 이 대일로 싸우는 관승이 멀어져 있었다. 흔들리는 갈대밭이란 이런 식의 거리감 착란에 제격인 지형이었다. 경계를 지나온 느낌은 이제 확신이 되었다.

파지직!

단운룡의 발밑에서 뇌전이 일었다.

갈대가 아직 푸르른 계절이다. 초겨울 갈대밭이 아닌 이상 이 정도 전격으로 불이 붙지는 않을 것이다. 그래도 밟은 갈대에는 태운 족적을 낼 수 있었다. 단운룡의 몸이 빠르게 앞으로 쏘아졌다.

파직! 파지지지직!

청면귀를 일일이 죽이지 않고, 앞으로 돌파할 생각만 했다. 광극진기로 방위감을 고정하고 직선주파를 감행했다.

쐐액!

숙이고 밀치면서 나아갔다. 뛰어넘고 흘려냈다.

뻐억!

가면의 벽 뒤로 공간이 보였다. 마지막 가면을 무릎으로 부수면서 백면뢰와 청면귀 무리를 꿰뚫었다.

파지지직!

이미 누운 갈대밭을 밟고 뒤를 돌아보았다.

갈대밭 발자국이 이리저리 휘어져 보였다. 똑바로 온 것은 확실했다. 그는 안다. 광극진기는 흔들리지 않았다.

그가 다시 앞을 보았다. 생각대로다. 관승의 위치가 또 달라져 있었다.

'그저 그렇게 보일 뿐이다.'

관승은 저기 있는 것 같아도, 저기에 있는 것이 아니다.

눈이 아니라 기(氣)를 우선했다.

단운룡이 발끝을 틀었다. 지금 보이는 관승 쪽에서 거의 직각의 절반에 가까운 각으로 방향을 잡았다.

파직! 쐐애애액!

뒤로 달려드는 백면뢰들을 무시하고 몸을 날렸다. 관승의 기가 흔들리고 있었다. 더불어 감각에 온전히 잡히지 않던 강력한 기운들이 갑작스레 전방에서 나타났다.

'못 느꼈어.'

순속 유지에 뇌신 부분 발동이다.

마신 개방 때와는 격이 다르다지만, 그래도 놀라웠다.

광극진기의 초감각은 어지간한 주술적 은폐까지 모두 다 간파하는 공능이 있었다. 헌데 이 진식은 그마저도 차단했다. 발자국이 휘어져 보인 것도 결국 마찬가지다. 도약을 전개할 때처럼 광극진기를 극성으로 운용했다면, 발자국도 관승도 온전히 제 위치 그대로 보였을 것이다.

쉬리릭! 쉬릭! 쉬이익!

파공음이 들렸다. 그것도 여러 방향에서 날아오는 것처럼, 소리가 여러 가닥으로 분리되어 있었다.

그것이 회전하면서 날아와 단운룡의 머리를 꿰뚫었다.

피는 튀지 않았다.

날아온 것은 여러 개가 아니라 한 개였다. 단운룡은 잔상을 남겼을 만큼 빠르게 회피했다.

쉬리리릭! 쉬릭! 쉬리릭!

회전음이 파공음과 섞여 있었다.

단운룡은 옆으로 몸을 움직이며 이리저리 휘어지듯 날아온 뾰족한 청광이 그의 옆을 스치고 날아가는 것을 보았다.

청광은 길쭉한 송곳 형태였다. 암기지만, 쇠붙이로 만들지 않았다. 그것은 양쪽 끝이 날카롭게 응결된 하나의 얼음덩이였다.

직선으로 날아왔을 그것은 좌우로 방향을 바꾸는 것처럼 보였고, 옆을 지나가 뒤로 날아갈 때도 휘어지는 것처럼 보였다.

'방해받는 것은 나뿐인가?'

단운룡은 감각을 확장시켜 지기를 읽었다.

물기 어린 갈대밭 밑에는 뇌기가 응축될 수 있는 금속이 많지 않았다. 대신 죽은 무인들의 병장기가 있었다.

수기(水氣) 간섭이 있었지만 그럭저럭 읽혀졌다.

이런 감각 교란이 단운룡이 아닌 모두에게 발생하고 있다면 그것은 아주 위험했다.

단운룡은 이제 그 자신만 생각하지 않았다.

관승이 이것을 똑같이 겪어서는 안 된다. 결정적인 순간 치명상을 입을 수 있었다. 다른 비룡각 무인도 상황은 같았다. 무인의 생사는 한 치 차이에서도 쉽게 갈렸다. 그렇기에 시각으로 느끼는 거리감은 생존에 대단히 중요한 요소였다.

'진식의 기가 온전히 내게 집중되어 있다. 시전자의 의지에 따라 움직일 수 있는 생진(生陳)이었군.'

쉬릭! 쉬리릭!

단운룡은 다시 한번 얼음암기를 피했다.

휘돌고 앞으로 나아가며 양손을 앞에 모았다.

콰앙! 쏴아아아아아!

광뢰포다.

응축된 진기가 허공에서 폭발했다. 정면의 갈대가 지워지듯 흩날렸다. 열어젖힌 공간의 맞은편에서 얼음암기가 날아왔다.

쟁!

단운룡은 피하지 않고 광검결로 얼음암기를 쪼개버렸다.

어딘지 익숙한 가면이 저 앞에 있었다.

삼안(三眼)의 흑면 장수였다. 두 눈은 부리부리했으나 치켜올라가지 않았고, 코와 입에는 수염이 그려졌다. 투구엔 고풍스러운 물결 문양을 새겼다.

은회색 경장갑주엔 선도 도교의 문양과 기이한 도형들이 촘촘했다. 확실히 눈에 익었다. 흑색 비구, 백색 수투도 그러했다.

단운룡이 앞으로 나아갔다.

가면이 손을 올렸다. 손끝에서 푸른 기운이 피어오르더니, 아무것도 없는 허공에서 수기(水氣)가 뭉쳐 빙정(氷釘)이 되었다. 얼음암기는 그렇게 생겨났다.

쉬릭!

가면이 손목을 돌리며 팔을 휘둘렀다.

얼음암기가 회전하며 날아왔다.

단운룡은 땅을 박찬 상태로 몸을 틀어 암기를 피했다. 그 상태로 광극진기를 한껏 끌어 올렸다.

파지지직!

그의 몸 전체에서 전격이 솟아났다.

적어도 뇌신이다. 상대는 그저 마치 이쪽의 실력을 시험해 보겠다는 듯 암기부터 날려 왔지만, 몸에 응축된 기운은 강력한 고수의 그것이었다. 순속으로 이길 수 있는 상대가 아니었다.

후웅! 쐐애애액!

막 뇌신극광추를 내지르려는데, 측면에서 강맹한 기운이 훅하고 끼쳐들었다.

놀라지 않았다.

뇌신발동과 동시에 먼저 감지했다.

진법의 사각에서 모든 기를 감추고 그를 노리던 자다. 초감각과 예지가 동시에 발현되었다.

파직! 터엉!

발끝으로 땅을 찍어 방향을 틀고, 오른쪽 어깨를 아래로 하며 몸을 돌렸다.

아슬아슬하게 거의 눈앞을 스쳤다.

살벌한 예기는 한 줄기가 아니라 세 줄기다. 참격의 기운에 피부가 찢어질 듯 아렸다. 하나의 창봉에서 돋아난 세 개의 칼날이 그를 비껴가 갈대를 끊고 바닥을 찍었다. 습기 어린 흙바닥에 세 줄기 고랑이 생겨났다.

단운룡은 그 병장기를 너무나도 잘 알았다.

삼첨양인도다.

새 가면을 익숙하게 느끼도록 한 장본인이었다.

"이랑진군."

단운룡의 입에서 또 하나 흑면 장수의 이름이 흘러나왔다.

"다시 만났구나."

이랑진군이 답했다.

*　　　　*　　　　*

다시 만났다는 이야기가 가면 속 사람의 입에서 나온 것인지, 가면의 인격에서 나온 것인지는 알 수 없었다.

전자와 후자가 함께라는 느낌이 들었다.

목소리는 생소했지만, 그 수준 내공무인에게 있어 목소리를 변화시키는 일은 어려운 일이 아니었다. 실제로 가면 유무에 따라 많은 것이 변하는 자들을 여럿 보았다.

이랑진군도 그런 것일 수 있다.

다만, 확실한 것은 예전에 싸웠던 이랑진군이 아니라는 사실이다. 이랑진군의 사망은 금상 결전에서 분명하게 확인되었다.

죽었다가 살아나는 것은 통상적으로 불가능한 일이지만 절대는 아니었다. 그래도 이랑진군의 부활은 불가능이 맞았다. 이랑진군의 사체는 천룡상회 쪽에서 수습했다. 매장도 천룡상회 측에서 했을 뿐 아니라, 시신도 신마맹에 대한 단서를 얻기 위해 철저히 조사한 것으로 안다.

광동 이씨 가문에 대해서는 이후 천룡상회 측에서 위압과 제어 절차에 들어갔다. 광동 이씨 가문은 서서히 무력화되었고, 광동에서 대부분의 기반을 상실했다. 거기까지가 이랑진 군 이진명의 이씨 가문에 대해서 단운룡이 들은 바였다.

후욱! 쉬리릭!

단운룡은 다시 짓쳐든 삼첨양인도를 비껴내고, 몸을 숙여 뒤이어 날아든 빙정암기를 피했다. 정체가 분명히 무엇이냐 묻 기에는 문답무용 쳐들어오는 기세가 사나웠다.

위잉! 쐐애애액!

이랑진군이 빠르게 쇄도했다.

삼첨양인도의 살기가 아주 짙었다. 머리를 세 조각 낼 요량 으로 찍어 올렸다. 사락! 하고 머리카락 몇 가닥이 잘려서 날 아갔다.

'또!'

확실하게 피한 줄 알았다. 본디 이 궤도면 머리카락도 스치 지 못했을 일격이었다.

투로의 간격이 교묘하게 어긋나 있었다. 보이는 것이 그랬 다.

진법의 기운이 집중되고 있음을 감지했다. 눈을 믿을 수 없 다. 광극진기가 일으키는 초감각에 의존했다.

파지직! 쩡!

광검결로 삼첨양인도를 막아냈다. 손이 뒤로 밀렸다. 그 전 이랑진군도 강했지만, 이 자 또한 몹시 강했다. 단순히 강할 뿐 아니라 삼첨양인도를 따라 전격이 흘러들어갔을 텐데도 움찔하는 기색조차 없었다.

'알고 있어?'

금속무기를 사용하는 자들에게 뇌신 진기란 허를 찌르는 후속타와 같았다. 수투를 끼고 있긴 하나, 그걸로 막을 만한 뇌기가 아니었다. 방비를 충분히 하고 있었다는 이야기다.

단운룡은 가볍게 뒤로 물러난 후, 이랑진군을 다시 보았다.

갑주로 완전 무장하여 맨몸의 윤곽이 잘 드러나지 않았지만, 틀림없는 기시감이 있다. 가면이나 복장이 같아서가 아니다. 그 안에 있는 자가 단운룡을 안다. 그 사실을 확신했다.

이랑진군이 위에서 아래로 삼첨양인도를 내리찍어 왔다.

단운룡은 빠르게 옆으로 피하고 빈틈을 노렸다. 팔꿈치 밑으로 비집고 들어가면 일격이 가능하겠지만, 뇌신의 속도로는 안 된다. 음속을 펼쳐야 했다.

쉬릭! 쩌저저저적!

막 구결을 발동하려는데, 빙정암기가 날아왔다. 더불어 땅을 타고 기이한 소리가 가까워졌다. 갈대와 그 밑의 땅이 얼어붙는 소리였다.

단운룡은 이빙 가면 쪽을 보았다.

입으로는 주문을, 양손에서는 푸르른 한기가 흘러나오고 있었다. 그 한빙기가 땅으로 내려와 직선으로 질주해 왔다.

'느려!'

빙격의 술법은 강력했지만, 속도가 아주 빠르지는 않았다.

날이 제아무리 흐리다 해도 사천 대지 여름날의 상온을 빙점에 이르도록 만들려면 그야말로 엄청난 법력이 필요했다. 그런 술법이 무인의 신법만큼 빠르기는 어려운 일이었다.

애초에 직격을 노리기 위해서가 아니라 견제를 위함이다.

그리고 단운룡은 의도를 알면서도 피하지 않았다.

파지지지직!

뇌신진기가 발에서부터 얼음을 타고 퍼져나갔다. 뇌신진기는 강력한 뇌전과 함께 열기를 동반했다. 땅과 갈대가 다 얼어붙었지만, 단운룡의 발은 곧바로 얼어붙지 않았다. 더불어 뇌전이 빙면(氷面)에 가득한 수기(水氣)를 타고 확산되었다.

파직!

뇌기(雷氣)는 얼음을 따라 찰나에 치달아서 나아갔다.

빙술(氷術)에 뇌전으로 반격을 가해올 거라고는 상상조차 하지 못했을 것이다.

허나, 단운룡의 노림수는 통하지 않았다.

이빙이 잠시 한빙술을 중단하는 것만으로도 충분했다. 수기(水氣)가 끊기자, 뇌전은 타고 오를 매개가 없었다. 이빙까지 닿았어도 큰 타격을 주긴 힘들었을 것이다. 뇌신이 뿌려대는 뇌전은 목표 특정의 뇌격술이 아니었다. 방출되어 확산되는 뇌기는 이빙 가까이 가기도 전에 이미 빙판과 땅바닥으로 대부분 흩어져 버렸다.

단운룡의 노림수는 통하지 않았고, 이빙은 주문을 재개함으로 빙술에 위력을 더했다. 땅을 덮는 얼음이 더 촘촘해졌다. 서리처럼 하얀 기운이 땅을 타고 뻗어 나왔다.

주춤했던 얼음이 뇌신의 열기를 삼켰다. 단운룡은 이번에도 피하지 않았다. 그의 발이 하얀 얼음에 덮였다.

쩌저적!

시린 한기가 다리를 타고 올라왔다.

광극진기로 저항해도 뼛속까지 파고들 만큼 한기가 독했다.

쐐액!

피하면 그만인 빙술(氷術)이 기어코 단운룡에게 격중했다. 이빙은 순간 놀란 듯했지만, 손으로 수인을 맺으며 기세를 더했다.

이랑진군도 기회를 놓치지 않았다. 단운룡의 발이 봉쇄되자, 즉각 가슴팍을 향하여 삼첨양인도를 찔러왔다.

쩌정!

광검결을 내쳐서 삼첨양인도를 튕겨냈다. 손날에 피가 맺혔다. 발이 얼어붙어 자세가 유연하게 나오지 않았다. 이랑진군은 여세를 몰아 다시 삼첨양인도 연환격을 펼쳤다.

쩡! 쩌저정!

세 개의 날이 신랄하게 단운룡의 목숨을 노렸다.

한쪽 다리에 이어 다른 쪽 다리로도 얼음이 타고 올랐다.

발밑이 부자연스러워지면서 회피가 어려워졌다. 광검결로 양인도 칼날을 막아내고, 극광추를 내쳐서 창봉을 튕겨냈다.

얼음이 다리를 거쳐 허리로 올라왔다.

거기서부터다.

천잠보의가 발동했다.

우우우웅!

천잠보의에서 광채가 솟구쳤다.

금은색 광영에 청백색 빛줄기가 어우러졌다.

쩌적!

얼어붙었던 다리가 깨졌다.

천잠보의는 빙술이 처음이다. 술법을 까마득히 초월하는 자연 뇌격을 맞아왔고, 풍술(風術)과 화술(火術)까지 경험했다. 뜨거운 것은 충분히 해소해 왔지만, 이만큼 찬 것은 겪어본 바가 없다.

천잠보의는 이치를 해독하듯 빙술에 반응했다. 청백색 기운을 보의 전면에 아로새겼다.

쩌엉! 따앙!

단운룡이 이랑진군의 삼첨양인도를 방어하는 동안, 천잠보의는 이빙의 빙술을 깼다.

보의의 술법 흡수에는 학습과 경험이 필요하다.

시간이 걸린 이유다. 단운룡은 이 싸움을 통해 그 사실을 확실히 인지했다.

꽈앙!

이랑진군과 다섯 합을 주고받았다.

다리를 타고 올랐던 백색 한기(寒氣)가 엷어졌다. 발을 덮었던 얼음이 부서졌다.

웅웅웅웅!

빙면이 사라지는 것에 더불어 단운룡의 발밑으로 하얀 기운이 빨려들어 갔다.

이빙이 흠칫 놀라는 기색을 읽었다.

천잠보의 표면에서 청백색 기운이 수십 개의 육각형으로 빛났다.

쫘자자자작!

찢어지고 망가진 채 보의를 덮고 있었던 녹색 장삼이 한순간에 얼어붙었다.

삼첨양인도가 호선을 그리며 날아들었다.

쩌엉!

단운룡의 손이 삼첨양인도를 튕겨냈다.

쩡!

동시에 천잠보의를 덮고 있던 장삼이 얼음조각으로 부서져 우수수 땅 위로 쏟아졌다.

탈피를 하듯, 천잠보의 전면이 세상에 나왔다.

이빙의 입에서 침음성이 흘러나왔다.

"술법 흡수에서 술식 해석, 그리고 일부 방출까지! 무가지보로군……!"

가치를 측량할 수 없는 기보다.

이랑진군도 한 마디 했다.

"완성한 건가."

단운룡은 그 순간 알았다.

이랑진군과의 싸움은 간단히 끝나지 않는다.

왜 그렇게 노골적인 살기를 느꼈는지도, 알 수 있었다.

'음속.'

단운룡은 결단을 내렸다.

빙술 흡수로 작지만 여유가 생겼다.

이제는 음속이다.

여유가 없더라도 써야 한다. 뇌신만으로는 이길 수 없는 상대였다.

후욱! 쫘아아앙!

음속 발동으로 충격파가 퍼져나갔다.

시간이 느려지고 공간인식이 뚜렷해졌다.

거리의 일그러짐이 사라졌다. 진법의 기운을 손에 잡을 듯 느낄 수 있었다. 모든 것이 명백하게 보였다.

위이이잉!

이랑진군의 삼첨양인도가 느릿하게 다가왔다.

단운룡은 이랑진군의 가면 속 두 눈을 보았다. 그리고 흑면의 세 번째 눈에서 붉은빛이 솟아나는 것도 보았다.

쩌정!

이랑진군의 움직임이 갑작스레 빨라졌다.

음속 안에서도 확실히 속도감을 느낄 수 있다. 몸을 젖혀 삼첨양인도를 피하고, 아래쪽으로 극광추를 밀어 넣었다.

공기가 무거웠다.

항상 이 영역에 들어오면 그랬다. 상대도 그럴 것임을 알았다.

쐐애액!

이랑진군의 삼첨양인도가 허공을 갈랐다. 이 속도, 이 힘에 이르면, 어떤 통상 공격에서 공기를 가르는 참격 경파가 생긴다. 피한다고 끝이 아니다. 광극진기로 방패에 천잠보의의 방어력을 더하여 삼첨양인도의 참공을 너끈히 막아냈다.

퍼어엉!

단운룡의 극광추도 허공을 때렸다.

이랑진군은 아주 절묘하게 보법을 밟으며 공간을 만들었다.

허공을 때린 극광추에서 충격파가 터져 나와 주위의 갈대들을 분쇄했다. 터져서 비산하는 줄기조차 느려보였다.

단운룡이 몸을 돌리며 마광각을 전개했다.

이랑진군은 몸을 돌리지 않은 채, 창봉을 치켜들었다.

쩌어어엉!

먼저 부딪치고, 그 다음에 충돌음이 터졌다. 합과 합에서 무서운 경력이 폭발했다.

후우욱!

지근거리에서 십여 합을 주고받고서야, 둘의 신형이 양측으로 떨어져 나왔다. 단운룡은 순간 음속 발동을 풀고 진기를 조절했다. 그의 몸에서 다시 파직거리는 뇌전이 흘러나왔다.

"너였군."

단운룡이 말하고.

"그렇다."

이랑진군이 답했다.

단운룡은 음속을 거두었지만, 이랑진군은 여유가 있어 보였다.

그가 선 갈대밭에서 연기가 솟아났다.

이랑진군의 발밑에는 이글거리는 불 바퀴가 생겨나 있었다. 음속을 따라올 수 있는 천신의 비술이었다.

쇄액! 터어엉!

자웅을 겨룰 때다.

하지만, 단운룡에겐 일대일이 허용되지 않았다.

묵직한 파공음에 이어 거대한 그림자가 측면에 드리워졌다.

"탁탑. 늦었다."

이빙이 말했다.

거인의 손에 들린 보탑은 천마의 형태로 변해 있었다. 전속력으로 달려왔다는 뜻이다.

휘이이이이잉!

더불어 황색 바람이 밀려들었다.

갈대가 마구 흩날리고, 먼지 구름이 치솟았다.

"황풍, 너는 이 싸움에 맞지 않다."

족제비처럼 생긴 가면이 먼지 구름 속에서 나타났다. 입고 있는 옷에 노란색 얼룩이 짙었다.

"보통 고수가 아닌데, 지금 죽여야 하는 것 아니오?"

"그 말은 옳다. 하지만, 황풍의 풍술은 사용 불가다."

"어째서요?"

"술법을 흡수한다."

"그게 무슨 말이오?"

"법력을 가져가 기보(奇寶)의 내부에 갈무리했다. 이 자리에서 죽이지 못하면 화근이 된다. 저 자뿐이 아니다. 저와 같은 기보의 존재가 확인되면, 방출형 술법은 금지다. 황풍은 신과 마 모두에게 알려라."

이빙은 단운룡을 상대로 술법 봉인을 말했다.

지극히 올바른 판단이다.

황풍괴가 물러났다.

그리고 그 자리로 다른 자가 또 나타났다.

"잘 오셨소. 노사, 반드시 여기서 죽입시다."

명령조로 말하던 이빙의 말투가 달라졌다.

흩어지는 먼지 구름 사이에서 모습을 드러낸 자는 마치 원래 거기에 있었던 것처럼 평온해 보였다.

그는 차림새가 지극히 방만했다. 앞섶을 열고 배를 드러내어 뚱뚱한 뱃살이 그대로 드러났다. 이마가 넓고 눈이 오목한 가면을 썼다. 머리카락은 둘로 묶어 뿔처럼 보였다.

"나 종리권, 그 말대로 하겠소이다."

팔선의 수좌인 그가, 부채를 들고 말했다.

*   *   *

단운룡은 다른 누구보다 종리권을 경계했다.

그는 단운룡이 상대했던 다른 팔선들과 달랐다.

가장 단련이 안 된 육체를 가진 것 같으면서도, 공력이 첩첩 산중의 계곡처럼 깊었다. 너른 벌판에 스치는 바람처럼 허허로운 기도를 지니고 있었다.

"자네가 우리들 셋을 죽인 아이로군."

종리권이 한 발 나서며 단운룡에게 말했다.

역시 단운룡의 감각은 좀처럼 틀리지 않았다.

이철괴를 죽인 것은 그동안 적에게도 알려졌을 수 있다.

하지만 조국구와 한상자를 죽인 것은 바로 오늘 아침 아미파 습격 때였다.

시간과 거리가 맞지 않는다.

그 어떤 파발도, 하늘을 나는 전서구조차도, 단운룡보다 빠를 수는 없다. 팔선 둘의 사망과 그 전투 상황이 이런 전장에 전령의 형태로 당도하는 것은 불가능한 일이었다.

다시 말해, 보고를 받지 않고 알았다는 이야기다.

주술적 신통력을 보유했을 가능성이 높다.

신마맹 가면들은 소유자에게 각 가면에 맞는 특질을 부여했다. 먼 곳에서 벌어진 일을 직접 가보지도 않고 아는 것은, 신선들의 고사에서 숱하게 변주된 정체성이라 할 수 있었다.

"광력을 다루는 것 같았는데, 아니었던가. 같은 사람이 분명하다만."

그가 단운룡을 알아보았다는 사실보다, 동요 없는 그 말투가 더 위협적이었다.

팔선을 죽인 것에 분노하지 않는다.

화낼 일도 슬퍼할 일도 없다. 신선이란 무릇 그러한 존재다.

종리권이 손을 들었다.

부채는 이미 손에 없었다. 아무것도 없는 맨손이 단운룡을 겨누었다.

그저 그뿐이었다.

요란한 기합성도, 준비 자세도 없었다.

'위험!'

순간, 단운룡이 옆으로 일보 움직이며 몸을 젖혔다.

퍼어엉!

단운룡이 서 있던 곳에서 폭발이 일었다. 땅바닥이 뒤집혔다. 얼어붙었던 갈대가 하얀 서리와 함께 부서져 흩날렸다.

'장풍(掌風)……!'

주술이 아니었다.

순수한 무공의 힘이다.

발경의 증폭 과정을 생략한 채, 공력을 집중하고 응축하여 직선으로 발출했다. 말은 쉽지만 실제 구현이 지난한 초상승의 공부였다.

등 뒤를 치닫는 서늘한 감각에, 고개를 들고 종리권의 위치를 확인했다.

역시나다.

종리권은 그 자리에 없었다.

'음속.'

꽈앙!

단운룡의 몸이 충격파와 함께 그 자리에서 사라졌다.

느릿한 시공 속에서, 단운룡은 뒤를 쫓아 빠르게 다가오는 종리권을 보았다. 종리권은 그 안에서도 느려 보이지 않았다. 아주 자유롭고 여유롭게 음속을 쫓아왔다.

단운룡이 물속에서 유영하듯, 몸을 뒤집었다.

그가 발끝을 돌려 사선으로 뻗어냈다.

음속마광각이다. 발과 다리가 참격의 힘을 품고 종리권의 몸을 쪼갤 듯이 짓쳐나갔다.

종리권은 살기 없는 무공대련처럼 편안하게 움직였다.

퉁! 콰악!

두툼한 손등이 올라와 단운룡의 발목을 밀어냈다.

궤도를 비껴내는 절묘한 한 수였다. 유능제강의 극치다. 더불어 손을 쭉 뻗더니 반대편 무릎팍을 잡아챘다.

단운룡은 놀랐다.

두툼한 손가락 끝에 무릎의 옷깃이 걸렸다. 위기를 느낀 단운룡이 몸을 비틀며 광검결을 내리그으려는데 헤엄치다가 큰 파도에 휩쓸리듯, 혹 하고 몸 전체가 내던져졌다.

꽈아아아앙!

땅바닥에서 폭발이 일어났다. 젖은 흙과 갈대 뿌리가 검은색으로 치솟아 올랐다.

종리권이 부드럽게 땅을 밟고, 손바닥을 활짝 폈다.

콰아앙!

폭발음이 한 번 더 터졌다.

장풍경파가 올라왔던 흙먼지를 원형으로 밀어냈다. 치솟은 흙더미에 거대한 구멍이 뻥 뚫렸다.

후두둑, 하고 흙더미가 가라앉았다.

종리권이 측면으로 몸을 돌렸다.

그가 물었다.

"어떤가? 선골(仙骨)만 잘 찾았다면, 먼저 간 신선들도 이 정도는 했을 걸세."

그가 바라보는 곳에 단운룡이 서 있었다.

"당신은 강하군."

단운룡이 대답했다. 대답해 줄 만했다.

집어 던져진 그 순간, 땅바닥을 향해 광혼고를 펼쳤다. 옷을 잡아 땅바닥에 처박으려 한 그 한 수에는 끔찍하게 강력한 회전경파가 실려 있었다. 광혼고로 전사력을 되풀지 않았으면 그 일격으로도 척추가 부러졌을 것이다.

찰나의 대응으로 종리권의 힘을 어렵사리 해소했다. 이어진 장풍은 완벽하게 피하지 못했다. 왼쪽 어깨에서 팔까지 빛 무리가 휘돌고 있었다. 천잠보의의 방어력이 아니었으면 팔 전체가 뜯겨나갔을지 모른다. 지금도 통증이 올라온다. 종리권의 장풍은 아주 가벼운 한 수 같았지만, 경력발출의 위력이 실로 무지막지했다.

"자, 다들 구경은 그만하면 되었고, 이제 죽입시다."

종리권이 지나가는 과객의 한마디처럼 가뿐한 어조로 말했다.

"좋소! 천신의 힘도 보여주겠소!!"

고함처럼 큰 소리로 대답한 자는 다름 아닌 탁탑천왕이었다. 그가 등 뒤에서 보석 박힌 보봉(寶棒)을 꺼내 들었다.

"금강!"

차라락! 찰칵찰칵!

손에 들고 있던 비천마 금상이 보탑으로 변했다. 탑의 모양이 된 것도 잠시, 이내 탑 아래 부분이 회전하며 맑은 금속성을 냈다.

탑 중간에서 여섯 개의 팔이 튀어나왔다. 탑첨부가 뒤집히며 둥그런 머리를 드러냈다.

손에 든 보탑이 삼두육비의 황금야차상이 되었다.

시작부터 전력이다.

탁탑천왕이 꿍! 하고 땅을 박차고는 단운룡의 옆으로 뛰어들었다.

터엉!

그뿐만이 아니다. 반대쪽 측면에서는 이랑진군이 삼첨양인도를 허리춤에 내려든 채, 무서운 속도로 날아들었다. 이랑진군의 발밑에서는 불꽃이 휘돌고 있었다. 그가 더 나중에 움직였지만, 선공은 그의 몫이었다.

쩌엉!

이 일격도 강하다.

이 싸움의 생존 조건은 최소한이 음속 유지였다.

음속광검결로 이랑진군의 삼첨양인도를 튕겨냈다. 이랑진군은 자세가 전혀 흐트러지지 않은 채, 삼첨양인도를 휘돌려 충돌의 충격을 흩어내고 곧바로 연환격을 찔러왔다.

몸을 숙이고 발끝을 돌려 삼첨양인도 세 가닥 기운을 모두 다 피해냈다.

꽝!

다음은 탁탑천왕의 보봉이다.

보석 박힌 묵철 철봉이 단운룡의 머리를 부수지 못하고 땅바닥을 뒤집었다. 갈대밭이 파헤쳐지고, 주위가 축축한 검은 흙 밭으로 변했다.

단운룡은 음속의 시공 안에서 빠른 일격과 느린 일격을 동시에 보았다. 보봉은 느린 편이었지만, 결코 경시할 수 없었다. 일격만 잘못 맞아도 죽을 수 있었다.

삼첨양인도는 빨랐다. 특히나 창봉을 돌리고 전환하는 완급 조절이 일품이었다. 그런 기예는 정교한 봉술 공부에서부터 비롯된다. 친근한 벗으로 지내지는 못했다만, 그래도 함께한 시간이 상당했다. 한눈에 알아보지 못했음은 병장기가 바뀌었기 때문이 아니라 그가 놀랍도록 강해져서다. 탄탄했던 기초를 바탕으로 이랑진군의 무공을 완전하게 구사하고 있었다.

퍼어어엉!

초감각에 이은 예지력이 경종을 울렸다.

본능적으로 보봉과 삼첨양인도 사이, 빈 공간을 찾았다.

다급하게 그 안으로 몸을 던졌다. 폭음이 등 뒤를 따라왔다.

탁탑천왕도, 이랑진군도, 음속 영역 안에서라면 흐름을 읽으면서 피할 수 있다.

이건 아니다.

종리권의 장풍공부는 전설에서 그대로 튀어나온 것처럼 현실에서 동떨어져 있었다.

위력, 속도, 모두 다 강력하면서 연이은 방출이 가능했고, 후속타의 공격지연도 없었다. 종리권이 세 사람 사이에 끼어

들었다.

신법이 실로 대단했다. 발끝으로 땅을 밀고 다음 일보를 내딛는데, 지면이 접히고 일그러지는 것 같았다. 축지라는 두 글자가 어울리는 신법이다.

공간을 접고 늘리며 자연스럽게 활용한다. 체구조차도 변화하는 느낌이다.

좁은 틈새에서도 무공수급이 자연스럽다. 비대한 몸집이 무색했다.

'무겁다.'

종리권이 전권에 들어오자, 명백한 변화가 생겼다.

시공의 속도가 빨라졌다.

음속 발동은 그대로였지만, 적들이 더 이상 느리게 보이지 않았다.

모든 게 천천히 움직여도 혼자 앞서나간다는 확신이 있었다. 그게 음속의 핵심이었다.

속력의 압도가 사라졌다. 확신이 함께 제거되었다.

그 결과, 홀로 느려졌다.

이 영역의 압력이 그에게만 적용되는 것 같았다. 공기의 무게가 생경하게 와 닿았다. 그에게 내밀한 비밀을 알려주며 모든 흐름을 고백했던 자연기가 그를 외면하기 시작했다.

스각!

기를 놓쳤다.

정강이 어림에서 날카로운 통증이 밀려들었다.

핏방울이 뿌려졌다.

삼첨양인도가 그의 다리를 얇게 스친 것이다.

작은 상처지만, 몹시 큰 경종이었다. 완전회피가 불가능해졌음을 뜻했다.

후웅!

이번엔 탁탑천왕 보봉의 괴력이 그의 등허리를 훑었다. 직접 타격은 없지만, 휘몰아친 경력이 강맹했다. 기의 파도에 휩쓸리며 무게 중심이 미세하게 흐트러졌다.

하나, 둘, 이랑진군과 탁탑천왕에 셋. 세 번째가 없다.

종리권의 기척이 사라져 있었다.

순간.

단운룡은 죽음을 느꼈다.

그의 손이 광극이 비춰준 생과 사의 간극으로 움직였다.

아무것도 없는 허공에 광검결이 그어졌다.

초감각으로도 존재를 놓쳤던 종리권이 바로 그곳에서 나타났다. 광검결의 날카로운 예기에 종리권이 내뻗던 손바닥을 옆으로 비껴냈다. 장풍이 빈 땅을 터뜨렸다.

퍼어어어엉! 후두두둑!

폭발이 거셌다.

이랑진군과 탁탑천왕도 충격상쇄를 위해 몇 보를 물러나야 했을 정도였다.

"그건 상제력인가?"

종리권이 단운룡에게 물었다.

이 이야기는 위타천에게도 들었다.

단운룡이 답했다.

"물론 아니다."

보고 펼치지 않았다.

종리권을 노린 것이 아니라, 종리권이 나타날 지점을 예지했다.

그게 없었으면 서 있지도 못했다.

장풍공부 직격이라도 즉사는 면했겠지만, 이랑진군과 탁탑천왕은 기회를 놓칠 자들이 아니었다. 이랑의 발톱이 머리를 쪼개고, 탁탑의 보봉이 척추를 부순다. 단운룡이 예지로 피해 간 죽음이었다.

"자신이 무엇을 갖고 있는지도 모르는 우매한 자들이 있지."

종리권이 가면 속 두 눈을 빛내며 신선으로 범인을 무시하듯 말했다.

단운룡은 분노하지 않았다.

이랑진군과 탁탑천왕, 그리고 종리권은 강적이다. 이랑진군에겐 아직 여력이 있다. 종리권이 전력을 다하지 않은 것처럼, 이랑진군도 가진 것을 다 꺼내놓지 않았다. 이빙은 아직 출수조차 하지 않았다.

단운룡은 눈앞에 있는 네 명의 대적과 그 너머를 보았다.

관승은 머리에서 피를 흘리고 있었다.

오정수마와 팔계저마 둘에 맞서며 불굴의 무위를 보이고 있었지만, 그것도 이제 한계였다. 비룡각 창술무인들은 신마맹 백면, 청면과 동자가면들을 상대로 분투 중이다. 신마맹 졸개들은 숫자가 좀처럼 줄어들지 않았다.

다시 적들을 보았다.

삼엄한 살기가 그의 시선을 되돌렸다.

이랑진군이 삼첨양인도를 그에게 겨누고 있었다.

그가 말했다.

"싸우면서 지켜보았다. 기대했던 것보다 강해지지 못했더군. 단 공자, 그대는 나에게서 많은 것을 앗아갔지. 부족해. 적어도 그것보다는 노력했어야 했어."

종리권도 주먹을 쥐었다.

그가 공력일권을 배 옆에 두고, 장풍일격 손바닥을 앞으로 했다.

처음 취하는 기수식이다. 진신실력을 보이겠다는 뜻이었다.

"이랑의 말이 옳다. 광력기(光力技)도 상제력(上帝力)도 그 수준엔 아깝다."

종리권이 말했다.

이제 승부를 걸어야 했다.

단운룡이 두 주먹을 가슴 앞에서 나란히 했다.

"가르치려 들지 마라."

뇌신과 음속을 오가면서 아끼고 아꼈던 진기다.

완전전개는 불가다.

유지 가능은 불과 십여 합, 광검은 꺼내지도 못할 것이다. 천잠보의의 기갈역치도 아슬아슬했다.

예지가 아닌 확정적 결과다.

발동 후엔 운기조식이 필요한 내상을 입는다.

광극진기를 끌어 올리며 그 뒤의 그 뒤의 그 뒤를 보았다.

치열한 전쟁 속에서 컸고, 이제 그 순간을 다시 느낀다.

공기가 바뀌고 있었다.

파직! 우우우웅!

단운룡의 발밑에서 곡선과 동심원이 새겨졌다. 황록색 뇌전 광채가 천잠보의를 누볐다.

광신마체, 마신 발동이었다.

*   *   *

힘의 파동이 모두를 휩쓸었다.

종리권의 눈빛이 급변했다.

시종일관 움직임이 여유로웠던 그가 진각을 밟고 강권을 내질러왔다. 신선의 신통력은 산을 허물고 하늘을 뚫는다고 했다. 전설처럼 그의 주먹에는 태산의 힘이 실려 있었다.

번쩍!

단운룡은 종리권의 권력을 마주 받지 않았다.

꽈아앙!

단운룡의 신형이 없어졌다 나타나듯, 권격 범위에서 벗어났다.

"위타천의?!"

종리권이 놀라 일갈하며, 곧바로 장풍을 전개했다. 단운룡이 있었던 곳에서 연이은 폭발이 일어났다. 종리권은 음속을 따라왔지만, 마신은 여유롭게 쫓아오지 못했다.

그럴 것이다.

단운룡은 방금 전의 접전으로 이들의 무공을 충분히 파악했다.

종리권은 고수다.

음속으로는 제압이 어렵고, 마신으로 싸워도 단숨에 죽이기 어려울 정도다.

마신을 발동했지만, 극의를 뽑진 못했다. 이 상태로 종리권과 공방을 주고받으면 순식간에 공력을 소진할 것이다.

그래서 정했다.

첫 번째는 종리권이 아니다.

단운룡이 땅에 두 발을 박았다.

난전예지가 시작되었다.

퍽! 하는 소리와 함께, 땅바닥에 새겨지는 동심원으로 진흙이 치솟았다.

왼손을 활짝 펴고 탁탑천왕에게 겨눴다.

우우우우웅!

탁탑천왕의 몸이 덜컥 흔들렸다.

그의 갑주는 모조리 묵철로 만들어졌다. 보봉도 그러했다.

파지직!

단운룡의 얼굴과 손의 피부에서 붉고 푸른 빛이 어지럽게
교차했다.

마신의 파동기에 탁탑천왕의 발이 땅에서 떠올랐다. 반 치,
한 치, 탁탑천왕의 거구가 위로 올라왔다.

"무슨!!"

경악성도 사자후처럼 쩌렁쩌렁했다.

이랑진군이 먼저 땅을 박차고 단운룡에게 뛰어들었다. 종리
권도 함께 달려들었다.

"염력인가!"

종리권이 단운룡의 힘을 경계했다.

두 고수의 힘은 아주 강력했다.

파공음이 나중에 터질 정도다. 둘 다 진심이다. 음속에 준
하는, 어쩌면 그 이상의 속도로 절기를 펼쳐왔다.

오른손을 들었다.

우우우웅!

이랑진군의 삼첨양인도가 비틀어졌다.

공력이 충만해 있는 돌진이다. 자력파동만으로 이랑진군을 멈춰 세울 수는 없었다.

이랑진군의 삼첨양인도가 어깨 옆을 스쳐지나갔다.

일대일과 일 대 삼은 다르다. 이빙이 쳐들어오는 순간, 일 대 삼은 언제든 일 대 사가 될 수 있다.

마신의 힘으로 누를 생각을 하면 안 된다.

기지가 필요했다.

그리고 그것은 무공을 제대로 배우기 전부터 단운룡이 이미 갖고 있었던 절대적 재능이었다.

훅!

종리권의 일권을 피해내고, 이랑진군의 뒤로 돌아갔다.

탁탑천왕을 향한 마신의 파동역장이 풀렸다.

꾸웅!

탁탑천왕이 땅에 내려섰다. 불과 몇 치 안 떠 있었음에도 땅을 찍는 소리가 아주 컸다.

천근추와 같은 하중공부를 시전하고 있었기 때문이었다.

이제 탁탑천왕은 무게 중심을 아래로 잡고, 단운룡의 파동기를 방어하려 할 것이다. 그래서 손을 그쪽으로 드는 것만으로도 견제가 된다.

단운룡의 손이 탁탑천왕에게로 향했다.

탁탑천왕은 감히 달려들지 못하고, 내공을 끌어 올렸다.

그걸로 탁탑천왕의 움직임을 봉쇄했다.

따앙!

단운룡은 파동을 발현하지 않고, 발끝을 돌려 차 이랑진군의 삼첨양인도를 튕겨냈다. 종리권이 일장을 내쳐왔다.

퍼어엉!

땅거죽이 뒤집혔다.

"이 놈!!"

탁탑천왕은 그의 몸을 들어 올렸던 힘이 다시 들어오지 않자, 속았다는 듯 분노의 외침을 발하며 보봉을 치켜들었다.

지금이다.

우우웅!

단운룡의 손이 다시 그에게로 겨누어졌다.

이번엔 진짜다.

시간 차를 뒀다. 목표도 바뀌었다.

파동역장의 대상은 탁탑천왕의 거구가 아니었다.

그는 항상 보탑을 들고 있다. 탑은 이름처럼 그의 정체성이다.

황금야차상으로 변형된 보탑은 수도 없이 많은 금속으로 이루어져 있었다.

차륵! 찰칵!

황금야차상 안에서 미세한 소리가 들렸다.

마신의 자력파동은 탁탑천왕의 거구를 들어 올렸을 만큼 강력했다.

탁탑천왕의 입에서 더 큰 고함 소리가 터져 나왔다.

"안 돼!!"

단운룡이 손을 잡아당겼다.

삼두육비 황금야차상의 여섯 팔이 단운룡 쪽으로 휘어졌다. 더불어 황금야차상 자체가 단운룡에게로 끌려왔다.

보탑은 탁탑천왕의 가장 강력한 보구이자, 가장 큰 약점이라 했다.

지모에 어울리지 않았던 방편산이란 무기가 함께 떠올랐다.

방편산의 주인 흑산군사 선찬이 했던 말이다.

두고 보면 참으로 오래된 인연이다. 선찬은 그가 만나 인간으로 마음을 쌓은 최초의 중원 무림인 중 하나였다.

목숨 걸고 얻은 정보는, 언제고 큰 힘이 될 것이다.

선찬은 탁탑천왕과 싸웠고 그 경험은 여의각의 기록이 되었다.

그것이 지금 여기서 빛을 발했다.

탁탑천왕은 보봉을 휘두르지 못했다. 손이 황금야차상에 붙어 있는 것처럼 자세가 무너진 채 당겨져 왔다.

쿵.

단운룡이 진각을 밟았다. 그가 힘을 실어 손을 휘둘렀다.

방향은 이랑진군을 향해서다.

집어 던지듯 거세게 휘두른 궤적을 따라. 황금야차상이, 탁탑천왕의 거구가 이랑진군에게로 부딪쳐 갔다.

터엉!

이랑진군은 탁탑천왕을 피하지 않았다. 그가 탁탑천왕의 어깨를 절묘하게 쳐서 그의 균형을 되돌렸다.

자력파동으로 황금야차상을 던졌다.

탁탑천왕의 몸을 통째로 던진 것이 아니었다. 거구가 이랑진군에게 날아들었지만, 거기엔 탁탑천왕이 본디 지닌 무게 이상의 경파가 실려 있지 않았다.

이랑진군의 무공이면 그 사실을 알고도 남았다. 그의 능력이면 중갑을 입은 탁탑천왕이라도 얼마든지 받아낼 수 있었다.

무공이 아니라 경험과 정보를 종합했다.

이랑진군이 단운룡이 아는 그라면.

아직 정명했던 그 본연의 성정이 남아 있다면.

탁탑천왕이 동료인 이상, 피해서 땅에 처박히도록 두지는 않을 것이다.

예상대로다.

노린 것은 바로 그 순간이었다.

훅!

탁탑천왕이 이랑진군의 도움을 받아 몸을 세웠다.

찰나, 두 중갑무인이 얽혀 든 한가운데로 단운룡이 몸을 던졌다.

이랑진군과 탁탑천왕 둘 다 고수답게 반응하여 반격을 준비했지만, 미리 준비하고 노린 단운룡이 더 빨랐다.

쩌엉!

마신극광추가 탁탑천왕의 우측 흉갑에 박혀들었다. 탁탑천왕이 한쪽 무릎을 땅에 찍고 기울어졌다.

"크억!"

꿰뚫지 못했다.

묵철 흉갑은 아주 단단했고, 탁탑천왕의 육체 내구도 상상외로 높았다.

그래도 정타 직격이다.

탁탑천왕의 반격은 없다. 반격 불가다. 여기서 일격을 더해 죽여야 했다.

하지만 그의 상대는 탁탑천왕 혼자가 아니었다.

이랑진군의 삼첨양인도가 그 좁은 사이에서도 정확하게 목덜미를 노려왔다. 음속의 영역이 아니다. 그보다 더 치열한 공간이었다.

단운룡은 일보를 넓게 밟지 않았다.

회피도 이랑진군과 탁탑천왕 사이에서다.

근접거리 유지다. 그래야 뒤를 막을 수 있기 때문이었다.

온다.

종리권이다.

그의 일권과 장풍은 모두 다 격타 범위가 넓었다.

둘 다 못 쓴다.

단운룡은 이랑진군과 탁탑천왕의 바로 앞에 있다.

종리권의 진짜 성정은 알 길이 없지만, 그의 몸에서 흘러나오는 기도는 명백한 도가 쪽 선기(仙氣)였다. 이랑진군과 탁탑천왕이 휘말릴 수 있는 이 순간에 장풍비기를 쓰지는 않을 것이다.

더 뾰족하고 날카로운 것이 올 것이다. 아니면 더 넓거나.

단운룡은 초감각을 예리하게 다듬었다.

예상대로다.

전신에서 발산되는 파동역장에 기이한 간섭이 일어났다.

단운룡의 발밑을 따라 흙 밭에 생기는 곡선들이 단숨에 일그러졌다.

'무형기!'

그도 쓴다. 심지어 정통파다.

도가계열 염력이 올가미처럼 조여 왔다.

확산폭이 아주 넓었다. 힘도 몹시 강대했다.

삽으로 흙을 뜨듯, 흙더미와 함께 단운룡의 몸이 통째로 밀려났다. 장풍의 타격공간을 확보하기 위함이다. 종리권의 의도를 읽은 이랑진군이 탁탑천왕의 몸을 뒤쪽으로 잡아당겼다. 공간이 열렸다.

"신선포."

종리권이 쌍장을 들었다.

붉은 기가 있는 그의 가면이 더 붉어지고, 뚱뚱한 그의 몸도 붉은색으로 변했다.

쫘아앙!

발출 순간에도 폭음이 터졌다.

단운룡이 양손을 모았다.

지금껏 머리로 싸웠다.

이제 힘을 보여줄 때다.

마신광뢰포가 터져 나왔다.

큐웅! 콰과과과과과과광!

종리권의 신선포와 단운룡의 광뢰포가 무지막지한 폭발을
일으켰다.

파지직! 파지지직!

치솟는 흙의 구름 사이에서 뇌전이 튀었다.

"엇!"

먼지구름 사이에서 훅, 하고 그림자가 움직였다.

종리권은 죽음의 기, 사선을 느꼈다.

피하지 못할 것임을 알았다.

"하아압!"

그가 웅혼한 기합성을 내질렀다.

어깨와 등에서 강력한 무형기가 중첩되었다.

파직! 쫘아아앙!

종리권은 몸 전체에 엄청난 충격을 느꼈다.

비대한 그의 몸이 일장을 날아가 땅에 처박혔다.

신선포 상쇄도 경악이었지만, 고법에 이런 위력이 있을 거라고는 상상조차 하지 못했다.

무형기가 터져나가고 갈기갈기 찢어졌다. 전력을 다해 공력 방패를 치지 않았으면 상체가 통째로 날아갔을 위력이었다.

놀랄 겨를도 없었다.

그가 벌떡 몸을 일으켰다.

상대는 순간의 여유도 주지 않았다. 눈앞에 그림자가 드리워졌다.

콰직!

단운룡이 극광추를 꽂아 넣었다. 종리권이 유능제강의 신선무공으로 단운룡의 팔을 휘감아 머리를 노린 일격을 비껴냈다. 목 아래쪽에서 뼈 부러지는 소리가 났다. 직격을 면했을 뿐 강대한 파동경파가 좌측 쇄골을 부숴 버렸다.

위잉! 쐐애액!

이랑진군의 삼첨양인도가 종리권을 살렸다.

단운룡은 이랑진군에게 반격을 가하지 않았다. 몸을 틀어 삼첨양인도를 피하고, 다시 마광각으로 종리권을 찍어 찼다.

종리권은 그 와중에도 무공의 깊이를 잃지 않았다. 그가 계곡을 굽이치는 물처럼 보법을 밟아, 단운룡의 각법을 피해냈다.

단운룡의 손에 광검결의 날이 섰다.

이랑진군의 삼첨양인도가 허공을 갈랐다. 단운룡은 또 종리권을 노렸다.

"집요하다! 부상자를 노리다니, 실로 치사하게 싸우는구나!"

이랑진군이 소리쳤다.

이랑진군은 종리권을 보호하기 위해 투로까지 깨가면서 어렵사리 단운룡을 견제했다.

참으로 그답다.

가면을 이렇게 썼음에도 그 안에 순수하고 솔직했던 남자가 있다.

하지만, 공명정대가 모든 것을 긍정하진 않는다.

단운룡은 대꾸하지 않았다.

생사를 가르는 싸움이었다.

약화된 상대를 먼저 죽이는 것은 전장에서 당연한 일이다.

삼 대 일로 덤빈 것을 지적하기도 우습다. 그런 건 싸움에서 중요한 것이 아니었다.

삶은 언제나 한순간에 결정된다. 단운룡은 그것을 경험으로 알았다.

그는 무인이었다. 그 사실은 절대적이다.

그가 기억하는 대부분의 시간들이 목숨 건 투쟁으로 점철되어 있었다.

그는 어린 시절부터 전쟁터에 던져졌고, 협제의 제자로 인간 한계의 무공을 익히며 생사의 경계를 넘나들었다. 그의 싸움은 승리의 순간에도 후유증을 담보해야 했으며, 상대를 죽일 수 있는 무공을 지니고도 생존의 불확실성을 예상해야 했다.

상대가 없는 수련도 그랬다.

수련을 위한 석실은 죽음을 물리치는 공간이었다. 죽음 가까이 수련하고, 살기 위해 운기조식을 했다. 광신마체의 유지 한계를 넘어설 때마다, 그는 칠공에서 피를 쏟았다.

규산은 더 험했다. 벼락이 칠 때마다 죽음을 생각했다. 천둥이 유독 많이 쳤던 날 심장이 멈출 뻔했던 그를 뇌진자가 살려냈던 적도 있었다.

치사한 싸움은 없다.

상대가 몇이든 마찬가지다.

명예로운 일대일 결전이란 항상 낭만적인 환상에 빚을 지고 있다.

그렇게 쟁취한 승리의 영광을 부정하는 것은 아니나, 전장은 그렇게 흘러가지 않는다.

그는 생존을 위해 가장 올바른 길을 찾을 뿐이다.

종리권을 노려야 이랑진군의 맹공을 차단할 수 있다. 그게 다였다.

빠악! 우직!

마침내 종리권의 다리가 꺾였다. 두터운 허벅지 뼈를 둘로 조각냈다.

훅!

이랑진군이 다급하게 종리권의 전면을 가로막았다. 마지막 일격을 예상한 움직임이었다. 하지만 단운룡은 그 일격을 꽂지 않고 사라졌다.

이랑진군의 삼안이 붉은빛을 띠었다.

"단 공자!!"

그의 목소리엔 지엄한 분노가 깃들어 있었다. 이랑진군이 단운룡을 쫓아 땅을 박찼다. 그의 발밑에서 불바퀴가 거세게 휘돌았다.

화르륵!

이랑진군의 속도가 배가 되었다.

단운룡은 막 몸을 일으키고 있는 탁탑천왕에게 쇄도하고 있었다. 단운룡은 철저하게 약점을 노렸다.

탁탑천왕이 보탑을 뒤로하고 보봉을 치켜들었다.

"카합!"

그는 전설처럼 불굴의 장수였다.

죽더라도 그냥 죽어줄 수 없다는 의지가 장수의 거체에 가득했다. 단운룡이 그의 거체 바로 앞까지 전진했다.

쩌엉!

보봉이 튕겨나갔다.

이랑진군이 탁탑천왕의 죽음을 막기 위해 몸을 던졌다. 단운룡의 손이 광검결의 힘을 머금었다.

이걸로 삼 대 일 난전예지의 완성이다.

광검결이 탁탑천왕이 아니라 이랑진군의 가슴을 갈랐다. 마신광검결은 강했다. 광검을 뽑지 않고도 쇠를 갈랐다. 흉갑이 쪼개졌다.

사선으로, 피가 솟구쳤다.

"파악했다."

그리고, 이빙이 움직였다.

＊　　　　　＊　　　　　＊

이빙의 양손에는 하얀 서리가 엉겨 붙어 있었다.

단운룡은 그의 출수를 경계했다.

어떤 자인지 모르기 때문이다.

실력을 잘 감췄다. 빙정암기를 간간이 날려 왔지만, 탐색 공격일 뿐이란 사실은 초감각이 아니라도 알 수 있었다.

공력의 심후함은 종리권보다 아래다. 확신할 수 있다. 하지만 내공의 깊이가 상대의 위험성을 오롯이 나타내는 것은 아니었다.

그가 어릴 적 내공 한 줌 못 갖춘 몸으로 원나라 기마병사와 무공의 달인을 죽였듯, 그 역전의 대상이 단운룡 본인일 수도 있었다.

얕보지 않는다.

곧바로 왼손을 들어 올렸다.

우우우우웅!

이빙은 이랑진군과 거의 비슷한 형태의 전신갑주를 입고 있었다.

자력파동으로 제압이 가능하다는 뜻이다.

이빙의 몸이 덜컥 멈췄다.

고작 일장 앞에 그가 있다. 마신을 발동한 단운룡에겐 찰나의 거리였다.

위이잉!

후속 공격을 가하려는데, 측면에서 거센 파공음이 들렸다.

탁탑천왕의 보봉이었다.

이랑진군은 피를 뿌리며 쓰러졌지만, 탁탑천왕에겐 결정타가 들어가지 않았다. 거구의 장수에겐 아직 여력이 있었다.

쩌정!

아직 거두지 않았던 광검결로 보봉을 튕겨냈다.

딱 일합의 틈새다.

심상치 않은 기운이 정면에서 느껴졌다. 다시 몸을 돌려 이빙을 보았다.

촤좌자자작!

하얀 기운이 응축되고, 얼음 꽃이 피어난다.

폭발하듯, 이빙의 몸을 덮었던 갑주가 사방으로 튕겨나갔다.

철컹! 카앙! 파캉!

튀어나가 땅에 떨어진 철갑주가 경쾌한 쇳소리를 냈다.

이빙의 가슴과 어깨, 허리에는 두터운 얼음덩이가 생겨나 있었다.

대저 중갑이란 탈착이 쉽지 않은 장비였다. 일일이 벗어 던질 수 없으니, 갑주 안으로부터 얼음을 키워 바깥으로 뜯어낸 것이다. 갑옷의 이음매에 붙은 가죽 끈들이 바스라지고 끊어져 있었다.

기지였다.

술법의 섬세한 발현도 대단하지만, 가장 주목할 것은 자력 파동의 대상이 갑옷임을 즉각 간파하고 일순간에 갑옷을 제거한 순간 대응이었다.

이빙이 한 손으로 물결무늬 투구를 머리에서 벗어 내렸다.

쩌적.

손에 잡은 투구가 하얗게 얼어붙었다.

머리카락은 새까맸고, 윤기가 흘렀다.

처음부터 느꼈다.

이빙은 의외성을 지닌 자다.

이랑진군보다 더 늙었음을 형상화한 가면이지만, 가면의 주인도 그러리라는 법은 없었다.

"첫째. 일반적인 무형기가 아니라 생각했지."

중년인의 목소리지만, 본래 목소리가 아니다. 상단전의 간섭이 느껴졌다.

이빙은 젊다.

다른 가면에 대한 명령조의 말투와 안정된 기도가 그의 나이를 가렸다.

고작해야, 단운룡과 비슷한 연배임을 알았다.

철컹! 철그럭!

이빙이 양손의 비구까지 벗어던졌다.

몸에는 관복과 비슷한 비단 옷만 남았다. 그렇게 이빙은 자력파동에서 벗어났다.

따앙! 쩌엉!

이빙은 자유로워졌고 탁탑천왕은 끈질기게 달려들었다.

우-우-우-웅!

단운룡은 왼손의 파동으로 탁탑천왕의 보봉을 멈추고, 그의 옆구리에 다시 한번 극광추를 꽂았다.

"크악!"

탁탑천왕의 입에서 비명에 가까운 소리가 내뱉어졌다.

정타였다.

하지만 부족했다.

단운룡은 순간, 마신극광추의 관통력이 급격하게 저하되었음을 깨달았다.

만전의 마신진기가 이렇게 깨끗하게 들어갔으면 즉사도 가능한 일격이었다. 헌데 광핵회전에서 나오는 진기가 불안정해지며 진기가 완벽하게 집중되지 못했다.

이제 시작이다.

발동한계가 가까워졌다.

광극의 무공을 남발할 수 없었다.

손을 들어 탁탑천왕의 투구에 힘을 집중했다.

그래도 파동기엔 여유가 있다. 비틀어 꺾어버릴 요량이었다.

"크으으읍!"

가면 속 탁탑천왕의 두 눈이 등불처럼 커졌다.

힘을 감지한 탁탑천왕이 이를 악물고 버텼다. 그의 목에서 굵은 혈관이 돋아났다. 목덜미의 근육 결도 뚜렷하게 부풀어 올랐다.

이것도 진기부족이다. 마신이 완전했으면 탁탑천왕의 목은 벌써 꺾였다.

"심산이 악독하도다!"

뒤에서 일권과 함께 던져진 목소리는 종리권의 그것이었다.

이건 예상했다.

죽이지 않았으니, 뒤를 노려오는 것은 당연한 일이다. 부러진 뼈야 공력으로 되맞춰서 움직일 수 있다. 그 정도 기량은 상정 범위 내였다.

후욱!

마신진기가 벼랑 끝이라면, 소모가 높은 절기를 봉인하면 된다. 천잠보의를 누비던 황록색 뇌전기가 가라앉고 얼굴과 손에서 어지럽게 순환하던 적청기가 옅어졌다.

예지의 그 뒤다.

마신으로 하나도 죽이지 못했을 때, 그는 마신의 최대 무공이 아닌 다른 자의 신(神)을 빌려와야 했다.

꿍!

단운룡이 땅을 밟았다.

땅이 흔들렸다.

그가 땅을 박찼다.

종리권은 순간 단운룡의 움직임을 놓쳤다.

'말도 안 되는!'

입 밖으로 내지도 못했다.

종리권은 보지도 못한 채 강권을 내질러 막았다.

우지끈!

종리권의 팔이 부러졌다.

차고 내리찍고 돌아서 다시 찼다.

종리권은 모든 내공을 총동원해서 뒤로 물러났다. 땅과 땅을 접듯 축지의 술을 펼쳤다.

스각!

그의 가슴팍에서 횡으로 피가 솟았다.

단순한 차기였을 뿐이다.

엄청난 속도와 엄청난 힘으로 찼다. 보이지 않는 속도와 땅을 울리는 힘이 담겼다.

종리권은 전의를 상실했다.

'입신……!'

등선, 해탈, 초월, 여러 단어가 있다.

찰나지만 우주를 열었다.

크리슈나의 힘이었다.

종리권은 단운룡의 무(武)에서 닿을 수 없는 무저(無低)를 보았다. 그것을 본 순간, 종리권은 홀린 것처럼 더 싸울 수 없었다.

촤자자자자작!

출수를 포기하고 더 물러났다.

그러자 종리권의 앞에서 갑작스레 하얀 기운이 응축되더니, 커다란 얼음덩이가 생겨났다. 얼음은 순식간에 커져 사람 키보다 높은 빙벽이 되었다.

쩡!

단운룡의 차기가 빙벽에 틀어박혔다.

빙벽이 와르르 무너졌다.

쫘자작!

땅 밑에서부터 다시 얼음덩이가 솟아났다. 종리권은 그 사이에 더 거리를 벌렸다. 얼음이 담벼락처럼 단운룡의 쇄도를 막았다.

"대적으로 인정한다. 그 무(武)가 실로 대단하다."

이빙이 단운룡에게 말했다.

단운룡이 몸을 돌렸다.

이빙은 단운룡에게 달려들지 않았다. 하얗게 피어나는 그의 손이 탁탑천왕에게로 향했다.

촤자자자작!

탁탑천왕의 앞에서 빙벽이 만들어졌다. 부수기 위해서는 광극의 파괴력이 필요한 얼음덩이였다.

이빙의 손이 이번엔 이랑진군 쪽으로 겨누어졌다.

요란한 소리와 함께 얼음이 솟았다.

"하지만 둘째, 보구는 술식 전개 시에만 간섭이 가능하다. 이미 구현되어 고정된 술법은 흡수할 수 없다."

단운룡의 눈에서 전광이 튀었다.

크리슈나의 무는 발산의 무공이 아니라 수렴의 무공이었다.

소모가 적다는 이야기다.

하지만 적음이 없음을 뜻하지는 않는다.

일격의 위력이란 대체로 진기 소모와 비례하는 법이다. 저 두께의 얼음을 부수려면 그만큼의 진기를 써야 했다.

이빙은 세 고수의 죽음을 막기 위해 얼음 방패를 세웠다.

절대적으로 옳은 판단이다.

단운룡과 신마맹의 싸움은 오늘로 끝이 아니요, 신마맹과 무림의 싸움 또한 복룡담에서 그치지 않는다. 전력의 온존은 전쟁을 수행하는 자의 지상 가치였다.

이빙은 셋을 살렸다.

단운룡은 지금 저 중 하나를 깨고 그 뒤에 있는 가면을 죽이는 것조차 버겁다.

게다가 이빙은 천잠보의의 특질을 정확하게 꿰뚫어 보았다.

불을 일으키는 술법에 적중되면 화기 흡수가 가능하다. 그것만으로도 무가지보다.

하지만 불붙어 타오르고 있는 모닥불에서 화기를 뽑아 진기로 저장하는 것은 효율이 극단적으로 떨어진다. 마찬가지로 얼리는 술법에 당하면 냉기흡수가 가능하겠지만, 이미 얼어서 단단해진 얼음을 두고 냉기를 끌어오긴 힘들다는 말이다.

천잠보의는 섭리의 포식자다.

타지 말아야 할 물건을 태우고, 얼릴 수 없는 계절을 얼리는 그 섭리의 비틀림을 먹는다.

그래서 이빙은 그 강력한 빙술을 단운룡이 아니라 천잠보의가 없는 곳에 썼다.

그 또한 기지다.

순간지략이 매우 훌륭했다.

하지만 단운룡은 그를 칭찬해 줄 생각이 없었다.

"알아낸 사실을 줄줄이 읊는다고 더 현명해 보이는 것은 아니다."

단운룡이 한 발 나섰다.

이빙은 물러나지 않았다.

왼손을 펴서 아래로 내리고 오른손으로 주먹을 쥐었다. 왼손에 하얀 기운이 맺혔다. 오른손 주먹엔 술력이 담기지 않았다.

"알아낸 사실로 말미암아, 너는 우리의 천신들을 죽이지 못한다."

"그러나 일대일이다."

단운룡은 전장에서 컸다.

다대일 난전을 가리지 않는다.

하지만 그의 진가가 어디서 나오는지는 명백했다.

단운룡의 전신에 무서운 기파가 흘러나왔다.

그것은 마신 진기에서 나오는 것이 아니라, 그가 지닌 자신감의 발로였다.

그래도 이빙은 흔들리지 않았다.

그가 말했다.

"너의 공력은 계속 고갈되고 있다. 이게 셋째다. 그 격발형기가 빈곤해지면 즉시 너는 주화입마에 빠질 것이다."

"그래서?"

단운룡이 반문했다.

심리전이라면 단운룡에게 통할 수 없다.

고갈이라면 이미 크리슈나의 형을 썼을 때 바닥을 보았다.

천잠보의의 힘을 끌어 쓰고 있지만, 그것도 곧 기갈 상태에 빠질 것이다.

하지만, 그 정도는 단운룡의 마음을 흔들지 못했다.

그는 위타천과 싸웠다.

그는 스칸다와 싸웠다.

그는 소연신과 싸웠다.

그는 일대일의 달인이었다.

쿵!

단운룡이 진각을 밟았다.

땅은 흔들리지 않았다.

크리슈나의 무가 아니었다. 그는 땅을 밟고 뛰어 올라 마광각의 형으로 이빙의 머리를 내리 찍었다.

퉁!

이빙은 한기가 서리지 않은 손으로 단운룡의 각법을 비껴 냈다.

광핵의 회전이 순간순간 멈추고 있다.

마신 진기가 가닥가닥 끊겼다.

지금의 마신에는 더 이상 마신의 위력이 없었다.

단운룡은 이빙을 마신마광각으로도 짓누르지 못했지만, 얼굴은 평온했다.

결핍과 갈급은 그의 무공이 지닌 숙명이다.

온전하게 받아들였다.

촤좌자자자작!

이빙의 왼손에서 냉기가 뿜어져 나왔다.

등 뒤로 빙벽이 솟았다. 저 빙술을 가로챈다면 진기를 수급

할 수 있을지 모른다.

바로 시도하지 않았다.

이빙은 그 순간을 노리고 있다. 단운룡이 빙술 흡수를 감행하면, 그때 무언가를 할 것이다. 단운룡은 이빙이 다루는 모든 기(氣)로부터 상대의 의도를 읽었다.

타닥! 퍼엉!

땅을 밟고 빈틈에 극광추를 찔러 넣었다.

이빙은 정교한 권격으로 극광추의 직선궤도를 꺾었다.

파악했다더니 정말 잘 안다. 이빙의 무공 재능은 몹시 뛰어났다.

촤좌자자작!

이빙은 짐짓 벅찬 듯 뒤로 물러나다가 다시 빙벽을 일으켰다. 이번엔 단운룡 오른쪽 측면이었다.

후방과 우측에 벽이 세워졌다.

재밌는 짓을 한다.

이빙은 비장의 수를 지녔으면서 더불어, 그를 빙벽에 가둘 셈이었다.

함정에 빠지는지 보자.

보의로 빙술 흡수를 시도한 순간 죽음을 선사하겠다.

단운룡은 이빙의 생각을 예지했다.

한 발 접근하며 광검결을 내리그었다.

이번엔 아슬아슬했다. 이빙의 목덜미에서 가느다란 핏물이 솟았다.

촤자작!

좌측면에 빙벽이 세워졌다.

삼면이 막혔다.

흐릿한 여름 하늘 아래.

울컥, 단운룡은 목으로 올라오는 피냄새를 맛보았다.

지친 그가 겨울의 방과 같은 차가운 공간에서, 수신(水神) 이빙을 마주 보고 섰다.

＊　　　　＊　　　　＊

이빙의 눈이 하얗게 빛났다. 실제로 백색이 된 것은 아니었지만, 그렇게 보였다.

선혈이 그의 옷깃을 적시고 있었다.

이빙이 손을 들었다. 한기가 그 손에 서렸다.

단운룡은 전진했다. 삼면은 가로막혔고 정면만 남았다.

덫이다.

노골적인 유도였다.

촤좌작! 촤작!

얼음이 급격하게 얼어붙는 소리를 들었다.

단운룡은 술사가 아니었다.

빙술 술식의 발동 원리를 알지 못했다.

화염이나 뇌전이야 날아오는 것을 맞으면 그만이지만, 이빙의 빙술은 공간을 격하고 빙점을 만드는 주술이었다. 어떻게 흡수해야 하는지 아는 바가 없었다.

　물론, 알지 못함이 불가능을 의미하는 것은 아니었다.

　선택지는 단순했다.

　천잠보의를 믿고 빙점을 감지하여 몸을 던질 것인가.

　술법 흡수를 포기하고 직접 이빙을 노릴 것인가.

　단운룡은 불확실성에 걸지 않았다.

　선택은 후자다.

　마음먹으며 이빙의 기를 민감하게 탐색했다.

　이빙의 반응은 즉각적이었다.

　그도 단운룡의 의도를 알았다.

　덫 속에 덫이 있다.

　이빙은 술법 흡수만을 유인한 게 아니다.

　술법 흡수, 직접 공격 모두 다 대응 가능하다.

　한 번 더 땅을 밟았다.

　광핵 회전이 삐걱거리며 마신 진기가 요동을 쳤다. 목을 타고 올라온 핏물이 입 안에 고였다.

　이빙은 그것도 안다. 단운룡에겐 시간이 얼마 없었다.

　공간을 압축하고, 극광추를 내질렀다.

　이빙이 한껏 몸을 뒤로 젖혔다.

　이빙의 무력은 결코 높지 않았다. 지금의 회피 동작도 다급하기 짝이 없었다. 하지만, 그에겐 속임수를 중첩하고 시각을 흐트러뜨릴 수 있는 두뇌가 있었다.

단운룡은 이빙의 등 뒤로 아주 얇은 얼음막이 쳐져 있음을 깨달았다.

초감각이 경고를 발했다.

쩌억!

얼음막이 깨졌다.

그 안에서 세 줄기 날카로운 기운이 튀어나왔다. 암습에 가까운 공격이었다.

따앙!

마광각을 올려찼다. 발바닥이 창봉을 때렸다.

단운룡의 몸이 다시 뒤로 튕겨 나갔다.

강맹한 일격이 휘어져 들어왔다. 삼첨(三尖)이 단운룡의 어깨를 스쳤다. 천잠보의를 찢지는 못했지만, 통증이 밀려들었다.

함정치고는 참으로 묵직했다.

놀라지 않았다.

이랑진군의 삼첨양인도가 다시 몰아쳐왔다. 갑옷까지 쪼개고 들어간 광검결 창상은 틀림없는 치명상이었지만, 이랑진군은 멀쩡하게 움직였다.

쩍 벌어진 상처에선 출혈도 얼마 없었다. 분홍빛 기운이 상처 안에서 빛을 내고 있었다.

그것이 무엇인지 알았다.

부부는 많은 것을 나눴다. 단운룡은 강설영으로부터 모든 이야기를 들었다.

서왕모의 복숭아엔 강력한 재생력이 있다고 하였다. 잊지 않고 기억했다. 상대도 같은 기연을 얻었다. 그러니, 다시 회복할 수 있으리란 것을 알았다. 이랑진군의 역습에도 놀라지 않은 이유였다.

쩌엉!

광검결로 삼첨양인도를 튕겨냈다.

"쿨럭."

기어코, 단운룡의 입에서 핏물이 쏟아졌다.

이빙은 뛰어난 지휘관이다.

절묘한 병법이란 아군의 능력을 정확히 아는 것에서부터 시작한다.

그런 면에서 이빙은 이랑진군을 정확한 시점에 제대로 활용했다. 이빙도 이랑진군이 치명상을 입고도 싸울 수 있음을 알았던 것이다. 최대의 효과를 내기 위해, 얼음막으로 시야까지 교란했다.

턱.

단운룡은 등으로 서늘한 한기를 느꼈다. 위기감이 아니라, 실제로 차가운 기운이었다. 뒤꿈치가 빙벽에 닿은 것이다.

등 뒤만이 아니었다. 발까지도 차다. 바닥도 거의 얼음판이 되었다.

쐐액! 위잉!

삼첨양인도가 다시 목덜미를 노려왔다.

좁은 공간에서 장병은 만만치 않다. 이랑진군은 정면에서 자유로웠고, 단운룡은 삼면의 빙벽 안에 갇혔다. 독 안에 몰아넣은 셈이었다.

쩌엉!

단운룡은 내기가 들끓는 것을 느끼면서 삼첨양인도 창봉을 튕겨냈다. 삼첨양인도가 빙벽을 쳤다. 쩍! 하고 갈라지려는 빙벽에 한기가 서렸다. 쪼개지던 얼음이 다시 채워졌다.

이빙이다.

이랑진군으로 단운룡을 가둬놓고, 바깥에서 얼음을 보강하고 있었다.

위잉! 파락!

이랑진군의 일격을 위로 흘리고 앞으로 파고들었다.

이랑진군의 방어는 두터웠다. 곧바로 창봉을 내리며 단운룡의 접근을 막는데, 그 창봉기가 참으로 절묘했다.

쩌저저정!

일타 일타가 단운룡의 몸속에 충격을 만들었다.

손바닥과 얼굴의 피부가 갈라졌다. 피가 스며나왔다. 투로도 원만하게 이어지지 않았다.

'거의 다 왔어.'

광핵회전이 점점 더 느려지고 있었다.

이러면 크리슈나도 쓸 수 없다.

마신발동이 최소 조건이다. 쉽게 구현할 수 있는 형이 아니었다.

그래도, 단운룡의 눈빛은 온전히 살아 있었다.

이랑진군은 단운룡의 무공에 파탄이 드러나고 있음을 알았다. 승기가 넘어가는 순간이었다. 단운룡은 이랑진군의 기(氣)가 오랜 감정에 물드는 것을 느꼈다.

삼첨양인도에 깃든 살기가 선명하게 짙어졌다.

단운룡은 그러한 변화의 틈새에서, 이랑진군의 확신을 감지했다.

이제 죽일 수 있다. 정말 끝이다.

미세한 흔들림도 있다. 정말 이대로 끝내도 되는가.

단운룡은 그 흔들림을 놓치지 않았다.

"결착은 아직이다."

단운룡의 한마디가 그의 마음에 작은 파도를 만들었다.

역시 아직인가? 이랑진군은 생각했다.

그거면 된다. 단운룡의 극광추 일격이 삼첨양인도 일격을 타고 넘었다.

빠악!

이랑진군의 어깨가 뒤로 튕겨나갔다. 위력은 부족했다. 이랑진군이 즉각 자세를 회복했다.

"교활한!"

일종의 심리전이다.

이랑진군은 단운룡이 무공으로가 아니라 마음을 공격했음을 민감하게 알아챘다.

"경동할 필요 없다."

이빙이 나섰다.

그의 목소리가 냉정하게 이랑진군의 분노를 막았다.

촤자자자작!

이빙은 철저하게 전략적으로 판단했다.

단운룡과 이랑진군의 사이에서 빙벽이 솟구쳐 올랐다. 이랑진군은 밑에서 올라온 얼음벽이 둘의 시야를 가릴 때까지 살기 가득한 눈으로 단운룡을 보았다.

쩌적!

결국 사면 모두에 빙벽이 섰다.

단운룡은 얼음의 밀실에 갇혔다. 높이는 일장이 채 안 되었지만, 단운룡은 뛰어넘으려 하지 않았다. 몸이 무거웠다.

쩌저저저저적!

그리고, 이빙이 준비한 마지막 일격이 만들어졌다.

단운룡이 고개를 들고 머리 위를 보았다.

거대한 얼음덩이가 공중에서 덩치를 키우고 있었다. 이빙 역시 무형기를 구사할 줄 아는 것이다.

"너란 자는 맞서 싸워줄 필요가 없다. 시간을 두면 자멸할 것을."

또다.

이빙은 기어코 말을 해야 하는 자다.

단운룡이 우측의 빙벽으로 다가갔다. 빙벽은 조금씩 더 높아지고 있었다. 어른거리는 그림자가 빙벽 너머로 보였다.

이빙의 인영이었다.

"너는 나를 죽이지 못한다."

단운룡이 말했다.

머리 위에서 저 얼음바위가 떨어지면 피할 수 없다. 저것에 깔려 죽지야 않겠지만, 막고 버티려면 충격이 상당할 것이다.

이빙의 목소리가 이어졌다. 자신감이 가득 담겨 있었다.

"너는 스스로 죽을 것이다. 너에겐 이제 내공이 없다."

텅.

단운룡이 진각을 밟았다.

마지막 한 줌이다.

이제 정말 다 왔다.

허리가 돌아갔다. 전사력을 타고 공력이 흘렀다. 그의 등이 빙벽에 작렬했다.

꽈아아아아앙!

얼음벽이 터져나갔다.

놀라 굳어진 이빙이 눈앞에 있었다.

"너의 말이 옳다."

하늘의 얼음바위가 뒤늦게 떨어졌다.

꽈앙! 쩌저저적!

거대한 얼음바위가 빙벽의 모서리를 깔아뭉개며 요란한 소리를 냈다.

단운룡은 한 줄기 빛살이 되어 이빙의 품 안으로 파고들었다.

빠악! 우직!

극광추가 이빙의 가슴팍에 꽂혔다.

심장을 노렸으나, 마지막 순간에 이빙이 회피하며 직격에 실패했다. 그래도 늑골 여러 개가 부러졌다. 그 정도 위력은 마신 진기 없이도 낼 수 있다. 공력이 충만했다면 이빙의 가슴에 머리통만 한 구멍이 뚫렸을 것이다.

"하지만 그것으로 끝이다!"

이빙이 한 손으로 땅을 짚으며 겨우 몸을 가누었다. 그가 씹어뱉듯 소리쳤다.

"내공은 없어졌지만, 나에겐 다른 것이 있지."

단운룡의 발이 멈추었다.

그의 뒤로 얼음벽과 얼음덩어리들이 깨지고 무너지고 있었다. 냉기의 구름이 피어올랐다.

쐐액!

이랑진군의 삼첨양인도가 단운룡을 노렸다.

다 왔다고 했다.

그것은 내공의 고갈을 말한 것이 아니었다.

사람을 말함이었다.

쩌어엉!

삼첨양인도가 튕겨나갔다.

난전예지 그 뒤의 뒤다.

벼락처럼 짓쳐든 창날엔 통천의 기운이 담겨 있었다.

"문주! 내가 왔소이다!"

우렁찬 목소리와 함께 장팔사모가 그의 옆을 막았다.

피칠갑을 한 장익이 장팔사모를 들어 이랑진군을 겨눴다.

쩌저정!

통천벽력창 장팔사모와 이랑진군의 삼첨양인도가 무서운 속도로 부딪쳤다.

우우웅!

이빙이 뒤로 물러나며 손을 들었다.

하얀 서리가 손에 깃들었다. 그의 시선은 오로지 단운룡에게 고정되어 있었다. 그의 양손에서 빙정이 뭉쳐졌다.

쉬리릭! 쉬리리릭!

빙정암기가 회전하며 바람을 꿰뚫었다.

파공음이 종전보다 훨씬 날카로웠다. 냉혹한 살기가 담겨 있었다.

진기가 진즉에 고갈되었다.

단운룡에겐 그것을 피할 여력이 없었다.

채앵! 쩌정!

하얀 창날이 흐린 하늘에 선연한 무혼(武魂)을 아로새겼다. 백룡신창의 일격에 빙정암기 두 개가 산산조각으로 부서졌다.

"괜찮아요?"

그녀가 물었다.

백의를 입은 그녀는 아름다웠다.

항상 양무의의 옆을 지키던 그녀가 마침내 전장에 나왔다.

백가화였다.

"제때 맞췄군."

단운룡이 말했다. 목소리가 탁했다.

"누구 계산인데요."

"아슬아슬했어."

"그이가 그렇죠."

백가화가 대답했다. 그녀는 철심무혼, 백룡신창을 이빙에게 겨눈 채, 한 손으로 등 뒤의 옥함을 풀어냈다.

"여기요."

단운룡이 이를 악물고 신음을 참으며 천잠보의를 벗었다. 어지러운 빛을 품은 천잠보의가 순간 반항하듯 굳어졌다.

"화옥(火玉)이다. 들어가 있어."

단운룡이 힘주어 말했다. 그러자, 부드럽게 늘어지며 순순히 그의 몸에서 풀려 나왔다. 단운룡이 느릿한 움직임으로 백가화가 준 옥함에 천잠보의를 집어넣었다. 옥함에서는 따뜻한 기운이 흘러나오고 있었다. 진기가 고갈된 천잠보의가 그 안에 안착했다. 화옥함(火玉函)이 미력하게나마 천잠보의의 기갈을 달래줄 것이다. 단운룡은 망설이지 않고 옥함의 뚜껑을 덮었다.

"쿨럭!"

단운룡은 피를 토했다.

온몸의 기혈이 들끓고 있었다.

"이것도 있어요."

백가화가 얇은 무복 상의를 건넸다. 보의를 벗어 자문(刺文)이 새겨진 상체가 그대로 드러나 있었다. 양무의는 이미 다 예상한 것이다. 쓸데없이 세심하기까지 했다.

단운룡이 힘겹게 옷을 걸쳤다.

홑겹 무복이 강철 갑옷처럼 무거웠다.

쩌정!

단운룡의 몸이 움찔했다.

두 중병이 부딪치는 충격파가 온몸을 울렸다. 그것만으로도 참기 힘든 고통이 등줄기를 타고 올랐다.

장익의 장팔사모가 이랑진군을 밀어내고 있었다.

단운룡은 똑바로 서서, 옷을 입었다. 그는 쓰러지지 않았다.

이빙은 계속 단운룡을 노려보며 허점을 노렸지만, 느릿느릿 옷을 입는 그에게 어떤 공격도 가할 수가 없었다.

백가화는 철혈의 방벽으로 양무의를 보호해 온 이였다.

한 사람을 지키는 싸움이라면, 그녀만 한 고수도 없었다.

"됐다, 가자."

단운룡이 옷을 다 입고 말했다.

그가 몸을 돌렸다.

이빙에겐 더 이상 눈길조차 주지 않았다.

가면 속 이빙의 눈꼬리가 파르르 떨렸다.

*   *   *

쩌어어엉!

강렬한 충돌 뒤로 장익과 이랑진군이 거리를 벌렸다.

이랑진군은 피를 쏟았다. 가슴에 열린 상처에서 분홍색 기
운이 흐릿해지고 있었다.

이빙은 갈등했다.

빙술에는 조금이지만 여유가 있었다.

단운룡에게 시전했던 규모의 대빙술은 불가능했지만, 남녀
두 무인에게 타격을 입히는 정도는 노려볼 만했다.

다만, 단운룡이 옥함에 넣은 보구가 문제였다.

이빙이 파악한바, 단운룡은 명백하게 머리로 싸우는 자였
다. 보구를 집어넣으면서 어떠한 봉인 주문도 외우지 않았다.
언제든 옥함을 열기만 하면 다시 쓸 수 있다는 이야기였다.

보구의 공능은 상상을 초월했다.

두 눈으로 분명하게 확인했고, 황풍괴에게 경고했다.

저런 물건은 이야기 속에서나 존재한다. 심지어 신마맹 전설에도 있다. 마왕신의 염마전포가 그것이다. 저 보구가 염마전포와 같은 힘을 지녔다면, 주술 빙점에 던져 넣기만 해도 술법 흡수가 가능할 것이다.

이빙은 결론을 내렸다.

경동하지 않는다.

대적의 신체와 보구의 사이에서 술력기의 순환을 감지했다. 흡수한 술법을 회복에 쓸 수 있다면, 적에게 도움을 주는 꼴이 된다. 그러니 저 옥갑은 함정일 수 있다. 상대의 전투 방식을 감안할 때, 가능성이 충분했다.

"일단 물러난다."

이빙이 말했다.

"하지만!"

이랑진군은 곧바로 납득하지 못했다.

그는 단운룡의 등을 노려보고 있었다. 흘러내린 피가 갑옷과 바지를 적시고 있음에도 의식하지 못하는 것 같았다.

그것을 본 이빙의 눈빛이 어두워졌다.

"여기서 이 전력을 모두 다 잃을 수는 없다."

이빙은 승기를 놓친 만큼 신중해졌다.

단운룡은 천잠보의로 함정을 파지 않았다. 제 꾀에 제가 넘어간 셈이다. 물론, 이빙이 술법을 쓸 경우엔 화옥함을 열어 대응했을 터이니, 결과는 같았다.

"…알았소."

이빙의 만류에 이랑진군이 삼첨양인도 창끝을 내렸다.

장익도 돌아섰다.

"내가 돕겠소. 문주."

장익이 단운룡을 들어 왼쪽 어깨 위에 앉혔다. 커다란 어깨 는 말안장처럼 넓었다. 단운룡도 작은 체구가 아니었지만, 어깨 와 두터운 팔뚝으로 받쳐주니 준마에 탄 것처럼 안정적이었다.

백가화는 그런 장익의 등을 지켰다. 그녀는 이랑진군과 이 빙에게서 시선을 떼지 않았다. 시선 대치는 단운룡이 키 큰 갈대 저편으로 사라질 때까지 계속되었다.

"쿨럭!"

이빙이 피를 토했다.

그는 옆구리와 가슴 전체에서 극통을 느꼈다. 단운룡의 극 광추에 당한 내상이었다.

그가 이랑진군을 보았다.

이랑진군도 정상이 아니었다.

재생능이 아니었으면 다시 싸우지도, 이렇게 서 있지도 못 했을 것이다.

이빙의 시선이 이번엔 팔계저마와 오정수마 쪽으로 움직였 다.

물러난다는 말은 곧 패배 선언이나 다름없었다.

그 가장 큰 이유가 그 쪽에 있었다.

단운룡이 본 예지의 뒤, 그 뒤의 뒤다.

단운룡이 기다렸던 마지막 하나가 거기에 있다. 관승의 옆에서 한 남자가 창을 휘두르고 있었다.

채앵!

그는 아주 과격했다.

방해되면 관승까지 밀치고 싸울 기세였다.

"비켜!"

급기야 관승에게 소리치고 철창을 내질렀다.

합공이 되지 않았다.

그래도 천군만마. 거세게 찔러대는 창끝에서 항요진보장이 불꽃을 튀겼다.

쩌정!

"뭐 하는 놈이더냐!!"

오정수마가 호통을 쳤다.

그는 얼굴이 검게 그을렸고, 허리춤에서는 표범 가죽이 휘날리고 있었다.

말없이 철창을 휘둘렀다. 난폭하기 그지없었다.

쩌저저저정!

무쌍의 금표다.

철창 끝에서는 은은한 금광이 번져 나왔다. 칙칙한 색깔의
철창이 금광 사이로 번뜩였다. 쩡! 스각!

그는 다름 아닌 효마였다.

효마의 공격은 일격 일격이 치명적이었다. 정대하고 웅혼한
관승의 창술과 마주하다가 갑작스레 살기와 변칙으로 점철된
무공을 상대하니, 오정수마도 일순 손이 어지러워졌다. 효마
는 사냥감을 노리는 맹수처럼, 상대의 허점을 놓치지 않았다.
밀어 친 철창에 항요보진장이 튕겨 나가고, 이어서 뻗어나간
금표의 이빨이 오정수마의 어깨에 길쭉한 핏줄기를 만들었다.

쫘앙!

이어 관승의 청룡언월도가 팔계저마의 상보손금파를 물리
쳤다.

관승은 머리의 피륙에 상처를 입고 얼굴 전체가 시뻘건 피
로 뒤덮여 있었지만, 불같은 눈빛은 생생하게 살아 있었다.

고전을 거듭할수록 투지가 올라가는 천생무골이었다. 그는
지칠 줄 모르고 청룡언월도를 휘둘렀다. 머리뿐 아니라 크고
작은 상처가 온몸 곳곳에 생겨나 있었지만, 청룡굉화창의 불
길은 더 거세졌다.

쩌어엉!

팔계저마의 두 발 밑에서 진흙이 터지듯 솟구쳤다.

위에서 아래로 내리찍은 청룡언월도가 가로로 막은 상보손
금파를 무지막지한 기세로 짓눌렀다.

"우으으으익!"

팔계저마가 괴성을 지르며 버텼다.

힘의 크기가 아니라, 무인의 기세가 달랐다.

"크합!"

팔계저마가 관승의 힘을 이기지 못하고, 상보손금파 쇠스랑을 비틀며 옆으로 몸을 던졌다. 관승의 청룡언월도는 땅을 찍지 않았다. 찍어 누르던 기세를 부드럽게 휘돌려 다시 팔계저마를 겨누었다. 중병의 수급이 그야말로 놀라운 경지에 이르렀다.

"이 건방진 인간들. 마귀의 해악을 입을 것이다. 모조리 죽일 테다."

전황이 급격히 바뀌자, 가면 속 오정수마의 두 눈에서 악독한 빛이 흘러나왔다.

그가 목에 주렁주렁 매단 해골 중 하나에 손을 올렸다.

"네가 죽어라."

효마가 먼저였다.

퍽!

오정수마의 발치에서 작은 자기병이 깨졌다.

그 안에서 분홍색 독무(毒霧)가 솟아올랐다. 행라의 독정에서 뽑아낸 식물독이다. 저 사천당문 충사독신마저 차마 발을 들이밀지 못했던 맹독이었다.

"독술?"

강호에서 독이라 함은 항상 예외적인 무기였다.

선수를 뺏긴 오정수마가 급히 뒤로 물러났다. 오정수마 역시 독을 쓰는 자다. 효마의 독이 만만치 않음은, 본능과 지식으로 알 수 있었다.

픽!

무엇보다 효마는 그 이례적인 무기를 쓰는 데 있어 아무런 거리낌이 없었다.

그는 상대와 상황을 전혀 가리지 않았다.

효마의 자기병이 팔계저마의 발치에서도 깨졌다.

"으악!!"

팔계저마는 더 놀랐다.

이건 좀처럼 있을 수 없는 일이었다.

그들도 강호인이다. 가면을 쓰고 있지 않을 때는 멀쩡한 무림인 행세를 해왔다.

오정수마가 효마와 어우러졌다. 그러니 팔계저마는 관승을 맡는다.

요마련 요마들조차도 그러한 도식화에서 자유롭지 못했다. 효마가 그렇게 무차별적으로 독을 살포할 줄은 몰랐던 것이다.

"이 미친놈이!"

팔계저마가 꽥 괴성을 지르며 뒤로 물러났다.

관승은 순간 눈썹을 움찔했을 뿐, 효마를 나무라지 않았다.

그는 효마에 대해 이미 잘 알았다. 효마는 강호의 법도에서 벗어난 자다. 거의 모든 오원 전사들이 의협비룡회의 가르침으로 중원 무림인에 적합한 특질을 지니게 되었지만, 효마만큼은 거기에 해당하지 않았다.

관승은 그것도 괜찮다고 생각했다. 모두에게 중원의 협을 강요할 수는 없다. 태어난 대로, 살아온 대로 살아가야 하는 이들도 있는 법이었다.

쐐액! 파삭!

효마는 오정수마에게로 독을 더 뿌리더니, 갑작스레 땅을 박차고 팔계저마에게 뛰어들었다.

채채챙! 쩌엉!

독이 살포된 범위를 절묘하게 피하며 팔계저마에게 철창을 내쳤다. 두 중병이 어지럽게 얽히며 요란한 금속성을 냈다.

"이 짐승 같은 자야! 너는 내 상대가 아니지 않았느냐!!"

팔계저마가 버럭 소리를 질렀다.

"이상한 놈이군."

죽고 죽이는 데 네 상대, 내 상대가 어디 있을까.

효마가 중얼거리며 팔계저마의 배를 향해 철창을 꽂아 넣었다. 팔계저마가 둔중한 몸을 비틀며 상보손금파로 그의 철창을 막았다.

파삭!

언제 떨구었는지도 알 수 없다. 작은 자기병이 팔계저마의 발꿈치 뒤에서 깨졌다.

"크읏?"

팔계저마는 한 호흡도 쉬기 전에 몸의 이상을 깨달았다.

개량을 거듭한 촉와향이었다.

효마는 팔계저마에게 어떠한 틈도 주지 않았다. 그의 철창이 목, 명치, 낭심의 급소를 연이어 노렸다.

"우와아아아아악!"

팔계저마가 비명처럼 고함을 내뱉으며 다급하게 상보손금파를 휘둘렀다.

쩌저정!

명치는 비껴냈지만, 옆구리에서 피가 솟고, 낭심은 막았으나, 허벅지에 구멍이 뚫렸다. 팔계저마가 다시 소리쳤다.

"또다시 중독이라니! 나는 싫다!! 도저히 못 해먹겠다!"

팔계저마는 당문에서도 독에 당해 고초를 겪은 바 있었다.

팔계저마가 뒤로 한 번 재주를 넘더니, 무서운 속도로 줄행랑을 쳤다.

효마는 놀라지 않았다.

죽음의 위기를 느낀 사냥감이 사력을 다해 도망치는 것은 당연한 일이다. 금수도 할 줄 아는 것을 사람들만 못 한다. 그저 저 돼지가 바보는 아니구나 생각했을 뿐이다. 그리고 바로 방향을 틀어 오정수마를 노렸다.

쩌엉!

오정수마는 이미 관승과 합을 교환하고 있었다.

파각!

오정수마도 해골을 던져 맹독 지대를 만들었지만, 관승은 이미 오정수마의 독술을 경험한 적이 있었다. 충분히 거리를 두고 대응하여 전처럼 중독되는 우를 범하지 않았다.

관승의 청룡언월도를 피해내고, 반격을 가하려던 오정수마의 등 뒤로 효마의 철창이 은밀하게 날아들었다.

쐐액! 촤악!

사각을 완전히 잡고 들어간 일격이었다. 말 그대로 일대일 싸움 중에 암습이었다.

"이 놈이……!"

오정수마의 등줄기에서 피가 쏟아졌다.

효마는 오정수마가 이를 갈 때, 또 한 번 창을 내쳤다.

오정수마의 손이 급급해졌다.

쩡!

어렵사리 철창을 막았다.

오정수마가 왼손으로 목에 매달린 해골 목걸이를 거칠게 잡아 뜯었다. 해골들이 공중으로 흩어졌다. 오정수마가 항요진보장을 휘둘러 그중 하나를 터뜨렸다. 푸르스름한 독무가 사위를 채웠다.

관승은 뒤로 물러났다. 효마는 측면으로 빠졌다.

돼지는 놓쳤지만, 이 흉측한 괴물까지 보내줄 생각은 없었다. 그가 독병을 던지며 오정수마에게 쇄도했다.

오정수마가 다시 땅을 박차고 손을 휘둘렀다.

우우웅!

하늘을 날아 아직 땅에 떨어지지도 않은 해골들이 그의 손짓을 따라 효마에게로 향했다. 염력이다. 오정수마가 지닌 또 하나의 비기였다.

퍽!

효마는 나아감과 물러섬에 한 호흡의 망설임도 없었다.

곧바로 뒤로 물러나며 자기병 하나를 던졌다. 내공을 담아서 던진 자기병은 암기와 같은 강도를 지니고 있었다. 해골이 공중에서 부서지며 푸른 독무가 내려앉았다.

"제길!"

효마의 입에서도 욕지거리가 나왔다.

효마는 무리해서 오정수마에게 쳐들어가지 않았다.

사천당문에 맞섰을 때, 감응사라는 비슷한 능력을 본 적이 있었다. 아주 성가시다. 이 괴물도 보내줄 수밖에 없을 것 같았다.

＊　　　　＊　　　　＊

하지만 관승의 생각은 달랐다.

"여기서 잡자!"

관승이 묵직한 목소리로 말했다.

그가 내력을 있는 대로 끌어 올렸다. 전포가 터질듯이 부풀어 올랐다.

팔뚝의 소매가 찢어질 듯 팽팽해졌다.

창대를 잡은 손등에도 혈관이 돋아났다. 붉은 피부에 광택마저 흐르는 듯했다.

후웅! 꽈아앙!

푸른 독무에 청룡굉화창을 터뜨렸다. 허공에서 바람의 폭발이 생겨났다. 풍압이 거대한 창날처럼 일어나 오정수마의 독무를 반으로 쪼갰다.

텅!

관승이 반으로 갈라진 독무 안으로 돌진했다.

퍼석!

오정수마가 땅을 박차고 해골 두 개를 더 터뜨렸다.

맹독의 안개가 관승의 정면을 가로막았다.

꽈앙!

관승은 멈추지 않았다.

청룡굉화창이 다시 한번 폭음을 일으켰다. 독안개가 밀려났지만, 안개라 함은 둘로 딱 쪼개지는 딱딱한 고체가 아니었다. 그 중앙을 가로지르려면 안전을 담보할 수 없는 것이 당연했다.

쇄애애액!

풍압으로 안개를 뚫고, 마침내 오정수마의 등 뒤로 청룡언월도가 떨어졌다. 하늘을 갈라 내려치는 소리가 거칠었다. 오정수마가 황급히 몸을 돌리며 관승의 일격을 막았다.

쩌정!

오정수마의 발밑에서 진흙이 튀었다.

관승의 힘은 엄청났다. 가면에 가려져 잘 보이지 않는 오정수마의 눈동자가 충격과 함께 흔들리고 있었다.

오정수마가 힘껏 땅을 박차며 손을 휘둘렀다.

이제 떨어져 땅을 구르던 해골들이 둥실 떠올라 관승에게로 날아갔다.

픽! 퍼억! 파삭!

해골들은 관승의 근처에 오기도 전에 모두 다 공중에서 박살이 났다.

효마였다.

해골들을 부순 그가 짙게 뿌려지는 독무를 피하며 손목을 튕겼다. 작은 자기병이 쏜살처럼 날아가 달리는 오정수마의 발 앞에서 깨졌다.

"크앗!"

오정수마가 급히 방향을 꺾었다.

관승은 오정수마가 멈칫거린 그 순간을 놓치지 않았다.

"후읍!"

그가 큰 숨을 들이키며 다시 한번 청룡언월도를 내리쳤다.

쾅! 우지끈!

오정수마는 자세가 무너진 상태에서 관승의 일창을 받아야 했다. 그의 맨발에서 무언가 부서지는 소리가 났다.

오정수마의 몸이 휘청 밑으로 꺾였다.

관승도 정상은 아니었다. 푸르스름한 기운이 대추처럼 붉은 피부로 스며들듯 번져나가고 있었다. 중독을 피하지 못한 까닭이었다.

"후읍! 후욱!"

관승이 흡기(吸氣)하고, 거세게 호기(呼氣)를 뱉어냈다.

그의 입에서 푸른 기운이 뿜어졌다. 피부에 번져가던 독기(毒氣)가 다소 옅어졌다.

오정수마는 계속 도주를 감행했다.

온전치 못한 경공으로 몸을 날렸다. 효마가 따라붙었다.

채앵!

오정수마의 무(武)는 그 와중에도 효마의 창날을 튕겨냈지만, 효마의 창끝은 집요했다. 휘어 쳐 들어온 무쌍금표창 표범 이빨이 요마의 허리춤을 훑었다.

스각! 후두둑!

오정수마의 허리춤에서 핏물이 쏟아졌다. 얼굴의 가면을 보면 피 색깔마저도 다른 색일 것 같았지만, 핏물은 똑같이 선연한 붉은빛이었다.

오정수마가 비틀거리며 갈대밭으로 몸을 던졌다.

후웅! 쏴아아아!

효마는 더 쫓지 않았다. 그는 사냥감의 상태를 아주 민감하게 파악할 줄 알았다.

관승이 청룡언월도를 휘둘렀다. 굉화창 참격에 갈대가 베이고 꺾이며 파도처럼 밀려났다.

요마의 뒷모습이 보였다.

오정수마는 다리를 절며 몇 걸음 앞으로 나아가더니, 이내 홱 몸을 돌려 항요진보장을 휘둘러왔다.

관승의 눈에 굉화의 불길이 담겼다. 청룡언월도가 수직으로 내리꽂혔다.

쫘아앙!

오정수마의 한쪽 무릎이 땅을 찍었다. 항요진보장이 부러질 듯 흔들렸다. 오정수마는 버텨 일어나지 못했다.

그의 가면 위에 관승의 그림자가 드리워졌다.

미염공의 수염이 부드럽게 흔들렸다. 관승이 길게 숨을 내뱉었다. 푸른 독기가 쏟아져 나왔다.

중독이 명백하나, 관승의 신체는 여전히 강인했다.

오정수마가 물었다.

"어떻게 견뎠지?"

그런 것이 궁금할 수도 있다. 요마는 사람처럼 생각했다.

"한 번 마셔본 독이다."

관승이 담담하게 답했다.

오정수마는 무릎을 꿇은 채 관승을 올려보다가 고개를 떨구었다.

"크크크크, 무지한 인간들 주제에……"

요마가 괴소를 흘렸다.

그렇게 패배한 듯 땅을 보고 있던 오정수마가 한순간 불끈 항요진보장을 휘어잡고 위를 향해 올려쳐 갔다.

쩌엉! 콰직! 콰드드득!

항요진보장이 속절없이 튕겨나갔다.

청룡의 불길이 오정수마의 상체를 사선으로 쪼갰다.

뼈가 부서지고, 근육이 파헤쳐졌다.

내공이 심맥을 파괴했다. 요마의 영혼이 육신에서 날아갔다.

즉사였다.

철벅!

오정수마의 몸이 피와 물의 웅덩이 위에 꼬꾸라졌다.

관승은 팔 년 전 오정수마와 싸우며 죽음 직전까지 갔었다. 그는 살아남았고 또다시 살아나서 이렇게 과거의 상대를 죽였다.

그게 강호다. 죽이기 위해 만나 죽음으로 점철된 무림의 인연이었다.

관승이 싸늘하게 식어가는 오정수마의 시체를 잠시 내려다보다가 몸을 숙여 오정수마의 가면을 벗겼다.

오정수마의 맨얼굴은 그다지 흉측하지 않았다. 다소 험상궂고, 다소 세파에 찌든, 흔한 무림인의 얼굴이 그 안에 있었다. 표정은, 평온해 보였다.

관승이 오정수마의 가면을 품속에 넣었다. 고위급 가면의 확보가 중요한 이유는 양무의의 정교한 설명 없이도 충분히 이해할 만했다. 그는 항요진보장도 챙겼다. 튕겨나가 갈대밭에 떨어진 기병은 지속된 격전에도 칼날이 예리하게 서 있었다.

그가 몸을 돌리자, 효마가 하얀 자기병 하나를 던져 주었다.

"해독약인가?"

관승이 물었다.

"처음 보는 독 해약을 무슨 수로?"

효마가 얼굴을 찌푸리며 되물었다.

관승은 두말없이 자기병 뚜껑을 열고 그 안의 것을 입안에 쏟아부었다. 오정수마의 독은 맹독 중의 맹독이었다. 아무리 당해본 독이라지만, 그것이 불침(不侵)을 의미하진 않았다. 목구멍을 넘어가는 액체에서 청량한 느낌이 났다.

"좋군."

"도움은 될 거다."

관승의 말에 효마가 무심한 얼굴로 대답했다.

맹수가 내 편에 있으면, 짐승이라도 사람보다 든든할 수 있다.

"고맙다."

효마는 더 대꾸하지 않고 먼저 발을 옮겼다.

비룡각 무인들이 얼마 남지 않은 백면뢰와 동자가면들을 정리하고 그들 곁으로 왔다.

"가자."

관승은 누구의 부축도 받지 않고 걸었다.

싸움은 아직 끝이 아니었다.

날이 흐렸다.

*   *   *

장익은 단운룡을 들고, 언덕길을 올랐다.

지대가 높아졌다. 좌측으로 민강 줄기가 보였다. 강변을 따라 싸움이 이어지고 있었다.

채챙!

백가화가 백룡신창으로 동자가면 두 명을 죽였다.

추격자들은 아니었다. 이 지역 전반에 깔려 있는 신마맹 무리들이었다.

퍼억!

"끄르르륵!"

이 높은 곳까지 기어 올라온 요괴도 있었다. 백가화는 요괴도 일격에 죽였다. 물고기 모양 요괴가 배가 터진 채 바위 밑으로 굴러 떨어졌다. 첨벙 하고 물에 빠지는 소리가 아련하게 들려왔다.

"저쪽이다, 가화 누이!"

장익과 백가화는 오래전부터 의남매처럼 가까웠다.

그와 그녀는 그들대로 합이 잘 맞았다.

흐린 하늘 아래, 나무들이 그들의 옆을 스쳤다. 숲길은 길지 않았다. 탁 트인 바위 옆으로 도강언 인공도(人工都)가 보였다.

이제 그 긴 전장룡(戰場龍)의 목이다. 격전지의 끝이 가까이에 있었다.

조금 더 가자 바위 언덕 위로 하나의 사원이 모습을 드러냈다. 목소리가 들려왔다.

"오십니다!!"

"문주가 옵니다!"

덜컹! 꾸웅!

사원 문이 활짝 열렸다.

비룡각 무인들이 담장 위에 서 있었다. 문 안으로 익숙한 얼굴들이 보였다.

"어서 안으로 드십시오!!"

한달음에 뛰어나온 것은 이전과 이복 형제였다.

머리 위로 사원의 현판이 보였다.

참으로 역설적이게도, 그 현판에는 이왕묘(二王廟)라는 세 글자가 쓰여 있었다. 이왕(二王)이란, 도강언 치수의 대업을 이룬 이빙, 이랑 두 부자를 뜻했다. 두 신을 모신 사원을 다른 문파도 아닌 의협비룡회가 집결지로 삼은 것이다.

단운룡이 장익의 어깨에서 내려와 이왕묘 안으로 들어갔다.

짧은 시간이지만, 운기 덕분에 걸음걸이가 조금은 가벼워졌다. 이전과 이복이 앞장서 가장 안쪽의 전각으로 단운룡을 이끌었다.

"괜찮으십니까?"

전각 안에 들어와서야 이전이 조심스레 물었다.

"아니."

단운룡이 있는 그대로 짧게 답했다.

"군사께서 준비하였습니다."

이전이 단운룡에게 작은 옥갑을 내밀었다. 단운룡은 곧바로 옥갑을 열었다. 그 안엔 황색 단약 두 개가 들어 있었다.

"큰 도움이 되시진 않겠지만, 그래도 없는 것보다는 나을 것이라 하셨습니다."

"그러겠지."

단운룡은 망설임 없이 단약들을 입에 넣었다.

쓰디쓴 향이 입안을 채웠다.

단운룡의 뇌정광구 광핵 회전은 기해(氣海) 기반의 일반적인 단전 운용과 궤를 달리했다. 천금의 영약이라도 큰 효능을 기대하긴 어려웠다. 내상 수습에 조금이나마 힘을 보태려고 먹었다. 이런 상황이 아니었으면 필요치 않을 약이었다.

"숫자는?"

"여의각 산하 이십 명, 비룡각 무인 삼십 명이 있습니다."

"많지 않군."

"타파에서 끌어오면 됩니다. 군사께서 안배해 두신 것도 있고요."

"시간은 얼마나 있지?"

"회복하실 때까지 버티겠습니다."

"오래 걸릴 거다."

"걱정 마십시오."

이전은 당당히 대답했다.

단운룡은 그들을 믿었다.

이곳은 본래 적의 소굴이었다. 회랑과 정원에서 싸움의 흔적을 보았다. 이 전각 문짝과 벽에도 창날 자국이 남아 있었다.

신마맹의 수중에서 빼앗았고, 방어진을 구축했다.

이제는 농성전이다.

단운룡의 무공 특성에서부터 준비된 싸움이다. 그는 일시적으로 누구와도 상대할 수 있을 만큼 절대적 기량을 발휘할 수 있었지만, 시간 한계가 명백했다. 양무의는 철저하게 계산했고, 단운룡은 감각적인 예지로 변수를 최소화했다. 단운룡이 아미파를 돕기 위해 나서기 그 이전부터 계획한 군략이었다.

단운룡은 곧바로 가부좌를 틀고 앉았다.

외기(外氣)의 흡수 없이 광극진기를 진정시키려면, 오늘 내로는 불가능했다. 싸울 수 있는 최소한이 그 정도다. 완전 회복은 하루 이틀로 될 일이 아니었다.

눈을 감고, 관조에 들어갔다.

내부가 엉망진창이었다.

기혈 곳곳이 상해 있었고, 아예 타버렸다 싶을 정도로 망가진 혈도도 있었다.

난감했지만, 서둘러야 했다.

알고 시작한 싸움이다. 여기서 그가 얼마나 빨리 회복하는가에, 얼마나 많은 사람들을 살릴 수 있느냐가 걸려 있었다.

단운룡의 몸에서 파직거리는 전광이 흘러나오기 시작했다. 거칠고 미미했다. 멈출 줄 모르고 계속되는 싸움이다.

이제부터 단운룡은 신마맹이 아닌, 자기 자신과 싸워야 했다.

*   *   *

"이왕묘에 적들이 몰려가고 있습니다."

"이왕묘는 왜?"

"의협비룡회가 이왕묘에 들어앉았습니다."

"그건 또 뭔 짓이야?"

고봉산이 고개를 설레설레 저었다.

"저도 모르지요."

"도대체 아는 게 뭐야? 맨날 모른다는 말이 먼저 나와?"

"모르니까 모른다고 말하죠."

"후구당 이름 바꿔. 그냥 구당이라 해. 아니, 차라리 개들이 낫겠다."

"정말 너무하시는 거 아닙니까. 막말로, 우리는 그냥 냄새만 맡은 거지, 냄새가 똥 냄새인지 향 냄새인지는 머리가 결론을 내려주셔야죠. 머리가 일을 안 하면서 코만 일 시키면 뭐 어쩌란 겁니까?"

"어쭈? 이제 덤빈다?"

"후개쯤이나 되셨으면, 그냥 그 기똥찬 대가리로 삼절신룡만불통지의 기적을 좀 보여주세요. 해답까지 다 우리보고 만들어내라 하지 말구요."

"뭐 대가리?"

쉬익!

타구봉이 허공을 갈랐다.

고봉산이 후개, 장현걸의 일격을 피했다. 장현걸이 두 눈을 치떴다. 피한 고봉산도 놀랐다.

"후개, 이러면 안 됩니다. 내 대가리도 못 맞히다뇨. 수련을 얼마나 늘어진 개처럼 하신 겝니까?"

*　　　　*　　　　*

장현걸은 타구봉을 더 휘두르지 않았다.

여기서 진심으로 무공을 써서 때려 봐야 좋을 것도 없다. 자칫 기절이라도 하면 그거대로 문제다. 징글맞기 짝이 없지만, 없으면 아쉬운 놈이기도 했다.

"네 실력이 개같이 늘었다고 치자. 그보다 우린 얼마나 잃었어?"

"잃을 만큼 잃었습니다."

"죽을래?"

"저까지 죽으면 여덟입니다."

"뭣 같네."

"후개라고 체면 차리기라요? 그냥 말을 하세요. 아주 개좆 같습니다."

"그래. 그러하다."

장현걸은 개좆같음에 마음 깊이 동의했다.

애새끼 거지 하나가 죽어도 온 마을을 발칵 뒤집던 때가 있었다.

누구야 어쩌다 그랬어 고래고래 소리 지르고 꼬질꼬질한 수염을 부들부들 떨던 거지 사부의 얼굴을 기억한다.

헌데 일곱 명이 죽은 것을 이야기하면서, 눈 하나 깜짝하지 않았다.

말도 안 되는 상황이 그러면 안 되는 결과를 정당화하는 지경에 이르렀다.

그저 좆같을 뿐이다.

천하제일방파 여섯 글자는 개 밥그릇에도 못 새길 추억이 되어 버렸다.

"잠깐."

장현걸이 손을 들었다.

그들은 강물 냄새가 올라오는 바위 언덕 그늘에 숨어 있었다.

복룡담 남쪽이다. 첫 싸움이 시작되었다 보고받은 자갈밭에서 멀지 않은 곳이었다.

쇄액!

장현걸이 그늘 밖으로 뛰어 나갔다.

퍼벅! 퍽!

격타음이 들렸다.

고봉산은 나가서 돕지도 않았다. 손가락을 헤아리면서 중얼중얼 계산을 했다. 그는 그대로 생각할 것이 많았다.

"졸개들이다."

장현걸이 다시 그늘 안으로 돌아왔다.

해가 중천에서 넘어가면서 날은 더 흐려졌다. 비도 안 오는데 우중충하기만 한, 기분 나쁜 날씨였다. 축축한 고봉산의 발치로 장현걸이 가면 두 개를 집어 던졌다. 백면뢰, 청면귀의 가면이었다.

"줄라면 그냥 주면 되지, 왜 땅에 던져요? 요즘 허리 안 좋아서 줍기도 빡세요."

"더 필요해?"

"아뇨, 졸병 꺼는 많습다."

"그럼 깨."

"아씨. 기분 나쁜데."

빠각! 콰직!

말은 그렇게 하면서 고봉산은 가면들을 밟아 부쉈다. 가져 가서 분석할 것이 아니면 다시 못 쓰게 파괴하는 것이 맞았 다. 아련하게 들릴 듯 말 듯 한 작은 비명 소리가 고봉산의 귓 전을 파고들었다.

"들었어요?"

"뭘."

"내가 신기(神氣)가 있다니까. 이런 거 좀 시키지 마요. 꿈에 나온다고요."

"신기는 지랄."

장현걸도 전보다 확실히 입이 걸어졌다. 그럴 만도 하다. 개 방의 후개라는 직책은 차기 용두방주로 내정된 신분인데, 하 필이면 지금이 개방 역대 최악의 시대. 일찍이 왕가의 세자 로 책봉된 셈인데, 나라가 개작살나고 있다는 말이다. 넘겨줄 놈이 있으면 넘겨버리는 게 낫겠다 싶은 심정이었다.

"모산파는 뭐래?"

"가면을 그렇게나 갖다 줬어도 쌩, 더 달라고만 해요."

"뭘 더 달래."

"고위 가면 가져오래요."

"일부러 정보 안 주는 거 아냐?"

"그럴 수도 있죠."

"금책결사 쪽은?"

"거기는 연락이 닿지도 않아요."

"만만치 않나 보군. 술가(術家)에도 환란이 닥친 건 마찬가지니까."

"그런 거보다, 그냥 우리가 진짜 그지 꼴이 되어서 그래요. 쟤네도 뭐 받아먹을 게 있어야 협조를 하죠."

그 말도 맞다.

고봉산은 많이 예리해졌다. 복잡한 역학관계를 단순화하는 것도 능력이다. 장현걸은 그렇게 사지로 던져져 억지로 성장할 수밖에 없게 된 작금의 상황이 못내 개같았다.

"아미, 청성이 해줬어야 되는데."

"그러니까 둘부터 깐 거잖아요."

"혜선신니야 그렇다 치고, 천사동(天師洞) 열린 지가 언제지?"

"십 년은 족히 되었을 걸요."

"가면 들고 찾아가 볼까?"

"아서세요. 등선을 하냐 마냐 하는 노괴들이 더러운 거지를 만나주기나 하겠습니까."

"왜 이러지? 아까부터 계속 말이 쎄다?"

"아니, 내가 뭐 틀린 말 했습까? 그리고, 청성도사 놈들도 대가리가 있는데, 사천이 통째로 이짝이 났으면 어련히 알아서 가면 들고 바위 돌 두드렸겠죠."

"아닐걸."

"네?"

"거긴 봉산이 네 놈처럼 윗대가리 말을 개처럼 듣지 않고 조사(祖師) 명이면 껌뻑 죽거든."

"저도 껌뻑 죽거든요."

"그냥 지금 죽어."

장현걸의 눈빛이 심유해졌다.

신마맹 가면은 그들이 지닌 힘의 처음이자 끝이었다.

어린아이 손에 들려줘도 금석을 자른다는 신검(神劍)처럼, 십 년 세월로 무인을 양성하지 않아도 그에 준하는 전력을 쉽게 만들어냈다.

필시 강령과 주술의 힘이 깃들어 있을 무구(巫具)일 텐데, 그 공능과 원리에 대한 분석이 너무나도 부족했다. 이제 와서 부랴부랴 서두르고 있지만 만족할 만한 성과가 나오긴 글렀다. 개방뿐 아니라 무림 각파의 사정도 엉망진창이다. 지피도 지기도 다 안 된다. 수세에 몰리는 게 당연했다.

"놈들이 뭘 원하는지를 알아야 해."

생각이 목소리로 나왔다.

"네네. 그걸 알아야죠."

고봉산이 건성으로 대꾸했다.

장현걸이 사고에 빠져든 것을 본 그는 품속에서 세필과 종이를 꺼내 바위에 대고 개방 밀마를 휘갈기고 있었다. 여태 함께 다닌 놈들이야 믿을 만했지만, 지금 성도 근처에서 급히 끌어모은 개방 제자들은 오성과 무공이 썩 높지 않았다. 일일이 역할을 잘 분담해서 지시를 내려야 한 놈이라도 더 살릴 수 있다. 고봉산도 할 일이 많았다.

장현걸은 그런 고봉산을 흘끗 보고는 다시 생각에 잠겨 들었다.

상대의 의중을 간파해야 이길 수 있다.

이건 기본이다.

문제는 신마맹의 궁극적인 목적을 모른다는 것이다.

무림 재패?

말이 안 된다.

신마맹은 강하다. 그 사실은 불과 한 계절이 다 가기도 전에 넘치도록 입증했다.

그러나, 무력만으로 강호를 지배할 수는 없다. 특히나 신마맹과 같은 방식으로는 불가능하다. 이들은 끊임없이 사람들을 죽이면서 되돌아오지 못할 강을 건너고 있다. 복수의 연쇄는 대단히 무섭다. 피로 쌓은 지배는 반드시 응징받게 되어 있었다.

그럼 왜 이런 일을 벌이는가.

그게 중요했다.

신마맹은 청성와 아미를 공격하고, 당문을 파괴했다.

그러면서 단 한 번도 그 이유를 공공연하게 공표한 적이 없다.

성도에 뿌려졌던 제갈공명의 격문이 그나마 공개적이었지

만, 기실 그 내용은 미사여구에 비하여 대단히 모호한 감이 있었다.

그래서 이 복룡담이 수상해지는 거다.

이 싸움은 신마맹의 뜻인가.

흑림은 어째서 이 시점에 튀어나왔는가.

왜 전장이 복룡담에 한정되지 않고 도강언까지 이어졌는가.

장현걸은 천재라는 칭송이 무색하게도 명쾌한 해답을 낼 수 없었다.

'그러니 몸으로 굴러야지.'

모든 것이 오리무중인 이 상황에서도 확실한 것이 있다.

신마맹은 그들의 적이다.

그러니, 가면을 하나라도 더 부수면 된다.

"그만 골머리 썩고, 그거나 잡자."

장현걸이 고봉산에게 말했다.

"네? 지금요?"

"응."

"우리 둘이요? 무슨 수로요."

"방법이 있겠지."

"아니, 후개 양반. 제발 이러지 좀 맙시다요. 지금 반강의 화기(火器)도 그렇고, 점창무왕도 어딨는지 파악 안 되고, 함부로 움직일 때가 아니어요."

"그럼 쫄아서 여기 계속 숨어 있게?"

"필요하다면 그래야죠!"

"야, 우리 개방이야."

"그래 봐야 거지 뗀데 꼴사납게 자부심 갖고 그래요."

"명색이 후갠데 그런 척이라도 해야지."

"그래서, 어디 있는데요?"

"아직 안 왔어."

"안 온 걸 어떻게 잡아요?"

"동선이랑 시간 보면, 대충 달 보고 개 짖을 때쯤 나타날 거야."

"개가 달 보고 왜 짖어요? 그거 늑대 아녀요?"

"늑대는 울지."

"아니, 씨… 그러니까… 발. 어디로 오는데요."

장현걸이 타구봉을 휘둘렀다.

고봉산은 땅을 구르며 피했다. 장현걸은 놀라지 않았다. 또 피한 건 좋은 거였다. 그는 수련을 딱히 게을리한 적 없다. 고봉산은 정말 많이 민첩해졌다.

"아, 진짜. 너무하시네."

"안 맞았잖아."

"허리 안 좋다고요."

고봉산이 흙을 털었다. 그래도 더러웠다.

"청성 쪽으로 올 거야."

"청성이요? 그럼 청성 애들한테 맡겨요. 왜 우리가 거길 가요?"

"청성파 전력이 많이 분산되었어. 계속 더 그럴 거야. 신마맹이 작정했어. 이대로면 각개격파 당할 거다."

"어째 직접 본 거처럼 말합니다?"

"봤지."

"저기까지 올라갔다 온 겁니까? 후개 어르신, 분명 경동하지 말라고, 참새까지 띄웠잖아요."

"그랬어?"

"아미 장문인께서 입적하셨다고요. 그 보현신니가요."

"그런데?"

"복장 터져 죽게 만들 생각이시군요."

"이렇게 죽든, 저렇게 죽든. 누가 죽는 게 얼마나 이상하다 그래? 너나 나나 죽는 거 한순간이야."

"그러니까 몸 사리고 좀 살아남읍시다, 우리."

"몸 사리는 건 모르겠고. 살아남는 건 당연한 거고."

장현걸이 그늘 밖으로 뛰어나가갔다.

고봉산이 욕 대신 침을 뱉었다. 그것만으로도 타구봉이 날아올 수 있으니 목을 움츠리고 양지로 나섰다. 양지도 딱히 밝진 않았다. 더더욱 사지로 끌려가는 기분이었다.

*　　　　　*　　　　　*

그칠 줄 모르고 이어지던 싸움은 해가 뉘엿뉘엿 넘어가면서 조금씩 소강 국면으로 접어들었다.

이유는 단순했다. 지쳐서다.

청성파 도사들은 민강 서면, 도강언 인공도와 어취가 보이는 숲 한쪽에서 전열을 정비했다.

"다친 곳은 없느냐?"

삼도진인이 금벽에게 물었다.

"멀쩡해요."

전혀 멀쩡해 보이지 않았다. 금벽의 머리카락은 더 이상 금발이 아니었다. 붉은 피가 갈색으로 얼룩쳐 화려한 금빛을 잃어버렸다.

"사숙이야말로 괜찮으신 거죠?"

"물론이다."

삼도진인은 더했다.

신마맹 가면들을 수도 없이 죽였다. 요괴들도 얼마나 죽였는지 알 수 없었다.

그는 하루 종일 선봉에서 싸웠다.

도복이 찢어져 가슴팍 맨살이 보였다. 금벽의 머리카락처럼, 원래 도복 색깔이 어땠는지도 분간이 되지 않았다. 그의 도복은 칙칙한 흑갈색이 되어 있었다. 그게 다 적의 피였다.

"번갈아 가며 호법을 서고, 좌공으로 운기조식 하라. 산을 믿고 나를 믿어라. 누구도 너희의 행공을 방해하지 못하도록 내가 직접 보호해 주마!"

삼도진인이 나직한 목소리에 내력을 담았다.

그들과 함께 있는 제자들의 숫자는 사십여 명에 달했다.

이십 명 남짓의 제자들이 포권을 취하고 하나둘 자리에 앉았다. 다른 이십 명은 지친 얼굴로 경계 위치에 서서 검을 비껴들었다.

산중의 숲 가운데 공터가 졸지에 청성도사들의 내공수련장이 되었다. 그들의 옷은 삼도나 금벽처럼 피에 젖어 있지 않았다. 오선인이 앞에 서서 싸워 준 덕이다.

그들이 눈을 감고 운기에 들어갔다. 굳어 있던 표정들이 금세 평온해졌다. 그들은 삼도진인과 금벽낭랑을 살아 있는 신선처럼 믿었다.

"적하는?"

"저 아래에 있을 거예요."

"강호 무인들과 함께였나?"

"네. 적하가 많이 살렸어요."

"무리해서라도 그랬겠지. 제 몸을 더 돌봐야 할 텐데."

"사숙이 하실 이야기가 아니신데요. 사숙이야말로 좀 쉬세요."

"너부터 운기하거라. 나는 아직 괜찮다."

"저는 그것보다 먼저 좀 씻고 싶어요."

금벽낭랑은 호호 웃기까지 했다. 그녀의 농담에 탈진한 제자들의 안색도 조금 밝아졌다. 따라 웃는 녀석도 있었다. 그게 모두에게 힘을 주었다. 그녀가 지닌 특별함이었다.

"이쪽 적들은 모두 정리했으니, 당분간은 안전할 거다. 사형 쪽이 걱정이군."

"가만 보면, 안 어울리게 정이 깊으시다니까요. 다른 사람 걱정은 그만 좀 하세요. 다른 분도 아니고 삼청 사숙이세요. 게다가 거긴 관명 사숙도 함께 계시잖아요."

"그러니까 더 짐을 지려 할 거 아니더냐."

"오늘 짐은 사숙이 가장 많이 지셨어요. 저까지 이게 뭐예요?"

금벽낭랑이 손을 들어 머리카락을 가리켰다.

삼도진인이 남자답게 둔한 눈치로 그녀의 머리를 보았다. 그가 고개를 끄덕였다.

"그래, 씻고 싶을 만도 하겠다."

"그렇다니까요, 정말."

금벽낭랑이 주위를 돌아보았다. 흐렸던 하늘인 만큼 빠르게 어두워지고 있었다.

"입공(立功)이라도 좀 하고 계세요."

금벽이 제자들 쪽으로 발을 옮겼다. 제자 하나가 어디서 대나무 수통을 들고 왔다.

"낭랑, 이거라도."

"그래. 이 예쁜 녀석아."

금벽은 물을 마시는 게 아니라, 머리 위에 쏟아부었다. 제자는 영리하게도 지혈할 때 쓰는 깨끗한 천까지 내밀었다.

"어머, 네가 이름이 뭐였더라?"

"등준입니다."

금벽이 물에 젖은 머리카락을 이리저리 닦아냈다. 밝은 금발이 제 색깔을 찾았다.

그녀가 고개를 이리저리 꺾고, 건복청정장 세 초식을 가볍게 펼치면서 전신의 근육을 풀었다. 젊은 제자 등준은 눈을 떼지 못하고 그녀를 보았다.

"자, 이제 정신 차려야지?"

"네, 넵!"

등준이 제자리로 돌아가 눈을 부릅떴다.

마지막으로 미소를 보여주며 몸을 돌렸다. 그녀의 얼굴에서 빠르게 웃음이 사라졌다. 억지로 밝은 기운을 냈다. 다들 애써 외면하고 있지만, 죽은 제자가 많았다. 언제 싸움이 끝날지도 알 수 없었다. 무엇보다, 왜 이렇게 싸워야 하는지부터가 의문이었다.

*　　　　　*　　　　　*

삼도진인 쪽을 돌아보았다.

무투파라는 삼도진인조차도 이런 살육전은 부담이 될 것이다.

표정이 말해줬다.

원래 웃는 얼굴은 아니었지만, 오늘은 정말 바윗돌 같았다. 피 칠갑을 한 바윗돌이다. 굳은 입매에 부릅뜬 두 눈에는 투지 대신 피로가 담겨 있었다.

'이대로는 안 돼.'

금벽낭랑은 옷매무새를 가다듬으며 생각했다.

왜 싸우냐 한다면, 사실 그 이유는 아주 간단했다.

그들이 청성제자들을 죽였으니까.

싸워야 할 이유로 그보다 더 확실한 건 없었다.

하지만, 왜 청성제자들을 죽였는가, 그 '왜'가 문제다.

청성제자만 죽인 것이 아니라, 아미 제자도 죽였다. 당문의 혈족들도 셀 수 없이 죽었다.

그들이 구파 육가이기 때문에, 죽었다.

그게 가장 명백한 이유다.

그래서 그들이 이루려는 것이 무엇이기에.

금벽낭랑은 그것이 의문이었다.

구파의 명예를 높은 산에서 떨어뜨리고 육가의 명성을 박살 내 흩어버린 것으로, 그들이 얻을 것은 구파보다 더 높은 명예와 육가보다 더 단단한 명성이 아니었다.

신마맹이 얻은 것은 끔찍한 악명이다.

그들은 대살육을 일으킴으로써 무림 공적이 되었다.

그렇다면 그들은 그 악명으로 무엇을 할 수 있을까.

명문 정파의 득세로 숨죽이고 있던 사파 마두들을 규합한다?

패도의 일대 마문(魔門)을 만들 셈인가?

물론 얻을 것은 또 있다.

돈이 먼저 모인다.

정직하고 올곧게 버는 것보다 더러운 이문을 취하는 것이 빠르다. 사천 땅 사도문파들만 흡수해도, 부(富)를 이루는 속도가 타의 추종을 불허할 것이다.

돈 다음에는 사람이다.

사람은 돈으로 사는 것이 가능하다.

금벽낭랑은 낭인들을 무시하지 않았다.

고용 무인들 중에서도 실력 좋은 자들은 얼마든지 있다. 그녀는 귀도라는 이름과 더불어 대지를 달리는 사자와 귀족들의 공포인 흰 매를 떠올렸다.

돈과 사람이 있으면 뭐든지 할 수 있다. 고금의 진리였다.

헌데 그 뭐든지가 뭐냔 말이다.

그녀는 싸우고 쓰러뜨리며 천신과 마귀 운운하는 소리를 들었다.

사천 땅 무림인 모두의 얼굴에 가면이라도 씌울 계획인지 모른다.

차라리 청성파를 무림에서 지워버리겠다, 멸문 선언이라도 했다면 저쪽 맹주의 혈육이 청성제자에게 죽기라도 했나 보다, 넘겨짚어라도 보겠다.

헌데, 그 이유조차 모호한 살육전에 제자들이 죽어가고, 요괴가 물에서 기어 나오며, 민초들까지 고통을 받는다.

금벽낭랑은 그 사실에 분노했다.

이대로는 안 된다.

머리를 써서 이런 모든 것을 읽어내는 것은 그녀가 아닌 관명 사숙의 일이겠지만, 이젠 그녀도 대국을 외면할 수 없었다.

눈앞의 싸움에만 급급할 것이 아니었다. 그러다가는 지금까지처럼 계속 밀리기만 할 것이다.

금벽낭랑은 사위를 둘러보고 흐릿하여 깜깜한 하늘을 올려보았다.

털썩.

주저앉아 가부좌를 틀었다. 그녀는 사고 끝에 더 냉정해졌다. 여유가 있을 때 조금이라도 내공을 회복해야 한다.

일단 이곳에서 살아나는 것이 먼저다. 무림엔 관명 사숙과 같은 지성(知性)이 많다. 그들이 신마맹을 파헤칠 것이다. 그리고, 그녀가 도울 것이다.

그녀는 마음먹음과 동시에 눈을 감고 집중했다. 푸른 산의 능선을 떠올리면 심상이 절로 차분해졌다. 그녀가 스스로의 안으로 잠겨 들었다. 맑고 깊은 진기가 그녀의 전신에 서렸다.

하늘이 점점 더 어두워지고 있었다.

"큰일입니다!!"

젊은 제자, 등양이 달려온 것은 야심한 새벽이었다.

금벽낭랑은 진기주천에 두 시진을 온전히 썼다. 그녀가 일어난 뒤, 삼도진인이 좌공에 들어갔다. 그리고 또 한 시진이다. 삼도진인이 한참 운기 중일 때, 급보는 피투성이 제자의 통탄과 함께 날아들었다.

"삼청 사숙조께서 쓰러지셨습니다!"

"뭐?"

금벽낭랑은 날카로운 목소리로 되물을 수밖에 없었다.

그녀는 누구보다 평상심을 지켜야 할 오선인이었지만, 제자가 가져 온 소식은 그만큼 충격적이었다.

"악적들의 기습이 있었습니다. 신선 가면들과 요괴 가면들이 동시에 나타났는데, 적들의 전력이 몹시 강력하여 온전히 응수하지 못했습니다. 사숙조께서 등과 가슴에 적습을 허용하여 기진하셨으나, 관명 대사숙께서 몸을 던져 구하셨습니다. 다만, 그 와중에 관명사숙도 큰 부상을 당하셨습니다."

"두 분 다 살아는 계신 거지?"

"그것이… 생사는 불명입니다."

금벽낭랑이 짧게 숨을 들이켰다.

등양의 표정은 그가 말하는 내용만큼이나 참담했다. 금벽낭랑은 마음을 가라앉히기 위해 내공까지 끌어 올려야 했다.

"어쩌다가 그런 것인지, 다시 자세히 좀 말해 보아라."

"삼청 사숙조께서는 불민한 저희들을 지키느라 한시도 쉬지 못하셨습니다. 종국에는 저희 등자배 제자들조차도 사숙조의 투로가 온전하지 못함을 알아챌 수 있을 정도였습니다. 보다 못한 관명 대사숙께선 안전하지 못한 곳이더라도 일단 휴식이 필요하다 말씀하셨고, 저 위쪽 중턱에서 방어진을 펼치고는 어렵사리 재정비에 들어갔습니다. 덕분에 사숙조께서도 잠시나마 운기조식을 취할 수 있으셨지요. 하지만, 적의 기습은 아주 갑작스러웠습니다. 저희 제자들은 아예 기척을 감지하지 못하였고, 사숙조께서만 낌새를 느끼셨을 정도였습니다. 사숙조께서 급히 운기를 중단하셨고, 대사숙께서 응전 태세를 명하셨으나, 이미 적들은 지척에 이르러 있었습니다. 지친 사숙조께서는 대적 둘을 한꺼번에 상대하셨습니다. 저희들의 일천한 안목으로도 사숙조께서 내공이 온전한 상태셨다면 밀리지 않으셨을 것 같았습니다만, 짧은 운기로는 회복이 어려우셨던 모양입니다."

"그래, 잠시만."

금벽낭랑이 등양의 말을 끊었다.

"제자들은 감각을 최대로 열고 경계를 강화해라! 사숙! 일어나십시오! 대열 맞춰서 이동과 전투를 준비해!"

금벽낭랑은 더 암담해하지 않았다. 탄식만 하고 있을 때가 아니었다. 적들은 이곳에도 들이닥칠 수 있다. 그래서 등양이 이쪽으로 온 것이다. 상황에 대비해야 했다.

"적들은 어떤 자들이었지?"

금벽이 다시 등양에게 물었다.

적에 대한 정보도 중요하다. 전력이 이쪽을 크게 상회한다면, 그녀와 사숙이 뒤를 막고 제자들이라도 살려야 했다. 적하를 불러 합류시키는 것도 한 방법이었다.

"저도 다 눈으로 보지는 못했습니다. 적들은 숲과 어둠을 잘 활용했습니다. 신선 가면 둘이 강했습니다. 사숙조를 해친 것도 그들이지요. 선녀(仙女) 가면과, 미남(美男) 가면이었는데, 선녀 쪽은 명백히 여성이었고, 미남 가면 쪽은 복장이 괴이하고 투로의 선이 가늘어 남녀를 구분할 수가 없었습니다."

"하선고, 그리고 남채화군."

"네, 그래 보였습니다."

"팔선의 둘, 다른 적들은?"

"아름드리나무를 통째로 넘어뜨리는 괴력의 가면이 있었으나 모습은 확인치 못하였고, 사자후를 쓰는 음공 고수가 있었습니다."

"음공?"

"제자들이 많이 죽었습니다."

등양의 얼굴은 창백했다.

제아무리 대청성의 제자라도, 사형제가 죽어 넘어지는 광경을 떠올리는 것은 정신적으로 쉬운 일이 아닐 터였다.

"고생했다. 이제……."

안심하고 살아나가자 말하려 했다.

금벽낭랑은 그 말을 다 끝맺지 못하고 한쪽으로 몸을 홱 돌렸다.

'벌써……!'

벌써도 아니다. 등양은 등자배다. 이번 출정에서 가장 아래 항렬이었다.

전력을 다해 뛰어와도 그 항렬의 경공이다.

적들이 곧바로 연이어 이곳까지 기습을 감행한다면, 이 속도가 절대 이상하지 않았다.

금벽낭랑이 발을 옮겼다.

숲속 어둠 저편에 기묘한 기운이 느껴졌다.

이거다.

오선인조차도 접근을 감지하지 못했던 괴이한 술수다.

"모두 검을 들어라!!"

그녀보다 먼저 소리친 이는 막 가부좌를 풀고 일어난 삼도진 인이었다. 웅혼한 내력의 목소리가 청성제자들의 전의(戰意)를 일깨웠다.

차차차창!

청성파 무인의 칠할은 검을 든다.

달리 청성검문이라고도 불리는 이유다. 청성검문의 청강검이 깜깜한 어둠 속에서도 푸르른 빛을 발했다.

삼도진인이 금벽낭랑의 옆으로 왔다. 그리고 한 발 더 내디뎠다.

삼도진인은 언제나 선봉이다. 금벽낭랑은 그런 그를 믿었고, 그리하도록 두었다.

한 발 앞이나 한 발 뒤나, 그녀에겐 마찬가지였다. 제자들을 보호할 수 있으면 상관없었다.

금벽낭랑이 어둠 속을 노려보았다.

그녀는 산에서 수련한 수도자였다. 밤의 숲은 언제나 익숙했다.

달 없는 밤의 숲은 검은색이 두 번 중첩된 것처럼 새까맣게 마련이었다. 저 어둠은 달랐다. 그렇게 심흑색이어야 하는 어둠에 다른 색이 섞여 있었다.

그 색은 은은한 자줏빛 같았다.

금벽낭랑은 그 기운 안으로부터 아주 부드럽고 유연한 기도를 느꼈다. 저 안에 있다. 깊은 어둠 속에서 가볍게 날아와 그들을 덮칠 것이다.

내력을 끌어 올렸다.

그렇게 홀린 듯 어둠을 보았다.

꿍! 콰아아앙!

폭음은 다른 곳에서 들려왔다.

우지끈! 쫘광!

괭음과 함께 큰 나무가 쓰러졌다. 제자들의 머리 위로 사람 몸통보다 큰 나무둥지와 창봉처럼 굵은 나뭇가지가 폭포처럼 쏟아져 내렸다.

"으허허허헝!"

이어, 강력한 음공사자후가 후방을 휩쓸었다.

금벽낭랑이 몸을 돌렸다.

자줏빛 흑운(黑雲)에 시선을 빼앗겼다. 시각만이 아니라 모든 감각을 빨아들였다. 현혹의 술에 당했다는 사실을 깨달았다.

지쳐서다. 운기조식은 충분히 했다. 예상하지 못해서다. 등양에게 이미 이야기를 들었다.

알 수 있음에도 당했다. 전부 핑계다.

금벽낭랑이 땅을 박찼다.

파라라락!

그녀의 옷자락에서 바람이 비산했다.

꾸우웅!

다시 괭음이 들렸다.

거구가 어둠을 뚫고 출현했다. 커다란 몸집 위로, 두 개의 뿔이 보였다.

'우마(牛魔)······!'

이름은 계속 들었다.

괴물의 거체가 막대한 기파를 뿜으며 제자들을 덮쳤다.

콰앙!

그녀의 눈이 커졌다.

'안 돼!'

쌍뿔을 지닌 소 형상의 악마가 주먹을 휘둘렀다.

아직 젊은, 어려 보였던 아이가 무시무시한 괴력에 휩쓸렸다.

퍼어억!

명치 위로 왼쪽 상체가 통째로 터져나갔다.

피를 씻어낼 수통을 건네주고 머리카락 닦으라며 천까지 내밀었던 제자다.

등준의 생기 있던 눈빛이, 그녀가 어여쁘게 보았던 총명한 영혼이, 그 순간 단숨에 박살 나고 있었다.

털썩!

목덜미 절반과 아래턱뼈가 뜯겨나갔다. 왼쪽 어깨와 팔이 그 자리에 없었다. 심장도 으깨졌다.

좌측 상체가 날아간 채, 처참한 시신으로 땅을 굴렀다.

삽시간에 생기를 잃은 등준의 머리맡에서 금벽낭랑의 발끝이 땅을 찍고 날았다.

파라락! 쒜액!

오선인 금벽낭랑의 건복청정장이 우마군신의 머리 위로 쏟아졌다.

날쌘 새를 쫓듯, 우마군신이 주먹을 휘둘렀다.

꽈아앙!

일장과 일권이 부딪치며 내력의 폭음을 냈다.

바로 주위에 있던 세 명의 제자가 그 충격파에 휩쓸리며 털썩 뒤로 넘어졌다.

"물러나!"

금벽낭랑이 날카로운 목소리로 소리쳤다.

세 명 제자들은 쉽게 일어나지 못했다.

사자후의 음공에 당한 데다가 두 고수의 충돌에 전신 내력이 진탕된 까닭이었다.

금벽낭랑은 반탄력을 이용해 공중을 날아 세 명 제자들의 앞으로 내려섰다.

우마군신이 그녀를 보며 말했다.

"무예가 제법이구나."

"닥쳐."

금벽낭랑이 짧게 대꾸했다. 원수의 칭찬 따위 듣고 싶지 않았다.

죽은 등준의 영민한 눈빛이 선했다.

파락! 터어엉!

원한을 손에 들고 살기로 뿜어냈다.

금벽낭랑이 진각을 밟고 일장을 내쳤다. 우마군신이 가볍게 일장으로 받았다.

콰아아앙!

금벽낭랑의 발밑에서 잡풀과 흙먼지가 솟았다. 우마군신의 발밑은 멀쩡했다.

용력이 엄청난 자였다. 손속이 잔인한 게 아니라, 힘이 주체가 안 되는 것이다.

허나 괴력을 가진 이가 드넓은 천하에 한둘이던가.

금벽낭랑은 조금도 당황하지 않았다.

쫘앙!

금벽낭랑이 하얀 손으로 분노를 말아 쥐었다. 그녀의 주먹에 청성강권 천사용호(天使龍虎)의 구결이 깃들었다.

쫘광!

금벽낭랑이 한 발 나아가며 우권 좌권을 무서운 속도로 휘둘렀다. 우마군신이 팔과 어깨로 권격을 흘려냈다. 비껴내는 권격에도 폭발음과 함께 강렬한 충격파가 일어났다.

후웅!

우마군신이 반격했다. 금벽낭랑의 세 배는 될 것 같은 주먹을 들더니 도끼처럼 내리쳤다. 금벽낭랑은 이 일격에도 물러서지 않았다.

쫘과과광!

천사용호권이 연타로 올라갔다. 대력우마왕의 괴력 일권이 금벽낭랑의 머리 위에서 멈췄다. 금벽낭랑의 발은 거의 발목까지 땅바닥에 박혀 있었다.

타닥!

젊은 제자들이 그때서야 땅을 차고 멀어졌다.

텅!

건복청정장으로 우마군신의 주먹을 옆으로 밀어냈다. 그녀가 계단을 밟고 오르듯 태연하게 땅에 박혀 있는 발을 뽑아 앞으로 올라섰다.

우마군신은 감탄이라도 한 듯, 그녀를 똑바로 바라보았다.

"이게 오선인이군."

"그렇다."

그녀가 이글거리는 눈으로 우마군신을 노려보며 답했다.

"쓸 만하다. 아까 거는 너무 늙었어."

"함부로 말하지 말라. 예의 없는 괴물아."

금벽낭랑이 다시 땅을 박찼다.

우마군신이 손을 휘둘렀다. 단순한 동작이지만, 경력이 엄청났다. 금벽낭랑은 연환장을 내쳐서야 우마군신의 일권을 막아낼 수 있었다.

다섯 합을 순식간에 주고받았다.

우마군신은 강했다.

금벽낭랑은 항상 제자들의 안위를 최우선으로 여겼으나, 전황 한 번을 둘러볼 겨를이 없었다.

"으허허허헝!"

사자후 소리가 등 뒤를 휩쓸었다.

공력을 전신에 퍼뜨려 여파를 막았다.

몸과 마음이 다 고됐다.

금벽낭랑은 내심 평정심을 유지하기 위해 전력을 다해야

했다.

 사자후가 퍼져나간 쪽은 삼도진인이 있는 방향이었다. 숲속 어둠의 자줏빛 기운은 또 다른 적이 만들어 낸 술수였다. 사자후의 대적이 그쪽으로 간 이상, 삼도진인이 최소 둘의 합공을 받아내야 한다는 뜻이었다.

『천잠비룡포』 18권 끝.